Mord mit Rheinblick

Edgar Franzmann, 1948 in Krefeld geboren, lebt als Schriftsteller und Journalist in Köln. Er war Redakteur der Boulevardzeitung EXPRESS und Chefredakteur des Internetportals koeln.de und gilt als einer der besten Kenner der Domstadt und ihrer Strippenzieher. »Mord mit Rheinblick« ist sein vierter Roman. Franzmann ist Mitglied des Syndikats der deutschsprachigen Krimiautoren und der International Thriller Writers Organization.

EDGAR FRANZMANN

Mord mit Rheinblick

KRIMINALROMAN

emons:

Bibliografische Information der Deutschen Nationalbibliothek
Die Deutsche Nationalbibliothek verzeichnet diese Publikation in der Deutschen Nationalbibliografie; detaillierte bibliografische Daten sind im Internet über http://dnb.d-nb.de abrufbar.

FSC
www.fsc.org
MIX
Papier aus verantwortungsvollen Quellen
FSC® C083411

Umschlagmotiv: photocase.com/dioxin
Umschlaggestaltung: Tobias Doetsch
Gestaltung Innenteil: César Satz & Grafik GmbH, Köln
Lektorat: Lothar Strüh
Druck und Bindung: CPI – Clausen & Bosse, Leck
Printed in Germany 2014
ISBN 978-3-95451-372-7
Originalausgabe

Für Heinz-Werner, Gerald und Beatrix

Sonntag

1

Er hatte nicht gewusst, was er suchte, bis er es fand. Die Erkenntnis traf ihn wie ein Schock. So musste sich Adam gefühlt haben nach dem Biss in den Apfel. Wie im Paradies und doch im Vorgefühl eines unbekannten Todes.

Aber er hatte gewusst, wo er suchen musste. Irgendwo auf den geheimen Datenleitungen zwischen der NSA-Zentrale in Maryland und dem Weißen Haus in Washington.

Georg Rubin saß in seinem Sessel, hatte den Laptop auf dem Schoß und lauschte fasziniert dem Stimmengewirr aus seinem Computer.

Da war eine deutsche Frauenstimme. Dann eine Männerstimme. Russisch. Eine andere Männerstimme, wahrscheinlich ein Übersetzer. Die zweite Männerstimme sagte etwas von NATO und Krim, Ukraine und Truppen, Gas, Demokratie und USA.

Dann sprach die erste Männerstimme etwas auf Deutsch, erinnerte an die »Wiedervereinigung«. Die Frauenstimme antwortete auf Russisch. Der Mann lachte. Dann lachte auch die Frau.

Dann sagte irgendjemand etwas auf Englisch mit starkem amerikanischem Akzent.

»Was hörst du denn da?«, fragte Gertrud Odenthal, Georgs Nachbarin, die einen Schlüssel zu seiner Wohnung besaß und unbemerkt das Zimmer betreten hatte.

Georg zuckte zusammen. »Was glaubst du, was ich höre?«, sagte er.

»Das klingt nach der Kanzlerin. Wer ist der Mann?«

»Klingt nach Putin.«

»Putin? Ach ja. Kabarett. Klar. Die machen das nach. So was wie ›Die von der Leyens‹ im WDR. Hör ich auch gerne.«

Georg stöpselte die Kopfhörer in den Computer, damit die Nachbarin nicht weiter mitlauschen konnte.

»Nein, das ist kein Kabarett. Das ist echt«, sagte er.

»Du kannst doch nicht die Kanzlerin abhören.«

»Tu ich auch nicht. Ich höre die Amerikaner ab, die die Kanzlerin abhören.«

»Du bist ja irre. Du veräppelst mich.«

Georg lächelte. »Das ist erst der Anfang.«

Als Gertrud gegangen war (was hatte sie eigentlich gewollt?), tippte Georg eine Nachricht in seinen Computer: »Ein Loch ist im Eimer. Hier ist eine Probe.« Er packte eine verschlüsselte Version des abgehörten Gesprächs an seine Mail.

Eine erste Antwort kam nach wenigen Sekunden: »Empfang bestätigt. Du hörst von uns. YWC.«

Georg stand seit Monaten in Kontakt mit seinen anonymen Unterstützern, aber er wusste nicht, was die Abkürzung konkret bedeutete. YWC – Young Worldwide Computerfreaks?

Eine Viertelstunde später meldete sich YWC erneut: »Phantastisch. Du hast die entscheidende Tür aufgestoßen. Wir schicken jemanden vorbei. YWC.«

Montag

2

»Rubin«, sagte Verleger Bernhard Berger, »schön, dass Sie sich Zeit für mich nehmen konnten.«

»Für Sie doch immer, Herr Berger«, sagte Georg Rubin, Chefreporter des Kölner BLITZ, und schaute seinem Arbeitgeber in die sehr blauen Augen, die ihn an Lawrence von Arabien alias Peter O'Toole erinnerten.

Berger, im italienischen Maßanzug, residierte ganz oben im Pressehaus. Er lenkte Rubin auf den Stuhl vor dem großen Schreibtisch. Otto von Bismarck in Öl schaute auf sie herab, eine Erinnerung an glorreiche Tage der Zeitungsdynastie.

Georg war nervös. Was wollte Berger von ihm? Hatte sich irgendjemand beschwert?

»Sie können sich wahrscheinlich denken, warum ich Sie sprechen wollte«, sagte Berger.

»Ich denke schon«, sagte Georg, und es gelang ihm, seine Ahnungslosigkeit zu überspielen.

»Schön. Das habe ich erwartet. Ich habe mir Ihre Personalakte angesehen.«

Das Wort »Personalakte« klang unangenehm. Georg fühlte sich wie damals, als er zum Direktor des Gymnasiums zitiert worden war. Nein, er hatte nicht abgeschrieben, er hatte abschreiben lassen, aber natürlich hatte er sich schuldig bekannt. Und natürlich hatte er seinen Klassenkameraden nicht verraten. Den wilden Bodo. Der hatte dank Georgs Hilfe und eigener Schlitzohrigkeit später ein Einser-Abitur geschafft und ein Medizinstudium begonnen. Dann hatte er sich totgespritzt. Überdosis Heroin.

Georg trug einen schwarzen Rollkragenpullover und Jeans. Auf dem rechten Oberschenkel entdeckte er einen Fleck. Sah nach Nussschokolade aus, der er selten widerstehen konnte. Er rubbelte an dem Fleck, was ihn grau und auffälliger werden ließ. Er schlug das linke Bein über das rechte.

»Interessant«, sagte Berger. »Sehr interessant.« Er blätterte in

Georgs Personalakte, einem schmalen Hefter. »Sie haben einen ziemlich eigenen Kopf, stimmt's?«

Rubin nickte.

»Hier. Extrablatt auf eigene Faust. Und dann die Geschichte mit der Bundeskanzlerin. Haben Sie die Unterlagen noch?«

»Welche Unterlagen?«

»Rubin, halten Sie mich nicht für naiv. Sie haben damals nachgewiesen, dass die Kanzlerin abgehört und ausspioniert wurde. Zu einem Zeitpunkt, als noch niemand von Edward Snowden gehört hatte. Wo sind die Unterlagen?«

Georg überlegte, welchen Teil der Wahrheit er Berger sagen sollte. Offiziell hatte er alles Geheimmaterial dem Bundeskanzleramt ausgehändigt. Inoffiziell hatte er Kopien angefertigt, eine für sich, eine weitere versiegelt hinterlegt bei seiner Anwältin Christina Brandt, eine dritte gespeichert auf einem verschlüsselten Server im Internet.

Und natürlich hatte er weiterrecherchiert. War vernetzt mit den weltweiten Whistleblowern, ob in Freiheit oder eingesperrt in einer Londoner Botschaft oder russischem Asyl. Hatte Kontakt mit YWC bekommen. Hatte gestern Nacht eine geheime Abhörleitung der Amerikaner angezapft. Aber das musste Berger nicht wissen.

»Das Material habe ich der Kanzlerin übergeben«, sagte Georg mit ruhiger Stimme. »Ich hielt das für die korrekteste Lösung. Sonst hätte ich mir doch wieder nur neuen Ärger mit dem Geheimdienst eingehandelt. So schön war es in der Untersuchungshaft auch nicht.«

Berger lachte. »Ich glaube Ihnen nicht. Kein Journalist würde das Material rausrücken. Sie schon gar nicht, Rubin, ehrgeizig, wie Sie sind.«

»Sie unterschätzen die Überzeugungskraft der Sicherheitsbehörden, Herr Berger. Die Kollegen vom britischen Guardian wurden gezwungen, unter Aufsicht sogar Festplatten zu zertrümmern, auf denen Material von Edward Snowden vermutet wurde.«

»Ja, Rubin. Trauriger Fall. Ich hätte so etwas in meinem Hause nie zugelassen. Und, wenn ich das richtig sehe, hat der Guardian trotzdem weiter über Snowdens Enthüllungen berichtet. Insgeheim hatte ich erwartet, dass von Ihnen auch noch was kommt.«

Rubin schaute den Verleger ruhig an und schwieg.

»Aber lassen wir das«, sagte Berger. »Wissen Sie, dass Stein Sie mehrmals feuern wollte?«

Michael Stein, Chefredakteur des BLITZ. »Ja sicher weiß ich das«, sagte Georg. »Als Chefredakteur hätte ich einen Chefreporter wie mich auch gefeuert.«

»Sie sagen es.«

»Was?«

»Chefredakteur.«

»Ja und?«

»Chefredakteur«, wiederholte Berger. »Rubin, wollen Sie Chefredakteur des BLITZ werden?«

Was sollte das denn? Er und Chefredakteur?

»Kommen Sie schon, Rubin. Ich weiß, dass Sie es wollen. Alle wissen es.«

»Was ist mit Stein?«, fragte Georg.

»Der hat schon immer gesagt, dass Sie seinen Job haben wollen. Wir haben letzte Woche einen Aufhebungsvertrag geschlossen. Er bekommt ein gutes Übergangsgeld und wird mir als persönlicher Berater zur Verfügung stehen.«

»Und warum sollte ich das machen? Chefredakteur?«

»Rubin, was wollen Sie denn hören? Dass Sie ein guter Mann sind? Sind Sie. Ich möchte, dass der neue Chefredakteur des BLITZ ein harter Hund ist, der bei Gegenwind nicht gleich aus den Schuhen kippt. Sie wissen, dass die wirtschaftliche Lage der Zeitungen nicht rosig ist. Wir wollen eine gute Zeitung machen, aber wir müssen auch sparen. Da brauche ich jemanden, der das Blatt von innen kennt. Stärken, Schwächen. Die Mitarbeiter. Wissen Sie, wie teuer die Redaktion ist? Nehmen Sie Ihr eigenes Gehalt. Was sage ich, Gehalt, Ihre Gage. Fürstliche Gage. Aber selbst damit sind Sie nur auf Rang fünf der BLITZ-Gehaltsliste. Sogar die Kulturchefin verdient mehr als Sie.«

Georg spürte, wie ihm diese Information einen Stich versetzte. Klar war Carola eine tolle Frau, nach Dienstschluss seine Tango-Tanzpartnerin. Sie hatten zwei Wochen Tango-Urlaub in Buenos Aires verbracht. Aber dass sie mehr als er verdiente, hatte er nicht für möglich gehalten.

Sport, Vermischtes, das waren die Storys, die zählten. Zum

Thema Kultur galt immer noch das Wort des Gründungschefredakteurs von vor fünfzig Jahren: »Kultur ist, wenn Karajan der Kronleuchter auf den Kopf fällt.«

»Rubin, sagen Sie endlich was«, forderte Berger. »Es hat Ihnen doch nicht die Sprache verschlagen? Ich brauche einen Chefredakteur, der den Mund aufmacht, der keine Angst hat, sich für den Erfolg das Gesäß aufzureißen.«

Berger schaute Rubin erwartungsvoll an.

Chefredakteur. Ja, das war immer sein Ziel gewesen. Vorne zu stehen. Die Nummer eins zu sein. Entscheiden zu können. Und jetzt, wo er nur zugreifen musste, zögerte er.

»Mensch, Rubin. Muss ich noch deutlicher werden? Gehaltserhöhung? Firmenwagen? Fünf-Jahres-Vertrag.«

Georg stand auf und ging an die Fensterfront des Verlegerbüros. In der Ferne sah er die Spitzen des Fernsehturms Colonius und des Kölner Doms. Chefredakteur. In seiner Stadt.

Georg kehrte an den Schreibtisch zurück. »Über die materiellen Konditionen müssen wir reden. Aber das ist nicht das Wichtigste, Herr Berger. Der BLITZ muss sich verändern. Muss sich verändern dürfen. Ich bezweifle, dass Sie und der Senior mir freie Hand geben würden.«

»Quatsch, Rubin. Und das wissen Sie auch. Letztlich geht es immer nur um Erfolg. Wenn am Ende die Zahlen stimmen, dann können Sie alles machen.«

»Geben Sie mir das schriftlich?«

»Na ja, fast alles. Da wird man sich einigen können.«

Und wenn nicht, dachte Georg, wäre es auch nicht schlimm. Mit einem Fünf-Jahres-Vertrag im Rücken. Wie hatte sein Vater Paul oft gesagt? Wer etwas wagt, kann verlieren. Wer nichts wagt, hat schon verloren.

Aber wie sollte er es Rosa erklären? Schon jetzt hatte er viel zu wenig Zeit für seine Tochter. Alleinerziehender Vater und Chefredakteur, das würde er nur schwer hinbekommen.

»Ich möchte darüber schlafen«, sagte Georg.

»Kein Problem, Rubin«, sagte Berger. »Ich gebe Ihnen Bedenkzeit. Bis Freitag nächster Woche. Solange ist Stein noch im Dienst. Da brennt nichts an.«

»Danke«, sagte Georg.

»Nichts zu danken. Nur eine Bedingung: Unser Gespräch muss absolut vertraulich bleiben.«

Berger reichte Georg die Hand. Ein kräftiger Händedruck.

»Absolut. Vertraulich«, sagte Georg.

War vielleicht wirklich besser so. Aber was war heute schon vertraulich?

3

Wilhelm Parfitt saß im Wintergarten seiner Villa in Raderthal. Offiziell war er Kaufmann, Import, Export. China. USA. Elektronik für Maschinenbau und Kraftfahrzeuge. Angesehenes Mitglied der Kölner Gesellschaft. Golf, Karneval und IHK. Ein perfektes Netzwerk.

Inoffiziell war er der Mann, der alles wusste oder jedenfalls wissen sollte. Alles über jeden. Und jetzt das. Empörter Anruf aus der Zentrale. Der geheimste aller geheimen Computer sei angezapft worden. Der Angreifer sitze in Deutschland. In Köln. In Ehrenfeld. Angeblich Journalist. Georg Rubin.

»Den kenne ich«, hatte Parfitt gesagt.

»Umso schlimmer. Unternehmen Sie endlich etwas. Der Mann muss weg. Der Angriff muss aufhören. Unsere Sicherheit ist in Gefahr. Und Ihre auch.«

Rubin. Schon wieder. Vor zwei Jahren war dieser Reporter schuld daran gewesen, dass ihre Spionagekamera im Büro der Kanzlerin entdeckt worden war. Dabei machte der Mann einen harmlosen Eindruck. Boulevard-Journalist. Kümmerte sich um Klatsch und Tratsch statt um Politik. Wechselnde Frauenbekanntschaften. Alleinerziehender Vater. Finanziell unabhängig.

Parfitt hatte Norbert Fink auf Rubin angesetzt. Aber der hatte seit Wochen nichts Verdächtiges gemeldet. Vielleicht überfordert, der Mann.

»Ich brauche alles über einen gewissen Georg Rubin aus Köln«, schrie Parfitt in sein Telefon. »Und ich will Viktor sehen. Sofort.«

Viktor war einer der Mitarbeiter in Parfitts Villa, in der ohnehin nur gut gebaute junge Männer Dienst taten. Außer Parfitt, der auf die sechzig zuging.

Viktor erschien, den Kopf gesenkt. Der Mann hatte eine Macke, seitdem er aus Afghanistan zurückgekehrt war. Er schaute immer zuerst auf die Füße seines Gegenübers. Besonders verdächtig waren ihm Männer mit blank geputzten Schuhen. Alles potenzielle Selbstmordattentäter. In Kabul hatte er gelernt: »Man tritt nicht mit schmutzigen Schuhen vor die Augen Allahs.«

Glänzende Schuhe waren das Letzte gewesen, das Viktor von dem Mann gesehen hatte, der sich vor der deutschen Botschaft in Kabul in die Luft gesprengt und drei Menschen mit in den Tod gerissen hatte.

Viktor stellte fest, dass die Schuhe seines Chefs geputzt waren. »Sie wollten mich sprechen?«

»Ja«, sagte Parfitt. »Es ist so weit. Denken Sie, dass Sie übernehmen können?«

»Sicher. Sofort.«

»Und der Tatort?«

»Ist vorbereitet. Das Fenster ist vorbehandelt. Es wird keine Probleme geben. Und keinen unnötigen Lärm.«

»Bestens, Viktor. Ich liebe Fernsehtürme.«

4

Der Thalys aus Paris-Nord war pünktlich. Nach drei Stunden und vierzehn Minuten Fahrzeit rollte der Zug in Köln ein. Amal Amirouche, Französin algerischer Abstammung, Ende zwanzig, stand erwartungsvoll am Fenster, sah halbierte Häuser fast in Greifweite vorbeiziehen, ehe sich das Blickfeld weitete und der imposante graue Dom erschien, der gleich wieder hinter dem gewölbten Dach des Hauptbahnhofs verschwand.

Eine weibliche Lautsprecherstimme war zu hören. Amal wartete, bis die Reisenden, die es eiliger hatten, ausgestiegen waren. Dann schulterte sie ihren Rucksack und betrat den Bahnsteig.

Sie trug enge Jeans, ein weißes T-Shirt und lange schwarze Handschuhe, die ihre Ellenbogen bedeckten. Das glänzende, dunkle Haar fiel ihr bis auf die Schultern. Sie war eine schöne Frau, und ihre aufrechte Haltung zeigte, dass sie sich dessen bewusst war. Mit der Linken hielt sie den Riemen ihres Rucksacks fest, den rechten Arm legte sie an den Körper, als sei er verletzt.

In den Augenwinkeln nahm sie einen kräftigen Mann wahr, der ein Foto in der Hand hielt und sie musterte, ob sie die Person auf dem Bild sein könnte. Sie hasste es, angestarrt zu werden. Der Mann flüsterte in sein Handy. Sie verstand nicht, was er sagte.

Amal fuhr die Rolltreppe abwärts vom Bahnsteig in die Bahnhofshalle und ging ohne zu zögern zum Ausgang Breslauer Platz. Der Dom konnte warten.

Die Bauten auf der Rückseite des Hauptbahnhofs zeigten ein merkwürdiges Stilgemisch. Sie sah Säulen, deren Funktion sie nicht begriff, ein paar gesichtslose Hotel- und Bürobauten, einen leeren Platz, ein blaues Zelt, in dem aushilfsweise die Oper untergebracht war.

Etwas fehlte, aber was?

Es gab viel Verkehr, aber kein echtes Leben außerhalb des Bahnhofsgebäudes, kein Kleingewerbe, keine Händler. In Paris oder Algier würde es wimmeln von Marktständen, Garküchen, Zeitungsläden, Blumenhändlern, Gauklern und Pennern.

Amal überquerte die kahle Freifläche in Richtung eines kleinen Kreisverkehrs und ging weiter in die Johannisstraße. Nach wenigen Schritten entdeckte sie rechter Hand ihr Ziel, das Marriott, einen modernen roten Backsteinbau mit vielen Fenstern.

Das Business-Hotel war nicht ihre normale Preisklasse. Schon das kleinste Zimmer schmückte sich mit dem Prädikat »Deluxe« und kostete einhundertneunundvierzig Euro die Nacht. Aber der Name des Restaurants gefiel ihr, »Brasserie Fou«, was so viel wie »verrücktes Brauhaus« hieß.

Amal hatte online für fünf Nächte reserviert und wurde vom Concierge freundlich begrüßt. Ob sie beruflich in Köln sei?

»Nein«, sagte Amal. »Nicht beruflich, privat.« Sie sprach Deutsch mit französischem Akzent. So, wie sie es sagte, klang es lustig. Abenteuerlustig.

»Ich heiße Mark. Mark Weinert«, sagte der Hotelangestellte. »Wenn Sie Tipps oder Auskünfte benötigen, ich kenne mich aus und helfe gerne.«

»Ich fürchte, in meinem Fall wären Sie machtlos. Ich reise auf den Spuren meines Großvaters. Er ist in Köln gewesen. Im Herbst 1959. Er ist hier gestorben.«

»Oh, das tut mir leid«, sagte Weinert.

»Ich will sehen, was er gesehen hat«, sagte Amal.

Was sie nicht sagte, war, dass ihr Großvater erschossen worden war und sie seine Mörder finden wollte. Aber vor allem wollte sie diesen Journalisten treffen, diesen Georg Rubin.

5

Georg fuhr vom Pressehaus in die Stadt und parkte auf dem Gelände gegenüber dem Stadtgarten zwischen REWE und ALDI. Wenn man in einem der Supermärkte einkaufte, konnte man das Ticket an der Kasse entwerten und eine Stunde frei parken.

Georg schnappte sich eine BLITZ-Ausgabe für achtzig Cent, das half der Zeitungsauflage und brachte ihm den Bonus von einem Euro fünfzig. Einfache Aktion, siebzig Cent gespart.

Der Stadtgarten war eines seiner Stammcafés. Immer was los. Interessante Besucher. Freies WLAN. Freie Zeitungslektüre. Heute aber ging er ein Stückchen stadtauswärts durch die Bahnunterführung zum Hans-Böckler-Platz.

Im Gewerkschaftshaus war er mit Friedhelm Sturm verabredet, ver.di-Sekretär. Georg und Sturm kannten sich aus der Aktion »Arsch huh – Zäng ussenander« gegen Ausländerfeindlichkeit.

Sturms Büro lag im Seitenflügel und war kleiner, als Georg erwartet hatte. Kein Vergleich mit Bergers Verlegerresidenz.

»Kaffee, Wasser, etwas anderes?«, fragte Sturm.

»Wasser, bitte«, sagte Georg.

Sturm schenkte ein. »Prost. Was verschafft mir die Ehre? Du willst doch nicht etwa in die Gewerkschaft eintreten?«

»Ich bin FC-Mitglied«, sagte Georg.

»Der gehört nicht zum DGB. Dein Vater war noch richtig bei uns«, sagte Sturm.

»Fast. Er war in der IG Druck und Papier. Der hat nie verkraftet, dass er und seine Genossen mit der ÖTV und wem noch allen zwangsvereinigt wurden. Und den letzten Namen ›ver.di‹ fand er ganz schrecklich. Auch als Opernliebhaber.«

Sturm lachte. »Ja, die alten Genossen. Träumen immer von der guten alten Zeit, die aber so gut auch nicht war, wenn man genauer nachfragt. Also, was liegt an?«

»Ich mache mir Sorgen um die Zeitung«, sagte Georg. »Wie siehst du das? Wie ist die Lage wirklich?«

»Das fragst du mich?«, sagte Sturm.

»Deshalb bin ich hier.«

»Lieber Georg, du stellst dir das sehr einfach vor. Ich bin Gewerkschafter. Du gehörst zur anderen Seite. Chefreporter. Bist du doch, oder? Da steckt der Chef im Namen drin. Du bist AT, außertariflich. Unsere Tarifverträge gelten nicht für dich und scheren dich einen Dreck.«

»Du liegst völlig daneben. Du kennst mich doch.«

»Eben. Kapitalistenbrut. Du auch. Kann ja sein, dass dir das selbst nicht bewusst ist. Aber objektiv …«

»Was soll daran objektiv sein? Du kannst mich mal«, rief Georg und sprang auf. »Hier, für das Wasser«, rief er und schnippte ein Zwei-Euro-Stück auf Sturms Schreibtisch. Die Münze rollte und torkelte, drehte sich und umkurvte die beiden Wassergläser, landete endlich auf dem Boden, wo sie noch ein paar Meter zurücklegte.

Sturm ging auf die Knie, um das Geldstück zu stoppen. Georg knallte die Tür zu und verschwand.

»He, was soll das?«, rief der Gewerkschafter ihm hinterher. »Du bist doch sonst nicht so zimperlich.«

6

Wütend verließ Georg das Gewerkschaftshaus. Er und Kapitalistenbrut, das hatte ihm noch niemand gesagt. Hatte er überreagiert? Hatte ihn Sturm nur auf die Schippe nehmen wollen?

Statt zum Stadtgarten ging Georg zum Maria Eetcafe, dem belgisch-niederländischen Restaurant im Erdgeschoss des Gewerkschaftshauses. Hier gab es echt flämische Frietjes und Bier in allen denkbaren Geschmacksrichtungen.

Die Sonne stand hoch an diesem Sommernachmittag. Alle Tische auf der Terrasse zum Westbahnhof hin waren besetzt. Georg schlenderte ins Innere des Cafés und suchte sich einen Platz an der Theke im kleinen Saal rechts vom Eingang. Er mochte den Laden und seine Besitzer.

Die Inneneinrichtung hatte etwas Spezielles: die heilige Maria in allen Variationen, mal als Gipsskulptur mit einer Bierflasche in der Hand, mal als bunte Wandmalerei, die Augen melancholisch gesenkt.

Georg setzte sich auf einen Barhocker, bestellte ein kühles Leffe Blond und dazu *Patat oorlog*, wie hier die selbst gemachten Fritten mit Mayo und Erdnusssoße hießen.

Das niederländische Wort »Oorlog« bedeutete korrekt übersetzt »Krieg«. »Die Fritten heißen so, weil der Teller nach dem Hinzufügen aller Zutaten wie ein Schlachtfeld aussieht«, hatte ihm der Chef des Hauses mal erklärt.

Georg äugte aus dem Fenster. Sollte Sturm vorbeikommen, würde er ihn zu sich winken und sich für seinen Abgang entschuldigen.

Sturm kam nicht. Georgs Blick fiel stattdessen auf eine junge Frau in einem luftig-weißen Kleid. Lange dunkle Haare. Dunkler Teint. Vielleicht Italienerin oder Spanierin. Trotz der Sommerhitze trug sie ellenbogenlange schwarze Handschuhe.

Die junge Frau sagte etwas zur Bedienung, die zeigte in Georgs Richtung.

Die Unbekannte schaute Georg an und lächelte. Er fühlte sich ertappt, wandte sich ab und beschäftigte sich mit seinen Frietjes und dem Bier.

Plötzlich stand die junge Frau neben ihm. »Sie sind Georg Rubin?« Sie sprach Deutsch mit französischem Akzent.

Es gab Frauen, bei denen jedes Wort wie ein Lächeln klang. Diese Frau gehörte dazu.

»Ja, ich bin Georg Rubin.«

»Ich heiße Amal Amirouche«, sagte sie und gab ihm die linke Hand.

Georg hielt ihr die Rechte hin und merkte erst dann, dass etwas nicht stimmte, zog seine rechte Hand zurück und schlug endlich mit der Linken in ihre Hand ein.

»Die rechte Hand haben sie mir abgeschlagen«, sagte Amal. »Darf ich?«

Georg nickte.

Sie setzte sich auf den Barhocker rechts neben ihm.

»Die Kellnerin hat mir gesagt, dass Sie Journalist sind. Vielleicht können Sie mir helfen.«

Amal schaute Georg aus tiefdunklen Augen an. Auch die Augen lächelten. Irgendwie war die ganze Frau ein Lächeln. Wie konnte jemand so ausgeglichen sein, dem man die Hand abgeschlagen hatte?

»Amal. Ein ungewöhnlicher Name. Ich dachte, nur Jungen würden so genannt.«

»Sehe ich wie ein Junge aus?«, lachte sie und lenkte seinen Blick auf ihre Figur. »Nein. Amal ist ein arabischer Mädchenname und bedeutet Hoffnung. In Indien allerdings ist Amal ein Jungenname, bedeutet dort so viel wie strahlend hell.«

»Würde auch passen«, sagte Georg.

»Ich bin mit der Hoffnung zufrieden«, sagte Amal.

»Was ist mit Ihrer Hand?«

»Wollen Sie das wirklich wissen? Eine lange Geschichte. Keine schöne Geschichte.«

»Ja, bitte.«

Die Kellnerin brachte ein Fläschchen Mineralwasser.

»Wasser. Hier ist alles so einfach. Aber leben Sie einmal ohne Wasser. Ich stamme aus der Wüste. Algerien. Besitze die französische Staatsbürgerschaft. Habe in Paris studiert. Arabistik und Islamwissenschaft. Bin dann für ein Forschungssemester nach Timbuktu in Mali gegangen. Ich habe in der Ahmed-Baba-Bibliothek mit den wertvollen alten Manuskripten gearbeitet. Weltkulturerbe. Sie haben vielleicht davon gehört, dass die Bibliothek in Flammen aufgegangen ist. Beim Überfall der Islamisten. Bevor die französischen Truppen kamen. Tatsächlich hatten wir, die Mitarbeiter der Bibliothek, die meisten Schätze rechtzeitig in Sicherheit gebracht. Als die Brandstifter das bemerkten, haben sie die Männer hingerichtet. Ich als Frau war nicht würdig genug, getötet zu werden. Ich wurde als Diebin zum Verlust der rechten Hand verurteilt. Die Strafe wurde sofort vollstreckt.«

»Wie schrecklich«, sagte Georg.

»Ich komme klar«, sagte Amal.

Georg betrachtete ihren rechten Arm. Der schwarze Handschuh bestand aus ganz leichtem Stoff, vielleicht Seide. Da, wo die Finger sein sollten, war er zu einem Stumpf gebunden.

»Ich habe jüngst über sehr gute neue Prothesen gelesen«, sagte

Georg, um seine Verlegenheit zu überspielen. »Ich kann mich erkundigen, ob es in Köln Spezialisten gibt.«

Amal lächelte ihn an. »Danke, aber das ist nicht der Grund, warum ich Sie angesprochen habe.«

»Sondern?«

»Wollen Sie raten?«, sagte sie und lächelte immer noch und strahlte, wie er es lange nicht erlebt hatte.

»Nein«, sagte Georg. »Ich rate nicht. Ich denke, wenn eine Frau mich anspricht, dann will sie etwas von mir. Also?«

Amal ließ sich Zeit mit ihrer Antwort. »Ich suche die Mörder meines Großvaters.«

Georg glaubte, einen Unterton zu hören, der noch etwas anderes bedeuten konnte.

»Ich habe einen Freund bei der Polizei.«

»So einfach ist das nicht. Der Mord ist 1959 geschehen. Mein Großvater gehörte zur algerischen Befreiungsfront FNL, die damals für die Unabhängigkeit Algeriens von Frankreich kämpfte. Haben Sie schon mal was vom Algerienkrieg gehört?«

»Ja, aber ich weiß nicht viel darüber.«

»Die Deutschen sind so ein schlaues Volk. Aber über Afrika wissen sie fast nichts. Dabei liegt der Schwarze Kontinent auf der anderen Seite des Mittelmeers. Gleich hinter der Côte d'Azur. Haben Sie eine Ahnung, wie nah sich Afrika und Europa in der Straße von Gibraltar kommen?«

»Vielleicht fünfzig Kilometer?«

»Nicht schlecht geschätzt. Es sind vierzehn. Die Straße von Gibraltar passt locker zweimal in Ihre Stadt hinein. Vierzehn Kilometer, das ist die Entfernung vom Kölner Dom bis zu den Hochhäusern in Chorweiler.«

»Sie kennen sich gut aus«, sagte Georg.

»Ich habe mich informiert.«

»Über Chorweiler?«

»Auch über Chorweiler. Wer in der Wüste lebt, muss wachsam sein.«

»Wir sind hier nicht in der Wüste.«

»Das stimmt. Ali, mein Großvater hat sich in Köln wohlgefühlt. Ein Deutscher, Hans, habe ihm sehr geholfen. Er wohnte am Hans-Böckler-Platz 3. Aber dort wohnt niemand mehr, der so heißt. Für meinen Großvater war Köln das Paradies. Bis zu dem Tag, an dem er ermordet wurde. Es war der 22. Oktober 1959.«

Amal stockte. Georg entdeckte eine Träne in ihren Augen.

»Wo ist Ihr Großvater getötet worden?«

»Hinter dem Hauptbahnhof.«

7

Amal zeigte Georg ein kleines Schwarz-Weiß-Foto mit weißem, gewelltem Rand. »Das ist das letzte Bild, das ich von Ali, meinem Großvater, habe. Ich weiß nicht, wo genau in Köln es aufgenommen wurde.«

»Darf ich?«, fragte Georg und nahm die vergilbte Aufnahme in die Hand. Der junge Mann im Vordergrund trug einen Schnurrbart. »Wie alt war Ihr Großvater damals?«

»Vierundzwanzig.«

»So jung«, sagte Georg. »Und Ihr Vater?«

»Vier Jahre. Abdel Salam, so hieß mein Vater, hatte fast keine Erinnerung an Ali. Wenn er etwas erzählte, dann von seinem vierten Geburtstag. Er hatte einen Lederfußball bekommen. Opa wollte, dass mein Vater Fußballer wird. Irgendwann werde Algerien frei sein und eine eigene Nationalmannschaft haben. Und dann wäre mein Vater vorbereitet. Verrückt, was? Den Lederball hütete mein Vater wie einen Schatz, aber er war nie ein guter Fußballer. Und bei der Weltmeisterschaft 1998 hat er mit dem Erzfeind Frankreich mitgefiebert. Vielleicht wegen Zinédine Zidane, dessen Eltern waren algerische Berber. Wie wir.«

Georg nahm die Brille ab und hielt sich das Foto dicht vors Auge. Der leicht verwackelte Hintergrund zeigte eine städtische, aber lockere Bebauung. Vielleicht der Eigelstein. Der war wie die gesamte Kölner Innenstadt im Zweiten Weltkrieg völlig zerbombt worden. Noch heute waren nicht alle Kriegsschäden beseitigt, noch immer gab es diese merkwürdigen Häuser, die nur ein Erdgeschoss hatten.

»Wie sind Sie an das Foto gekommen?«

»Das Foto steckte in einem Brief an meine Großmutter Aysha. Sie hat es später meinem Vater gegeben. Ich habe es von ihm.

Hier ist der Brief«, sagte Amal und fischte einen dünnen Luftpostumschlag aus der Handtasche. Georg staunte, wie geschickt sie mit der einen, der linken Hand umging.

»Das ist Arabisch.«

Amal lächelte. »Ich kenne den Brief auswendig. Ali schrieb, dass Deutschland ganz anders wäre, als sie immer gedacht hätten. Seit Wochen hätte es nicht geregnet, trotzdem gebe es keinen Wassermangel. Es sei ein Wunder. Geradezu perfekt. Der Himmel sei nicht immer blau, sondern manchmal weiß vor Wolken, aus denen aber kein Regen komme. Und die Deutschen wären gastfreundlich. Vor allem dieser Hans, ein Gewerkschafter, sei ein wahrer Freund.«

Georg untersuchte den Briefumschlag. Abgestempelt in Köln irgendwann im September 1959. Das Tagesdatum war unleserlich. Drei bis vier Wochen vor dem Mordanschlag hatte Ali Amirouche diese Zeilen geschrieben.

»Was wissen Sie über den Anschlag? Was hat Ihr Vater Ihnen erzählt?«

»Der 22. Oktober 1959 war ein Donnerstag. Mein Großvater hat sich an diesem Tag mit fünf anderen algerischen Freiheitskämpfern in einem Hotel namens ›Neunzig‹ in der Johannisstraße getroffen. Es war eine Art Friedensgespräch. Mein Großvater war kurz zuvor mit einigen Kameraden vom MNA zur FLN übergelaufen.«

»FLN habe ich schon gehört«, sagte Georg, »*Front de Libération National* – nationale Befreiungsfront, die später die Macht in Algerien übernahm und, wenn ich es richtig weiß, bis heute noch das Land beherrscht. Aber MNA?«

»MNA heißt *Mouvement National Algérien*, also algerische Nationalbewegung. Die MNA hat mit den Franzosen zusammengearbeitet. Aber genau diese Zusammenarbeit war der Grund, warum mein Großvater zur FLN übergelaufen ist. Er war ein aufrechter Kämpfer für Freiheit und Unabhängigkeit. Er war kein Verräter an der algerischen Sache. Er wurde verleumdet. Und als Verräter ist er angeblich von der FLN liquidiert worden. Mein Vater hat diese Version nie geglaubt. Ich glaube sie auch nicht. Ich denke, er wurde vom französischen Geheimdienst Main Rouge ermordet.«

»*Main Rouge*«, wiederholte Georg, »*Rote Hand*. Kannte ich bisher nur als Zigarettenmarke. Mein Vater hat die mal geraucht. Furchtbar starkes Kraut.«

»Für mich hieß *Main Rouge* immer blutige Hand«, sagte Amal. »Ich habe alte FLN-Protokolle gelesen. Die Schüsse fielen, als sie das Hotel verließen. Genau auf dem Weg vom Hotel in Richtung Hauptbahnhof. Heute ist alles bebaut, damals muss da bis zum Rhein hin ein großer Parkplatz gewesen sein. Glauben Sie, dass es möglich ist, noch etwas über den Mord und die Mörder herauszufinden?«

»Ich denke schon. Es muss Akten geben. Zeitungsartikel. Da kann ich rankommen. Augenzeugen zu finden, wird nicht so leicht sein. Nach über fünfzig Jahren.«

»Sie müssen es tun. Bitte«, sagte Amal und schaute Georg in die Augen. »Ich weiß, dass Sie der richtige Mann sind.«

»Bin ich«, sagte Georg.

»Ich habe Material gesammelt. Das Foto und der Brief gehören dazu. Ich kann Ihnen alles per E-Mail schicken. Bitte.«

»E-Mail, na klar«, sagte Georg.

Aber wieso sollte er einer Frau, die er gerade erst kennengelernt hatte, seine E-Mail verraten? Oder war Amal gar nicht irgendeine Frau, sondern der erwartete geheime Bote?

Seine dienstliche E-Mail-Adresse durfte er keinesfalls angeben, die private Mailadresse hatte er in den letzten Monaten so abgesichert, dass nur noch vertrauenswürdige und verschlüsselte Botschaften ihn erreichen konnten. Zum Glück hatte er für unvorhergesehene Kontaktanfragen immer ein paar Zweitadressen parat. Er entschied sich für seine Mailadresse mit der Endung .koeln, die frisch eingeführt worden war. Die Chance war groß, dass die NSA dort noch nicht schnüffelte.

Amal notierte Georgs Angaben. »Interessant, dass Köln eine eigene E-Mail besitzt. Paris führt auch gerade eine Paris-Mail ein. Ich schicke das Material gleich los. Schauen Sie es ganz genau an. Bitte. Vielleicht entdecken Sie etwas Überraschendes. Wie lange werden Sie brauchen, um etwas herauszufinden?«

»Ein, zwei Tage.«

»Ja, sicher. Wenn Sie etwas wissen oder Fragen haben, dann melden Sie sich bei mir. Ich wohne im Marriott gleich hinter dem

Hauptbahnhof. In der Johannisstraße. In der Nähe des ehemaligen Tatorts. Sie können mich auch anrufen.«

»Kennen Sie Threema?«, fragte Georg und war gespannt auf ihre Antwort.

»Ja«, sagte Amal und lachte, als habe sie auf dieses Stichwort gewartet. »Threema ist gut. Und ziemlich sicher. Für Normalbürger. Wollen wir unsere IDs tauschen?«

Amal nahm ihr Handy, öffnete die angesprochene App und präsentierte ihren Threema-QR-Code, den Georg mit seinem iPhone aufnahm und speicherte. Dann lief die gleiche Prozedur umgekehrt ab, Amal sicherte Georgs Code auf ihrem Handy. Drei grüne Punkte hinter ihren Tarnnamen zeigten an, dass sie von nun an mit höchster Sicherheit Meldungen austauschen konnten. Wenn nichts dazwischenkam.

Es war komisch und auch erschreckend, wie sich seit der Enthüllung der totalen NSA-Überwachung sein Kommunikationsverhalten geändert hatte.

Georg schaute sich noch einmal den Namenseintrag an, den Threema für Amal Amirouche angelegt hatte. Als Wohnort war YWC angegeben.

8

Norbert Fink schlenderte über die Hohenzollernbrücke. Er war allein, und das schmerzte umso mehr, als sonst nur verliebte Pärchen unterwegs waren.

Die Hohenzollernbrücke, die Eisenbahnbrücke über den Rhein zwischen der Kölner Altstadt und dem rechtsrheinischen Deutz, war als »Lovebridge« zu einigem Ruhm gekommen. Die Brücke der Liebesschlösser. Als Zeichen ewiger Liebe und Treue befestigten Pärchen ihr Schloss am Brückengitter und warfen den dazugehörigen Schlüssel in den Rhein.

Als Fink, es war im Frühjahr 2008, mit seiner Birgit das Verlobungsschloss am Brückengeländer befestigt hatte, hingen dort erst ein paar hundert Liebesschlösser, inzwischen mussten es über hunderttausend sein.

Die Bundesbahn hatte gedroht, den Liebesbrauch zu verbieten und alle Schlösser abzumontieren, weil die Last für die Brücke zu hoch wäre. Es kam zu einem Massenprotest. Die Bahn lenkte ein und versprach, ab sofort alles zu tun, um die Liebesschlösser zu schützen.

Fink verlangsamte seinen Schritt. Wo war sein Liebesschloss? Damals war es ihr gemeinsames Liebesschloss gewesen, Birgits und seines. Der Abend war lau gewesen, sie hatten rheinaufwärts geschaut, auf das Altstadtufer mit der beleuchteten Silhouette von Groß St. Martin, dem Schokoladenmuseum, dem Rheinauhafen, wo die Kranhäuser aus der Erde wuchsen.

Sie hatten versucht, den Schlüssel gemeinsam in den Rhein zu werfen. Ein schwieriges Unterfangen. Der Schlüssel war kaum über das Geländer geflogen und mehrmals auf Steine und Metallteile der Brücke geprallt, ehe er endlich doch in den dunklen Fluten versunken war.

Vier Wochen später hatten sie geheiratet. Drei glückliche Jahre miteinander gelebt. Bis zu Birgits Tod.

Sie hatte am Rheinufer gejoggt. Wie immer hatte sie die weißen Stöpsel ihres iPods im Ohr gehabt. Hatte die Bahn, die aus Richtung Bonn kam, nicht gehört. Birgit wollte die Gleise überqueren, lief direkt vor den Zug. Der Fahrer leitete eine Notbremsung ein und setzte einen Hilferuf ab, ehe er einen Schock erlitt.

Fink hatte ihn später einmal besucht. Der Mann hatte den Vorfall nie verkraftet. Den Job als Straßenbahnfahrer hatte er aufgegeben. Weil er Angst hatte, es könnte ihm noch einmal passieren. In dem Jahr verzeichneten die Kölner Verkehrs-Betriebe zehn tödliche Unfälle.

Fink war nicht traurig. Nicht mehr. Dazu war zu viel Zeit vergangen. Aber erst heute war der Tag gekommen, an dem er die Beziehung beenden konnte. Er würde das Schloss abschneiden, in den Rhein werfen und wieder zu leben beginnen.

Ihr Liebesschloss war ein ganz normales Schloss gewesen, nicht in Herzform oder sonst wie kunstvoll gestaltet, nur ein golden schimmerndes Messingvorhängeschloss, wie man es zum Abschließen des Kellers benutzt. Eingraviert waren ihre Namen. Birgit und Norbert. Und das Datum.

Fink schaute sich um. Er wollte bei seiner Tat nicht beobachtet werden, nachher hielte man ihn noch für einen hinterhältigen Liebesschlösserdieb.

Ein ICE rollte vorbei. Das Schloss erzitterte und warf einen Lichtschein zurück, als zwinkerte es ihm zu.

Fink holte die schwere Zange aus dem Rucksack, als sein Handy klingelte.

»Fink? Ich bin's. Parfitt.«

»Ja«, sagte Fink, es war mehr ein Flüstern.

»Ich bin beunruhigt. Unsere einarmige Banditin geht sehr zielstrebig vor. Raten Sie mal, mit wem sie sich getroffen hat?«

»Sagen Sie es mir.«

»Das sollten eigentlich Sie mir sagen. Mit unserem alten Freund, Georg Rubin, diesem Schreiberling. Eine algerische Terroristin trifft einen deutschen Schmierenjournalisten, der nichts anderes kann, als die Arbeit der Geheimdienste schlechtzumachen.«

»Im Hotel hat sie gesagt, sie wäre auf den Spuren ihres Großvaters.«

»Hach, was für eine schöne Geschichte. Fink, Sie Romantiker, wenn Sie so etwas glauben, dann suchen Sie sich besser einen anderen Job.«

»Ich habe das recherchiert. Ihr Großvater ist 1959 in Köln ermordet worden.«

»Klar. Wenn ich auf Mördersuche gehe, sage ich das als Erstes dem Hotelportier. Damit auch ja niemand was merkt.«

»Sie hat dem Hotelportier nichts von Mord gesagt. Sie hat davon gesprochen, dass ihr Großvater in Köln gestorben ist.«

»Fink, hören Sie auf mit diesem Unsinn. Wir wissen von unseren französischen Freunden, wie gefährlich diese Amal Amirouche ist. Rubin haben wir selbst auf der Liste. Ich will, dass Sie den beiden auf den Pelz rücken. Ich will alles wissen über die beiden.«

»Ich dachte, Sie wüssten sowieso alles.«

»Fink, hören Sie auf mit den Witzen. Um Rubins Computer und Telefon kümmere ich mich. Aber der Kerl ist vorsichtig. Vielleicht sogar clever. Sie müssen ihn beschatten. Tag und Nacht. Das ist ein Befehl. Er darf keinen Schritt machen, ohne dass wir davon erfahren.«

»Und wie soll ich das anstellen?«

»Lassen Sie sich etwas einfallen. Sie waren bei der Polizei. Sie galten als sehr erfindungsreich.«

»Aber«, wollte Fink protestieren, doch Parfitt hatte die Verbindung unterbrochen.

Finks Blick fiel wieder auf sein Liebesschloss. Er packte die Zange und hatte keine Mühe, den Bügel zu durchtrennen. Und so etwas nannte sich Sicherheitsschloss.

»Was tun Sie da?«, rief eine Männerstimme. Fink drehte sich um. Ein Liebespaar.

Fink hielt das Schloss hoch, warf es in den Rhein und sagte: »Sie hat mich verlassen.«

9

»Georg, ich muss mit dir reden.«

Gertrud Odenthal hatte auf der Lauer gelegen, um ihn abzupassen, als er nach Hause kam.

Rud, wie sie genannt werden wollte, war so etwas wie Georgs häusliche Cheforganisatorin. Sie kümmerte sich um seine Tochter Rosa und überließ ihr in ihrer Wohnung das Kinderzimmer, das sie ansonsten für ihre eigene Tochter Nicole frei hielt. Die allerdings war schon vor Jahren ausgezogen und wollte auch nicht zurückkehren. »Aber hier ist schließlich ihr Zuhause. Sie soll wissen, dass sie jederzeit willkommen ist«, sagte Gertrud, wann immer das Thema aufkam, und ließ sich nicht beirren.

Sie ließ sich auch nicht darin beirren, mütterlich fürsorglich Georgs Liebesleben zu kommentieren und zu steuern. Früher hatte sie seine wechselnden Bekanntschaften missbilligt, jetzt sorgte sie sich schon seit Monaten darum, dass er gar keine Freundin mehr nach Hause brachte.

»Deine Tochter braucht eine Mutter. Und ein Mann braucht eine Frau«, sagte sie. Und da er die Lust am anderen Geschlecht verloren zu haben scheine, werde sie sich darum kümmern, dass endlich eine Frau ins Haus käme.

Georg selbst kam mit seiner Single-Rolle ganz gut klar. Ricarda Pereyra, seine argentinische Ex, war seit über einem Jahr die Freundin von Gerald Menden, Hauptkommissar bei der Kölner Polizei und einer von Georgs besten Kumpeln.

Ricarda war immer noch Georgs Tango-Lehrerin, sie trafen sich einmal die Woche und verstanden sich gut. Manchmal, für die drei Minuten eines Tangos, kamen sie sich sehr nahe, aber Liebe war nicht mehr im Spiel.

Blieb noch Carola Maar, Georgs Kollegin und Tanzpartnerin. Sie war elegant, zwei Jahre älter als er. In den letzten Herbstferien hatten sie zwei Wochen Tango-Urlaub in Buenos Aires gemacht. Sie hatte in einer Frauen-WG gewohnt, er in einem Hotel in der Nähe. Alle hatten sie für ein Liebespaar gehalten, aber sie waren nur gute Freunde, die den Tango liebten.

Außerdem war Carola verheiratet. Ihr Mann, Arthur, war Architekt, ziemlich beschäftigt und ein Tanzmuffel. »Ich bin Bewegungslegastheniker«, sagte er immer. Und er schien froh zu sein, dass Georg mit Carola tanzen ging. Von Eifersucht keine Spur. Warum auch.

Georg wunderte sich, wie Rud es mit einem einzigen Satz geschafft hatte, sein Gehirn in Besitz zu nehmen. Wo er zuvor noch gegrübelt hatte über Bergers Angebot, die Begegnung mit Amal Amirouche und die bevorstehende Aktion gegen die NSA, nisteten sich plötzlich wieder die zwischenmenschlichen Fragen ein. Vielleicht waren das ja doch die wirklich wichtigen Dinge.

Er schloss die Tür zu seiner Wohnung auf. Rud wiederholte ihren Satz »Georg, ich muss mit dir reden« und machte klar, dass sie die Absicht hatte, ihn in seine Wohnung zu begleiten.

»Espresso?«, fragte er.

»Ich hätte Lust auf Rotwein. Du hast doch einen im Haus?«

Rotwein, kein Kaffee. Das ließ hoffen, dass Ruds Gardinenpredigt nicht ganz so schlimm ausfallen würde. Er goss ihr ein Glas ein, selbst begnügte er sich mit einer Cola Zero.

Rud hatte sich auf einen von Georgs roten Klappstühlen am runden Glastisch in der Küchenecke gesetzt.

»Was macht dir Kummer, Rud?«, fragte Georg.

»Du«, sagte sie und hielt ihm das Glas hin, das schon wieder leer war. »Hast du noch einen Schluck?«

Georg schenkte nach, diesmal füllte er das Glas nur zu einem Drittel.

»Mit mir ist alles in Ordnung«, sagte Georg.

»Meinst du. Ich sehe das anders«, sagte Rud und leerte das Glas.

»Noch eins?«, fragte Georg.

»Nein. Es reicht. Ich wollte mir nur etwas Mut antrinken.«
»Wozu?«
»Um dir die Wahrheit zu sagen.«
»Ich dachte, du sagst immer die Wahrheit.«
»Sag ich auch.«
»Na dann los.«
»Vielleicht … doch noch … nur einen winzigen … Schluck.«
»Nein.«

Gertrud Odenthal richtete ihren Oberkörper auf. Mit großen Augen schaute sie Georg an.

»Nun sag schon, was los ist«, ermunterte er.

Rud senkte die Lider, fast schien es ihm, als ob sie errötete. Und dann sagte sie: »Ich habe einen Freund.«

Georg platzte raus vor Lachen. »Das ist doch wunderbar. Und darum druckst du hier so rum? Komm, ich schenke dir doch noch ein Glas ein. Das muss gefeiert werden. Ich nehme mir auch eins. Prost.«

»Nein«, sagte Rud.

»Wie jetzt?«

»Du verstehst nicht. Für mich ist es großartig, ja. Ich fühle mich wie im dritten Frühling. Aber was ist mit dir?«

»Was soll mit mir sein?«

»Ich werde für dich und für Rosa weniger Zeit haben.«

Oh, das könnte wirklich ein Problem werden. Georg genehmigte sich ein zweites Glas.

»Genau genommen habe ich ab sofort keine Zeit mehr. Rolf, er heißt Rolf, hat mich auf eine Kreuzfahrt mit der AIDA eingeladen. Vierzehn Tage Mittelmeer und Rotes Meer. Mallorca. Ibiza. Tunis. Malta. Kreta. Athen. Suezkanal. Kairo. Sharm El-Sheikh. Ein Sonderangebot, das man nicht ablehnen kann. Ich habe zugesagt. Wir fliegen Donnerstagmittag um dreizehn Uhr. Das ist er.«

Rud holte aus ihrer Handtasche ein Foto hervor, das einen gut aussehenden Mittfünfziger in Badehose an einem Strand zeigte. »Das ist Rolf. Auf Mallorca.«

»Rud, das mit ihm hättest du mir sagen müssen.«

»Ich habe es dir gerade gesagt.«

»Na, ein paar Tage früher.«

»Ich wollte es dir gestern Abend sagen. Aber du hattest ja nur Ohren für die Kanzlerin und diesen Putin. Rolf hat mich vorgestern erst mit der Reise überrascht. Wir kennen uns seit zwei Wochen. Wir standen in der Metzgerei auf der Venloer Straße an der Wursttheke. Stell dir vor, er hat ganz genau dasselbe wie ich bestellt. Zervelatwurst, gekochten Schinken und ein Stück Blutwurst. Er hat *Blootwoosch* gesagt wie ein echter Kölner. Er kann aber auch Hochdeutsch. Wir haben uns ein paarmal getroffen. Freitagabend hat er mich gefragt, welchen Traum er mir erfüllen könnte. Da habe ich ihm von einer Kreuzfahrt vorgeschwärmt. Die Müllers vom ersten Stock haben letztes Jahr eine kleine Mittelmeerreise gemacht. Mallorca. Cannes. Barcelona. Vollpension. Getränke inklusive. Jeden Abend tolles Programm. Sogar Tanzkurse. Was haben die geschwärmt! Das wollte ich auch mal. Rolf ist gleich am Samstag ins Reisebüro und hat alles gebucht. Ich konnte ihn da doch nicht hängen lassen.«

»Nein. Sicher nicht. Es kommt nur so plötzlich. Und sehr ungelegen. Hast du eine Idee, was ich jetzt machen soll?«

»Also, erstens bin ich nur zwei Wochen weg. Zweitens kannst du meine Wohnung weiter nutzen. Und Rosa ihr Kinderzimmer. Und drittens: Rosa ist zwölf Jahre alt. Meinst du nicht, dass sie auch mal ein paar Stunden alleine aushält? Und du selbst könntest dich auch mal ein bisschen mehr an deine Vaterpflichten erinnern. Ich finde, dass du dich in der letzten Zeit zu wenig gekümmert hast.«

»Ich hatte furchtbar viel Arbeit.«

»Ja. Das sagen Männer immer und hängen dann doch nur in der Kneipe rum oder vor dem Computer. Du bist ihr Vater. Du hast zugestimmt, dass sie bei dir wohnt. Ich helfe dir mehr, als man von einer Nachbarin eigentlich erwarten kann. Du musst endlich deine eigene Verantwortung wahrnehmen.«

Georg stand auf und umarmte Rud. »Du bist doch nicht irgendeine Nachbarin. Du gehörst zur Familie.«

»Mag sein. Aber auch ein Familienmitglied hat Recht auf Urlaub. Weißt du, wann ich das letzte Mal eine größere Reise gemacht habe? Vor vier Jahren. Eine Woche Eifel. Mit dem Kirchenchor. Und du? Warst du nicht gerade zwei Wochen in Argentinien?«

»Das war im Herbst. Und Rosa war in der Zeit bei ihrer Mutter.«

»Was willst du damit sagen? Dass ich einfach ganz selbstverständlich immer da sein muss? Wie eine Waschmaschine. Oder wie dein teurer Kaffeeautomat?«

»Ach, Rud, du weißt doch, wie ich das meine. Ich bin so dankbar, dass du mir hilfst. Ohne dich hätte das mit Rosa nie so gut geklappt. Wo ist sie überhaupt?«

»Das weißt du nicht? Heute ist Montag. Da hat sie nachmittags Ballettunterricht. Von vier bis sechs. Um sieben wird sie wieder hier sein.«

»Ballett. Klar. Hatte ich vergessen.«

»Dann wird es Zeit, dass du dir ihren Stundenplan merkst. Kannst du nicht ein paar Tage Urlaub nehmen? Das muss doch drin sein. Und dann suchst du dir Hilfe. Was ist mit deinen Freunden? Deiner Familie? Dein Vater lebt doch noch.«

»In Holland. Der kümmert sich seit der Rente nur noch um sein Schiff.«

»Dann rufst du ihn an und sagst, dass du Hilfe brauchst.«

»Du kennst Paul nicht. Der hat immer gesagt, ich müsste mich selbst um meine Sachen kümmern.«

»Aber das hat doch nichts damit zu tun, dass man mal Hilfe braucht. Man hilft sich als Familie. Bei uns ist das so. Wenn Nicole mich braucht, ich wäre sofort da. Dein Vater braucht irgendwann auch Hilfe. Dann wird er sich bei dir melden, oder?«

»Ich weiß es nicht«, sagte Georg.

»Dann finde es heraus.«

»Weißt du, Rud, dass ich heute schon einmal an Paul gedacht habe? Ich hätte mich längst mal bei ihm melden müssen. Dumm, dass ich mich ausgerechnet dann melde, wenn ich was von ihm will.«

»Tja, Einsicht ist der erste Weg zur Besserung. Da musst du durch. Was uns angeht, sind wir uns also einig. Donnerstag bin ich weg. Morgen früh musst du Rosa zur Schule bringen. Ich muss zum Arzt. Reise-Check. Verstehst du doch.«

Georg wurde bewusst, wie stark Rud sich in den letzten Monaten verändert hatte. Sie hatte abgenommen. Sie kleidete sich viel flotter als früher. Sie war eine wirklich attraktive Frau.

Der weitere Abend verlief besser, als Georg erwartet hatte. Rosa war geradezu begeistert, als sie von Frau Odenthals Ferien erfuhr. Zwei Wochen sturmfreie Bude, was für Aussichten. Und dass Georg sie am nächsten Morgen zur Schule fahren wollte, fand sie cool.

Das Telefonat mit Paul war gar nicht so schwierig. Er lag mit seinem Schiff, einer vierzig Jahre alten Stahlyacht namens Cicero, im Hafen des Städtchens Kerkdriel an der Maas irgendwo in der Mitte der Niederlande. Mit dem Auto zwei Stunden von Köln entfernt.

Ja, er könne ein paar Tage kommen, er sei ein freier Mann. Georg müsste ihn nur abholen. Sie verabredeten sich für den nächsten Tag. Georg versprach, um vier Uhr da zu sein.

Dienstag

10

Es war Mitternacht, als Georg Zeit für sich fand. Er stellte den Laptop auf den runden Glastisch und öffnete ihn. Keine neuen Gesprächsmitschnitte der Kanzlerin.

Der Montag war auch ohne das aufregend genug gewesen! Das Angebot des Verlegers, er solle die Chefredaktion des BLITZ übernehmen. Das ärgerliche Gespräch im Gewerkschaftshaus. Er würde sich bei Sturm entschuldigen. Die unglaubliche Begegnung mit Amal Amirouche im Maria Eetcafe. Ihre eigene Geschichte und der Anschlag auf ihren Großvater 1959 in Köln. Die Vermutung, dass sie die geheime Botin der Whistleblower war. Am Abend dann die unangenehme Botschaft, dass Gertrud Odenthal sich in den nächsten zwei Wochen nicht um Rosa kümmern konnte. Und schließlich das Gespräch mit seinem Vater, der sich bereit erklärte, für ein paar Tage nach Köln zu kommen.

Georg setzte sich an seinen Schreibtisch, der aus einem langen Brett auf zwei Stützen bestand, direkt vor dem großen Fenster hinaus zum Garten. Es störte ihn nicht, dass sein Blick auf die Piusstraße hinausging, im Gegenteil, er fand es interessant, die vorübergehenden Menschen zu beobachten. Ganz selten schaute auch einmal jemand zurück.

Jetzt herrschte Ruhe. Die Eckkneipe an der Vogelsanger Straße hatte vor Monaten geschlossen. Das alte Lustbad Griechentherme schräg gegenüber hatte gutbürgerlichen Wohnungen weichen müssen.

Georg startete seinen stationären iMac. Der Computer brauchte endlos lange, bis er betriebsbereit war. Das gute Teil hatte ein paar Jahre auf dem Buckel, aber er hatte immer dafür gesorgt, dass das aktuellste Betriebssystem aufgespielt war.

Manchmal hatte er Rosa in Verdacht, dass sie mit ihren Spielen schädliche Viren einschleppte. Sie hatte das immer bestritten. Sie würde sich überhaupt nicht für solche Computer interessieren. Er sollte ihr ein iPad schenken, dann müsste sie auch nicht an seinen Rechner. Letzte Weihnachten hatte er ihr dann tatsächlich einen Tablet-Computer gekauft und sich selbst auch ein iPad Air gegönnt. Schönes Gerät.

Als der Rechner endlich hochgefahren war, meldete ihm das Mailprogramm mehrere tausend E-Mails im Eingangsordner. Er musste dringend mal aufräumen.

Die letzte Mail trug den Absender Amal Amirouche und war als Spam markiert.

Normalerweise schob Georg so herausgefilterte Nachrichten sofort in den Papierkorb. Meist handelte es sich um Werbung, oft um direkte Angriffe mit angehängter Schadsoftware, die beim Öffnen der Mails aktiviert würden.

Sein Apple war zwar etwas weniger gefährdet als die Rechner anderer Betriebssysteme, aber das Ausspionieren von Passwörtern und anderen vertraulichen Informationen war eine allgegenwärtige Bedrohung.

Georgs Gehirn schickte Warnungen, sein Bauchgefühl beruhigte ihn. Die Frau sei ganz sicher seine Verbündete. Er habe doch gewusst, dass ein Bote unterwegs zu ihm war.

Georg ließ sich Amals Mail anzeigen. Sie enthielt nur einen minimalen Text: »Hier wie besprochen das Material. Amal.« Im Anhang verschiedene Dateien in unterschiedlichen Formaten. PDFs. JPGs. Eine Zip-Datei, deren Inhalt erst heruntergeladen und auf dem eigenen Rechner dekomprimiert und damit lesbar gemacht werden musste.

Georg legte einen Ordner namens »Amal« an und speicherte die Mailanhänge dort ab. Er würde mit den Fotodateien beginnen. Die konnten zwar auch infiziert sein, waren aber nicht so gefährlich wie die anderen Dateien. Und wenn er das interne Vorschau-Programm nutzte und keine Standard-Bildbearbeitungssoftware, war die Sicherheit noch einmal erhöht.

Das Foto, das auf dem Bildschirm erschien, kannte Georg schon, es war das vergilbte Bild von Amals Großvater. Er vergrößerte es, suchte das Bild Zentimeter für Zentimeter ab, entdeckte nichts Außergewöhnliches.

Die Metainformationen wiesen aus, dass das Foto vor zwei Tagen digitalisiert worden war.

Das PDF würde normalerweise mit dem Adobe Reader

geöffnet, aber auch diese Datei schaute sich Georg mit dem internen Vorschau-Programm an. Das PDF zeigte den Briefumschlag und den Brief von Amals Großvater an seine Frau.

Am Rand des Briefes entdeckte er eine handschriftliche Notiz in lateinischen Buchstaben, die er im Café nicht bemerkt hatte. Es waren zwei Wörter, die sich gut entziffern ließen, einmal der Name *Hans*, daneben die Adresse *Hans-Böckler-Platz 3*, also Hinweise auf den Kölner Helfer von Amals Großvater.

Beide Wörter waren mit rotem Kugelschreiber geschrieben worden. Im Brief selbst waren einzelne arabische Wörter rot unterstrichen. Diese Hinweise stammten nicht aus dem Jahr 1959, sondern waren vor Kurzem hinzugefügt worden. Warum waren ihm die Wörter nicht auf dem Originalbrief aufgefallen? War das hier eine speziell für ihn bearbeitete Kopie?

Die Metainformationen gaben nicht viel her. Auffallend war der Dateiname *important.pdf*, also *wichtig*. Aber warum sollte dieser Brief nicht so heißen, er war schließlich das letzte Dokument, das Amal von ihrem Großvater hatte.

Bei der Zip-Datei erlebte er eine Überraschung. Sie hatte sich zwar speichern lassen, ließ sich aber nicht öffnen. Verlangt wurden ein Nutzername und ein Passwort, und die hatte Amal nicht mitgeliefert.

Georg startete einige Versuche, scheiterte jedoch immer wieder. Schließlich zog er eine Kopie auf einen USB-Stick.

Um halb drei in der Nacht wurde ihm klar, dass er Amal fragen musste. Irgendwie freute er sich darauf, einen Grund für ein Wiedersehen zu haben. Nur eines bedrückte ihn: Wie sollte er das alles zeitlich auf die Reihe bekommen?

11

»Menno, du hast versprochen, mich heute zur Schule zu bringen.«

Georg hörte die vorwurfsvolle Stimme seiner Tochter, spürte, dass sie an sein Bett trat und ihm die Decke wegziehen wollte. Er wehrte den Angriff erfolgreich ab, drehte sich um und schlief weiter. Bis ihm ein Schwall Wasser ins Gesicht platschte. Nein, das war kein Traum, das war die harte Wirklichkeit.

Er schoss hoch, schrie: »Spinnst du?«, um sich sofort zu korrigieren: »Wie spät ist es denn. Hab ich verschlafen?«

»Und ob«, sagte Rosa. »Das schaffen wir nie. In einer Viertelstunde fängt der Unterricht an. Englisch bei Frau Kerner. Die gibt mir glatt 'ne Sechs.«

Georg hatte inzwischen den Turbo eingeschaltet, war aus dem Bett gesprungen, hinein ins Badezimmer, rief von dort: »Quatsch. Darf die gar nicht. Höchstens einen Eintrag ins Klassenbuch«, absolvierte die schnellste Dusche seines Lebens, dann noch Zähne putzen, anziehen, einmal kurz die Haare nass nach hinten gebürstet, alles in Rekordzeit.

»In sieben Minuten fängt die Schule an, das schaffen wir nie.«

»Maul hier nicht rum. Beweg die Beine. Ab in die Tiefgarage.«

Im Laufschritt hetzte Georg in den Keller. »Mist, ich habe den Autoschlüssel oben liegen lassen.« Also noch einmal zurück, wo war der Schlüssel denn nur? Ach, in der Jacke, die ich gestern anhatte. Da war er. Schnell zurück in die Tiefgarage. Rosa zog eine Schnute.

»Mach kein Gesicht. Ich bringe dich in die Klasse und werde dich persönlich entschuldigen.«

Georgs Mini Cabrio stand in der Box, das Verdeck offen, wie er den Wagen gestern Abend abgestellt hatte. Aber war es so früh am Morgen nicht etwas kalt? Sei's drum, keine Zeit. Es kam jetzt auf jede Sekunde an.

Rosa setzte sich auf den Beifahrersitz und nicht auf die Rückbank, worauf Georg an normalen Tagen bestand. »Schnall dich wenigstens an, sonst fliegst du mir noch weg.«

Georg trat das Gaspedal durch, der Wagen schoss durch die Piusstraße Richtung Widdersdorfer Straße. Der Tacho zeigte sechsundsiebzig Stundenkilometer an, kurz vor dem Berufskolleg bremste Georg den Wagen auf etwa sechzig runter. Dabei war das ganze Viertel seit Langem zur Tempo-30-Zone erklärt worden. Georg war prinzipiell für diese Verkehrsberuhigung, aber das musste ja nicht unbedingt heute sein.

Weiter Richtung Melatenfriedhof, da stand schon wieder ein Tempo-30-Schild, noch mal beschleunigen, war ja kaum Verkehr,

Rechtskurve, kein neues Schild, ob hier wieder Tempo fünfzig galt? Am Haupteingang des Friedhofs hatte er einundsechzig Stundenkilometer drauf, als er die Kelle eines Polizisten wahrnahm, der mit seinen Kollegen am Straßenrand gelauert und es offensichtlich auf ihn abgesehen hatte.

Georg stieg in die Bremse und brachte den Mini fünfzehn Meter nach dem Kontrollposten zum Stehen.

Der Polizist mit der Kelle nahm sich sehr viel Zeit, ehe er an Georgs Fahrertür auftauchte. Genau genommen sprach er nicht durch die Scheibe, sondern ganz von oben herab, was bei einem geöffneten Cabrio kein Problem war.

»Führerschein. Fahrzeugpapiere.«

Georg musste den Sicherheitsgurt lösen, um an sein Portemonnaie in der Hosentasche zu kommen, in dem die gewünschten Dokumente steckten. Der Beamte winkte einen Kollegen heran, der die Papiere in Empfang nahm und zurück zum Streifenwagen ging, um eine Sicherheitsüberprüfung vorzunehmen.

»Herr Wachtmeister, das ist ein Notfall«, sagte Georg.

»Ach nee, was denn für ein Notfall?«

»Meine Tochter …«

»Was ist mit ihr?«

»Kommt zu spät zur Schule.«

»Ja. Sicher. Und jetzt wird es noch später. Wissen Sie, dass Sie zu schnell gefahren sind?«

»Ja. Ich denke schon. Ich hatte es eilig.«

»Das ist keine Entschuldigung. Sie waren sehr schnell. Sehr viel zu schnell. Unser Messgerät hat für Sie einundsechzig km/h angezeigt. Das macht einunddreißig km/h zu schnell oder einhundertsechzig Euro Strafe plus drei Punkte in Flensburg und einen Monat Fahrverbot.«

»Das ist nicht Ihr Ernst. Müssen Sie nicht wenigstens zehn km/h abziehen?«

»Ich muss gar nichts. Sie müssen. Sich an die Verkehrsregeln halten.«

»Ich dachte, hier wäre Tempo fünfzig. An der letzten Kreuzung stand kein Tempo-30-Schild.«

»Da irren Sie sich. Der gesamte Bereich am Friedhof ist eine Tempo-30-Zone, die gilt so lange, bis sie wieder aufgehoben wird. Das entsprechende Schild finden Sie, wenn Sie auf die Aachener Straße kommen. Hier gilt Tempo dreißig.«

»Verstehe. Damit die Toten nicht gestört werden.«

Der Polizist winkte als Verstärkung zwei Kollegen heran. »Ich möchte, dass ihr den Wagen sehr gründlich und sehr genau untersucht. Innen und außen. Ist das Teil verkehrssicher? Alle nötigen Teile an Bord? Ihr wisst schon. Die ganz gründliche Nummer.«

Georg protestierte. »Aber das muss doch nicht sein. Ich gebe ja zu, ich war etwas zu schnell. Aber bestimmt nicht schneller als fünfzig. Wenn Sie wünschen, kann ich auch bar bezahlen.«

»Jetzt steigen Sie erst einmal aus und lassen uns unsere Arbeit tun«, befahl einer der Polizisten.

Georg sah ein, dass er so nicht durchkam.

»Und Sie auch, junges Fräulein«, komplimentierte der Polizist Rosa nach draußen.

»Hätte ich mich nur nie auf dich verlassen«, giftete sie. »Da wäre ich ja zu Fuß schneller gewesen.« Rosa schnappte sich ihren Tornister und setzte sich Richtung Aachener Straße in Bewegung.

»Hiergeblieben. Ich habe gesagt, ich bringe dich zur Schule. Ich rede mit der Lehrerin. Oder dem Direktor.«

Polizist Nummer eins, der Georg um einen halben Kopf überragte, unterbrach das Gespräch: »Kommen Sie mit zum Streifenwagen. Der Kollege, der Ihre Personalien überprüft, hat ein paar Fragen.«

»Keine Vorstrafen. Keine Punkte. Der Wagen ist nicht gestohlen gemeldet. Trotzdem komisch«, sagte der Kollege.

»Was soll an dem Wagen komisch sein?«

»Wir haben notiert, dass der Wagen früher einem Lukas Podolski gehört hat. *Dem* Lukas Podolski?«

Georg nickte.

Sein Mini war ein Cooper S. Automatik. Komplett in Schwarz. Mit allen Schikanen. Vorbesitzer war tatsächlich der ehemalige Fußballstar des 1. FC Köln, der inzwischen für den FC Arsenal in London spielte. So stand es in den Papieren, und Georg hatte darauf bestanden, dass der Name des Vorbesitzers im Kfz-Brief erhalten blieb. Gefahren hatte den Wagen vor allem Poldis Frau Monika, so hatte es der Verkäufer des Autohauses in Marsdorf erzählt. Georg war zufällig dort gewesen, als der Wagen reinkam. Georg hatte sofort zugeschlagen, obwohl das Gefährt einige Euro-Scheine mehr kostete, als er eigentlich ausgeben wollte. Aber ein Mini Cabrio und dann noch von Lukas Podolski, das war doch fast eine Wertanlage.

»Sie sind beim BLITZ, stimmt doch?«

»Ja, ich bin Chefreporter.«

»Chefreporter. Ach so. Und da ist man natürlich bekannt mit einem wie Lukas Podolski, und natürlich hat der dann ein Auto übrig. Bestimmt zu Sonderkonditionen. Schöner Klüngel.«

»Nein, so war es nicht. Ich habe den Wagen ganz normal in einem Autohaus gekauft.«

Die Männer, die den Wagen untersucht hatten, kamen zurück. »Alles in Ordnung. Keine weiteren Beanstandungen.«

Polizist Nummer eins gab Georg die Papiere zurück. »Wir haben uns die Messung noch einmal angesehen. Es könnten auch sechzig km/h gewesen sein. Minus zehn km/h macht fünfzig km/h. Das sind zwanzig km/h zu viel. Macht fünfunddreißig Euro. Keinen Punkt. Kein Fahrverbot. Dann hätten Sie noch mal Glück gehabt.«

»Soll ich sofort bezahlen?«

»Nein, nein. Vielleicht müssen wir ja doch bei den einundsechzig km/h bleiben. Sie bekommen alles schriftlich. Erst einmal dürfen Sie weiterfahren. Aber seien Sie sehr vorsichtig. Fallen Sie noch einmal auf, sind Sie dran.«

»Danke für den Rat. Ich werde aufpassen.«

Georg war froh, den Posten verlassen zu können. Rosa war inzwischen zurückgekehrt und saß schlecht gelaunt auf dem Beifahrersitz.

»Ich hätte eine Idee. Wie wäre es mit einem Eis, und dann schreibe ich dir eine Entschuldigung für die ersten beiden Stunden?«

Erwartungsvoll sah Georg seine Tochter an. Er wusste, dass Eis ihre große Leidenschaft war.

Nicht an diesem Morgen. »Du sollst nicht lügen«, sagte sie. »Wir fahren zur Schule, und du sagst meiner Lehrerin die ganze Wahrheit. Vom Verschlafen bis zur Polizeikontrolle.«

Seine Tochter konnte ganz schön stur sein. Ganz der Vater.

12

»Wer zu spät kommt, den bestraft das Leben.« Chefredakteur Michael Stein empfing Georg mit sichtlicher Häme. Die Redaktionskonferenz war fast beendet, als Georg endlich das Pressehaus erreichte.

»Ich hatte zu tun«, sagte Georg kurz und setzte sich an seinen Platz.

Mit seiner Ankunft hatte er den Vortrag von Carola Maar unterbrochen. Sie schaute ihn unfreundlicher an, als er es gewohnt war. Sie hatten zwar keinem der Kollegen von ihrer Tanzpartnerschaft erzählt, aber trotzdem wussten alle, dass sie mindestens gut befreundet waren. Kein Grund also, dass sie ihn angiftete. Oder war er gar nicht gemeint?

Carola kämpfte darum, eine Story über den maroden Zustand der Kölner Museen ins Blatt zu bekommen. Sogar das frisch gebaute Rautenstrauch-Joest-Museum für Völkerkunde am Neumarkt musste schon wieder instand gesetzt werden.

Stein ließ sich nicht überzeugen. Wenn die Kultur nichts Besseres habe, dann müsse eben die Sportredaktion den Platz füllen. »Ihr habt doch das schöne Interview mit der Freundin des FC-Trainers. Die ist Künstlerin. Ist also auch Kultur. Wie heißt noch mal ihr Comedy-Programm?«

»Himmel, Arsch und Titten«, sagte der Sportchef.

»Das nehmen wir«, beendete Stein die Konferenz.

Georg begleitete Carola zurück bis zu ihrem Schreibtisch in einem der Finger des Großraumbüros.

»Stein wird immer unausstehlicher«, sagte Georg.

»Ja. Aber du warst heute auch keine große Hilfe«, antwortete Carola, immer noch schlecht gelaunt.

»Was hätte ich denn machen sollen?«

»Du hättest mich unterstützen können. Du hast selbst immer gesagt, wie skandalös die Stadt mit ihren Kulturbauten umgeht. Das muss man doch mal öffentlich aufarbeiten.«

»Sorry. Ich hatte die Vordiskussion nicht mitbekommen.«

»Hab ich gemerkt. Du bist genau in meine Ansage reingeplatzt.«

»War keine Absicht. Lass uns in der Mittagpause was essen gehen. Dann können wir reden.«

»Einverstanden«, sagte Carola. »Wo gehen wir hin? Ich will heute nicht in die Kantine.«

»Ich denk mir was aus. Ich hole dich ab«, sagte Georg.

Statt in sein Büro – als Chefreporter hatte er ein Einzelzimmer – machte er sich auf den Weg ins Archiv.

»Oh, welch seltener Gast«, begrüßte ihn Sandra Herfurth, die seit einem halben Jahr im Pressehaus beschäftigt war. Georg hatte sie ermutigt, sich auf die freie Stelle zu bewerben.

Sandra hatte früher im Kölner Stadtarchiv gearbeitet. Am Tag, als das Stadtarchiv einstürzte, es war der 3. März 2009 gewesen, hatte Georg sie in dem schmucklosen Gebäude besucht. Die Direktorin des Archivs und die Angestellten hatten ihm von ihrer Angst erzählt, das Haus könnte unsicher sein. Sie hatten ihm Risse gezeigt und von Erschütterungen erzählt. Sie hätten die zuständigen Stellen bei der Stadt informiert, aber niemand hätte ihre Hinweise ernst genommen.

Als Georg kam, war nichts mehr zu retten. Während seines Besuchs geschah die unvorstellbare Katastrophe, das riesige Gebäude stürzte in ein gewaltiges Erdloch, das der U-Bahn-Bau in der Severinstraße gerissen hatte. Wie durch ein Wunder kamen nur zwei Menschen eines Nachbarhauses ums Leben. Sandra und er hatten sich retten können, so wie alle Besucher und Mitarbeiter des Stadtarchivs.

Sandra hatte Georg damals bei der Aufdeckung des »Richter-Codes« und der Jagd nach einem Mörder geholfen. Der Vater des Mordopfers hatte ein Honorar von zweihundertfünfzigtausend Euro gezahlt, das Georg und Sandra sich geteilt hatten.

Sandras Anteil war inzwischen aufgebraucht, sie hatte ihn in Kuren und Behandlungen gegen ihr Trauma gesteckt. Nach dem Einsturz war sie jahrelang arbeitsunfähig gewesen. Jede kleinste Erschütterung hatte bei ihr Todesängste hervorgerufen. Erst Jahre später hatte sie ihre Angst so weit überwunden, dass sie sich wieder unter Menschen traute.

Was Georg wirklich ärgerte: Die Aufklärung der Einsturzursache war kaum weitergekommen, als er schon damals ermittelt hatte. Es hätte nicht viel gefehlt, dann wäre die Verjährungsfrist von fünf Jahren verpasst worden.

Auf den letzten Drücker wurden Ermittlungsverfahren gegen über einhundert Verdächtige eingeleitet, erst nach öffentlichem Druck wurden auch Verantwortliche der städtischen Gebäudewirtschaft in diese Liste aufgenommen.

Der zuständige Vorstand der Kölner Verkehrs-Betriebe, der in der Folge des Einsturzes sein Amt räumen musste, blieb von Ermittlungen verschont. Es gab manchen in der Stadt, der das für Klüngel hielt, denn der ehemalige KVB-Vorstand war gleichzeitig Vorsitzender einer der großen Parteien im Rat gewesen.

Gut ein Jahr nach dem Einsturz des Archivs wurde der Mann vom Aufsichtsrat der Kölner Verkehrs-Betriebe aus dem Vorstand abberufen, blieb überraschenderweise aber bei unveränderten Bezügen im Unternehmen angestellt. Sein Jahresgehalt betrug zweihundertzwanzigtausend Euro. Nach dem Ablauf des Vertrages im Herbst 2013 erhielt er eine jährliche Pension von einhundertdreißigtausend Euro, und das im vergleichsweise zarten Alter von sechsundfünfzig Jahren.

»He, aufwachen«, rief Sandra und holte Georg aus seinen Gedanken. »Was verschafft mir die Ehre?«

Gut sah sie aus. Die roten Haare trug sie sehr kurz, fast wie ein Mann. Sandra war eine Lesbe. Als er sie kennengelernt hatte, war sie mit einer Studentin befreundet gewesen. Kathrin. Die war damals verschwunden. Einmal war Georg mit Sandra im Bett gelandet, aber er hatte sie nicht reizen können.

»Ich brauche deine Hilfe. Eine Recherche aus dem Jahr 1959. Alles über eine Schießerei hinter dem Hauptbahnhof. Zwei Algerier wurden getötet, einer von ihnen hieß Ali Amirouche. Außerdem interessiert mich alles über Algerier in Köln in dieser Zeit. Es muss hier eine ganze Kolonie gegeben haben. Was hatten die hier zu tun? Wer hat sie unterstützt? Das volle Programm.«

»Kein Problem«, sagte Sandra. »Sonst noch was?«

»Dieser Ali Amirouche hat eine Enkelin. Amal Amirouche. Sie ist zurzeit in Köln. Es wäre toll, wenn du über sie auch etwas herausfinden könntest.«

»Ach, ist der Herr mal wieder auf Schürzenjagd?«

»Quatsch. Das Interesse ist rein beruflich. Sie hat mich gefragt, ob ich ihr bei der Suche nach den Mördern ihres Großvaters helfen kann.«

»Und, hast du ihr schon Asyl bei dir zu Hause angeboten?«

»Hör doch auf. Irgendwie ist mir nicht so nach Späßen.«

»Drückt dich dein neuer Job so?«

»Was meinst du?«

»Das weiß doch jeder.«

»Was weiß jeder?«

»Dass du der neue Chefredakteur wirst. Und hier ist die Liste der Mitarbeiter, die du als Erste feuern willst.«

Sandra reichte ihm ein Papier, das zwei Dutzend Namen enthielt, ganz oben stand Chefredakteur Michael Stein, auf Platz zwei folgte Kulturchefin Carola Maar, hinter jedem Namen war eine Zahl notiert, wohl das Jahresgehalt.

»Wo hast du das her?«

»Das kursiert seit gestern durchs Haus. Stein hat erzählt, dass du beim Verleger warst. Da kann man zwei und zwei zusammenzählen.«

Georg nahm das Papier. Wut stieg in ihm hoch. »Diese Ratte. Stein hat das inszeniert. Dabei hat er selbst schon längst einen Aufhebungsvertrag mit dem Verleger ausgehandelt. Am Monatsende ist er weg.«

»Dann stimmt das also?«

»Was soll da stimmen? Stein geht, ja. Das stimmt. Alles andere ist erstunken und erlogen.«

»Du wirst also nicht Chefredakteur?«

»Was soll ich dazu sagen?«

Er wusste nicht, wie er aus dieser Zwickmühle rauskommen sollte. Berger hatte er versprechen müssen, ihr Treffen geheim zu halten, belügen wollte er Sandra nicht. Und dann diese Liste und die verleumderische Geschichte, die Stein verbreitete.

»Keine Antwort ist auch eine Antwort«, sagte sie, wandte sich ab und verschwand zwischen den Archivregalen.

»Es ist nicht so, wie du denkst«, sagte Georg.

Sandra kam zurück und umarmte ihn. »Das weiß ich doch. Wenn du Hilfe brauchst, ich bin auf deiner Seite.«

13

Georg fühlte sich gehetzt und gejagt. Also entschied er sich ganz bewusst, es ruhiger angehen zu lassen. Wenn du es eilig hast, gehe langsam.

Er holte sich einen Kaffee aus dem Redaktionsautomaten, ging in sein Büro, schloss die Tür, was das Zeichen war, dass er nicht gestört werden wollte, setzte sich an den Schreibtisch, legte die Beine auf den Tisch und erstellte in Gedanken eine Liste der Dinge, die ihm durch den Kopf schwirrten:

– *die angebliche Kündigungsliste*
– *Mittagessen mit Carola*
– *um Rosa kümmern*
– *Paul in Holland abholen*
– *Sandras Recherchen abfragen*
– *Knöllchen*
– *Bergers Chefredakteursangebot annehmen/absagen*
– *Amal Amirouche wiedersehen*
– *den Mord an Amals Großvater aufklären*
– *Aktion gegen die NSA vorbereiten/durchführen.*

Die Zahl der Einträge wurde immer länger, und da war sein Hauptjob als Chefreporter des BLITZ noch nicht einmal dabei.

Er griff zum Telefon, wählte Gerald Mendens Nummer im Polizeipräsidium. Gerald war einer seiner besten Freunde. Bei der Mordkommission. Der könnte ihm eines seiner Probleme gleich vom Hals schaffen.

»Gerald, Georg hier.«

»Oh, schön, mal wieder von dir zu hören. Dienstlich oder privat?«

»Vielleicht beides. Aber wohl doch eher privat.«

»Ich höre.«

Die Männer machten nie viele Worte, aber vor allem Gerald tat sich schwer, seinen Verhörstil abzulegen.

»Ich bin heute Morgen in eine Polizeikontrolle geraten. Piusstraße vor dem Melatenfriedhof. Angeblich war ich einunddreißig Stundenkilometer zu schnell. Soll drei Punkte und Fahrverbot kosten. Kannst du das Knöllchen nicht verschwinden lassen?«

Die Antwort kam so laut, dass Georg den Telefonhörer Zentimeter vom Ohr weghielt. »Was fällt dir ein? Nein. Kann ich nicht. Will ich nicht. Hinterher schreibt dein BLITZ wieder so 'ne tolle Story über den Klüngel bei der Kölner Polizei. Georg, wenn dir etwas daran liegt, mein Freund zu bleiben, dann frag mich nie wieder.«

Georg strich in seiner Gedankenliste das Wort *Knöllchen*. Wenn er es nicht verhindern konnte, dann musste er sich auch nicht damit beschäftigen.

»Entschuldigung«, sagte Georg ins Telefon, »kommt nicht wieder vor. Du hast mir trotzdem geholfen.«

»Verstehe ich nicht.«

»Erkläre ich dir später. Wäre schön, wenn wir uns mal wieder treffen könnten. Im Moment bin ich sehr eingespannt.«

»Wie immer«, sagte Menden. »Melde dich, wenn du Zeit hast.«

»Ach, eins noch«, sagte Georg. »Kommst du an Akten aus dem Jahr 1959? Am 22. Oktober 1959 sind hinter dem Kölner Hauptbahnhof zwei Algerier erschossen worden. Der Fall interessiert mich.«

»Hab's notiert. Keine Ahnung, ob wir darüber noch was haben.«

»Ist nicht so wichtig. Wäre nett. Bis bald.«

Mit Carola wäre Georg gerne zum Mittagessen ins Bepi in der Breite Straße gefahren, viele Jahrzehnte lang der Lieblingsitaliener seines Vaters, und auch er selbst war dort regelmäßig eingekehrt, nachdem Giuseppe »Bepi« Valenti und seine Frau Ursula im Februar 1963 ihre Trattoria direkt gegenüber dem alten Pressehaus eröffnet hatten. Doch Ende Juli 2014, nach über einundfünfzig Jahren, hatte der Kult-Italiener die letzten Spaghetti serviert. Der Senior fand, dass er sich mit seinen siebenundsiebzig den Ruhestand verdient hatte, seine Söhne Renato und Marco wollten den Betrieb in der bestehenden Form nicht weiterführen, also war ein Käufer gesucht und gefunden worden. Statt Bepi regierte dort jetzt ein Paolo.

Privat würde ein Stückchen Bepi in Georgs Haushalt weiterleben. Sein Vater hatte Bepi vor Jahren um das legendäre Rezept seines Rahmschnitzels gebeten und es später wie eine Familienreliquie an Georg weitergegeben.

Carola liebte Nudeln. Georg könnte sie ins Brücken in der Johannisstraße einladen. Dort war dienstags Pasta-Tag. Das Restaurant lag nur ein paar Meter vom Marriott entfernt, in dem Amal Amirouche wohnte, und auch nicht weit von der Stelle, an der Amals Großvater 1959 erschossen worden war.

Georg kannte das Brücken von zwei dienstlichen Terminen. Es lag zwischen dem Institut der Deutschen Wirtschaft und der REWE-Zentrale. Gesprächspartner beider Institutionen hatten sich mit ihm in dem kleinen Lokal getroffen.

Carola würde es gefallen, und er hätte einen guten Anknüpfungspunkt, ihr von Amal zu erzählen.

Er ging durch die Redaktionsräume, um Carola abzuholen. Sie saß nicht an ihrem Schreibtisch. Georg wartete. Drei Minuten. Fünf Minuten. Das Großraumbüro lag weitgehend verlassen da, die meisten waren in der Mittagspause.

Am anderen Ende saß Elke, eine der Layouterinnen, und aß einen Apfel. Ob sie wisse, wo Carola Maar steckte.

Michael Stein, der Chefredakteur, habe sie abgeholt.

Georg schaute auf sein iPhone. Wenn Carola verhindert wäre, hätte sie ihm eine Nachricht geschickt. Aber da war nichts.

Verärgert nahm er die Treppen ins Erdgeschoss, um in der Kantine nach Stein und Carola zu sehen. Sie waren nicht da.

Er stellte sich in die Nudel-Schlange. Er hatte sich Pasta vorgenommen, dann wollte er auch Pasta essen. Es gab Spaghetti mit Tomatensoße und Parmesankäse. Nicht toll, aber essbar.

Er suchte einen Tisch abseits von den anderen. Ihm war nicht nach Redaktionsklatsch.

Als er gerade Platz genommen hatte, klingelte sein Handy. Das würde Carola sein.

»Rubin«, meldete er sich.

»Sandra hier. Ich habe etwas gefunden. Wo bist du?«

»In der Kantine.«

»Gut. Ich habe auch noch nichts gegessen. Ich bringe die Ausdrucke mit.«

Georg wollte widersprechen, aber Sandra war schon unterwegs.

Es beruhigte ihn, das Sandra die Papiere nicht offen bei sich trug, sondern in einer Aktentasche verstaut hatte. Sie kam direkt an seinen Tisch, stellte die Tasche auf den Sitz ihm gegenüber, er solle darauf aufpassen, und verschwand, um sich ihr Essen zu holen.

Natürlich hatten alle anwesenden Kolleginnen und Kollegen gesehen, dass Sandra dabei war, sich zu ihm zu setzen. Und da tuschelten nicht nur die Mitarbeiter des BLITZ, sondern auch die Kollegen des Kurier, die Verlagsangestellten, die Leute aus der Technik, alle.

Es würde keine halbe Stunde dauern, bis das ganze Glashaus darüber informiert war, dass Herr Rubin mit Frau Herfurth. Und dabei ist doch Herr Rubin eigentlich mit Frau Maar. Aber die war gerade mit dem Chefredakteur.

Sandra kam mit einem großen Salat- und Rohkostteller an Georgs Tisch zurück. Als Getränk hatte sie ein Glas Wasser mitgebracht. Vegetarierin oder Veganerin – hätte er sich ja denken können, bei der Figur.

»Ich hatte heute mal Lust auf Grünzeug«, sagte sie. »Ich habe gestern Abend so viel gesündigt, da will ich heute etwas weniger Kalorien zu mir nehmen.«

Doch keine Vegetarierin.

»Du meintest am Telefon, du hättest etwas gefunden«, sagte Georg.

Sandra kämpfte mit einem Salatblatt und nickte.

Georg drehte sich mit der Gabel eine neue mundgerechte Portion Spaghetti auf den Löffel. Sah so aus, als müsste er sich gedulden.

»Es gibt ziemlich viel Material über den Anschlag von 1959. Ich habe dir alles ausgedruckt. Ali Amirouche ist tatsächlich der Name eines Opfers. Das wäre dann der Großvater deiner Freundin.«

»Sie ist nicht meine Freundin«, widersprach Georg.

»Warum regst du dich auf? Locker bleiben. Du bist doch sonst so der coole Typ.«

»Bin ich auch.«

Sandra beschäftigte sich mit den Gurkenscheiben auf ihrem Teller. »So viel ich über den alten Amirouche gefunden habe, so wenig habe ich über die junge Amal gefunden.«

»Was willst du damit sagen?«

»Dass es sie eigentlich gar nicht geben kann.«

»Es gibt sie aber. Ich habe sie getroffen.«

»Gut. Glaube ich dir. Aber wenn jemand wirklich existiert, dann hinterlässt er Spuren. Im wirklichen Leben. Aber noch mehr im virtuellen Leben. Wir hinterlassen alle Spuren. Und wenn wir noch so vorsichtig sind. Aber das muss ich dir ja nicht erklären. Du bist der Internet-Experte.«

»Nein, musst du nicht. Was ist mit Amal?«

»Über sie gibt es nichts. Nada. Rien. Nothing. Absolut nichts. Ich habe das komplette Internet gecheckt. Alle möglichen Suchabfragen erstellt in allen möglichen und unmöglichen Sprachen. Deine Amal Amirouche ist nicht dabei. Die Fundstellen mit diesem Namen beziehen sich immer und ganz eindeutig auf jemand anderen.«

»Sicher?«

»Es gab einen Hinweis auf eine Amal Amirouche, aber das kann nicht deine Amal sein. Hat sich bei einem Sprengstoffanschlag in Mali in die Luft gesprengt. Man hat ihre Leiche gefunden. Ihr fehlte die rechte Hand.«

Georg erschrak. »Woher stammt diese Meldung?«

»Von den französischen Truppen in Mali. Was ist los?«

»Meiner Amal Amirouche fehlt die rechte Hand. Genau wie deiner Sprengstoffleiche. Sie hat erzählt, man hätte sie ihr abgeschlagen. In Mali.«

Georgs Kopf schien zu zerplatzen. Wer war diese Frau? War sie doch nicht die erwartete Botin? War sie auf ihn angesetzt? Hatte sie ihm die Geschichte vom Mord an ihrem Großvater nur aufgetischt, um an ihn ranzukommen? Weil sie wusste, dass er als Journalist nicht widerstehen konnte, wenn es ein Rätsel aufzuklären gab?

»Ich weiß nicht, was ich davon halten soll«, sagte er endlich.

»Du kannst sie fragen«, sagte Sandra. »Ich habe von einer lebenden Amal nichts gefunden. Und wenn ich von ihr nichts gefunden habe, dann heißt das, dass sie sehr gut im Vernichten von Spuren sein muss. Sehr, sehr gut. Denn ich bin auch sehr gut im Aufspüren von Spuren.«

»Ist es das, was du mir mitteilen wolltest?«

»Auch. Aber es gibt noch etwas anderes. Wusstest du, dass Köln 1959 so etwas wie die Zentrale der algerischen Freiheitskämpfer war? Sie wurden von den Franzosen als Terroristen gejagt.

Deutschland war gerade dabei, sich mit Frankreich zu versöhnen, und hätte Terroristen natürlich ausliefern müssen. Stattdessen ließ man sie gewähren, solange sie keine Verbrechen auf deutschem Boden begingen.

Die tunesische Botschaft in Bonn diente als ihre diplomatische Vertretung, Bundeskanzler Adenauer wusste davon und kalkulierte, dass die FNL-Leute irgendwann die Macht in einem unabhängigen Algerien übernehmen würden, dann wäre es natürlich besser, man hätte schon Kontakte, als sie etwa Richtung DDR zu vertreiben. Adenauer selbst hielt sich vornehm bedeckt. Er wollte die Gespräche mit dem französischen Präsidenten Charles de Gaulle nicht belasten. Den direkten Kontakt zu den Algeriern hielt ein Kölner. Ein sehr bekannter Kölner.«

Sandra unterbrach ihre Rede und widmete sich ihrem Grünzeug. Warum musste sie es so spannend machen?

Endlich fuhr Sandra fort. »Dieser bekannte Kölner, damals war er noch nicht so bekannt, aber später, dieser Kölner tauchte an jenem 22. Oktober 1959, dem Tag, als Ali Amirouche und ein zweiter algerischer Freiheitskämpfer erschossen wurden, am Tatort auf. Es spricht sehr viel dafür, dass er die Algerier kannte. Vielleicht hatte er sie treffen wollen. Vielleicht waren sie auf dem Weg zu ihm.«

»Und, hat dieser bekannte Kölner auch einen Namen?«

»Ja«, sagte Sandra. »Hans-Jürgen Wischnewski.«

»Ben Wisch. Der Held von Mogadischu«, sagte Georg.

»Ja«, sagte Sandra, »aber Mogadischu war 1977, achtzehn Jahre später als der Anschlag in Köln.«

»Ich brauche alles, was du über ihn hast«, sagte Georg.

»Schon erledigt. Alles in der Mappe.«

Sandra öffnete ihre Aktentasche und holte einen Ordner hervor, in dem einige hundert Blatt abgeheftet waren. »Ich wünsche dir spannende Lektüre.«

»Danke. Ich habe ja sonst nichts zu tun.«

14

Kaum war Georg wieder in seinem Büro, meldete sich sein Handy. Sein Vater war am Apparat. »Wann kommst du endlich? Ich bin reisefertig.«

»Wir sind für vier Uhr verabredet. Es ist halb zwei.«

»Dann musst du jetzt los. Man braucht zwei Stunden von Köln aus.«

»Wenn du mich das Telefongespräch beenden lässt, dann kann ich hier einpacken und abfahren.«

»Ja, gut. Ich warte im kleinen Hafencafé auf dich.«

Paul war normalerweise die Ruhe selbst und rief nie von sich aus an. Warten war er gewohnt, jedenfalls, solange er mit Maria verheiratet gewesen war. Sie war vor fünf Jahren an Krebs gestorben. Paul hatte gleich nach Marias Tod seine Segelyacht verkauft, auf der sie viele gemeinsame Törns erlebt hatten, und sich stattdessen eine alte Motoryacht gesucht, die er auch alleine fahren konnte.

Georg war ihr einziges Kind, umso mehr plagte ihn sein Gewissen, dass er sich zu wenig um Paul kümmerte. Andererseits schien der gut ohne ihn auszukommen. Bisher jedenfalls.

Die Fahrt nach Kerkdriel verlief staufrei. Der Yachthafen befand sich am Rande der Maas in einer Seenlandschaft, die durch das Ausbaggern von Sand entstanden war. Die Zufahrtsstraße lag hoch auf einer Landzunge. Rechts erstreckte sich ein Strandbad, links lagen die Schiffe, tatsächlich gab es nicht nur einen, sondern gleich drei benachbarte Häfen.

In der dritten Einfahrt entdeckte Georg das von Paul erwähnte Café. Es war ein eingeschossiger Holzbau mit kleinem Innenraum und großer Außenterrasse. Paul saß mit einem Pärchen an einem Ecktisch, von dem aus er sowohl den Hafen als auch die Straße im Blick hatte.

Georg wunderte sich, dass sich Paul flüssig auf Holländisch unterhielt. Hatte der alte Herr sich doch tatsächlich eine Fremdsprache beigebracht.

»Setz dich, Junge«, sagte Paul auf Deutsch, was die beiden anderen auch verstanden. »Das ist mein Sohn. Ich fahre mit ihm ein paar Tage nach Köln.«

»Ihr Vater hat so viel von Ihnen erzählt«, sagte die Frau.

Georg nickte freundlich. Was konnte Paul schon von ihm erzählen? Sie hatten sich seit Monaten nicht gesehen. Aber als Eltern hatte man ja einen Fundus an Kindergeschichten, die mit jedem Erzählen noch etwas schöner und aufregender wurden.

Wenn er über Rosa erzählte, war das auch oft die durch Stolz geschönte Wirklichkeit.

»Iss noch ein Stück Apfelkuchen mit Sahne. *Appelgebak met slagroom*. Der ist phantastisch. Und dazu eine Cola light?«

Da Georg nicht sofort widersprach, rief Paul die Bestellung laut über den Tisch zur Bedienung, die im Innern des Cafés an der Kasse beschäftigt war.

Der Kuchen war außerordentlich lecker. Ein bisschen matschig, aber das galt in der Familie als Qualitätsmerkmal. Auch Maria hatte früher oft Apfelkuchen gebacken.

Georg begann, die Friedlichkeit des Ortes zu spüren. Der Blick ging weit über das flache Land, hinter dem See floss gemächlich die Maas vorbei, der Wind wehte kräftiger als in der Stadt und erfrischender.

»Bevor wir fahren, musst du dir noch mein Schiffchen ansehen«, beharrte Paul.

Sie stiegen zum Wasser hinab, passierten ein Tor, das abends geschlossen wurde und sich dann nur mit einem speziellen Chip öffnen ließ, und gingen auf dem Steg an die hundert Meter weit in die Mitte des Sees hinein.

»Da ist sie«, sagte Paul und zeigte auf eine Stahlyacht, die in makellosem Weiß an ihrem Liegeplatz festgemacht war.

»Die Yacht heißt Cicero, das war doch ein Mann?«

»Alle Schiffe sind weiblich. Und außerdem habe ich bei der Taufe nicht an den alten Römer gedacht, sondern an das alte Schriftmaß im Bleisatz. Ein Cicero sind zwölf Punkt. Du erinnerst dich?«

Georg erinnerte sich. Als er ein Junge war, hatte Paul ihn oft mit in die Mettage genommen, wo die Metteure den Bleisatz zu ganzen Seiten montierten. Wobei nicht alle Buchstaben aus Blei waren, die besonders großen für die Überschriften bestanden aus Holz.

Im Bleisatz erschienen alle Texte in Spiegelschrift, deshalb drehten die Metteure die zu bauenden Seiten um hundertachtzig Grad, sodass sie sich trotzdem wie gewohnt von links nach rechts lesen ließen. Georg hatte sich sehr groß gefühlt, als auch er die verdrehten Schriften entziffern konnte.

Das Schiffsinnere bot eine Kombüse und einen kleinen Schlafraum, dazwischen lag erhöht das Steuerhaus. Die Wände waren mit Mahagoniholz verkleidet. Auf einem Einbauschrank in der Kombüse stand ein Radio, daneben entdeckte Georg ein altes Familienbild: Vater, Mutter, Kind – aufgenommen bei Ferien an der Nordsee.

»Ich bin so weit«, sagte Paul. Er hatte eine große Reisetasche geschultert und gab sie nicht her, als Georg sie ihm abnehmen wollte. »Behandele mich nicht wie einen alten Mann«, sagte Paul.

Die Tasche war zu groß für den winzigen Kofferraum des Mini Cabrios, Paul verstaute sie auf der Rückbank.

Auf dem Beifahrersitz lag der Ordner, den Sandra ihm gegeben hatte. Paul nahm die Unterlagen, blätterte ein wenig darin und sagte dann: »1959. Mord hinter dem Kölner Hauptbahnhof. Das ist ja spannend. Arbeitest du daran?«

»Ja«, sagte Georg. »Schnall dich an, damit wir losfahren können. Ich erzähle dir unterwegs davon.«

Auf dem Hinweg war Georg durchs Ruhrgebiet gefahren, jetzt zog er den Weg über die niederländische A 2 bis nach Roermond vor.

Paul hörte interessiert zu, als Georg von Amal Amirouche und ihrem Großvater erzählte und dass er bei der Suche nach den Mördern helfen wolle. Und dass er gleich im ersten Schritt auf eine interessante deutsche Persönlichkeit gestoßen war, Hans-Jürgen Wischnewski.

»Ben Wisch«, sagte Paul. »Weißt du, dass ich den persönlich gekannt habe?«

»Nein, habe ich nicht gewusst. Hast du nie erzählt.«

»Das muss so 1968, 1969 gewesen sein. Vor der Bundestagswahl. Willy Brandt wurde damals Bundeskanzler. Da hat unser Verlag ordentlich Wahlkampf für die SPD gemacht.«

»Der Senior hat die Sozis unterstützt?«

»In erster Linie hat er die Liberalen unterstützt. Walter Scheel, der damalige FDP-Vorsitzende, wohnte in Köln. Und liberal war der Senior immer. Und 1967/68 war er ganz sicher sozialliberal. Da hat in Köln Katharina Focke für die SPD kandidiert. Brandt holte sie 1969 ins Kanzleramt, 1972 wurde sie Familienministerin. Der Verlag war es, der für Katharina Focke eine Wahlkampfzeitung produziert hat. Da war ich natürlich gerne dabei. Und da habe ich Wischnewski kennengelernt. Der war Vorsitzender der Kölner SPD und schon Minister im Kabinett der Großen Koalition unter Kiesinger.«

Paul räusperte sich wie nach einem langen Vortrag und sagte dann: »Für mich war klar, dass Wischnewski weiter Karriere machen würde. Der große Ben Wisch. Der hatte den Durchblick, trotz seiner Brille mit den dicken Gläsern.«

Irgendwann im Feierabendstau rund um Eindhoven hatte sich Paul völlig in die alten Akten vertieft und brummte vor sich hin, als ob er etwas kommentieren wollte, es sich dann aber anders überlegte.

»Ich war 1959 elf Jahre alt«, sagte er auf einmal, »vom Algerienkrieg habe ich nichts mitbekommen. Aber ich kann mich gut an die Landschaft hinter dem Hauptbahnhof erinnern. Die meisten Trümmer waren weggeräumt, aber natürlich gab es überall riesige Freiflächen. Du kannst dir das wahrscheinlich nicht vorstellen, aber für uns Pänz war die gesamte Innenstadt ein riesiger Spielplatz. Hinter dem Hauptbahnhof war damals ein großer Parkplatz. Viel zu groß für die wenigen Autos, die es gab. Zwischen und neben den Autos hatten wir jedenfalls immer genug Platz zum Fußballspielen. Wenn ich daran denke, dass genau da, wo ich mal gespielt habe, die zwei Algerier erschossen wurden.«

»Kannst du dich daran erinnern?«

»Nein«, sagte Paul, »nicht an die Morde. Nur an den Platz ganz allgemein. Die Erinnerung an die Zeit ist noch sehr lebendig. Nur eins ist komisch, wenn ich mich erinnere, dann in Schwarz-Weiß oder in blassen Farben.«

Georg machte bei sich den Erinnerungstest. Wo war er mit elf Jahren gewesen? Ihm fiel die Zeit auf dem Apostelgymnasium ein. Seine Erinnerungen waren in Farbe.

»Hier, den ›Spiegel‹-Artikel von damals musst du lesen. Da stehen unglaubliche Sachen drin. Das Attentat war am 22. Oktober 1959. Insgesamt fünf Algerier hatten sich im Hotel Neunzig getroffen. Sie hatten Kaffee und Limo getrunken, keinen Alkohol, sind ja Moslems. Drei Stunden haben sie diskutiert. Dann, gegen neunzehn Uhr, hat der Kleinste der Gruppe bezahlt. Er sah zwar schmächtig aus, war aber der Anführer. Die Algerier verließen das Hotel in zwei Gruppen. Erst der Anführer mit zwei Kameraden, etwas später die beiden anderen. Kaum hatten die ersten drei das Hotel verlassen, fielen Schüsse. Der Anführer brach sofort tot zusammen, einer seiner Begleiter erlitt einen Bauchschuss, an dem er später starb. Das muss der Großvater deiner algerischen Freundin gewesen sein.«

»Sie ist nicht meine Freundin«, sagte Georg.

»Du weißt, wie ich das meine«, sagte Paul.

Er blätterte weiter in den Unterlagen. »Was jetzt kommt, ist der Hammer.«

»Was denn?«

»Jede Menge Leute hatten die Täter gesehen. Zwei Männer. Mindestens drei Augenzeugen hatten die Polizei alarmiert, die auch sehr schnell und mit großem Aufgebot am Tatort war.«

»Und die Täter?«

»Hatten es überhaupt nicht eilig. In dem ganzen Durcheinander sind sie seelenruhig in die nächste Kneipe spaziert und haben sich erst einmal ein kleines Abendessen gegönnt. Dann riefen sie ein Taxi und fragten den verdutzten Mann, ob er sie nach Frankreich bringen könnte. Er hat sie aufgeklärt, dass er sie nur bis zur deutsch-belgischen Grenze fahren könnte. Das würde achtzig Mark kosten. Die beiden Männer waren einverstanden und ließen sich mit dem Taxi Richtung Westen kutschieren.«

»Und die Polizei? Hatte die keine Fahndung eingeleitet?«

»Angeblich war es schwierig, sich mit den algerischen Augenzeugen zu verständigen. Erst nach vier Stunden hätte es eine brauchbare Beschreibung der Täter gegeben, die per Fernschreiber an alle Polizeidienststellen weitergeleitet wurde.«

»Vier Stunden später?«

»Ja. Da wurde sehr gründlich gearbeitet. Gegen neunzehn Uhr fielen die Schüsse, gegen dreiundzwanzig Uhr ging die Fahndung raus. Dumm nur, dass unser kölsches Taxi schon um zweiundzwanzig Uhr fünfzehn an der deutsch-belgischen Grenze ankam.«

»Wo die beiden Täter dann in ein belgisches Taxi umgestiegen sind.«

»Wahrscheinlich. Aber erst einmal mussten sie zur Grenzkontrolle. Damals waren die Grenzen nicht offen wie heute, damals wurde jeder kontrolliert. Auch zwischen Deutschland und Belgien oder Deutschland und Holland. Du hast ja keine Ahnung, was damals alles geschmuggelt wurde. Meine Eltern sind immer nach Venlo zum Einkaufen gefahren und haben sich paketeweise mit Butter, Kaffee und was weiß ich eingedeckt.«

»Was ist mit den beiden Attentätern? Die sind jetzt also gerade in der Grenzkontrolle.«

»Genau. Die Fahndungsmeldung ist zwar noch nicht da, die beiden fallen trotzdem auf. Sie geraten nämlich in Streit mit dem Taxifahrer. Statt der versprochenen achtzig Mark wollen sie nur fünfundsechzig Mark zahlen. Mehr Geld hätten sie nicht. Den Rest würden sie per Postanweisung schicken. Das alles wird in Anwesenheit der belgischen Grenzposten verhandelt. Natürlich überprüfen sie alle Papiere, die beiden Männer mit algerischen Namen haben erstklassige und echte französische Personalausweise und dürfen passieren. Der kölsche Taxifahrer tritt die Heimfahrt an. Auch mit nur fünfundsechzig Mark ist er für damalige Verhältnisse ein wohlhabender Mann. Ein neuer VW Käfer hat zu der Zeit gerade mal dreitausendneunhundert Mark gekostet.«

»Woher willst du das denn wissen?«

»Steht in der Zeitungsanzeige.«

»Und wie ging es dann weiter mit der Fahndung?«

»Als das Fernschreiben der Kölner Kripo mit Festnahme-Ersuchen und Personal-Beschreibung an der Grenzstation eintraf, waren die beiden französischen Algerier längst über alle Berge, immerhin konnte die Grenzpolizei die festgestellten Namen liefern.«

»So ein Pech aber auch. Ich finde das ziemlich verdächtig.«

»Die Kölner Kriminalpolizei schwankte vierundzwanzig Stunden lang, ob man die Ermittlungen dem 1. Kommissariat für Mord oder dem 14. Kommissariat für politische Kriminalität übertragen sollte. Nach langem Hin und Her entschied man sich für die Mordkommission, weil festzustehen schien, dass es sich um eine Auseinandersetzung zwischen Algeriern und nicht um ein Werk algerienfeindlicher Franzosen handelte.«

»Und wie ging es weiter?«

»Ein bisschen wie im Kino. Am nächsten Tag wurden alle in Köln lebenden Algerier zur Polizei einbestellt und vernommen.

Die, die etwas gesehen hatten, beschworen, die Täter wären Handlanger des französischen Geheimdienstes ›Main Rouge‹ gewesen. Die, die nichts gesehen hatten, sagten, sie hätten nichts gesehen, was sie natürlich erst recht verdächtig machte.«

»Das erinnert an die Vorgehensweise der Polizei nach dem NSU-Nagelattentat in der Keupstraße. Da hat auch niemand an einen rechtsradikalen Hintergrund geglaubt. Stattdessen wurden die türkischen Opfer als Mittäter oder Mitwisser verdächtigt.«

Georg fuhr auf dem kleinen Stück Schnellstraße zwischen dem Outletcenter Roermond und der deutschen A 52, als Paul aufschrie: »Halt. Du musst sofort anhalten. Mir ist schlecht. Ich vertrag diese Leserei beim Fahren nicht.«

Vor dem Grenzübergang gab es eine kleine Ausfahrtmöglichkeit zu einer Tankstelle, einem Kiosk und einem Hotel.

»Schnell. Ich muss brechen«, rief Paul.

Georg lenkte den Mini an den Rand der Tankstelle. Genau in dem Moment, als der Wagen zum Stehen kam, spuckte Paul sein Nachmittagsessen aufs Armaturenbrett und in einem zweiten Schwall zwischen die schwarzen Ledersitze.

Eine Stunde später setzten sie ihre Fahrt fort. Paul hatte sich im benachbarten Hotel umgezogen und sah wieder wie aus dem Ei gepellt aus.

Georg hatte mit Hilfe des Tankstellenpersonals seinen Wagen einigermaßen gut gereinigt bekommen. Ledersitze waren etwas Praktisches. Das Einzige, was an den Zwischenfall erinnerte, war ein säuerlicher Geruch.

»Tut mir leid«, sagte Paul. »Ich hätte das wissen müssen. Mir ist schon als Kind schlecht geworden, wenn ich im Auto gelesen habe.«

»Halb so wild«, sagte Georg. »Ich freue mich, dass du hier bist. Wieso hast du eigentlich sofort zugesagt, nach Köln zu kommen, als ich angerufen habe?«

»Mein Junge. Ich bin dein Vater. Du rufst nie an. Und du hast mich auch noch nie um einen Gefallen gebeten. Wenn du es also jetzt getan hast, muss es für dich wichtig sein. Und dann ist klar, dass ich helfe. Da muss ich doch keinen Zirkus veranstalten und groß rumfragen, wieso und warum.«

»Danke«, sagte Georg.

Die Landschaft flog an den beiden vorbei. Im Autobahnkreuz Mönchengladbach bog Georg auf die A 61 ab, am Kerpener Kreuz ging es dann über die A 4 weiter in Richtung Köln.

»Als du den Wagen gereinigt hast, habe ich weiter in deinen Unterlagen gelesen. Es gibt einen zweiten ›Spiegel‹-Artikel, den ein Redakteur geschrieben hat, den ich kenne. Helmar war damals Polizeireporter beim Kurier. Er schreibt, wie er am Tatort des Attentats Hans-Jürgen Wischnewski getroffen hat. Im Kompetenzgerangel zwischen den ihnen wohlgesinnten Beamten der Kölner Mordkommission und den aus Bonn und Meckenheim herbeigeeilten Spezialisten des Bundeskriminalamtes hätte es keine Chance gegeben, aus erster Hand etwas über die Bluttat mitten in Köln zu erfahren. Wischnewski und er hätten den Rest der Nacht im Wartesaal des Hauptbahnhofs verbracht.«

»Was schreibt er noch über Wischnewski?«, fragte Georg.

»Wischnewski war so etwas wie die personalisierte Schaltstelle des algerischen Freiheitskampfes im Ausland. Bei ihm liefen alle Fäden zusammen. Sein Engagement war so groß, dass er selbst als Bundestagsabgeordneter mit Diplomatenpass einige Zeit lang Reisen nach Frankreich meiden musste, weil er ›bei denen auf der Liste stand‹, wie er sagte. Als Helmar von ihm wissen wollte, warum er das macht, wo er doch dauernd in Gefahr war, erwischt zu werden, hat Wischnewski geantwortet: ›Unrecht dreht mir die Luft ab, und ich habe schon chronische Bronchitis.‹ Der Ben Wisch, der war echt 'ne Marke.«

Auf Höhe der Raststätte Frechen sahen sie in der Ferne die Silhouette des Doms.

»Schön«, sagte Paul.

»Schön, dass du da bist«, sagte Georg.

15

Vom Restaurant des Düsseldorfer Fernsehturms, der offiziell Rheinturm heißt und inoffiziell »Lang Wellem«, hatte man einen traumhaften Blick über die Landeshauptstadt. Es war ein herrlicher Tag. Norbert Fink schaute aus einem der großen Fenster Richtung Süden. In der Ferne sah er die Silhouette Kölns.

Der Kölner Fernsehturm war gut zwanzig Meter höher als sein Düsseldorfer Gegenstück, aber er war seit Jahren für das Publikum gesperrt, angeblich aus Sicherheitsgründen. Der Düsseldorfer Turm dagegen war eine viel besuchte Attraktion, ideal gelegen am Rhein, neben den spektakulären Gehry-Bauten im Medienhafen, direkt im Regierungsviertel, in der Nähe des Landtages und des Stadttores, in dem die Ministerpräsidentin residierte.

Fink fragte sich, warum Parfitt ihn hierherbestellt hatte. Ob er diesmal selbst käme oder wieder nur anrufen würde?

Drei Sekunden vor der vereinbarten Zeit tauchte die massige Gestalt von Parfitt auf, ganz in Weiß gekleidet, vom Panamahut bis zu den Schuhen. Eigentlich zu auffällig für den mächtigsten Mann der NSA in Europa.

»Ich komme vom Golfen«, sagte Parfitt lauter als nötig, aber irgendwie passte auch das zu seinem großen Auftritt.

Plötzlich wurde Fink von hinten gepackt. Kräftige Arme zerrten ihn in einen Nebenraum. Eine schwere Tür fiel zu, Fink sah zwei uniformierte Gestalten und Parfitt, der ihnen gefolgt war.

»Ich hatte Ihnen befohlen, sich um Rubin zu kümmern«, sagte Parfitt, und er schien sehr verärgert.

»Habe ich doch. Ich habe ihn in eine Polizeikontrolle gelockt. Habe seinen Wagen verwanzt. Im Motorraum klebt ein GPS-Gerät, das automatisch seinen Standort mitteilt. Und sollte uns nicht gefallen, wo sich der Wagen aufhält, dann können wir den Mini durch drei Bomben ferngesteuert in die Luft sprengen. Und den Fahrer mit.«

»Schön und gut, Fink. Aber wie kommt es, dass Rubin durch halb Europa fährt und ich davon nichts weiß? Warum haben Sie mich nicht informiert?«

»Aber die Tour war doch harmlos. Rubin hat seinen Vater abgeholt. Sie sind gerade zurück in Köln. Hier, ich kann das alles mit meinem Laptop überwachen.«

Parfitt warf keinen Blick auf Finks Computer. »Fink, ich hätte Sie für schlauer gehalten. Harmlose Tour, dass ich nicht lache. Rubin hat seinen Vater seit Monaten nicht kontaktiert, aber jetzt, wo diese Algerierin aufgetaucht ist, hat er nichts anderes zu tun, als seinen Vater zu besuchen und nach Hause zu holen? Wer soll das denn außer Ihnen glauben?«

»Es stimmt aber. Da bin ich sicher. Ich habe alles aufgezeichnet, was die beiden im Wagen gesprochen haben.«

»Und, haben sie Familiengeschichten ausgetauscht?«

»Nein, nicht direkt.«

»Sondern?«

»Sie haben über den Mord an Amal Amirouches Großvater gesprochen. Rubin recherchiert in der Sache.«

»Und sein Vater?«

»Hat ihm aus alten Akten oder Zeitungsartikeln vorgelesen.«

»Einfach so?«

»Ja. Hatte den Anschein.«

»Fink, Sie sind der größte Schwachkopf, den ich jemals getroffen habe.«

»Aber ich …«

»Mir reicht's«, sagte Parfitt, und seine Stimmlage verschärfte sich. »Ausziehen«, befahl er.

»Ausziehen? Ich?«, fragte Fink.

Parfitt beachtete ihn nicht. »Ausziehen«, sagte er zu den beiden Uniformierten. »Sie ziehen Ihre Dienstbekleidung aus und tauschen sie mit den Klamotten dieses Schwachkopfes. Papiere auch.«

»Warum das denn?«, rief Fink.

»Überraschung«, sagte Parfitt.

Fink machte keine Anstalten, sich seiner Kleidung zu entledigen.

»Nun macht schon«, befahl Parfitt, »wir haben nicht endlos Zeit.«

Die beiden Uniformierten fielen über Fink her und zerrten ihm die Kleider vom Leibe. Sogar die Unterhose. Er wehrte sich, er schrie, aber das hätte er besser nicht getan. Der größere der beiden Uniformierten hieb ihm eine Faust ins Gesicht, die sich wie ein Hammer anfühlte. Fink verlor das Bewusstsein.

Als er wieder zu sich kam, trug er Uniform, während sich der Koloss in seine Sachen gezwängt hatte.

»Haben Sie noch einen letzten Wunsch?«, fragte Parfitt und lächelte so verschlagen, als wäre er der Teufel persönlich.

Finks Kopf schmerzte. Er verstand nicht, was geschah. Es musste ein Missverständnis sein. Also schüttelte er den Kopf. Allein das tat weh.

»Na, dann nicht«, sagte Parfitt und gab den beiden Männern ein Zeichen.

Sie packten Fink, jeder nahm einen Arm und ein Bein, holten mehrmals Schwung, wobei sein Kopf in Richtung Fenster zeigte.

Für einen Moment sah er tief unten Spielzeugschiffchen auf dem Rhein schwimmen. Plötzlich eine fürchterliche Explosion. Ein Vorschlaghammer war in die Scheibe geknallt, das Glas zersprang, und im selben Moment ließen die Männer ihn los. Er flog durch den Fensterrahmen nach draußen und stürzte in die Tiefe.

Parfitt schickte ihm einen kalten Blick hinterher. Noch ehe Finks Körper auf dem Boden zerschellte, eilte der NSA-Mann zurück in den Gastraum, den Mann in Finks Anzug an seiner Seite. »Ich habe mein Handicap auf zwölf verbessert«, sagte er so laut, dass jeder es hören konnte. Der Plan war aufgegangen. Alle hatten nur ihn gesehen, niemand hatte bemerkt, dass der Mann an seiner Seite ein anderer geworden war.

»Sind Sie vorbereitet, Finks Rolle zu übernehmen?«, fragte er seinen Begleiter.

Der lächelte und nickte.

»Gut. Der Mann war seit dem Tod seiner Frau nicht mehr bei sich. Ich hoffe, Sie machen das besser. Sie heißen ab sofort Lothar Zechdorfer.«

»Ich dachte, ich soll Norbert Fink sein?«

»Das auch. Aber ab morgen sind Sie erst einmal Lothar Zechdorfer. Kommen Sie mit Finks Laptop klar?«

»Aber sicher«, sagte der neue Herr Zechdorfer. »Rubins Mini ist gerade in der Tiefgarage Ecke Vogelsanger Straße, Piusstraße angekommen. Soll ich den Wagen in die Luft jagen?«

»Noch nicht«, sagte Parfitt. »Lassen Sie uns erst etwas essen. Der rosa gebratene Rücken vom Duroc-Schwein mit Düsseldorfer Senfsoße, Spitzkohlgemüse und braunen Kartoffeln soll sehr empfehlenswert sein. Und dann weihe ich Sie in Ihren Auftrag ein. Ein Spezialauftrag in Köln, den Sie nicht vermasseln dürfen. Sonst stirbt Norbert Fink ein zweites Mal.«

»Ich dachte, ich bin Lothar Zechdorfer?«

»Der stirbt dann eben auch.«

In der Düsseldorfer Ausgabe des BLITZ erschien am nächsten Morgen die Schlagzeile: »Todessprung vom Fernsehturm«. Bei dem Toten handle es sich um Viktor N. aus Meerbusch, einen Bundeswehrsoldaten, der vor wenigen Wochen aus Afghanistan zurückgekehrt sei. Ein Kamerad sei Augenzeuge des Selbstmordes gewesen. Viktor habe unter Depressionen gelitten, es habe aber keine Anzeichen gegeben, dass er sich das Leben nehmen wollte.

16

Zu Hause wurden Paul und Georg festlich empfangen. Rosa hatte gemeinsam mit Gertrud Odenthal Reibekuchenteig vorbereitet, extra für Paul, der diese rheinische Spezialität besonders liebte.

»Du kannst wählen, Opa«, strahlte Rosa. »Wir haben dazu Apfelmus, Rübenkraut oder Lachs. Ganz wie du willst.«

»Ein Kölsch wäre nicht schlecht«, meinte Paul.

»Kommt sofort«, sagte Rosa, die es darauf angelegt hatte, Paul schnellstmöglich für sich einzunehmen. Dabei hätte sie sich gar nicht anstrengen müssen. Sie war Pauls einzige Enkelin und damit in seinen Augen sowieso konkurrenzlos das schönste Mädchen der Welt.

»Wie groß du geworden bist«, sagte Paul. »Eine richtige junge Dame.«

»Ich muss erst einmal unter die Dusche«, verkündete Georg, weil er den Geruch des Grenzzwischenfalls loswerden wollte.

»Genau, Papa, du stinkst«, kommentierte Rosa und hielt sich die Nase zu.

Georg hob zum Spaß die rechte Hand, worauf Paul einschritt: »Du wirst doch nicht …?«

Natürlich würde er nicht. Warum hatten alle bloß so eine schlechte Meinung von ihm?

Georg dehnte die Zeit unter der Dusche bewusst lange aus. Als ob er damit den Stress und alle Sorgen in den Abfluss spülen könnte. Die würden jetzt durch die Kanalisation und einige Kläranlagen in den Rhein schwimmen und weiter Richtung Düsseldorf.

Als Georg zurück ins Wohnzimmer kam, hatte Paul außer Rosa auch Gertrud Odenthal erobert. Mit roten Wangen erzählte sie von ihrer bevorstehenden Kreuzfahrt und ihrer neuen Liebe, dem flotten Rolf.

»Wenn das mal kein Heiratsschwindler ist«, sagte Paul und erstickte damit die gute Stimmung am Esstisch.

»Aber Paul, wie kannst du so was sagen«, rüffelte ihn Georg.

Gertrud erbleichte.

»War doch nur ein Witz«, sagte Paul. »Ich würde Frau Odenthal, ich darf doch Gertrud sagen, oder, sofort einen Heiratsantrag machen, aber sie ist ja leider schon vergeben.«

Gertruds Gesicht nahm wieder etwas Farbe an. »Herr Rubin, ich darf doch Paul sagen, du solltest nicht so einen Unsinn reden. Weder über Heiratsschwindler noch über Heiratsanträge. Was, wenn ich Ja sagen würde?«

»Au ja«, sagte Rosa.

»Ich habe Hunger. Ich dachte, es gibt *Rievkooche*«, sagte Georg, was Gertrud zur Flucht an den Herd nutzte. Rievkooche mussten frisch zubereitet werden. Und dann spritzte es fürchterlich auf dem Herd, und die ganze Wohnung und das halbe Haus rochen tagelang nach Rievkooche, aber es schmeckte göttlich.

»Schade, dass du schon vergeben bist«, schäkerte Paul noch einmal. »Aber vielleicht kannst du diesen Rolf ja nicht mehr leiden, wenn du von der Kreuzfahrt wiederkommst.«

Georg registrierte, dass sein Vater sich an Gertrud Odenthal heranmachte. Gut, alt genug war er ja, aber Gertrud war doch nicht sein Typ. Jedenfalls ein ganz anderer Typ als seine Mutter. Vielleicht wollte sein Vater nur ein bisschen charmant sein. Trotzdem irritierte ihn sein Verhalten.

Georgs Geheim-Laptop erwachte aus dem Ruhezustand. Gleich würde es Neues von der Kanzlerin geben.

»Dein Sohn hört immer dieses Politkabarett im Radio«, sagte Frau Odenthal.

Paul verstand nicht, wovon die Rede war.

Georg unterbrach sie. »Es war ein toller Abend. Vielen Dank, Gertrud. Vielleicht solltest du jetzt nach Hause. Und Rosa muss auch ins Bett.« Georg begleitete seine Rede mit unmissverständlichen Gesten, die dennoch unbeachtet blieben.

Aus dem Computer ertönte eine Stimme wie die der Kanzlerin. Sie sagte etwas wie »Mister Präsident«. Eine Männerstimme antwortete auf Englisch. Eine andere Stimme übersetzte. »Wir müssen die Sanktionen beibehalten. Bald haben wir unser Ziel erreicht.«

Georg klappte den Laptop zu. Er könnte sich später die Aufzeichnung anhören.

»Das klang aber nicht nach Radio«, sagte Paul. »War das der amerikanische Präsident?«

»Beim letzten Mal war es Putin«, sagte Frau Odenthal. »Die im Radio denken sich immer was Neues aus. Und Georg will bald auch Kabarett machen.«

Mit viel Worten und einigen Bützchen schaffte es Georg, Gertrud und Rosa in die Nachbarwohnung beziehungsweise ins Bett zu bringen.

Paul hatte noch Fragen an ihn: »Was war vorhin im Computer? Das waren die Kanzlerin und der Präsident. Oder?«

Georg nickte.

»Wo hast du das her? Steckst du da in was drin?«

Georg holte den Laptop, setzte sich neben Paul auf die Couch, öffnete den Rechner und spielte die Datei ab, die er vorhin unterbrochen hatte. Es ging um die Ukraine und um Russland. Sanktionen. Gas. Macht. Tote. Waffen. Kriegsgefahr. Abschreckung. Aktienkurse. Bürgerkrieg. Nato. Truppen. Manöver.

»Was ist das?«, insistierte Paul. »Du musst es mir sagen.«

»Du musst mir versprechen, dass du niemandem, absolut niemandem davon erzählst.«

»Du tust doch nichts Verbotenes, Junge?«

»Es geht um die NSA. Den amerikanischen Geheimdienst, der alles ausspioniert. Wirklich alles.«

»Sogar das Handy der Kanzlerin«, sagte Paul.

»Ja. Sogar das. Wir haben etwas herausgefunden.«

»Wer ist ›wir‹?«

»Wie soll ich sagen: Menschen in aller Welt, die sich mit Computern und Geheimdiensten befassen. Manche von ihnen sind sehr bekannt. Andere nicht.«

»Du meinst Leute wie Edward Snowden?«

»Snowden hat viel ins Rollen gebracht. Er hat vor allem aufgedeckt, wo die NSA überall spioniert hat. Und da kamen wir ins Spiel.«

»Darf ich mir noch ein Bier nehmen?«, fragte Paul.

»Klar. Im Kühlschrank.«

»Danke. Erzähl weiter.«

»Jeder, der im Internet aktiv ist, hinterlässt Spuren. Jeder. Auch wer andere ausspioniert. Ist doch klar, oder?«

»Wenn du das sagst, Junge, wird es so sein.«

»Es ist so. Seitdem wir wussten, wo überall die NSA Daten abgegriffen hat, haben wir begonnen, die Spuren der NSA zu suchen.«

»Habt ihr welche gefunden?«

Georg lachte zufrieden. »Ja, haben wir. Und mehr als das. Wir haben begonnen, die Spuren zurückzuverfolgen. Und auch das haben wir geschafft. Bis zum Anfang. Wir sind in der Lage, alles zu lesen und zu hören, was die NSA hört und liest. Alles.«

»Das ist ja ungeheuerlich.«

»Ja. Ist es. Ich weiß nicht, wie viele wir sind. Ich bin nur für einen Teil Deutschlands zuständig. Mein Job ist es, das auszuwerten, was mit der Kanzlerin zu tun hat. Und da habe ich vor zwei Tagen den entscheidenden Zugang geöffnet.«

»Aber die USA haben doch öffentlich zugesichert, die Kanzlerin nicht mehr abzuhören.«

»Die offizielle Zusage hieß, das Handy der Kanzlerin werde nicht mehr abgehört. Vielleicht werden ja alle Handys und alle Telefone derjenigen abgehört, die mit der Kanzlerin Kontakt aufnehmen. Ich weiß es nicht. Was ich weiß, ist, dass weiterhin Mitschnitte von Gesprächen der Kanzlerin aufgenommen werden. Ich kann das alles auf meinem Laptop mitverfolgen. Andere kümmern sich um die Gespräche des türkischen Ministerpräsidenten, wieder andere um die EU, andere um Putin. Alle werden abgehört. Und alle wissen das auch. Sie wissen nur nicht genau, wer gerade wen abhört.«

Paul benötigte Zeit, um Georgs Bericht zu verarbeiten. »Das musst du melden. Bestimmt musst du das.«

»Warum? Meistens gibt die Kanzlerin selbst bekannt, wann sie mit wem über was gesprochen hat. Ich weiß, dass sie oft sogar die Wahrheit sagt. Wahrscheinlich, weil sie auch weiß, dass sie abgehört wird. Immer.«

»Und was willst du mit dem Material anfangen?«

»Wir wollen, dass das aufhört. Und das wird aufhören.«

»Junge, mach dir doch nichts vor. Geheimdienste gab es immer und wird es immer geben.«

»Vielleicht. Aber diese alles verschlingende Datengier der NSA muss ein Ende haben. Wir sind nah dran. Über Amal Amirouche und ihren Großvater weißt du ja inzwischen ausgiebig Bescheid.«

»Ben Wischs Freund, klar.«

»Genau. Amal ist eine Botin der Whistleblower. Ich bin sicher, dass sie mir mitteilen wird, wann und wie wir genau losschlagen werden. Ich fühle, dass wir ganz nah dran sind.«

»Was meinst du mit losschlagen? Hoffentlich keine Bomben.«

»Keine Sorge, Vater. Wir lassen höchstens ein paar Drähte glühen.«

Mittwoch

17

Am Morgen überraschte Paul seinen Sohn mit einem Frühstück mit frischen Brötchen und allen Zeitungen des Tages, »nur mit deiner verfluchten Kaffeemaschine komme ich nicht klar«, stöhnte er, »sonst hätte ich dir einen Espresso ans Bett gebracht.«

Georg setzte seinen silbernen Kaffeevollautomaten in Gang, das Mahlwerk surrte, die nötigen Lämpchen blinkten auf, am Ende servierte er seinem Vater und sich selbst zwei duftende Tassen mit Crema.

»Hier. Wie beim Italiener.«

Vater und Sohn genossen das erste gemeinsame Frühstück seit vielen Monaten. Schweigsam. Paul steckte seine Nase in den Kurier, Georg in den BLITZ. Nur ab und zu hörte man eine gemurmelte Zustimmung oder Kritik.

»Was meinst du, ob der FC diesmal drinbleibt?«, fragte Paul, und da es um den Lieblingsclub ging, war er sicher, dass er eine Antwort bekommen würde.

»Wird schwer«, sagte Georg. »Die Mannschaft ist nicht schlecht. Der Trainer gefällt mir. Ein Österreicher. Der Sportdirektor ist ein ganz ausgebuffter Typ. Eigentlich Düsseldorfer. Trotzdem. Macht gute Arbeit. Mir gefällt auch, dass der FC junge Spieler einbaut. Aber in der Bundesliga brauchst du natürlich auch noch ein paar erfahrene und erstklassige Spieler.«

»Weißt du, dass ich genauso alt wie der FC bin?«, fragte Paul. »Wir sind beide Jahrgang 1948.«

»Wie könnte ich das je vergessen? Hast du nicht deinen Sechzigsten genau deswegen im Geißbockheim gefeiert?«

»War 'ne schöne Feier. Jetzt sind der FC und ich sechsundsechzig, da fängt das Leben an.«

»Paul, was hast du vor?«

»Ich denke, ich habe mich nach Marias Tod lange genug verkrochen. Es wird Zeit, dass ich mich mehr unter Menschen mische. Und da du mein einziger Sohn bist und Rosa meine einzige Enkelin ist, fange ich mit euch beiden an. Ich wusste schon länger, dass ich in meinem Leben etwas ändern müsste. Da kam dein Hilferuf gerade recht.«

Georg schaute Paul an. Seine Haare waren grau geworden, aber er wirkte dennoch ganz jugendlich. Sechsundsechzig war kein Alter. Heute nicht mehr.

Paul schaute auf die Uhr. »Ich muss los«, sagte er und stand auf. »Ich bin mit Rosa verabredet. Ich werde sie zur Schule begleiten. Dann kann ich mich im Veedel umsehen. Den Bäcker und den Zeitungskiosk habe ich schon gefunden.«

Eine Minute später stand Rosa in Georgs Wohnung. Sie hatte die Nacht in ihrem Kinderzimmer in der Wohnung von Gertrud Odenthal verbracht. Ihr Gesicht glühte vor Lebensfreude.

»Papa, ist das nicht toll? Opa will meinen Schulweg kennenlernen. Ich soll ihm alles genau zeigen. Komm, Opa.«

Georg öffnete die Tür zu seinem kleinen Vorgarten und schaute den beiden nach, die Hand in Hand die Piusstraße Richtung Melaten hinuntergingen. Einmal drehte sich Rosa um, als ob sie seine Blicke gespürt hätte, und winkte ihm zu. Kleiner, glücklicher Augenblick.

Ein Möbeltransporter dieselte an Georgs Hecke vorbei, stoppte an der Kreuzung zur Vogelsanger Straße und schaltete die Warnblinker ein. Hinter dem Lkw stoppte ein klobiger Mitsubishi-Geländewagen. Am Steuer ein kurzhaariger Hüne, vom Typ her eine Mischung aus Bodybuilder und Kommisskopp.

Arthur Knopp, der neue Hausverwalter ihrer Wohnanlage, die Bezeichnung Hausmeister war nicht mehr fein genug, wieselte auf den Bürgersteig und nahm sich den Mitsubishi-Fahrer vor. »Sehen Sie nicht, dass hier für einen Umzug gesperrt ist? Sie dürfen hier nicht parken.«

Der Mann war nicht beeindruckt. Er zeigte Knopp ein Papier und drückte ihm einen Zehn-Euro-Schein in die Hand. Der Neuankömmling hatte den richtigen Ton angeschlagen. Knopp dienerte tief und hielt die Wagentür auf.

Der Hüne stieg aus, drehte sich einmal um sich selbst, um die Gegend zu erkunden, entdeckte Georg im Vorgarten und hob die rechte Hand wie zum Gruß. Georg nickte zurück und wollte sich in die Wohnung zurückziehen. Der Mann war ihm unsympathisch.

Knopp warf die Wagentür zu und rief: »Herr Rubin, warten Sie. Darf ich Ihnen Herrn Zechdorfer vorstellen? Herr Zechdorfer ist Ihr neuer Nachbar.«

Georg trat an die Hecke, die seinen Garten vom Bürgersteig trennte. Der Hüne hatte keine Probleme, über die Grünpflanze hinwegzuschauen. Augenblicklich hatte Georg das Gefühl, von den Haaren bis zu den Schuhen gemustert zu werden.

»Lothar Zechdorfer«, stellte sich der Mann vor.

»Georg Rubin.«

»Angenehm. Auf gute Nachbarschaft«, sagte Zechdorfer und zog mit Knopp ab.

Die Möbelpacker hatten damit begonnen, die Ladefläche zu entleeren. Was da zum Vorschein kam, sah ziemlich edel aus, soweit Georg es unter der sorgfältigen Verpackung wahrnehmen konnte. Weiße Designersessel aus Leder. Eine sehr teure Stehlampe. Ein riesiger Flachbildfernseher. Alles sehr modern. Nach Georgs Empfinden passten die schicken Teile überhaupt nicht zu dem Bodybuildertyp. Vielleicht gab es eine Frau Zechdorfer, die die Sachen ausgesucht hatte.

Ehrenfeld hatte in den letzten Jahren einen dramatischen Bevölkerungswandel erlebt. Der Stadtteil, nicht weit von Innenstadt und Universität, war längst nicht mehr das Arbeiter- und Türkenviertel. Immer mehr Schickimickis und Gutverdiener zogen ein und alteingesessene Bewohner aus. Sogar die große Moschee an der Ecke Venloer Straße, Innere Kanalstraße, die in diesem Jahr fertig werden sollte, wirkte wie ein Designerstück.

Georg selbst war ein Teil des Ehrenfelder Wandels, der in den Amtsstuben als »Gentrifizierung« bezeichnet wurde. An den Theken sagte man: »Dat feine Volk verdrängk die normale Lück us em Veedel.«

Dort, wo er jetzt wohnte, war früher die Sester-Brauerei gewesen. Der Wohnkomplex gehörte nicht zu den Luxusbauten, hatte jedoch trotzdem Bewohnerschichten angezogen, die früher nicht ansässig waren.

Aber Bodybuilder mit weißen Designersesseln, nein, die musste er nicht wirklich in der Nachbarschaft haben. Vielleicht sollte er sich nach einer anderen Wohnung umsehen. Einer größeren. In der Rosa ein eigenes Zimmer haben würde und in der er ein Gästezimmer einrichten konnte, falls Paul länger bleiben wollte.

Ein Geräusch riss Georg aus seinen Gedanken, als trampele ein Elefant durchs Unterholz. Der gewaltige Herr Zechdorfer stand auf der Grenze zwischen den beiden Vorgärten, die nur eine gedachte Linie von der Hauswand bis zum Bürgersteig war.

»Ich dachte, wir stoßen auf das Ereignis an?«, sagte Zechdorfer und hielt Georg ein dünnes Sektglas hin.

»Welches Ereignis?«, fragte Georg.

»Meinen Einzug. Sie mögen doch Schampus?«

Natürlich mochte er Champagner. Aber doch keinen Schampus. Was für ein abstoßendes Wort.

»Danke, nein«, sagte Georg. »Ich habe zu arbeiten.«

»Na dann. Vielleicht später mal.«

»Vielleicht«, sagte Georg und ging in seine Wohnung. Mit der Idylle im Garten war es vorerst vorbei. Schade.

18

Georg ließ den Mini in der Tiefgarage und ging zur Venloer Straße, wo er in die U-Bahn Richtung Innenstadt stieg und zwei Stationen bis zum Friesenplatz fuhr. Von dort war es nicht weit bis zur Kölner SPD-Zentrale an der Ecke Magnusstraße/Albertusstraße. »Hans-Jürgen-Wischnewski-Haus« hatten die Genossen das Bauwerk nach dem Umbau im Jahr 2008 getauft.

Georg war mit Hanno Meister verabredet, ehemaliger Gewerkschaftssekretär und Bundestagsabgeordneter. Georg hoffte, von Meister mehr über Wischnewskis Algerien-Aktivitäten Ende der fünfziger Jahre zu erfahren.

Die weißen Wände im Ben-Wisch-Haus waren mit Porträts verdienter Kölner Sozialdemokraten geschmückt. Georg erkannte den ehemaligen Oberbürgermeister Theo Burauen, den ehemaligen NRW-Ministerpräsidenten Heinz Kühn und den ehemaligen Landtagspräsidenten John van Nes Ziegler.

Georg entdeckte kleinere Porträts von zwei Politikern, die der Kölner SPD um die Jahrtausendwende einen Spendenskandal beschert hatten und die wegen Bestechlichkeit verurteilt und aus der Partei ausgeschlossen worden waren. In der Folge hatte die

Kölner SPD ihre Machtposition in der Stadt verloren, die Strafen und Rückzahlungsforderungen belasteten die Partei bis heute.

Zwei junge Männer, damals noch keine dreißig Jahre alt, hatten die SPD-Führung übernommen, der eine als Vorsitzender, der andere als Fraktionschef. Dreizehn Jahre später posierten sie gemeinsam von Wahlplakaten mit dem frechen Slogan »Wir können Köln«. Kaum jemand zweifelte daran, dass einer der beiden im nächsten Jahr auch das dann frei werdende Amt des Oberbürgermeisters anstreben würde.

Meister erwartete ihn im Büro des Geschäftsführers. »Hier sind wir ungestört, wenigstens für eine halbe Stunde.«

Meister war dreiundsiebzig Jahre alt und hellwach. Er hatte Fliesenleger gelernt, war früh in die SPD eingetreten, war lange Jahre Bundesvorsitzender der »Falken« gewesen, wie sich die »sozialistische Jugend Deutschlands« nannte, von 1980 bis 2002 hatte er dem Bundestag angehört, und Kreisvorsitzender des DGB war er ebenfalls. Also viele Gemeinsamkeiten mit Ben Wisch.

»Ich muss Sie enttäuschen«, sagte er, nachdem er sich Georgs Geschichte über Amal Amirouche und den Mord an ihrem Großvater angehört hatte. »Natürlich kannte ich Wischnewski, aber an den Algerien-Aktionen war ich nicht beteiligt. Ich war zu jung, ich bin 1960 in die SPD eingetreten, ein Jahr nach dem Attentat.«

Georg hatte das Gefühl, dass Meister nur deswegen so zurückhaltend war, weil er sich nicht wichtigmachen wollte. Aber irgendein Ergebnis würde dieses Gespräch noch bringen.

»Sie waren bei den Falken. Die spielten eine wichtige Rolle bei den Algerien-Aktionen.«

»Das ist richtig«, sagte Meister. »Die SPD war damals ein Sammelbecken für viele heimatlose Linke. Es gab eine ziemlich aktive Gruppe von Trotzkisten. Die hatten den Eintritt in die SPD zur Strategie erklärt, nannten sich ›Entristen‹. Die arbeiteten mit Wischnewski zusammen, waren aber auch dessen größte Kritiker. Sie ärgerten sich darüber, dass Wischnewski in der Öffentlichkeit stand, obwohl sie angeblich die ganze Arbeit machten. Die haben nicht begriffen, dass die Algerien-Aktion ohne Wischnewski nie funktioniert hätte. Wischnewski stand mit seinem Namen für die Zeitung ›Freies Algerien‹, die über den algerischen Befreiungskampf berichtete. Er hatte für sich eine klare Entscheidung getroffen: für das Selbstbestimmungsrecht, für die Freiheit, gegen den Kolonialismus und gegen Unterdrückung. Er war bereit, seinen Beitrag zu leisten. Dazu gehörte auch, dass er Ärger und Schwierigkeiten auf sich nahm.«

Meister pausierte in seinem Vortrag, wie um das Gesagte sacken zu lassen. »Wischnewski hat in Köln ein Büro für die Algerier eingerichtet, das die Aufgabe hatte, die algerischen Flüchtlinge in der BRD zu betreuen. Den Mietvertrag für dieses Kölner Büro hatte er selbst unterschrieben, um es durch seine parlamentarische Immunität zu schützen. Die Miete zahlte der Deutsche Gewerkschaftsbund.«

Meister stand auf, machte ein paar Schritte durchs Büro, trank einen Schluck Leitungswasser und setzte sich wieder. »Man muss sich mal vorstellen, was Wischnewski und seine Genossen damals für Risiken auf sich nahmen. Hans-Jürgen hat damals auch geholfen, algerischen Studenten Studienplätze und Stipendien in Deutschland zu beschaffen. Die meisten dieser Studenten hatten nach der Unabhängigkeit einflussreiche Posten in Algerien. Zudem fädelte er – unbemerkt von der Öffentlichkeit – in Köln das erste Treffen zwischen dem Außenminister der algerischen Exilregierung und Vertretern Algeriens in anderen europäischen Städten ein.«

Meister hielt inne und sagte: »Übrigens, es war in diesen Jahren, dass er von Willy Brandt den Spitznamen Ben Wisch bekam, der später sein Markenzeichen werden sollte. Wussten Sie das?«

Georg nickte.

»Als Algerien 1962 unabhängig wurde, hatte Ben Wisch beste Drähte in die arabische Welt.«

Georg blätterte in den Archivunterlagen, die Sandra ihm gegeben hatte. »Was Sie da erzählen, klingt vergleichsweise einfach. Hier finde ich aber Hinweise darauf, dass das damals hochgefährlich war. Wischnewski soll die Kriegskasse der algerischen Befreiungsfront verwaltet haben. Hier ist außerdem von Waffenlieferungen die Rede. Und von Falschgeld. Und davon, dass man Leute aus der französischen Fremdenlegion geholt hätte.«

Meister lächelte. »Ja. Das waren wilde Burschen. Ich habe davon nichts erzählt, weil ich selbst nicht dabei war. Aber es gibt noch einen Augenzeugen. Einen der Trotzkisten, von denen ich berichtet habe. Den sollten Sie fragen.«

Meister reichte Georg einen handbeschriebenen Zettel mit einer Adresse und einer Telefonnummer.

»Danke«, sagte Georg. »Eine Frage hätte ich noch. Wissen Sie, wo Wischnewski damals gewohnt hat?«

Auf der Suche nach der Antwort schien Meisters Blick in sein eigenes Gehirn einzutauchen. »Ich glaube, der hat im Gewerkschaftshaus gewohnt. Zusammen mit dem Hans Katzer.«

»Hans Katzer?«

»Ein CDU-Politiker. In der Großen Koalition von 1965 bis 1969 Arbeits- und Sozialminister. Katzer war Gewerkschafter, ÖTV, und Sprecher der CDU-Arbeitnehmer, der sogenannten Sozialausschüsse. Ein Linker in der CDU. Der wohnte wie Hans-Jürgen im Gewerkschaftshaus. Die genaue Adresse müsste Hans-Böckler-Platz 3 gewesen sein.«

»Hatte Katzer auch mit den Algeriern zu tun?«

»Nein, das glaube ich nicht. Die CDU-Regierung unter Konrad Adenauer bemühte sich um Versöhnung mit Frankreich. Für Paris galten die FLN-Kämpfer als Terroristen. Tatsächlich wurde der Krieg auf beiden Seiten sehr blutig geführt. Nein, Algerien, das war Ben Wischs Angelegenheit. Mit Katzer wird er höchstens diskutiert haben.«

Hans-Böckler-Platz 3. Der »Hans«, den Amals Großvater als guten Freund beschrieben hatte, das musste Hans-Jürgen Wischnewski gewesen sein. Und deshalb war Ben Wisch auch am Tatort aufgetaucht. Was für eine Geschichte!

19

Es war kurz nach Mittag, als Georg das Ben-Wisch-Haus verließ. Zeit, Amal über seine Rechercheergebnisse zu informieren. Über Threema schickte er ihr eine Mitteilung, er erwarte sie im Il Vino schräg gegenüber der SPD-Zentrale. Ihre Antwort kam nach wenigen Sekunden. Sie werde kommen.

Il-Vino-Chef Silvio war so etwas wie ein Promi-Wirt, zu dessen Geschäftsmodell es gehörte, regelmäßig in der Zeitung zu stehen. Deshalb pflegte er seine Pressekontakte.

Georg hatte es immer vermieden, sich einladen zu lassen, aber seine Handynummer hatte er Silvio überlassen.

Wenn bekannte Stars in der Stadt waren und bei ihm einkehrten, dann rief er den BLITZ-Fotografen Zack an, damit der mal ein Foto für die Klatsch-Kolumne machen konnte. Manchmal bekam auch Georg einen Anruf, in zwei Fällen war er so zu Exklusivinterviews mit Hollywoodschauspielern gekommen.

Das Il Vino profitierte von der Lage gegenüber dem Pullman-Hotel und der Nähe zu Dom, Philharmonie und WDR.

Als Georg das Restaurant betrat, wurde er überschwänglich begrüßt. »Ah, Giorgio, schön, dich zu sehen. Du bist mir untreu geworden. So ist das Leben.«

Tatsächlich war er seit Monaten nicht mehr hier gewesen. Irgendwie hatte der Anlass gefehlt, außerdem waren die Preise in einer gehobenen Kategorie, die Georg sich nur zu besonderen Anlässen gönnen wollte.

Silvio wirkte nicht so glücklich wie sonst. Georg schaute sich um. Nur ein Tisch war besetzt, aber es war auch noch sehr früh am Tag.

»Das Leben ist schön«, sagte Georg und wunderte sich über die eigene Antwort.

»La vita e bella«, wiederholte Silvio in seiner Sprache. »Ich vermute, du erwartest noch jemanden?«

»Ja«, sagte Georg.

»Eine Dame?«

Georg nickte.

»Ich gebe dir den besten Tisch«, sagte der Wirt und platzierte ihn so, dass er von außen gesehen werden konnte. Nichts wirkte so einladend wie ein Restaurant, in dem zufriedene Gäste saßen. Und nichts so ausladend wie eines ohne Gäste.

Silvio ließ ein paar Kleinigkeiten aus der Küche auftischen und bot Georg ein Glas Champagner an. »Zur Feier des Tages. Ich gebe einen aus. Du musst annehmen. Ausnahmsweise.«

»Aber nur das eine Glas«, sagte Georg und stieß mit dem Wirt an, der sich ebenfalls ein Glas genehmigte. Das war ungewöhnlich, denn er trank nie mit den Gästen, höchstens mal ein allerletztes Glas, bevor das Restaurant schloss.

Silvio setzte sich zu Georg. »Ich weiß nicht, wie ich es erzählen soll. Glaubst du, dass Orte ein eigenes Leben haben können? Dass es Orte gibt, die glücklich machen? Und andere, die Böses ausstrahlen?«

»Ich denke, dass es immer die Menschen sind, die für Gut und Böse zuständig sind, nicht irgendwelche Steine.«

»Warst du mal in einem KZ? Ich meine, in einem KZ-Museum?«

»Ja«, sagte Georg und erinnerte sich an seinen Besuch in Auschwitz. »Ah, jetzt verstehe ich, was du meinst. Das war wirklich ein schrecklicher Ort.«

Silvio nippte an seinem Prosecco. Georg stellte fest, dass der Wirt zwar mit ihm angestoßen, aber nichts getrunken hatte.

»Ich habe ein Haus gekauft«, sagte er unvermutet. »In Lindenthal.«

»Schöner Stadtteil. Ein bisschen zu wohlhabend und zu langweilig, aber dafür mit viel Grün.«

»Das Haus liegt am Stadtwaldgürtel. Nummer 35. Die Villa Schröder.«

In Georgs Gehirn entstanden Bilder aus Informationsfetzen. Worauf wollte Silvio hinaus? Was hatte das KZ mit der Villa Schröder zu tun? Da war etwas. Das hatten sie im Geschichtsunterricht gehabt. In der Villa Schröder hatte es ein Geheimtreffen gegeben. 1933. Anfang Januar, soweit Georg sich richtig erinnerte. Der Hausherr, der Kölner Bankier Kurt Freiherr von Schröder, hatte ein Treffen organisiert zwischen dem ehemaligen Reichskanzler Franz von Papen und Adolf Hitler. Bei dem Gespräch ging es um eine Regierungsbeteiligung Hitlers. Von Papen und seine Freunde hatten geglaubt, die Nazis zähmen zu können, wenn sie erst einmal in die Regierung eingebunden wären. Eine tragische Fehleinschätzung. Am 30. Januar 1933, nur wenige Tage nach dem Kölner Treffen, wurde Hitler als Reichskanzler vereidigt, von Papen blieb bis Juli 1934 Hitlers Vizekanzler.

»In der Villa Schröder wurde der Grundstein zur Machtergreifung Hitlers gelegt«, sagte Georg.

»Das ist über achtzig Jahre her«, sagte Silvio. »Und doch, irgendwie kommt es mir vor, als spuke der Geist des Bösen noch immer durch dieses Haus dort. Seit dem Kauf hat es mir nur Unglück gebracht.«

Ein warmer Luftzug wehte in den klimatisierten Gastraum. Amal stand in der Tür, ganz in Weiß wie bei ihrer ersten Begegnung, wieder trug sie die armlangen schwarzen Seidenhandschuhe.

Georg stand auf, um sie zu begrüßen. Silvio kam ihm zuvor, er hatte sein schönstes Lächeln aufgesetzt und begrüßte Amal, die ihm die Linke anbot, mit einem Handkuss.

»Giorgio hätte mir sagen müssen, mit welcher Schönheit er verabredet ist. Signorina, Sie bringen die Sonne mit.«

Amal lachte fröhlich, der Charmeur belustigte sie und brachte sie keineswegs in Verlegenheit.

Georg begrüßte sie nach französischer Art mit drei Wangenküsschen.

»Wenn dich der Wirt duzt, dann sollten wir uns auch endlich duzen«, sagte sie.

»Ich heiße Georg.«

»Ich weiß. Ich bin Amal.«

»Ich erinnere mich. Amal wie die Hoffnung.«

Nach Amal hatte eine größere Gruppe das Restaurant betreten, für die eine weiß gedeckte Tafel in der Mitte reserviert war. Es mussten gute Gäste sein, denn ab sofort hatte Silvio nur noch Augen und Zeit für die Neuankömmlinge.

Wenig später rollte Fotograf Zack ein. Er kannte die neuen Gäste, im Mittelpunkt der ehemalige Chef eines Kölner Telekommunikationsunternehmens und seine italienische Frau. Zack schoss Dutzende Fotos und kam an Georgs Tisch.

»Der Herr Chefreporter. Wer ist denn die schöne Begleitung? Bitte mal die Köpfe enger zusammen und lächeln.«

»Nein«, wehrte Amal energisch ab. »Keine Fotos.«

Georg war verwundert über den scharfen Ton.

»Nichts für ungut. Ich wollte Ihnen nicht zu nahe treten. Der Zack hält sich immer an Absprachen.«

Georg wusste, dass das nicht die ganze Wahrheit war. Zack bekam immer seine Fotos. Sogar als sie vor Jahren die Bundeskanzlerin in Berlin besucht hatten, war er zum verbotenen Schnappschuss gekommen.

»Zack«, rief Georg, »du hast gehört, was die Dame gesagt hat. Und ich wiederhole es. Keine Fotos.«

»Zu Befehl, Herr Chefredakteur«, sagte Zack. Und dann rief er laut durch das ganze Lokal: »Hier am Tisch, das ist Georg Rubin. Chefreporter des BLITZ. Guter Mann. Wird bald Chefredakteur.«

Georg spürte, dass alle Augen der Gäste auf ihn und seine Begleiterin gerichtet waren.

»Silvio, gib dem Zack ein Wasser auf meine Rechnung. Wenn er mich zum Chefredakteur ernennt, hat er sich das verdient.«

Alle lachten, sogar der Zack.

Amal und Georg ließen sich das Vier-Gänge-Menü des Monats schmecken, die besondere Empfehlung des Hauses zum Preis von sechzig Euro, Getränke nicht eingeschlossen.

Amal redete kaum während des Essens. Scampi, hausgemachte Ravioli, Loup de Mer. Alles viel zu lecker, um den Genuss durch ein Gespräch über ernste Dinge zu beeinträchtigen. Da war sie ganz Französin.

Erst beim abschließenden Dessertteller fragte sie: »Warum hast du mich ausgerechnet hierherbestellt?«

»Hat es dir nicht geschmeckt?«

»Doch. Sehr gut. Aber das ist kein guter Ort, um geheime Informationen auszutauschen.«

»Was ich dir sagen will, muss nicht geheim bleiben.«

»Nämlich?«

»Ich habe deinen Hans gefunden. Den Hans vom Hans-Böckler-Platz.«

»*Georges*, das ist ja großartig. Wo ist er? Ich muss ihn sprechen.«

»Er ist tot. Im Winter 2005 gestorben. Er war zweiundachtzig Jahre alt. Sein Grab ist auf dem Kölner Melatenfriedhof. Nicht weit von meiner Wohnung. Der ehemalige Bundeskanzler Helmut Schmidt hat eine der Trauerreden gehalten. Die halbe Welt hat sich von ihm verabschiedet. Hans, der Freund deines Großvaters, ist ein bedeutender Mann gewesen.«

»Ich möchte sein Grab sehen«, sagte Amal. »Wie war sein Name?«

»Hans-Jürgen Wischnewski.«

Georg sah, wie Amal den Namen stumm mit ihren Lippen formte. Mehr als ein »Anns« hörte er nicht. Wohl zu schwierig für eine französische Zunge algerischer Herkunft.

»Die Kölner SPD hat ihre Parteizentrale nach ihm benannt«,

sagte er. »Das Haus ist gegenüber. Wenn du willst, zeige ich es dir.«

»Mich interessieren keine Steine. Zeige mir Bilder von Hans. Die haben da doch welche, oder?«

Amal interessierte sich wirklich nicht für das Bauwerk, aber auch von den Ben-Wisch-Fotos hatte sie schnell genug. Irgendwann sagte sie: »Ich finde dich ziemlich komisch.«

Was sollte das denn? Georg war etwas irritiert über diese Bemerkung.

»Jetzt ist schon so viel Zeit vergangen, und du hast immer noch nicht auf meine Mail reagiert. Ist dir nichts aufgefallen?«

Sie waren zu Fuß auf dem Weg zum Friesenplatz und weiter Richtung Gewerkschaftshaus, wo sie sich zum ersten Mal begegnet waren.

»Doch, natürlich ist mir was aufgefallen«, sagte Georg.

»Und?«

»Was und?«

»Warum sagst du nichts?«

»Ich hatte noch keine Gelegenheit.«

»Ich hatte dir gesagt, wo du mich erreichen kannst. Du hast dich nicht gemeldet.«

»Ich war sehr beschäftigt.«

»Meine Freunde haben mir gesagt, sie hätten dich auf mich vorbereitet.«

»Woher soll ich wissen, wer deine Freunde sind?«

»Vielleicht, weil es auch deine Freunde sind.«

»Du hast mir gesagt, du wohnst in Paris.«

»Ja.«

»In deinem Threema-Kontakt steht, du wohnst in YWC. Ich kenne NYC, New York City. Was ist YWC?«

»Das weißt du nicht?«

»Ich wollte es von dir hören.«

»Warum machst du es so kompliziert?«

»Ich muss vorsichtig sein.«

»Ich war sicher, du wärst der Richtige.«

»Und ich war sicher, was dich angeht. Bis ich bei meinen Recherchen herausgefunden habe, dass es dich gar nicht gibt.«

»Pardon?«

»Es gibt nur eine Amal Amirouche, die sich bei einem Sprengstoffanschlag in Mali selbst in die Luft gesprengt hat. Dem Leichnam fehlte die rechte Hand.«

Amal blieb stehen. Schaute ihn aus ihren dunklen Augen an. Drehte sich um. Ging weiter.

Er zögerte. Sollte er sie gehen lassen? Konnte er sie gehen lassen? Schließlich beschleunigte er seinen Schritt. Holte sie ein. »Was ist los? Wer bist du?«

»Ich bin Amal Amirouche. Manchmal, wenn man leben will, ist es besser, tot zu sein.«

20

Das Grab von Hans-Jürgen Wischnewski lag in »Flur 3 in N« zwischen Aachener Straße und der Mittelachse des Friedhofs, die die Kölner »Millionenallee« nannten in Anspielung auf die prominenten Persönlichkeiten, die dort beigesetzt waren.

Ben Wischs Grab zierte kein weinender Engel oder eine andere kunstvolle Figur, wie man sie auf so vielen Gruften fand, sondern ein nahezu unbehauener Stein wie aus einem Stück Felsen geschlagen, umrankt, fast zugewachsen von Grün. Vor dem Stein lag eine rote Nelke. Die Kerze in der Grableuchte vorne rechts war erloschen.

Georg und Amal waren die Strecke aus der Innenstadt bis zum Melatenfriedhof zu Fuß gegangen, Amal hatte ohne Pause erzählt. Eine neue Lebensgeschichte, jedenfalls eine andere als die, die Georg bisher kannte.

Nein, niemand habe ihr die Hand abgeschlagen. Sie habe sie tatsächlich bei einem Sprengstoffanschlag verloren. Aber sie sei nicht die Täterin gewesen, sondern ein Opfer. Außer ihr seien sechs weitere Menschen verletzt worden, vier davon seien gestorben.

Ihrer Erzählung nach hatten sich französische Soldaten um die Opfer gekümmert. Da sie regungslos am Boden lag, hielt man sie für tot.

Als ein Überlebender ihren Namen nannte, wurde sie in die Totenliste aufgenommen, die der französische Geheimdienst später verbreitete. So konnten die wahren Täter ihre Verantwortung auf sie abschieben. Die abgerissene Hand sei der Beweis, dass sie den Sprengsatz gezündet hatte.

Als sie aufwachte, lag sie zwischen den anderen Leichen in einer Lagerhalle. Ihre eigenen Leute feierten ihre Auferstehung wie ein Wunder. Auch die Franzosen registrierten das, korrigierten jedoch nie die erste Meldung.

Sie sei als Täterin verdächtigt und verhört worden, erzählte Amal, schließlich habe man sie frei gelassen. So sei sie, wenn man so wolle, eine sehr lebendige Leiche geworden.

Georg wusste nicht, was er von dieser Version halten sollte. Klang nicht weniger abenteuerlich als alle anderen Versionen. Von den Toten auferstanden.

Aber bei allem wirkte sie so charmant und überzeugend, dass er seine Zweifel beiseiteschob.

»Warum bist du nach Köln gekommen?«, fragte er.

»Ich wollte schon immer nach Köln«, sagte sie.

»Um die Mörder deines Großvaters zu finden?«

»Genau. Und dann kam deine Mitteilung. Ich wurde von YWC alarmiert. Du hättest den Weg ins Zentrum gefunden. Du bist nicht der Einzige, weißt du. Wir haben sie regelrecht umzingelt. Ich habe die NSA-Leitungen von Marseille Richtung Nordafrika angezapft. Darüber läuft der ganze Verkehr nach Asien. Mir ist es gelungen, eine Abzweigung nach Algerien zu legen und mitzuhören. Auch sehr interessant. Aber du hast noch etwas Größeres geschafft.«

»Wie meinst du das?«

»Du hast eine Leitung zwischen der NSA und dem Weißen Haus angebohrt. Darüber laufen Mitteilungen, die für den Präsidenten persönlich bestimmt sind. Also nur allererste Ware.«

»Ich weiß gar nicht, ob das, was ich da höre, live ist.«

»Es ist nicht live. Aber fast. Du hörst mit, was von der NSA vorgefiltert und für den Präsidenten aufbereitet wird. Und das sind vor allem die Gespräche der Spitzenpolitiker.«

»Krass.«

»Was das Interessante ist: Weißt du überhaupt, welchen Weg du genau genommen hast?«

»Klar. Ich habe vieles ausprobiert.«

Amal blieb stehen, fasste mit der linken Hand an Georgs

Schulter, damit er sie anschauen musste. »Und? Ist dir nichts aufgefallen?«

»Irgendwann war ich drin. Genau genommen war es erst vorgestern Abend.«

»Stimmt. Aber du hast gar nicht den Hauptdraht zum Weißen Haus angezapft, sondern einen Nebenzweig. Da hört nämlich noch jemand mit. Jemand, der in Deutschland sitzt. Jemand, der in Köln sitzt. Und das Signal hast du geknackt.«

»Wieso in Köln?«

»Das fragen wir uns auch. Aber sogar die NSA ist beunruhigt. Wir haben Memos abgefangen, in denen davon die Rede ist, dass irgendein Spitzenfunktionär dabei ist, Amok zu laufen. Es gibt verschlüsselte Hinweise, dass dieser Amokläufer und der Köln-Mithörer ein und dieselbe Person sind. Das ist doch was für dich. Fang den Spion!«

Georg und Amal waren auf dem Rückweg und hatten den Friedhofseingang an der Piusstraße erreicht.

»Ich wohne nicht weit von hier. Ecke Piusstraße, Vogelsanger Straße. Dort können wir ungestört weiterreden.«

»Gut«, sagte Amal. Ihre Laune hellte sich auf. »Es wird Zeit, dass wir zur Sache kommen.«

»Wie meinst du das?«

»YWC ist der Meinung, dass die Zeit reif ist für die weltweite Attacke auf die NSA. Und du sollst dabei sein.«

Als sie Georgs Wohnung erreichten, saß der aufdringliche Herr Zechdorfer im Vorgarten, als habe er ihnen aufgelauert.

»Guten Tag, Herr Rubin«, rief er überfreundlich, sprang auf und schaute neugierig über die Hecke zur Straße.

»Tach«, murmelte Georg. Er hatte keine Lust auf Gespräche mit dieser impertinenten Person.

»Irgendwo habe ich den Mann schon mal gesehen«, sagte Amal leise.

»Der ist heute Morgen eingezogen. Will sich einschleimen. Ich mag ihn nicht.«

»Ich bin sicher, dass ich ihn schon irgendwo gesehen habe. Irgendwann in den letzten Tagen«, wiederholte Amal.

21

In Georgs Wohnung herrschte Hochbetrieb. Paul, Rosa und Frau Odenthal saßen an seinem runden Glastisch. Sein Wohnzimmer war gleichzeitig Küche und Arbeitszimmer.

Außer diesem einen Raum hatte er ja nur noch das Schlafzimmer, und das hatte er genau genommen auch nicht mehr, seit Paul eingezogen war. Georg musste sein Nachtlager auf der weißen Klappcouch aufschlagen.

Zum Glück hatte Rosa ihr Kinderzimmer in der Wohnung von Gertrud Odenthal auf der anderen Seite des Flurs. Aber warum mussten jetzt alle ausgerechnet bei ihm tagen?

Amal trug den Menschenauflauf mit Fassung. Paul, der sofort begriffen hatte, wer sie war, umarmte sie und begrüßte sie mit drei Wangenküssen.

Rosa beäugte sie kritisch, wie jedes weibliches Wesen, das in Georgs Umgebung auftauchte.

Gertrud Odenthal blieb gelassen und kam gleich aufs Thema Essen zu sprechen. »Frollein, Sie müssen sich aber mehr auf die Rippen futtern. Was haben Sie denn mit Ihrer Hand gemacht?«

»Ein tragischer Unfall«, sagte Georg.

»Wir feiern Gertruds Abschied«, sagte Paul. »Rolf kommt auch gleich.«

»Welcher Rolf?«

»Hast du das schon vergessen? Rolf. Der Mann, der Gertrud auf die Kreuzfahrt eingeladen hat.«

»Eingeladen ist nicht ganz richtig«, sagte Gertrud. »Ich habe meine Reise schon selbst bezahlt. Ich lass mich doch nicht einladen von jemandem, den ich gar nicht kenne.«

»Aber Doppelkabine geht«, meinte Georg.

»Einzel wäre doch viel zu teuer«, sagte Gertrud.

»Und macht auch nicht so viel Spaß«, sagte Paul.

»Wir sind erwachsen. Wir werden schon nicht übereinander herfallen«, sagte Gertrud.

»Also«, hakte Paul nach, »du hast also deine Reise selbst bezahlt?«

Gertrud nickte.

»Und Rolf?«

»Der zahlt seine Reise auch selbst.«

»Was heißt zahlt? Hat er oder hat er nicht«, hakte Paul nach.

»Ich hab das nur vorgestreckt. Er hatte seine EC-Karte nicht dabei.«

»Heiratsschwindler. Sag ich doch«, sagte Paul.

»Du kennst ihn doch gar nicht«, erwiderte Gertrud kleinlaut, als käme sie langsam selbst ins Grübeln.

Es klingelte.

Georg ging an die Haustür und erblickte einen unbekannten Mann.

»Sie sind?«, fragte er.

»Rolf. Rolf Nettekoven. Frau Odenthal hat gesagt, ich soll bei ›Rubin‹ schellen.«

Der Mann wirkte schüchtern, aber nicht unsympathisch. Gertrud kam angelaufen und strahlte ihn an. »Hab ich nicht gesagt?«

»Was hast du gesagt?«, fragte Rosa.

»Sie sind also der Herr Rolf«, sagte Paul.

Rolf nickte.

»Und Sie haben Frau Odenthal ganz spontan zu einer Kreuzfahrt eingeladen?«

Rolf nickte.

»Und dann sind Sie zum Reisebüro gegangen?«

Rolf nickte zum dritten Mal.

»Und hatten kein Geld dabei …«

»Ja, das war vielleicht peinlich«, sagte Rolf. »Ich dachte, jetzt ist alles aus. Sie wird auf der Stelle umdrehen und mich nie wiedersehen wollen.«

»Ich an ihrer Stelle …«, sagte Paul.

»Hat sie zum Glück nicht gemacht. Stattdessen hat sie sogar meinen Reiseanteil noch vorgestreckt. Ich habe ihr versprochen, ihr das Geld noch vor der Abreise zurückzuzahlen.«

»Und?«, hakte Paul nach.

»Das ist doch meine Sache«, sagte Gertrud.

»Hier ist das Geld. Stimmt auf den Euro. Du kannst nachzählen«, sagte Rolf und hielt Gertrud einen Umschlag hin.

»Danke«, sagte Gertrud. »Ich hab's gewusst.«

»Entschuldigung«, sagte Paul und schlug Rolf auf die Schulter.

Amal hatte nicht verstanden, um was es hier ging. Vielleicht war sie aber auch in Gedanken gewesen. »Jetzt weiß ich, wo ich den Mann schon mal gesehen habe«, sagte sie zu Georg und zog ihn in den Flur, um etwas Ruhe zu haben.

»Welchen Mann? Rolf?«

»Nein. Deinen Nachbarn.«

»Den Herrn Zechdorfer aus dem Garten?«

»Genau. Es war im Kölner Hauptbahnhof. Er war da, als ich aus Paris kam. Er hantierte mit seinem Handy. Ich hab gespürt, dass er mich beobachtet.«

»Das kann Zufall sein. Durch den Hauptbahnhof werden täglich zweihundertachtzigtausend Menschen durchgeschleust.«

»Woher weißt du das?«

»Habe ich in einem Krimi gelesen.«

»Ich glaube nicht an Zufälle. Schon gar nicht, wenn derselbe Zufall genau neben dem Mann wohnt, den ich in Köln treffen will. Ich will hier weg. Sofort.«

»Ich bringe dich ins Hotel.«

»Musst du denn nicht – hier mitfeiern?«

»Die haben ohne mich angefangen zu feiern, dann können sie auch ohne mich aufhören.«

Donnerstag

22

Kurz nach Mitternacht parkte Georg den Mini in der Einfahrt des Marriott Hotels. Es war eine laue Sommernacht, Georg hatte das Cabriodach geöffnet und mit Amal die Fahrt durch das nächtliche Köln genossen.

Er hatte ihr seine Lieblingsviertel gezeigt. Ehrenfeld. Den Brüsseler Platz voller Bier trinkender Menschen, auf dem fast kein Durchkommen war. Die Ringe, einmal zur Bastei und zurück in die andere Richtung bis zum Rheinauhafen. Mitten durchs Partyviertel. Die Fahrt am Rhein entlang, über die Severinsbrücke nach Deutz, an der Arena vorbei, über die Deutzer Brücke zurück in die Altstadt. Nord-Süd-Fahrt. Offenbachplatz mit Schauspiel und Oper. Weiter Richtung Dom. Unter den Gleisen des Bahnhofs hindurch erneut ans Rheinufer. Wieder hoch zum Breslauer Platz bis zur Endstation Marriott.

Ein Hotelangestellter wurde auf sie aufmerksam.

»Guten Abend, Herr Weinert. Schon wieder im Dienst?«, sagte Amal.

»Guten Abend, Frau Amirouche. Ich mache Überstunden. Springe ein, wo ich gebraucht werde. Wie ich sehe, haben Sie Ihren Reiseführer gefunden. Soll ich den Wagen auf den Parkplatz bringen lassen?«

Georg wollte protestieren.

»Ja, gerne«, sagte Amal und bat Georg um den Autoschlüssel, der allerdings nicht wie ein Schlüssel aussah, sondern wie eine fliegende Untertasse in Klein.

In der Brasserie fou saßen ein paar Geschäftsmänner mit Begleitungen. Zwei Drittel Männer, ein Drittel Frauen. Alle Augen folgten Amal.

Georg schaute sich um, ob er jemanden kannte. Fehlanzeige. Amal saß an der Bar und hatte sich einen feuerroten Drink bestellt. Georg setzte sich neben sie.

»Auch einen Cocktail?«, fragte Weinert.

»Haben Sie etwas ohne Alkohol?«

»Natürlich.« Weinert servierte ihm den gleichen roten Drink wie Amal.

Georg hob sein Glas und blickte Amal an. »Auf was trinken wir?«

Sie hob ihr Cocktailglas und stieß mit seinem an, es klirrte leise. »Auf Hans. Auf Hans-Böckler-Platz 3. Auf das, was du dir wünschst – hoffe ich.« Sie berührte den Rand ihres Glases mit den Lippen, nahm einen Schluck, ganz langsam.

Georg konnte seine Augen nicht abwenden, von ihren Lippen, ihrem Glas, ihrer Hand. Ihre Fingernägel waren grün lackiert und schimmerten im Licht der Bar.

Er streckte die Hand aus und strich zart über ihre Lippen. »Lass uns nach oben gehen.«

Sie gingen zum Aufzug, stiegen mit anderen Gästen ein. Und während sie nach oben fuhren, blickten sie sich an, ohne etwas zu sagen.

»Wir sind da«, sagte Amal heiser.

Kaum hatten sie ihr Zimmer betreten, zog Georg sie an sich. Er fuhr mit dem Mund über ihren Nacken, küsste sie auf die Schulter, biss leicht in das Grübchen am Hals.

»Aaah.« Amal stöhnte leise auf. Sie drückte sich an ihn, rieb mit ihrem Körper an seinem.

Er knöpfte ihre Bluse auf, schob sie auseinander, fasste ihre Brüste an, leckte sie, pustete kühle Luft darüber. Ihre Brustwarzen waren steil aufgerichtet, kleine, dunkle Stäbe. Er meinte, noch nie etwas so Erotisches gesehen zu haben.

Sie fasste ihn am Gürtel an, zog langsam den Reißverschluss seiner Hose auf. Und dann musste alles sehr schnell gehen, hastig die Kleidung aus, auf den Boden geworfen. Er schaffte es gerade noch, ein Kondom aus seinem Portemonnaie zu ziehen, streifte es mit zitternden Händen über.

Er zog sie aufs Bett, küsste sie, verbiss sich in ihren Mund, wanderte mit seinem Mund an ihrem Körper entlang, küsste seinen Weg nach unten, spürte, wie nass sie war. »Jetzt«, stöhnte sie, »jetzt!«

23

Lothar Zechdorfer saß auf seiner weißen Designercouch und beobachtete die Anzeige auf seinem Laptop.

Georgs Mini war am Abend kreuz und quer durch die halbe Stadt gefahren und parkte seitdem in der Nähe des Marriott Hotels in der Johannisstraße. Zechdorfer wusste, dass Amal dort wohnte. Und er konnte sich denken, was Amal und Georg dort gerade trieben.

Die Party nebenan war beendet. Georgs Gäste, sein Vater Paul, diese dicke Nachbarin Frau Odenthal, Rolf Nettekoven, der ihr den Hof machte, und Georgs Tochter Rosa hatten Abschied gefeiert. So laut, dass er nicht mal groß lauschen musste. Frau Odenthal und dieser Herr Nettekoven bereiteten sich auf eine gemeinsame Mittelmeerkreuzfahrt vor.

Zum vielleicht fünften Mal in dieser Nacht nahm er die Ausgabe des BLITZ in die Hand, in der über seine Beerdigung berichtet wurde.

Viktor N., wie er in der Zeitung genannt wurde. Viktor stimmte, N. hatte sich irgendwer ausgedacht. Viktor Urbanski hätte da stehen müssen. Aber Polizei und Presse hatte das vielleicht nicht deutsch genug geklungen. Schließlich wurde hier ein Soldat zu Grabe getragen, der Deutschlands Freiheit am Hindukusch verteidigt hatte.

Trotz des spektakulären »Todessprungs vom Fernsehturm«, der Tagesgespräch gewesen war, war der Artikel über die Beerdigung vergleichsweise klein. Dreißig Zeilen Text und ein zweispaltiges Foto.

Viktor erkannte seinen ehemaligen Kompaniechef, der selbst dann traurig aussah, wenn er nicht zu einer Beerdigung musste. Der Gesichtsausdruck stand ihm gut.

Im Hintergrund stand Helga, seine Ex. Sie waren seit sieben Jahren geschieden. Trotzdem war sie aus Heidelberg angereist. Hätte er nicht erwartet.

Wer würde zur Beerdigung kommen, wenn Norbert Fink oder Lothar Zechdorfer dereinst das Zeitliche segnen würden?

Viktor hatte sich seit sechs Wochen auf seine neue Rolle vorbereitet. Äußerlich hatte er sich gar nicht groß verändern müssen.

Er war etwas zu muskulös, aber die Körpergröße stimmte, in die falschen Papiere hatte man echte Fotos geklebt. Falsch in seinen neuen Personalausweisen waren nur der Name, der Geburtsort und der Geburtstag. Das Foto zeigte ihn, also Viktor, wie er wirklich aussah. Und weil es amtlich echte Papiere waren, würde man ihm nicht auf die Schliche kommen. Weder als Fink noch als Zechdorfer.

Parfitt würde die Miete von Finks alter Wohnung in der Südstadt weiterbezahlen. Und dieser Rubin, den er observieren sollte, würde ihm kaum gefährlich werden. Der reagierte ja schon verschreckt, wenn er sich zu voller Körpergröße aufrichtete.

Dafür, dass er noch keine vierundzwanzig Stunden hier wohnte, hatte er schon viel über Rubin erfahren. Und morgen, also eigentlich heute, würde er es auch in die Wohnung schaffen. Man konnte um etwas Salz oder Milch bitten. Da würde man sich doch helfen. Er würde seinen Nachbarn immer helfen.

Als Viktor hatte er in Meerbusch gewohnt, zwischen Düsseldorf und Krefeld. Ein Reichenvorort. Wo er gelebt hatte, gab's zwar nicht so viele Millionäre, trotzdem war es eine »bessere Gegend«, wie die Einheimischen sagten.

Er war viel unterwegs gewesen. Hatte nicht viele Bekanntschaften gepflegt. Klar, beim Bäcker und beim Metzger kannte man ihn. Und in der kleinen griechischen Frittenbude in Lank. Aber die würden ja nicht gerade nach Köln kommen und ihn wiedererkennen.

Außerdem war er ja Lothar Zechdorfer und nicht Viktor Urbanski. Urbanski? Nie gehört.

Viktor Urbanski hatte Angst vor Attentätern mit blank geputzten Schuhen gehabt. Wenn diese Amal Amirouche ein Mann wäre, dann hätte sie ihm Angst einflößen können. Parfitt hatte gesagt, sie hätte sich bei einem Terroranschlag selbst die Hand abgesprengt. Und ihre Schuhe waren tipptopp.

Aber er war Lothar Zechdorfer. Arbeitete in der Handelsfirma von Wilhelm Parfitt.

Zechdorfer sah noch einmal vor Augen, wie Fink aus der Höhe des Düsseldorfer Fernsehturms in den Tod stürzte. Parfitt hatte recht gehabt, dass man von seinem Gesicht nichts mehr erkennen würde, wenn er erst mal unten aufgeschlagen war.

Trotzdem hatte er sich gewundert, wie schnell die Ermittlungen eingestellt worden waren. Parfitt musste ein sehr mächtiger Mann sein. Und ein gefährlicher. Gut, ihn als Freund zu haben.

Auf dem Bildschirm seines Laptops begann ein grüner Punkt zu blinken. Georgs Mini setzte sich in Bewegung. Johannisstraße. Breslauer Platz. Nord-Süd-Fahrt. Am Zeughaus vorbei zum Friesenplatz. Rubin war auf dem Weg nach Hause.

Viktor Urbanski wurde wieder Lothar Zechdorfer und freute sich auf den Nachbarn. Eigentlich ein ganz netter Kerl. Schade, dass er ihn töten musste.

24

Für einen Beamten in einer Behörde gibt es nichts Schlimmeres, als bei Kollegen den Eindruck zu erwecken, man habe nicht viel zu tun. Je weniger man beschäftigt ist, desto mehr Wind muss man erzeugen, Wind, der auch in anderen Büros zu spüren sein muss. Beliebt sind Beschwerden gepaart mit Hinweisen, welcher Teil der eigenen Arbeit doch viel besser und gerechterweise von anderen zu erledigen wäre.

Gerald Menden, Hauptkommissar bei der Mordkommission, war nicht sehr geübt im Abwälzen von Arbeit. Hinzu kam, dass alle im Präsidium ganz genau Bescheid wussten, wenn ein Mord geschehen war. Das blieb ja nicht geheim, das stand ja nicht nur im internen Polizeibericht, sondern auch im BLITZ, der bevorzugten Polizeilektüre.

In diesem Sommer waren Kölns Mörder nicht aufs Morden aus. Seit zwei Wochen keine neuen Vorgänge.

Gerald hatte für solche ruhigeren Zeiten seine eigene Methode, er arbeitete alte Fälle auf. Manchmal entdeckte er beim zweiten oder dritten Nachlesen von Ermittlungsakten ein Detail, eine Kleinigkeit, die man zuvor überlesen oder anders gewertet hatte.

Er sortierte den kleinen Stapel von Zetteln auf seinem Schreibtisch, auf denen er sich regelmäßig Notizen machte. Auch bei Georgs Anruf hatte er etwas aufgeschrieben: »Knöllchen, dreißig km/h, drei Punkte, Algerier, 22. Oktober 1959.«

Es klopfte zweimal an seiner Tür. »Herein«, sagte Menden. Es war Kollegin Ria Bornheim.

»Hallo, Gerald, wir ersticken in Arbeit, und du …«

»Keine Chance, Ria. Ich habe genug zu tun.«

»Ich will dir gar nichts aufhalsen. Ich habe hier eine Vermisstenmeldung. Könnte mit einem Mord zu tun haben. Ich dachte, du könntest mir vielleicht helfen.«

Natürlich merkte Gerald, wie raffiniert Ria ihre Arbeitsabwälzungsaktion eingefädelt hatte. Welcher Mann könnte sich da schon weigern?

»Na gut, aber nur dieses eine Mal«, sagte er.

»Danke, Herr Kollege«, flötete Ria.

»Um was geht es genau?«

»Die Zeugin sitzt vor der Tür.«

Die Zeugin hieß Chantal Kemper, war goldblond, Ende zwanzig, eine richtige Südstadt-Pflanze. »Ich bin am Chlodwigplatz aufgewachsen. Ich kenne da alle«, sagte sie.

»Was führt Sie zur Polizei?«

»Der Herr Fink. Norbert Fink. Stammkunde in unserer Bäckerei. Also, nicht meine Bäckerei, aber ich bin da die Verkäuferin. Wir haben auch ein kleines Café dabei.«

»Und der Herr Fink hat Sie hierhergeführt?«

»Nein. Eben nicht.«

»Sondern?«

»Kann er ja nicht. Ist verschwunden. Seit Dienstag.«

»Heute ist Donnerstag. Vielleicht hat er sich ein paar Tage freigenommen. Oder sich die Brötchen irgendwo anders geholt.«

»Der Herr Fink? Norbert? Niemals. Das hätte er mir gesagt.«

»Vielleicht ist ihm etwas dazwischengekommen.«

»Genau.«

»Ich verstehe nicht.«

»Etwas dazwischengekommen. Norbert, also Herrn Fink, ist etwas passiert. Ich denke, der ist ermordet worden.«

»Wie kommen Sie darauf?«

»Der war schon länger so komisch.« Chantal beugte sich etwas zu Menden hinüber und flüsterte: »Der hat mir seit Wochen etwas von einem Geheimdienstauftrag erzählt. Und vom Fernsehturm.«

»Sie können sich ruhig normal hinsetzen, wir sind hier sicher. Hier hört niemand mit«, sagte Menden.

Chantal zog sich schmollend auf ihren Stuhl zurück.

»Geheimdienst und Fernsehturm, sagen Sie?«

»Genau. Aber nicht ich habe das gesagt, sondern er. Also, ich habe nur seine Worte wiederholt.«

»Sicher, das habe ich schon verstanden. Und wieso kommen Sie auf Mord?«

Chantal Kemper kramte in ihrer Handtasche und holte eine gefaltete Zeitungsseite hervor. Es war der BLITZ. Menden kannte den Artikel. »Todessprung vom Fernsehturm« hieß die Überschrift. Gemeint war der Fernsehturm in Düsseldorf. Nicht sein Revier.

»Hier steht, dass der Tote Viktor N. heißt, aus Meerbusch stammt und als Soldat in Afghanistan war. Was hat das mit Ihrem Norbert Fink zu tun?«, fragte Menden.

»Das weiß ich nicht. Das sollen Sie ja herausfinden. Ich kann nur sagen, Herr Fink war auch als Soldat in Afghanistan, hat er jedenfalls erzählt. Und er wollte am Dienstag auf den Düsseldorfer Fernsehturm. Sein Chef hätte ihn zum Essen eingeladen. Und genau seitdem ist er verschwunden.«

Chantal fingerte eine zweite Zeitungsseite aus ihrer Tasche. »Hier. Lesen Sie das.«

Ein Bericht über die Beerdigung von Viktor N. in Meerbusch.

»Wir haben in der Bonner Straße ja eine Filiale vom Bestattungshaus Kuckelkorn. Ich habe die Frau Kuckelkorn gefragt, wie lange es dauert, bis jemand nach einem Selbstmord beerdigt wird. Wissen Sie, was die gesagt hat: Ob Selbstmord oder nicht, früher als achtundvierzig Stunden nach dem Tod ist nicht erlaubt.«

Menden kam ins Grübeln. Dienstagabend war der Mann vom Düsseldorfer Fernsehturm gesprungen, Mittwochabend war er schon beerdigt worden. Warum diese Eile?

»Frau Kemper, das ist tatsächlich sehr ungewöhnlich. Ich werde Kontakt mit den Kollegen in Düsseldorf aufnehmen. Können Sie mir noch etwas über Herrn Fink sagen? Wissen Sie, wo er gearbeitet hat? Wer sein Chef war? Hatte er Freunde? Wissen Sie, wo er gewohnt hat?«

»Über seine Arbeit weiß ich nicht viel. Wo er gewohnt hat,

kann ich Ihnen sagen. Ecke Bonner Straße, Rolandstraße. Er hat mich einmal zu sich eingeladen. Sie verstehen. Ist ja nichts dabei. Wir sind beide Singles. Hier ist ein Foto von uns. Ob er Freunde hatte? Weiß ich nicht. In die Bäckerei kam er immer alleine. Und mehr als zwei Brötchen hat er auch nie mitgenommen.«

Menden tippte einige Sätze in seinen Computer und gab den Druckbefehl. »Lesen Sie das bitte genau durch. Ich habe aufgeschrieben, was Sie mir berichtet haben. Das ist jetzt eine offizielle Vermisstenanzeige.«

Chantal war einverstanden. »Ja. Das stimmt so.«

»Gut. Bitte unterschreiben.«

Chantal schrieb sehr langsam und sehr leserlich.

»Danke. Ich lasse Sie informieren, wenn es in dieser Angelegenheit etwas Neues gibt.«

Menden ging ins Büro von Ria Bornheim. Da war gerade Kaffeeklatsch zu dritt.

»Wie war das noch, Ria? Wir ersticken in Arbeit? Oder wolltest du sagen, wir ertrinken in Kaffee und baden im Klatsch?«

»Fünf Minuten Pause werden ja wohl noch erlaubt sein. Willst du einen Kaffee?«

»Ja. Bitte.«

Ria hatte eine private Kaffeemaschine in ihrem Büro. Das war nicht erlaubt, aber war es verboten?

»Danke«, sagte Menden und nahm einen Schluck.

»Den Vermisstenfall, den du mir rübergeschickt hast, den übernehme ich.«

»War die blonde Frau so überzeugend?«

»Ja. War sie. Ich fahre gleich mal auf Recherche.«

»Jetzt sofort? Und wenn hier was passiert?«

»Suchst du einen Kollegen, der gerade nichts zu tun hast. Du kennst dich doch aus.«

Zurück in seinem Büro, rief Gerald seinen Düsseldorfer Kollegen Erich Schmitt an, einen erfahrenen Mordermittler mit nur einem Fehler: Er schwärmte für den falschen Fußballverein.

In den letzten zwei Jahren hatte Schmitt sich über Menden und seine Liebe zum 1. FC Köln lustig machen können, jetzt war Rache angesagt. Der FC war aufgestiegen, die Fortuna, ein Jahr zuvor aus der Bundesliga abgestiegen, blieb dagegen zweitklassig.

»Menden hier, aus der schönsten Stadt Deutschlands mit dem besten Fußballclub im Rheinland.«

»Schmitt hier. Welchen Club meinst du? Die Gladbacher Borussia? Oder Leverkusen?«

»Den FC, du Pappnase. Die neue Macht am Rhein.«

»Ohne euren Düsseldorfer Sportchef hättet ihr das sowieso nie geschafft.«

»Kann sein. Aber zum Glück haben wir auf den Düsseldorfer Trainer verzichtet. Hättet ihr besser auch getan.«

»Da sagst du was. Hätte der Olli die Mannschaft früher übernommen, wäre echt was drin gewesen. Was willst du?«

»Ihr habt da eine Leiche, die mich interessiert«, antwortete Menden.

»Und die wäre?«

»Der Mann, der vom Fernsehturm runtergesprungen ist. Wieso ist der, gegen alle Vorschriften, bereits beerdigt worden? Kaum vierundzwanzig Stunden nach dem Tod.«

Menden spürte, dass Schmitt die Frage peinlich war. Es dauerte einige Sekunden, bis er eine flapsige Antwort parat hatte: »Wir Düsseldorfer sind eben etwas schneller. Da kann man sich in Köln wohl keine Vorstellung von machen. Das ist eben Landeshauptstadt.«

»Ha – ha – ha. Erich, bitte, jetzt mal ernst und dienstlich. Wieso ist das so schnell abgelaufen?«

»Sagen wir mal so. Aus unserer Sicht, also aus Sicht der Polizei, war der Fall klar. Der Mann war da runtergesprungen, ein Kamerad aus Bundeswehrzeiten, der mit ihm unterwegs war, hat das zweifelsfrei bestätigt. Auch die Obduktion hat nichts Verdächtiges ergeben. Der Mann ist weder erschossen worden noch sonst wie mit Gewalt zu Tode gebracht worden. Todesursache war eindeutig der Aufprall nach einem Sturz aus einhundertzweiundsiebzig Metern Höhe.«

Nach einer kurzen Kunstpause holte Schmitt zur Schlusserklärung aus: »Vor allem aber hatte der Tote, Viktor Urbanski, seine Papiere dabei. Bei ihm zu Hause lag ein Abschiedsbrief mit Vorwürfen gegen die Bundeswehr. Dass die sich nach seiner Rückkehr aus Afghanistan nicht mehr um ihn gekümmert hat und so.«

»Kannst du mir ein paar Details nennen?«

»Nein, kann ich nicht. Die Bundeswehr hat den Brief übernommen. Aus dem Verteidigungsministerium in Bonn wurde der Wunsch geäußert, die Angelegenheit schnell und unbürokratisch abzuschließen.«

»Und das habt ihr dann auch gemacht.«

»Der Leichnam wurde noch am Todestag freigegeben. Urbanski selbst hatte alles für seine Beerdigung am Mittwoch vorbereitet. Das Beerdigungsunternehmen war beauftragt, es gab sogar schon eine Liste, wer zur Trauerfeier eingeladen werden sollte. Da standen nur ein paar Nachbarn drauf, außerdem seine Exfrau und sein alter Kompaniechef. Die sind alle auf der Beerdigung gewesen. Aber mit der Bestattung hatten wir ja nichts mehr zu tun.«

Menden hatte das Gefühl, vor einer Mauer aus Rechtfertigungen zu stehen, und überlegte, wie er weiterkommen könnte. »Aber ihr seid zuständig für die Ermittlungen am Tatort. Gab es weitere Zeugen? Habt ihr alle Besucher des Restaurants im Fernsehturm vernommen?«

»Natürlich haben wir das. Es gab nicht den kleinsten Hinweis darauf, dass Urbanski durch gewaltsame Einwirkung eines Dritten ums Leben gekommen sein könnte. Der hatte alles perfekt vorbereitet. Hatte dort vorher einen schweren Vorschlaghammer versteckt, hat damit das Fester zertrümmert und ist vor den Augen seines Kameraden in die Tiefe gesprungen.«

Die beiden Beamten schwiegen für zehn Trauersekunden.

»Ich habe hier eine Vermisstenmeldung«, sagte Menden. »Ein Mann namens Norbert Fink aus Köln ist seit Dienstag verschwunden. Er hatte sich von einer Freundin mit den Worten verabschiedet, dass er den Düsseldorfer Fernsehturm besteigen wollte.«

»Norbert Fink«, wiederholte der Düsseldorfer Kollege. »Ja, den haben wir. War im Restaurant, als Urbanski sich aus dem Fenster stürzte. Hat davon aber nichts mitbekommen. Das hat keiner von den Restaurantgästen.«

»Wäre es ein großer Aufwand, mir die Liste mit den Restaurantbesuchern zu schicken?«

»Nein. Kommt sofort.«

»Danke. Dann bis demnächst in der Ersten Liga«, sagte Menden und wartete darauf, dass sein Posteingang eine neue Mail meldete.

»Du mich auch«, hörte er Schmitt noch in den Hörer rufen.

Auf der Düsseldorfer Liste standen sogar zwei Kölner: Neben Norbert Fink tauchte ein Wilhelm Parfitt auf, Unternehmer, wohnhaft in Raderthal. Hatte mit Fink am Tisch gesessen.

Menden startete eine kleine Personenanfrage:

Wilhelm Parfitt, achtundfünfzig, geschieden. Kaufmann. Nicht vorbestraft.

Norbert Fink, achtunddreißig, ledig. Handelsvertreter. Nicht vorbestraft.

25

Als Georg aufwachte, war es bereits nach zehn Uhr, und wieder wehte der Duft frischer Brötchen durch seine Wohnung.

»Soll ich dir das Frühstück ans Bett bringen?«, fragte Paul.

»Nicht das ganze Frühstück. Aber vielleicht einen Espresso.«

Paul hatte inzwischen Georgs Kaffeeautomaten im Griff, was ihn mit Stolz erfüllte. »Wann bist du zurückgekommen? Ich hab dich nicht gehört«, fragte er.

»Du solltest mich auch nicht hören. So um halb fünf.«

»Sorry, dass wir dir den Abend verdorben haben. Es war meine Idee gewesen, eine Abschiedsfeier für Gertrud Odenthal zu geben. Hätte ich besser nicht gemacht.«

»Du hast mir nicht den Abend verdorben. Im Gegenteil.«

Paul brachte den Espresso und sagte: »Deine Redaktion hat angerufen. Du wärst gestern nicht erschienen und hättest dich heute auch noch nicht sehen lassen. Ich habe dich krankgemeldet.«

»Was habe ich?«

»Sommergrippe.«

»Ist die gefährlich?«

»Nicht wirklich. Brauchst du noch ein paar Tage frei?«

»Wäre nicht schlecht.«

»Mal sehen, was ich machen kann.«

Dreißig Minuten später hatte Georg seine Krankheit überstanden, was ihm auch der Arzt bestätigte, den Paul zum Hausbesuch gebeten hatte. Rud hatte ihm die Nummer für Notfälle aufgeschrieben.

Es war ein guter alter Bekannter.

»Dr. Bitterle«, sagte Georg, »ich freue mich, dass Sie immer noch praktizieren.«

»Arzt bleibt man sein ganzes Leben. Solange es Kranke gibt, habe ich zu tun. Ihr Herr Vater sagte, Sie hätten eine Sommergrippe?«

»Ist nicht so schlimm. Eigentlich schon vorbei.«

Bitterle legte Georg die rechte Hand auf die Stirn. »Ja, fühlt sich ziemlich normal an. Wollen Sie morgen zur Arbeit, oder soll ich Sie bis Montag krankschreiben?«

»Nur gestern und heute. Morgen will ich wieder im Dienst sein.«

»Kein Problem.«

Bitterle stellte den gelben Schein aus.

»Was bekommen Sie?«

»Sie haben doch immer diesen besonders guten Rotwein. Wenn ich vielleicht, ein Gläschen …«

»Herr Doktor, es ist noch vormittags.«

»Herr Rubin, Rotwein ist Medizin. Ich weiß, wovon ich rede. Sie sollten Ihrem Doktor in Gesundheitsfragen nicht widersprechen.«

Georg lachte.

Paul hatte sich in Georgs kleinem Weinregal neben dem Kühlschrank umgesehen. »Ich habe hier einen 2007er Château de Beaucastel aus Châteauneuf-du-Pape. Das scheint mir ein gesunder Tropfen zu sein. Wollen wir sofort verkosten, Herr Doktor?«

»Unbedingt«, sagte Bitterle.

»Für mich nicht. So kurz nach meiner schweren Sommergrippe.«

»Da tun Sie recht, junger Mann. Sie sollten den Alten nicht

den guten Wein wegtrinken. Auf uns warten nicht mehr so viele Jahrgänge.«

»Ich dachte, Rotwein ist so gesund?«, flachste Georg.

Während die beiden Männer ihre Frühverkostung ausdehnten, plante Georg das weitere Tagesprogramm. Dann wählte er die Telefonnummer, die auf dem Zettel stand, den ihm Hanno Meister gegeben hatte.

Eine Bariton-Stimme meldete sich: »Goldmacher.«

Georg sagte, dass Meister ihn empfohlen habe und dass er mit ihm über Wischnewski und die Algerien-Aktion sprechen wollte. Ob es in Ordnung wäre, wenn er heute vorbeikäme und eine Französin algerischer Abstammung mitbrächte.

Goldmacher war einverstanden. Sie verabredeten sich für vierzehn Uhr.

Anschließend rief Georg Amal an. »Einen wunderschönen guten Morgen. Die Sonne scheint.«

»Danke«, sagte Amal und klang noch etwas verschlafen.

»Darf ich dich zu einem Ausflug einladen? Ich habe dir von dem alten Trotzkisten erzählt, der mit Wischnewski in der Algerien-Aktion zusammengearbeitet hat. Er wohnt in Bad Godesberg. Er erwartet uns.«

»Ich brauche eine Stunde, dann bin ich fertig«, sagte Amal.

»Ich freue mich«, sagte Georg.

»Ich mich auch.«

»Paul, Sie sollten auf Ihren Sohn aufpassen«, sagte Bitterle. »Wenn ich ihn so am Telefon höre, hat er nicht die Sommergrippe, sondern akute Amoritis.«

Die Begegnung nach der ersten Nacht war immer die komplizierteste. Amal begrüßte Georg mit einem Kuss, diesmal keinem Wangenkuss, sondern einem vorsichtigen Kuss auf die Lippen. Das musste nichts bedeuten. Aber was bedeutete sie ihm? Hatte Bitterle recht mit seiner Amoritis?

»Ich bin so gespannt auf den alten Mann«, sagte Amal, als sie in gemächlichem Tempo und mit offenem Verdeck am Rhein entlang Richtung Süden fuhren. »Ich habe über ihn in Wikipedia nachgelesen. Er ist neunundneunzig. Spricht wahrscheinlich sehr gut Französisch, sonst hätte er kaum so viele Jahre in Paris gearbeitet. In der deutschen Botschaft.«

»Ich habe mit ihm telefoniert. Eine interessante Stimme, der man anmerkt, dass sie früher ganze Säle gefüllt hat.«

Vor Wesseling mit seinen Chemieanlagen wechselte Georg auf die Köln-Bonner Autobahn. »Nachts leuchten die Raffinerien wie Fabriken aus einer Märchenwelt«, sagte er.

»Und tagsüber stinken sie und sind undicht und verbreiten Angst und Schrecken unter der Bevölkerung«, erwiderte Amal.

»Was du alles weißt.«

»Ich habe dir gesagt, dass ich mich vorbereitet habe.«

»Dann kann ich dich also mit gar nichts überraschen?«

Amal lachte. »Doch. Ich finde es sehr schön, wie du deine Gegend verteidigst und in den höchsten Tönen anpreist. In Paris würde ich wahrscheinlich dasselbe tun. Aber mir Wesseling als märchenhaft zu verkaufen, ist schon sehr besonders.«

So nett sie das sagte, so verletzt fühlte er sich doch. Die nächsten Kilometer verordnete er sich Schweigsamkeit.

Als sie durch Bonn fuhren und sich über die Reuterstraße dem ehemaligen Regierungsviertel näherten, übernahm sogar Amal die Rolle der Reiseführerin.

»Links geht es zum Palais Schaumburg, dem Bonner Dienstsitz des Bundespräsidenten.«

Georg lenkte den Mini nach rechts.

»Linker Hand das ehemalige Bundeskanzleramt. Ein Schwarzbau.«

»Wie kommst du auf Schwarzbau?«

»Schau dir doch die Farbe an.«

»Ach, du meinst ein schwarzer Bau.«

»Hab ich doch gesagt.«

»Du hast Schwarzbau gesagt. Das bedeutet eigentlich, dass das Haus keine Baugenehmigung hat und abgerissen werden müsste.«

Sie passierten die Museumsmeile, an Telekom und Post vorbei, weiter Richtung Bad Godesberg, durch den Tunnel und anschließend hoch bis zur Godesburg.

»Komm, wir machen eine kleine Pause«, schlug Georg vor. »Der Ausblick über das Rheintal ist sensationell.«

Auf dem Burggelände veranstaltete eine Hochzeitsgesellschaft neckische Spielchen. Gerade stand das gemeinsame Durchsägen eines Baumstamms auf dem Programm. Nach einigen Anlaufschwierigkeiten bewältigten Braut und Bräutigam die Aufgabe.

»Das ist lustig. Warum machen die das?«, fragte Amal.

»Das ist ein alter Brauch. Soll beweisen, dass die beiden gut miteinander harmonieren.«

»Hast du das bei deiner Hochzeit auch gemacht?«

Seine Hochzeit. Wie lange das her war. »Nein. Wir haben keinen Baumstamm zersägt. Wir haben getanzt.«

»Du kannst tanzen?«

»Ja. Ich tanze noch immer. Tango Argentino.«

Amal ging voraus, um die Stufen des Bergfrieds zu ersteigen. Oben auf dem Burgturm angekommen, zeigte Georg ihr das Siebengebirge und den Drachenfels.

»Wirklich sehr schön hier.«

Goldmacher wohnte am Fuß der Godesburg in einer Parallelstraße zur B 9. Eine Pflegerin öffnete: »Herr Goldmacher erwartet Sie.«

Sie kamen in ein großes Wohnzimmer mit schönem Blick über die Stadt und auf das Rheintal. Aber mindestens genauso beeindruckend waren die Bücherregale, die alle Wände bedeckten. Georg entdeckte die komplette Ausgabe der blauen Marx-Engels-Werke. Es gab aber auch Lenin, Bakunin, Mao Tse-tung und Trotzki. Auch die belletristische Abteilung war beeindruckend: Camus, Sartre, übersetzt und im Original, viel internationale Literatur, die Werke des im Frühjahr verstorbenen Gabriel García Márquez waren nach vorne gerückt, als würden sie gerade ein neues Mal gelesen.

Georg nahm das Exemplar von »Hundert Jahre Einsamkeit« und schlug es auf. Es war vom Dichter signiert.

»Ich habe den jungen Mann in Kuba getroffen«, ertönte die kräftige Stimme des Gastgebers aus dem Hintergrund. Goldmacher saß in einem Rollstuhl, der von der Pflegerin bewegt wurde. »Ich bin zwölf Jahre älter als Gabriel. Und elf Jahre älter als Fidel. Eigentlich will ich keine hundert werden, sonst kommt nachher noch die Kanzlerin und will gratulieren.«

Goldmacher rollte bis zu einem schweren Ohrensessel, der

vor dem großen Fenster stand und nicht ins Zimmer ausgerichtet war, sondern ins Rheintal. Der alte Mann schaffte es, sich auf seine Füße zu stellen und sich in den Sessel fallen zu lassen. Amal hatte ihm helfen wollen, Goldmacher aber abgewehrt: »Machen Sie sich um mich keine Sorgen. Ich bin nicht gelähmt. Ich bin nur nicht mehr so gut zu Fuß. Sie wollen aber bestimmt meine offenen Beine nicht sehen. Früher habe ich mich immer durchs Leben gekämpft. Heute finde ich, dass es sich lohnt, durchs Leben zu rollen. Solange es noch geht.«

Goldmacher kümmerte sich nicht weiter um seine Gäste, sondern schaute aus dem Fenster.

Die Pflegerin dirigierte sie zu einem Zweisitzer, von dem aus sie Goldmacher von der Seite sehen konnten. »Darf ich Ihnen etwas anbieten? Kaffee? Tee?«

Amal und Georg baten um Kaffee.

Goldmacher wackelte mit dem Kopf und schielte in Richtung seiner Gäste. »Sehen Sie. Da hinten. Der Baukran. Der steht jetzt schon seit vier Tagen genau so, wie er da steht. Hat sich keinen Millimeter bewegt.«

Die Pflegerin servierte Plätzchen zum Kaffee. »Selbst gebacken. Seine Lieblingssorten.«

»Und ich?«, raunzte er.

»Ich komme schon.«

Die Pflegerin reichte ihm eine Tasse, nahm dann die zitternde Hand samt Tasse und führte sie an seinen Mund. Dann ließ sie ein Schokoladenplätzchen folgen. »Ich helfe ihm gerne. Er braucht das. Aber geistig ist er topfit.«

»Das will ich meinen«, sagte er und kam dann zur Sache. »Sie kommen also vom dicken Wischnewski.«

»Nicht direkt.«

»Was heißt, nicht direkt? Was haben Sie mir denn am Telefon erzählt?«

»Herr Wischnewski ist tot. Schon seit 2005.«

»Erzählen Sie mir was Neues, junger Mann. Herbert Wehner ist auch tot. Seit 1990. Der alte Stalinist. Tanzt mir noch immer auf dem Kopf herum. Verstehen Sie?«

»Nein«, sagte Georg.

»Woher auch. Sind ja noch grün hinter den Ohren. Wehners

Grab ist auf dem Friedhof an der Godesburg. Wenn Herbert sich im Grabe rumdreht, und an seiner Stelle würde ich mich beim Anblick der SPD im Grabe rumdrehen, dann blickt der immer und ganz genau auf mein Haus runter. Verstehen Sie jetzt?«

»Ja«, sagte Georg.

»Und, Mademoiselle, können Sie auch etwas sagen? Oder haben Sie außer der rechten Hand auch die Zunge verloren?«

»Ich heiße Amal Amirouche. Ich vermute, dass Sie meinen Großvater gekannt haben. Ali Amirouche.«

Goldmacher ließ ein undefinierbares Geräusch hören. Dann sagte er: »Weiter. Amirouche. Sagt mir nichts.«

»Er wurde 1959 ermordet. In Köln. Am 22. Oktober. Erschossen. Hinter dem Hauptbahnhof. Ich denke, die Täter waren vom französischen Geheimdienst Main Rouge.«

»Ganz sicher waren sie das.«

»Hier. Ich habe ein Foto meines Großvaters.«

Goldmacher hielt sich die vergilbte Aufnahme vors Gesicht. »Helga, meine Lesebrille.«

»Ali. Mensch, das ist er. Der war gerade vom MNA zur FLN übergelaufen. Das war 'ne heiße Zeit.«

Amal stand auf und setzte sich auf die breite Lehne von Goldmachers Sessel. »Bitte, erzählen Sie weiter.«

Der alte Mann wirkte plötzlich wie ausgewechselt, schien bei der Erinnerung regelrecht munter zu werden: »Wir waren im Krieg. Also die Algerier und die Franzosen. Wir haben sie unterstützt. Mit Geld. Mit Waffen. Mit Papieren. Was man so brauchte. Es war klar, dass die FLN den Unabhängigkeitskrieg gewinnen würde. Wenn nicht in diesem Jahr, dann im nächsten. Oder übernächsten. Das Problem war, das wir nicht nur gegen die Franzosen kämpfen mussten, sondern auch gegen die MNA. Und Ihren Großvater.«

»Das glaube ich nicht.«

»So war es aber. Das Mouvement National Algérien hat mit den Franzosen paktiert. Es hat geholfen, Algerier zu ermorden. Zu foltern.«

»Mein Opa nicht.«

»Vielleicht. Aber als er kam, wusste er sehr viel über Attentate des MNA. Als wäre er dabei gewesen. Und seine späteren Mörder kannten ihn aus dieser Zeit. Hier, ich schreibe Ihnen die Namen auf. Algerier, die vom französischen Geheimdienst Main Rouge bezahlt wurden. Sind nach dem Anschlag nach Belgien geflohen. Die Nationale Befreiungsfront hat sie ein paar Monate später erwischt. Auge um Auge. So war das damals.«

Georg sah, wie Amal Tränen ins Gesicht schossen. »Ich weiß, dass mein Großvater kein Verräter war.«

»Mademoiselle, das Leben ist nicht immer leicht. Manchmal steht man einfach auf der falschen Seite und weiß gar nicht, wie man dahingekommen ist. Am Schluss war Ihr Großvater jedenfalls auf der richtigen Seite. Er wurde zum Märtyrer der gerechten Sache. Zum Märtyrer der Freiheit und des Sozialismus. Er wurde ermordet, weil er zu viel über die Zusammenarbeit des MNA mit den Franzosen wusste.«

Zuerst hatte Georg den Worten des Alten voller Spannung gelauscht, dann machten sie ihn wütend.

»Wenn ich das schon höre. Märtyrer. Freiheit. Sozialismus. Können Sie mir sagen, warum das immer schiefgeht? Da treten in jeder Generation junge Menschen voller Enthusiasmus an, wollen den Traum von Freiheit, Gerechtigkeit und Solidarität verwirklichen. Opfern ihr Leben oder eine Hand. Und wenn sie gewonnen haben, wenn der Rausch der Revolution vorbei ist, dann werden die Freiheitskämpfer zu Unterdrückern, Diktatoren, erheben sich als Clique der Macht, der sie letztlich nur eine andere Farbe geben als die Vorgänger. Und die neue Farbe ist meistens Blutrot.«

Goldmachers zerfurchtes Gesicht zuckte. Er stützte die knochigen Hände auf die Sessellehnen, richtete sich auf und drehte sich zu Georg um. »Junger Mann, was Sie da sagen …«

Goldmacher schienen die Beine wegzuknicken, die Pflegerin eilte herbei, aber er schob sie weg. »Lass mich. Was Sie da sagen, das treibt mich schon mein ganzes Leben um. Haben Sie eine Antwort, warum das so ist?«

»Nein«, sagte Georg. »Nicht wirklich. Ich glaube, letztlich geht es immer nur um Macht und Geld. Und wenn man mit Lügen und Manipulation ans Ziel kommt, dann wird eben gelogen und manipuliert.«

Goldmacher schwieg einen Moment, dann sagte er ernst: »Macht und Geld. Da sind Sie nah dran. Das ist auch meine Analyse. Aber das kann nicht die ganze Wahrheit sein. Mir ging es nie um Macht und Geld. Und während der Zeit des Algerienkrieges glaubten und kämpften wir ehrlich gegen den Kolonialismus und für die Freiheit des algerischen Volkes. Der Krieg wurde gewonnen, aber der Kampf war damit nicht vorbei. Wir konnten nicht sofort die große Freiheit gewähren, sonst hätten wir auch den Todfeinden die Freiheit gewähren müssen. Und die Todfeinde hatten das Geld und hätten sich damit die Macht zurückgekauft.«

»Das sagen alle, die ihre Macht behalten wollen. Wer auf der Seite der Freiheit steht, wird letztlich immer gewinnen.«

»Junger Freund. Sie sind sehr naiv. Sie kennen meinen Namen. Simon Goldmacher. Sie werden recherchiert haben, dass ich 1914 geboren wurde. Mein Vater war Textilfabrikant. Jude. Aus Köln. Sie wissen, was 1933 geschah. Machtergreifung der Nazis. Aber wieso eigentlich Machtergreifung? Ich kann mich noch genau an die jubelnden Massen erinnern, als wir Juden gedemütigt wurden. Ich habe gespürt, was kommen würde. Ende 1933 ging ich nach Palästina in einen Kibbuz. Die Machthaber dort waren die Engländer. Mit denen habe ich mich auch angelegt. War siebenundzwanzig Monate interniert. Ich wurde Journalist. Kam 1948 zurück nach Köln. Ich hatte begriffen, dass Stalins Kommunismus nicht mein Weg sein konnte. Stalin hatte Trotzki im mexikanischen Asyl ermorden lassen – mit einem Eispickel.«

Goldmacher zitterte am ganzen Körper. Helga überredete ihn, sich in den Rollstuhl zu setzen, sodass er mit Amal und Georg direkten Augenkontakt haben konnte.

»Aber was sollen diese alten Geschichten. Sie wollen mehr über Ihren Großvater erfahren. 1959. Köln. Ich war Gewerkschafter. Wie Wischnewski. Ich war zwar Trotzkist, bin aber trotzdem in die SPD eingetreten. Wir waren nicht mehr als ein Dutzend Mitglieder der Vierten Internationale, die Trotzki gegründet hatte. Also schien es uns erfolgversprechender, den linken Flügel in der SPD zu verstärken. Da waren die Falken dabei, die Jungsozialisten, aber auch große Teile der SPD insgesamt. Der Kampf gegen die

Wiederbewaffnung stand im Mittelpunkt. Und dann kam die Unterstützung des algerischen Befreiungskrieges hinzu.«

»Wischnewski hat damit begonnen, die Zeitung Freies Algerien herauszugeben«, merkte Georg an.

»Ja. Hat er. Seinen Namen hat er gegeben. Geschrieben haben die Artikel andere.«

»Was hatte es mit der algerischen Kriegskasse auf sich, um die sich Wischnewski gekümmert haben soll?«

»Die FLN hat natürlich Geld benötigt für den Kampf gegen die Franzosen. Das kam von Unterstützern, mal freiwillig, mal unter sanftem Zwang, zum Beispiel bei den algerischen Flüchtlingen in Deutschland. Das musste immer Bargeld sein. Obwohl es auf einem Konto natürlich viel sicherer gewesen wäre.«

Goldmacher drehte seinen alten Oberkörper. »Helga, hol mir mal die ›Kofferträger‹ aus dem Regal.«

Die Pflegerin kam mit einem Rotbuch-Bändchen zurück.

»Hier steht viel über das Algerien-Projekt der deutschen Linken drin«, sagte Goldmacher. »Sollten Sie lesen. Wischnewskis Story über die Kriegskasse kommt auch drin vor.

Goldmacher suchte die Stelle. Als er sie gefunden hatte, las er laut vor: *»Einer der FLN-Führer hatte Wischnewski gefragt, ob sie vielleicht etwas auf sein privates Girokonto überweisen könnten.*

›Wie viel?‹, fragte Wischnewski.

Ein paar Mark.

Warum nicht auf ein Sonderkonto, das er für sie einrichten könnte?

Das sei dieses Mal ausnahmsweise nicht drin.

Also gut.«

Goldmacher hielt inne. »Das ist aus Wischnewskis Sicht erzählt.«

»Haben Sie Zweifel?«

»Nein, nein, das war schon so.«

Er nahm das Buch auf und las weiter: *»Wochenlang passierte nichts. Die Bitte war schon fast vergessen. Da eines Tages ein Anruf meiner Bank. Der Bankangestellte fragt. Kennen Sie Sowieso. Ich,* also Wischnewski, *sofort: Nee, kenne ich nicht, nie was von gehört, mit dem habe ich nichts zu tun.*

Sagt der wieder: Sie kennen den Mann also wirklich nicht? – Nein, nie gehört. Na ja, meint er, der Mann, den Sie nicht kennen, hat Ihnen gerade eins Komma acht Millionen Mark überwiesen! – Ich darauf, nach kurzer Schrecksekunde: Ach doch, jetzt fällt es mir ein, also doch, den kenne ich.

Wischnewski ist dann zur Bank und hat das Geld in bar abgeholt. Die Bankangestellten wollten Polizeischutz anfordern, aber den hat er abgelehnt. Er hat das Geld bei den Algeriern abgeliefert.«

»Das war doch ziemlich mutig von dem Mann, oder?«

»Ja, schon. Aber Hans-Jürgen hat selbst aus solchen illegalen Sachen später Gewinn gezogen.«

»Und welche illegalen Sachen haben Sie gemacht?«

»Was heißt schon illegal. Wenn es dem großen Ziele dient.«

»Also doch, der Zweck heiligt die Mittel.«

»Das ist mir zu pauschal. Ich erzähle die Story nur ungern, weil man sie wegen meines Namens für gelogen halten könnte.«

»Goldmacher?«

»Goldmacher. Wir haben Falschgeld gedruckt. Französische Francs. Frankreich hat damals gerade von alten auf neue Francs umgestellt. Steht auch im ›Kofferträger‹. Ausgeheckt wurde die Idee von einem anderen Ali und Omar, zwei FLN-Führern, bei einem Gang über die Kölner Hohenzollernbrücke. Links dampften die stinkenden Züge vorbei, auf dem Fußweg konnte man sich ungestört unterhalten. Die beiden trafen sich alle drei Tage, immer an einem anderen Ort, an diesem Tag Ende 1959 eben auf der Rheinbrücke. Die beiden sprachen über die anstehende Währungsreform. Aus einem abgegriffenen riesigen Zehntausend-Francs-Lappen sollte ein nagelneuer, kleinerer Einhundert-Francs-Schein werden. Und da die Bevölkerung die neuen Scheine nicht kannte und die alten Scheine mit einem Aufdruck noch einige Zeit gültig blieben, wäre es doch geradezu ideal, Falschgeld zu drucken, nach Frankreich einzuschleusen und dafür echte Francs für die Revolution zu bekommen.«

»Genial. Und was hatten Sie damit zu tun?«

»Wir Trotzkisten hatten eine gewisse Erfahrung im Drucken von Falschgeld. Wir haben angeboten, die Produktion zu übernehmen. Aber man brauchte natürlich eine Anschubfinanzierung. Papier. Maschinen. Lohnkosten. Ich habe ein erstes Treffen im Februar 1960 im Erste-Klasse-Wartesaal des Düsseldorfer Hauptbahnhofs organisiert. Eine einzige Katastrophe. Alle redeten durcheinander. Ein zweites Treffen im Industriehof wurde vereinbart. Dort einigte man sich immerhin, dass zur Produktion des Falschgeldes fünfunddreißigtausend Mark benötigt würden.«

Goldmacher ließ sich noch einmal die Tasse zum Mund führen und nahm einen Schluck Kaffee, bevor er weiterredete. »Von Februar bis April wurden dann tatsächlich Blüten produziert. Neunzig Millionen Francs lagen bereit. In Osnabrück. Und das war der Fehler. Die Osnabrücker Trotzkisten nahmen es mit der konspirativen Geheimhaltung nicht so genau, der holländische Geheimdienst hatte das Grüppchen unterwandert und lieferte der Osnabrücker Polizei den entscheidenden Tipp. Die Falschdrucker wurden in flagranti erwischt und später vor Gericht gestellt. Wenn wir das im Rheinland durchgezogen hätten …«

Die Erzählung hatte Goldmacher angestrengt. »Ich weiß ja nicht, ob ich Ihnen wirklich weiterhelfen konnte.«

»Doch. Danke«, sagte Amal. »Es war sehr interessant für mich, über diese analoge Kriegführung mehr zu erfahren.«

»Analoge Kriegführung?«

»Heute hätten wir es doch viel leichter. Heute würden wir das Konto der Staatsbank knacken und uns jeden gewünschten Betrag aufs eigene Konto überweisen.«

»Geht das denn?«

»Ich hab's noch nicht probiert. Ich denke aber, dass wir das hinkriegen würden. In zwei, drei Tagen«, sagte Amal.

»Und die Bank würde es nicht bemerken. Und, wenn doch, wäre es ihr zu peinlich, um es zuzugeben«, sagte Georg.

Goldmacher lachte, dass sein Körper bebte. »Das ist ja noch besser als in Brechts ›Dreigroschenoper‹: *Was ist ein Einbruch in eine Bank gegen die Gründung einer Bank?*«

»Der Satz geht weiter«, übernahm Georg: *»Was ist die Ermordung eines Mannes gegen die Anstellung eines Mannes?«*

»Also ging es immer nur um Geld und Macht. Traurig eigentlich«, sagte Amal.

Goldmacher hörte nicht auf zu lachen. Die Pflegerin versuchte, ihn zu beruhigen. »Es ist besser, wenn Sie jetzt gehen. Er kann nicht mehr.«

Der alte Mann wollte protestieren, aber seine Kräfte waren

erschöpft. Er sagte nur noch leise: »Wenn Sie nach Bonn fahren, achten Sie auf die Godesberger Allee 103. Da sitzen die Tunesier. Da war damals auch die inoffizielle diplomatische Vertretung der algerischen Nationalen Befreiungsfront.«

»Warten Sie«, rief Goldmachers Pflegerin, als Amal und Georg noch vor dem Haus standen. »Ich soll Ihnen das geben. Er braucht es nicht mehr.«

Sie hatte einen Koffer in der Hand. Ein Altertümchen aus Pappe. Darin lag ein ungeöffneter brauner Umschlag in DIN-A4-Format. Adressiert war der Brief an »Herrn Hans-Jürgen Wischnewski«.

Die Pflegerin sagte: »Geschrieben hat Herr Goldmacher den Brief zur Jahrtausendwende. Irgendwann im Jahr 1999. Er hat ihn nie abgeschickt. Ich weiß nicht, was drinsteht, er meinte, Sie hätten sich so für Wischnewski interessiert, da könnten Sie auch den Brief lesen.«

Georg öffnete den Umschlag. Er enthielt an die zwei Dutzend handgeschriebene Blätter in altmodischer, gut lesbarer Schrift.

Goldmacher duzte den »lieben Hans-Jürgen«, dann folgten schnell Klagen und Vorwürfe. So ärgerte sich Goldmacher, dass er und die Kölner Trotzkisten in Wischnewskis politischen Memoiren »Mit Leidenschaft und Augenmaß« gar nicht oder nur sehr am Rande vorkämen.

Das las sich über weite Strecken wie das eifersüchtige Gebrabbel eines alten Mannes über den politisch erfolgreicheren Weggefährten. Manchmal blitzte auch so etwas wie Anerkennung für Wischnewskis Arbeit durch. Die Befreiung der Geiseln in Mogadischu etwa nötigte auch Goldmacher Respekt ab.

Ganz zum Schluss drückte Goldmacher sein Bedauern darüber aus, dass Wischnewski und er sich so völlig aus den Augen verloren hätten. Nach einem lamentierenden »seine Schuld« sei es ja nicht gewesen, folgte eine Art Einladung:

»Ich habe mir immer gewünscht, mit dir einmal hoch oben auf dem Kölner Fernsehturm zu stehen und auf unsere Region zu schauen. Was hätten wir beide gemeinsam erreichen können! Und dann hätte ich dich gefragt, was es mit den Alliierten

Vorbehaltsrechten auf sich hat. Ob es stimmt, dass unser Land immer noch nicht wirklich souverän ist. Und dann hättest du mir gesagt, dass das geheim wäre. Und dass es ohne diese Vereinbarung keine Bundesrepublik und kein wiedervereinigtes Deutschland gegeben hätte. Und weil ich weiß, dass unsere Begegnung so ausgegangen wäre, habe ich darauf verzichtet, mich mit dir zu treffen. Unseren Treffpunkt auf dem Kölner Fernsehturm habt ihr ja jetzt sowieso gesperrt. Ich ahne, warum. Du ahnst es auch, du weißt es wahrscheinlich sogar.«

Es folgten noch ein paar Vorwürfe gegen die SPD, ehe der Brief vergleichsweise versöhnlich schloss, »mit besten Wünschen für dich, vor allem Gesundheit. Dein Simon«.

Georg und auch Amal waren etwas ratlos nach dieser Lektüre. »Wir sollten die Vergangenheit ruhen lassen«, sagte Amal. »Es wird Zeit, dass wir uns um die Gegenwart kümmern.«

26

Als Georg mit Amal in seiner Wohnung in Ehrenfeld ankam, war dort »Land unter«. Paul kroch mit einem Wischlappen durch die Küchenecke, Nachbar Lothar Zechdorfer entfernte eine weitere Wasserlache, die unter Georgs Computertisch am Fenster zum Garten stand.

»Die Spülmaschine«, stammelte Paul und wies mit der Hand auf den vermeintlichen Übeltäter. »Ich habe ordnungsgemäß eingeräumt, das Automatikprogramm gestartet, wie du mir gezeigt hast, und plötzlich stand der ganze Raum unter Wasser. Lothar war so nett und hat mir geholfen …«

Jetzt war der neugierige Nachbar also auch schon per Du mit seinem Vater.

»Und wieso hast du die Maschine nicht sofort wieder abgestellt?«, fragte Georg.

»Ich«, druckste Paul herum, »ich war im Garten. Habe mich mit Lothar unterhalten. Er hat dann zum Glück gesehen, dass da was nicht in Ordnung war.«

»Stimmt«, sagte Zechdorfer. »Das plätscherte plötzlich aus dem Zimmer in den Garten raus. Ich hab die Spülmaschine ausgestellt. Ist nichts Ernstes. Der Ablaufschlauch hat ein Leck. Gleich beim

Eingang zum Siphon am Waschbecken. Der war etwas ungünstig angebracht. Viel zu stark geknickt. Das konnte nicht gut gehen.«

Zechdorfer war genau wie sein Vater ordentlich über den Boden mit den roten Terrakottafliesen gerutscht, jedenfalls waren die Knie seiner Hosen durchnässt.

»Danke für Ihre Hilfe«, sagte Georg leicht gequält.

»Ich habe sofort Ihre Rechner in Sicherheit gebracht«, sagte Zechdorfer. »Der Dreifachstecker mit der Stromzufuhr stand mitten in dem auslaufenden Wasser, zum Glück hatten Sie den zentralen Ausschalter gedrückt, da dürfte nichts passiert sein. Sie sollten nur einen neuen Dreifachstecker kaufen.«

Georg stellte fest, dass Zechdorfer, fürsorglich, wie er war, sowohl den iMac als auch den Laptop vom Netz genommen hatte.

»Danke. Das wäre echt schlimm, wenn meine Computer ausfielen. Irgendwie hat man da ja sein ganzes Leben drauf.«

Zechdorfer nickte. »Schöne Teile haben Sie da. Sind wohl Apple-Fan.«

Georg nickte. »Ja. Eigentlich schon immer, seitdem ich mit Rechnern zu tun habe.«

»Ich kenne mich mit Macs nicht so aus«, sagte Zechdorfer.

»Aber mit Spülmaschinen und Abflussschläuchen«, sagte Paul. »Zum Glück sind wir hier nicht auf einem Schiff. Sonst hätten wir absaufen können.«

Amal hatte ihre Schuhe abgestreift und sich auf Pauls weiße Couch zurückgezogen. Irgendwie war wohl nicht vorgesehen, dass sie und Georg mal eine ruhige Stunde in seiner Wohnung haben sollten. Zechdorfer war ihr immer noch unsympathisch. Obwohl er sie gar nicht beachtete, fühlte sie sich von ihm beobachtet, genau wie bei ihrer Ankunft am Montag auf dem Hauptbahnhof.

»Den Abflussschlauch auszutauschen, ist kein großes Problem. Ich könnte das machen. Aber die Rückseite Ihrer Maschine ist nur mit einem Spezialwerkzeug zu öffnen. Da müssen Sie den Kundendienst bestellen. Was ich so lange für Sie tun kann, ist, den Schlauch am Spülbecken abzunehmen und den Anschluss am Siphon abzudichten. Dann können Sie wenigstens das Spülbecken normal benutzen.«

Georg war nicht sicher, ob er alles verstanden hatte, aber es hörte sich so vernünftig an, dass er nicht widersprach.

Zechdorfer verschwand durch die Terrassentür in seine Wohnung und kam wenig später mit Werkzeug zurück.

Paul hatte sich an der Maschine zu schaffen gemacht und nach der Herstellerkennzeichnung gesucht: »Was hast du denn da gekauft? Da stehen ja völlig unterschiedliche Namen drauf. Juno, AEG, Elektrolux.«

»Ist alles dasselbe, Vater«, sagte Georg.

Er hatte keine Einbauküche, sondern nur eine lockere Ansammlung von Elektrogeräten, die unter einem gemeinsamen Küchentisch standen, der als Arbeitsfläche diente. In diesem Schadensfall war das ein Vorteil, weil man das Gerät nicht ausbauen musste, sondern einfach nach vorne ziehen konnte.

Der Kundendienst meldete sich schnell und verlangte eine Unmenge von Herstellerkennzeichnungen und Seriennummern, die sich als Aufkleber rechts in der Spülmaschinentür fanden.

»Ich kann Ihnen jemanden schicken, nächsten Dienstag zwischen sieben Uhr dreißig und zwölf Uhr.«

»Geht das nicht etwas konkreter?«

»Nein. Aber unser Monteur wird Sie eine halbe Stunde vorher anrufen.«

Zwischen halb acht und zwölf. Zum Glück war Paul hier. »Paul, hast du nächsten Dienstag schon was vor?«, fragte Georg.

»Ja.«

»Was denn?«

»Na, was schon? Ich werde hier auf den Techniker warten und aufpassen, dass alles wieder funktioniert. Ich hab doch mitgehört. Ich kann dich nicht ohne Spülmaschine lassen. Du hast ja schon als Junge alle Tassen angekitscht, damit Mutter dich vom Spüldienst befreien musste.«

Irgendwann kam Rosa nach Hause und wunderte sich über das Chaos im Wohnzimmer und die miese Stimmung. »Worum geht's? Spülmaschine? Ist gar kein Problem. Nehmen wir bis Dienstag einfach die Spülmaschine von Tante Gertrud.«

Gertrud Odenthal. Seit heute Nachmittag auf Liebeskreuzfahrt mit ihrem Rolf Nettekoven. Die Wohnung stand leer, bis auf das Kinderzimmer, in dem Rosa wohnte. Und Georg hatte die Schlüssel. Auf die Idee hätte er auch selbst kommen können.

Irgendwann war es Georg gelungen, seine Wohnung für sich und Amal zu haben. Paul hatte sich entschlossen, mit Lothar Zechdorfer noch »etwas um die Häuser« zu gehen, wie er sagte. Rosa fand es ohnehin toll, in den nächsten Tagen eine komplette Wohnung für sich zu haben. Georg vermutete, dass sie dabei war, Pyjamapartys zu planen.

Soweit er feststellen konnte, hatten seine Rechner und die anderen elektronischen Geräte die Wasserattacke überstanden.

Georg öffnete seinen Laptop. »Das ist das Gerät, mit dem ich Kontakt zu YWC habe«, sagte er zu Amal.

»Darf ich mal?«

Georg nickte.

Amal tippte einhändig eine Adresse ein, es erschien eine gesperrte Seite, sie tippte einen Namen und ein Passwort ein und wartete gespannt darauf, was sich auf dem Bildschirm tun würde. Es erschienen arabische Schriftzeichen.

»YWC ist unzufrieden mit uns«, sagte sie. Die gemeinsame Aktion gegen die NSA habe erste Priorität. Sie erwarten von uns, dass wir mehr auf ihre Hinweise achten und häufiger Feedback geben.«

Sie klang nicht amüsiert, als sie das sagte. Georg ärgerte sich. Hatte er nicht alles getan, um ihren Auftrag zu erfüllen, die Mörder ihres Großvaters zu finden?

»Ich weiß überhaupt nicht, was YWC von mir erwartet«, sagte er. »Darf ich?«

Amal überließ ihm den Rechner. Georg suchte nach neuen Tonaufzeichnungen der Kanzlerin. Drei neue Dateien waren gespeichert worden.

Die Kanzlerin mit dem US-Präsidenten. Es ging um Edward Snowden. Die Opposition hatte gefordert, der amerikanische Whistleblower sollte in Deutschland vernommen werden, die Bundesregierung hatte das abgelehnt mit der Begründung, die Einreise Snowdens nach Deutschland könnte die Beziehungen zu den USA gefährden.

»Jetzt schneidet die NSA sogar schon die Gespräche ihres Präsidenten mit und schickt ihm anschließend die Aufnahmen. Die spinnen, die Spione.«

Die zweite Datei enthielt ein Gespräch der Kanzlerin mit ihrem Außenminister. Beide schimpften über die Verteidigungsministerin.

Im dritten Gespräch waren wieder einmal die Kanzlerin und der russische Präsident zu hören. »Sie wissen, dass wir abgehört werden?«, fragte die Stimme des Russen.

»Ja, ich weiß«, sagte die Kanzlerin.

»Ich hätte auch Möglichkeiten, mit Ihnen ganz vertraulich zu sprechen. Dazu müssten wir uns nur persönlich treffen.«

»Wozu? Ich könnte Ihnen dann doch nichts anderes sagen als hier und heute.«

»Sie unterschätzen Ihre Möglichkeiten«, sagte der Russe. Auf Deutsch. »Und Sie unterschätzen vielleicht sogar die Stimmung Ihres Volkes.«

»Das lassen Sie mal meine Sorge sein«, sagte die Stimme der Kanzlerin. »Sie, mein lieber Wladimir Wladimirowitsch, haben das Spiel der Medien nicht verstanden. Es kommt nicht darauf an, recht zu haben, es kommt darauf an, recht zu bekommen. Auch in der öffentlichen Meinung. Und da sieht es mit dem Ansehen Ihres Landes sehr schlecht aus.«

»Sie meinen, jeder manipuliert, so gut er kann?«

Georg unterbrach die Aufnahme. »Ich glaube kaum, dass das ganz aktuelle Gespräche sind. Klingt irgendwie nach Ukraine-Krise im Mai.«

»Trotzdem«, sagte Amal, »YWC sagt, dass dein Rechner etwas empfängt, das direkt von der NSA zum Weißen Haus geht.«

»Und außerdem von noch jemandem in Köln abgehört wird.«

»Ja. Und das macht den Amerikanern Sorgen. Wer könnte das sein?«, fragte Amal. »Das Bundesamt für Verfassungsschutz? Der Militärische Abschirmdienst? Beide deutschen Geheimdienste haben ihre Zentrale in Köln.«

»Vielleicht sind es irgendwelche anderen Spione?«

»Auch möglich.«

»Oder ein anderer Hacker, der ähnlich vorgegangen ist wie ich?«

»Auch möglich«, sagte Amal wieder. »Aber ich denke, es ist

einer von ihnen. Jemand von der NSA. YWC meinte jedenfalls, entsprechende Hinweise bekommen zu haben.«

»Ich erinnere mich. Darüber hast du schon auf Melaten gesprochen.«

Amal nickte. »Aber in dieser Richtung sind wir noch kein Stück weitergekommen.«

»Was sollten wir deiner Ansicht nach tun?«, fragte Georg. »Eine Zeitungsanzeige aufgeben?«

»Klar, dass dir als Zeitungsmann nichts anderes einfällt.«

»Warum hackst du auf mir rum?«

»Warum? Warum? Damit du endlich aktiv wirst«, sagte Amal bestimmt, aber freundlich. »Richtig aktiv.«

»So wie du?«

»Ja. So wie ich. Hast du dich überhaupt ein einziges Mal bei YWC gemeldet, seitdem ich nach Köln gekommen bin?«

»Ich habe mich mit dir getroffen. Bist du nicht YWC?«

»Ich bin nur ein kleines Rädchen. Wie du. Ich kenne meinen Auftrag. Du dagegen hast noch nicht mal meine Mail vom Montag gelesen.«

»Die Datei ist verschlüsselt.«

»Ich habe dir alles aufgeschrieben. Und ich habe es dir gesagt.«

»Wann?«

»In der Hotelbar. Bevor wir ins Bett gingen.«

Georg erinnerte sich. Es war eine aufregende Nacht gewesen. Konnte es sein, dass diese Nacht erst gestern Nacht gewesen war? In dieser Minute spürte er jedenfalls keine Nähe zu Amal. In dieser Minute kam ihm sogar der Computer wärmer vor als die Frau aus der Wüste.

Georg stand auf und holte eine Flasche Rotwein. »Willst du auch?«, fragte er Amal.

»Nein. Ich möchte ins Hotel.«

»Ich fahre dich.«

»Nein. Ich nehme ein Taxi.«

»Soll ich dir eins rufen?«

»Ich gehe zur Venloer Straße. Da habe ich Taxis gesehen.«

»Soll ich dich …«

»Nein, sollst du nicht. Lass mich endlich allein. Du kannst dich melden, wenn du deinen YWC-Auftrag kennst.«

Georg begleitete Amal zur Tür, wollte sie umarmen. Sie wehrte ab.

»Gute Nacht«, sagte er. »Bis morgen.«

»Ma'a as-salama«, sagte sie und entschwand in der Dunkelheit.

Georg ging in die Wohnung von Rud Odenthal und setzte sich an Rosas Bett. Sie schien zu schlafen.

Vorsichtig streichelte er über ihren Kopf.

»Was ist?«, fragte sie. »Ist Amal weg?«

»Ich dachte, du hättest schon geschlafen.«

»Ich habe gelesen. Hab das Licht erst ausgemacht, als ich dich gehört habe.«

»Was liest du denn?«

»Nichts für dich«, sagte Rosa und versteckte ihr Buch noch etwas fester unter der Bettdecke.

»Amal ist ins Hotel gefahren«, sagte Georg.

»Bist du traurig?«, fragte Rosa.

Georg überlegte.

»Musst du mir nicht sagen«, sagte Rosa.

»Nein. Ich bin nicht traurig«, sagte Georg. »Eigentlich bin ich sogar sehr glücklich. Weil ich dich habe.«

»Ich habe dich auch lieb«, sagte die Kleine und schlang ihre Arme um ihren Vater.

»Ich geh heute Abend noch mal raus. Ist das okay für dich?«

»Klar. Ist doch Donnerstag. Alles Tango, oder was?«

»Ich weiß noch nicht. Ja. Vielleicht. Keine schlechte Idee.« Er gab Rosa einen Kuss. »Gute Nacht.«

»Gute Nacht«, sagte sie.

»Und nicht mehr lesen«, rief Georg, als er die Tür zuzog. Er wartete einige Sekunden, dann sah er, wie unter der Tür ein Lichtschein durchdrang.

27

Es war halb elf Uhr, als Georg im Tango Colón ankam. Jeden Donnerstag traf sich die Kölner Tango-Szene in einer ehemaligen Fabrikhalle in Ehrenfeld.

Vor gut zwei Jahren hatte Georg den lateinamerikanischen

Tanz für sich entdeckt. Schuld war eine Frau gewesen, Ricarda Pereyra, Studentin und Tango-Lehrerin. Sie war eine Freundin von Miriam von Franckenhorst, der jüngeren Schwester von Georgs Schulfreund Franck von Franckenhorst. Erben einer Parfüm-Dynastie.

Miriam hatte Ricarda ursprünglich dazu ausersehen, sich um Gerald Menden zu kümmern, nachdem sie nach Berlin gezogen war und Menden den Laufpass gegeben hatte. Wie das Leben so spielte, waren sich aber erst einmal Georg und Ricarda nähergekommen. Ihre Beziehung hielt mehr als ein Jahr, ehe sie dann tatsächlich die Freundin von Gerald Menden geworden war, Georgs bestem Kumpel bei der Polizei.

Menden tanzte keinen Tango Argentino, was ihn aber nicht davon abhielt, die Donnerstags-Milonga zu besuchen. Er machte sich hinter der Theke nützlich und half dabei, Getränke auszugeben. Ricarda hatte es aufgegeben, ihn zum Tango bekehren zu wollen. Sie freute sich, wenn Menden sich freute, dass sie auf der Tanzfläche großartig aussah. Und die Männer gaben sich die größte Mühe, sie großartig aussehen zu lassen.

»Da ist ja unser Verkehrsrowdy«, begrüßte Menden Georg am Eingang. »Und, schon etwas Schriftliches bekommen?«

»Ach, hör auf damit. Gib mir ein Glas Rotwein. Ich muss Ärger abtanzen.«

Georg kannte die Hälfte der Besucher. Schüler des Tango Colón, aber auch Gäste aus anderen Kölner Tango-Locations wie dem Don-Tango-Club, der seine Milonga freitags veranstaltete, oder dem Tango 8, wo Georg schon mal sonntags zum Tangocafé erschien.

Ricarda begrüßte ihn mit Umarmung und Küsschen. »Schön, dich hier zu sehen. Gerald hat gesagt, du hättest telefoniert. Wir sollten uns mal wieder zum Essen treffen.«

»Ja, sollten wir«, sagte Georg und ließ seine Augen schweifen. Er suchte Carola Maar, seine Kollegin und Tango-Partnerin. Am Dienstag hatte sie ihn zum Mittagessen mit dem Chefredakteur versetzt, seitdem hatte sie nichts von sich hören lassen. Gut, er war nicht in der Redaktion gewesen, vielleicht hatte sie es versucht. Aber trotzdem.

Dann sah er Carola. Sie tanzte mit einem der Stars aus dem

Colón, einer aus dem Kurs »Weit Fortgeschrittene«. Carola war wie Georg auch auf dem Niveau »Fortgeschrittene 1«. Trotz ihres Zwei-Wochen-Trainings in Buenos Aires.

Carola hatte die Augen geschlossen. Manche hielten das für affektiert, andere meinten, das würde die völlige Hingabe der Frau an den Mann zeigen, der sie sicher über die Tanzfläche führte.

Georg stellte sich neben die Musikanlage, wo Gast-DJ Ezequiel vom Don-Tango-Club seine Lieblingsstücke spielte. Carola müsste hier vorbei, wenn die Tanda zu Ende war, wie eine Serie von vier oder fünf Tangos hieß, nach denen sich die Paare wieder trennten und sich neue Partner für die nächste Tanzrunde suchten.

Georg hatte sich getäuscht. Carola setzte sich an einen der kleinen Tische links an der Längsseite des Colón. Das war nicht ihre Stammecke. Aber vielleicht hatte sie nicht mit ihm gerechnet, da er doch krankgeschrieben war.

Ezequiel startete die nächste Tanda, nicht Tango, sondern Milonga, die schnelle Variante. Carola und Georg mochten diesen Tanz, den sie, wenn sie besonders gut in Form waren, an manchen Stellen sogar noch einmal verdoppelten.

»Darf ich bitten?« Georg hatte sich Carolas Tisch genähert. Normalerweise forderte man beim Tango viel stiller auf, durch Augenkontakt und Kopfnicken.

Carola war überrascht, freudig überrascht. Sie stand auf, und das Spiel begann. Sie machten zwei, drei Schritte aufeinander zu, sie legte ihren linken Arm um seine rechte Schulter, er umfasste mit seiner linken Hand ihre rechte, sie kippte ihren Oberkörper leicht vornüber, sodass er ihre Brüste spürte. Das war für die schnelle Milonga etwas zu eng, aber Georg genoss es. Sie würden den Tanz schon meistern.

Georg kannte das Stück, »Milonga sentimental«, eine klassische Aufnahme des Orchesters Francisco Canaro. Diese Version war langsamer als die gesungene Version von Carlos Gardel, der sich nur von vier Gitarren begleiten ließ.

»Wo warst du am Dienstag?«, fragte Georg.

»Pst. Nicht jetzt. Lass uns tanzen«, sagte Carola und schmiegte sich an ihn.

An diesem Abend, in diesen drei Minuten, gelang es ihm, das ganze Gefühl und den Schwung dieser Musik auf ihrer beider Körper zu übertragen. Bis zum Finale.

Sie tanzten drei weitere Milongas, und beide spürten, dass sie noch nie zuvor so gut miteinander harmoniert hatten.

»Du solltest öfter krankfeiern«, sagte Carola, als die Tanzserie zu Ende war. Statt an ihren Tisch ging sie mit Georg in Richtung Bar.

»Ich feiere nicht krank. Ich habe eine Sommergrippe. Ärztlich bescheinigt. Morgen komm ich wieder ins Büro.«

»Schön«, sagte Carola. »Holst du mir bitte ein Glas Rotwein.«

Menden hatte mitgehört und schon ein Glas in der Hand. »Hier. Du, ihr habt wirklich toll ausgesehen.«

»Danke«, sagte Georg. »Meine, nein, deine Freundin war eine gute Lehrerin.«

Carola hatte sich inzwischen an ihren üblichen Tisch hinter der Musikanlage gesetzt. »Hier. Prost. Wo warst du am Dienstag? Wir waren zum Mittagessen verabredet.«

Carola trank einen Schluck Wein und schaute ihm tief in die Augen.

»Du hättest mir eine SMS schicken können«, sagte er.

»Ja, hätte ich«, sagte sie. »Ich wollte aber nicht.«

»Und warum nicht?«

»Ich war mit Stein beim Mittagessen.«

»Habe ich schon gehört.«

»Warum fragst du dann?«

»Weil wir verabredet waren.«

»Stein ist dir zuvorgekommen. Er hat mich einfach eingesammelt. Ich konnte mich gar nicht wehren.«

»Ja, ja, schon überzeugend, so ein Chefredakteur.«

»Soll ich jetzt erzählen, oder willst du mich weiter angiften?«

»Beim Tango habe ich dich nicht angegiftet.«

»Nein. Hast du nicht. Das war sehr schön.«

»Wir haben uns toll ergänzt«, sagte Georg.

Carola nickte. »Ich war sauer auf dich. Am Dienstag. Stein hat mir erzählt, dass du Chefredakteur werden sollst. Und dass du mich rauswerfen willst. Prost!«

Sie trank ihr Glas leer, und dann nahm sie auch Georgs Glas.

»Du weißt, dass das nicht stimmt«, sagte Georg.

»Ja. Weiß ich. Seit heute.«

»Und woher?«

»Will ich nicht sagen. Nicht heute. Lass uns noch einmal tanzen.«

Diesmal spielte DJ Ezequiel eine Serie Tangos von Carlos di Sarli, dem Meister des Taktes. »Nada«, »Nichts«, hieß das letzte Stück. Tango konnte so traurig sein. So traurig-schön.

Freitag

28

Viktor Urbanski alias Lothar Zechdorfer lag in seinem Bett und schaute durchs Fenster seiner neuen Wohnung in den Nachthimmel. Er lag im Dunkeln, um die Sterne besser sehen zu können, doch die Lichtverschmutzung in der Stadt war so stark, dass es nicht wirklich viel zu sehen gab. Das war in Meerbusch besser gewesen.

Er musste aufhören, seinem alten Leben nachzutrauern. Er war jetzt Lothar Zechdorfer und wohnte in Köln. Er hatte einen Spezialauftrag, und er machte ihn gut.

Paul, dieser liebenswerte Typ, hatte ihn zu Hilfe gerufen, als die Spülmaschine Wasser spuckte. Er hatte sofort geholfen, der freundliche Nachbar, der er war.

Besonders gründlich hatte er sich um die Sicherheit von Georgs Computern gekümmert, wofür ihm Paul dankbar war. »Wenn an den Computern etwas ist, dann enterbt mich mein Sohn«, hatte er geflachst.

Den iMac hatte er ausprobieren können. Paul hatte nicht mitbekommen, wie er mit Hilfe eines USB-Sticks sein Spezialprogramm aufgespielt hatte. »Alles in Ordnung«, hatte er dann zu Pauls Beruhigung gesagt und den Rechner dann wieder ausgeschaltet.

Ab sofort gehörte Rubins iMac der NSA. Selbst wenn er ausgeschaltet wurde, blieben Kamera und Mikro aktiv, Bild und Ton wurden live übertragen. Er selbst konnte sich das ansehen, aber wichtiger war, dass er Parfitt direkten Zugriff verschafft hatte. Und sobald der PC an war, konnten sie sämtliche Verbindungen und Dateien mitlesen, auf ihre eigenen Rechner übertragen, Dateien verändern oder sogar die gesamte Festplatte löschen.

Rubins MacBook leistete größeren Widerstand. Es ließ sich zwar aus dem Schlaf wecken, aber der Zugriff war mit einem Passwort gesperrt. Urbanski alias Zechdorfer war jedoch zuversichtlich, dass er den Zugangscode bald geknackt haben würde, der iMac würde ihm schon die benötigten Infos übertragen.

Zur Sicherheit hatte er noch zwei winzige Abhörmikrofone angebracht, eines auf der Rückseite des Anrufbeantworters, ein zweites an der Stehlampe hinter Rubins weißer Couch.

Zurzeit herrschte Stille in der Wohnung. Paul hatte sich nach dem gemeinsamen Kneipenbummel zu Bett begeben, Georg war außer Haus, der Mini parkte abseits der Vogelsanger Straße vor dem Tango Colón, wie Zechdorfer ermittelt hatte.

Alles lief bestens. Nur diese einarmige Algerierin mit den blank geputzten Schuhen beunruhigte ihn. Sie hatte ihn so angeschaut, als hätte sie ihn wiedererkannt.

Ein Liebespaar würden Amal und Georg kaum werden, so wie sie sich gestritten hatten. Auch Amal hatte ein Passwort erwähnt, eines, das sie für Georg aufgeschrieben hätte. Ob es dasselbe Passwort wie für den Laptop war?

Es war zweiundzwanzig Minuten nach zwölf. Mit Parfitt war vereinbart, dass er sich immer genau eine halbe Stunde nach Mitternacht melden würde, wenn es etwas zu besprechen gab. Nur Parfitt durfte anrufen, er seinerseits durfte von sich aus keinen Kontakt mit Parfitt aufnehmen.

Der Anruf kam pünktlich. Zechdorfer wollte Parfitt von seinen Erfolgen erzählen, aber der ließ ihn nicht zu Wort kommen.

»Zechdorfer, ich bin es, der redet. Sie reden, wenn Sie gefragt werden.«

»Zu Befehl.«

»Rubin ist nicht das Problem. Noch nicht. Seine einarmige Freundin ist gefährlicher. Ich habe Erkenntnisse, dass sie eine der Chefkoordinatorinnen unserer Gegner ist. Wir müssen sie ausschalten. Sie müssen sie ausschalten, Zechdorfer.«

»Was erwarten Sie?«

»Ich erwarte, dass Sie Amal Amirouche überreden, sich mit mir zu treffen. Und sollte sie nicht willig sein, dann wenden Sie Gewalt an. Aber ich will sie lebendig. Töten können wir sie immer noch.«

»Wann soll ich liefern?«

»Sofort, Zechdorfer. Sofort. Ich habe ihre Unterkunft vorbereitet. Ein kleines, sauberes Zimmer. Alle alten Blutflecken sind entfernt. Sie soll sich wohlfühlen.«

»Bekomme ich Hilfe?«

»Einer unserer Wagen wird bereitstehen. Punkt vier Uhr vor dem Hotel. Alles andere müssen Sie erledigen. Zechdorfer, ich bitte Sie, eine Frau. Eine einarmige Frau.«

»Ich werde liefern. Sie können sich auf mich verlassen.«

»Das hoffe ich. Auch für Sie. Sonst lernen Sie vielleicht bald zu fliegen, Zechdorfer. Sie wissen, was das bedeutet.«

29

Es piepste in Georgs Zimmer. Er erwachte aus einem unruhigen Schlaf, das Gesicht noch ins Kissen getaucht. Er fingerte mit der Rechten in Richtung Nachttisch.

Es piepste ein zweites Mal. Sein Unterbewusstsein registrierte, dass dieses Piepsen wichtig war.

Georg gehörte zu den Journalisten, die von der Kölner Polizei per SMS direkt informiert wurden, wenn es etwas Dringliches zu vermelden gab.

Er setzte sich auf, schaute auf das iPhone-Display. Dort stand: »Tötungsdelikt im Marriott-Hotel Johannisstraße. Täter flüchtig. Mordkommission vor Ort.«

Georg wusste, dass es nicht viel Sinn machte, sich das Gehirn mit Angstvorstellungen zu zermartern, wenn handfeste Informationen fehlten. Aber für ihn konnte es gar keine andere Möglichkeit geben, als dass Amal ermordet worden war. Wer sonst sollte im Marriott gefährdet gewesen sein?

Er stieg hastig in seine Kleidung und machte sich Selbstvorwürfe. Warum hatte er Amal nicht ins Hotel begleitet? Er hätte sie schützen können. Er hätte sie schützen *müssen*.

Er sprang in seinen Mini und raste Richtung Innenstadt.

Der Haupteingang des Marriott war mit Flatterband abgesperrt. Georg klemmte sein Presseschild hinter die Scheibe und ließ den Wagen im Halteverbot stehen.

Die Mordkommission bestand aus Gerald Menden, der nicht viel ausgeschlafener als Georg aussah, und einer Kollegin, die Georg nicht kannte, dazu gab es ein Team der Spurensicherung.

Vor der Rezeption lagen Projektile, die mit Nummern von eins bis drei gekennzeichnet waren. Georg wollte näher ran, um

Fotos zu machen, wurde aber von einem Polizisten in Uniform zurückgedrängt. »Sie können hier jetzt nicht durch.«

»Ich bin von der Presse«, sagte Georg und zeigte seinen Presseausweis. »Außerdem kenne ich Kommissar Menden.«

»Und ich bin Polizeihauptmeister Müller und kenne Hauptkommissar Menden mindestens genauso gut wie Sie. Er würde Ihnen dasselbe sagen: Sie bleiben hier stehen und gehen keinen Schritt weiter. Auch die Presse hat nicht das Recht, Ermittlungen zu stören.«

Frustriert zog Georg ab in Richtung Bar, wo er den Cocktail mit Amal getrunken hatte.

»Möchten Sie etwas trinken?«, fragte der Barkeeper.

»Ein Espresso wäre nicht schlecht.«

»Kein Problem. Kommt sofort.«

Georg beobachtete die Hotelszenerie. Es war früh am Morgen, die meisten Gäste schliefen. Das Hotelpersonal bemühte sich, Ruhe auszustrahlen und Ruhe zu bewahren.

»Bitte, Ihr Espresso«, sagte der Barkeeper.

Georg bedankte sich und nippte genussvoll an dem starken Getränk.

»Bitte noch einen«, sagte er, als er das winzige Tässchen geleert hatte. »Was ist denn eigentlich geschehen?«

Der Barkeeper kümmerte sich erst um den Espresso, dann um Georgs Frage. »Wahrscheinlich Raubüberfall. Es sind Schüsse gefallen. Mark, ein Kollege von mir, hatte Nachtdienst, ist erschossen worden. Liegt noch hinter dem Empfangstresen.«

»Mark, Mark Weinert?«

»Ja. Kennen Sie ihn?«

»Er hat mich vor Kurzem hier an der Bar bedient.«

»Armer Mark.«

»Weiß man etwas über den Täter?«

»Nicht viel. Ein Mann. Ziemlich groß. Trug eine Maske. Wahrscheinlich hat ihm eine Frau geholfen.«

»Eine Frau?«

»Ja. Eine junge Frau, die vor ein paar Tagen hier im Hotel eingecheckt hat. Zeugen haben gesehen, wie sie mit dem Räuber verschwunden ist.«

»Das heißt, dass Sie den Namen der Komplizin kennen.«

»Ja. Den hat natürlich jetzt die Polizei. Die Fahndung läuft. Aber wer weiß, ob das ihr echter Name war. Amal Amirouche. Eine Französin, geboren in Algerien.«

»Ich kenne sie«, sagte Georg. »Ich bin ein Freund von ihr. Ihr fehlt die rechte Hand.«

»Genau. Aber dann stecken Sie ja mit ihr unter einer Decke.« Plötzlich packte ihn der Barkeeper mit beiden Händen, drehte ihm die Arme auf den Rücken und schrie: »Hilfe, Polizei. Ich habe ihn.«

Der Uniformierte, der Georg vorhin nicht durchgelassen hatte, eilte herbei. »Wen haben Sie?«

»Hier. Der Mann hat gerade zugegeben, dass er die Komplizin des Mörders kennt.«

Georg versuchte sich aus der Umklammerung zu befreien. »Ja, sicher kenne ich diese Frau. Aber ich habe mit dem Überfall nichts zu tun. Und sie auch nicht. Ich bin von der Presse. Vom BLITZ. Lassen Sie mich endlich los.«

Der Geschäftsführer des Hotels war aufmerksam geworden. »Bitte, meine Herren, etwas leiser. Die Angelegenheit ist peinlich genug.«

Der Barkeeper ließ Georg los.

Der Geschäftsführer fragte: »Sie sind also von der Presse?«

»Ja, Georg Rubin. Chefreporter des BLITZ.«

»Auch das noch«, stöhnte der Geschäftsführer.

»Fragen Sie den Kommissar, der kennt mich.«

Menden hatte aus den Augenwinkeln mitbekommen, dass es Ärger um Georg gegeben hatte, aber das hielt ihn nicht davon ab, die Lage am Tatort aufzunehmen. Sollte Georg alleine zusehen, wie er aus der Klemme kam.

»Na, was hast du wieder angestellt?«, flachste er Georg an, als er sich schließlich doch zu der Gruppe mit dem Barkeeper und dem Geschäftsführer gesellte. »Zeche geprellt? Handtuch gestohlen?«

»Blödmann«, sagte Georg.

»Dazu also noch Beamtenbeleidigung. Gut, dass Sie den Mann dingfest gemacht haben«, sagte Menden zum Barkeeper.

Der strahlte und wartete auf ein Lob des Geschäftsführers.

»Der Mann sagt, er wäre von der Presse«, sagte der.

»Außerdem kennt er die Mörderin«, sagte der Barkeeper.

»Ich gestehe alles«, sagte Georg.

»Du kennst diese Frau?«, fragte Menden.

Georg nickte.

»Ich brauche ein Zimmer, in dem ich ungestört Zeugen vernehmen kann. Haben Sie so etwas?«, fragte Menden.

»Ja, sicher«, sagte der Geschäftsführer, der froh war, dass sich ein Teil des polizeilichen Geschehens aus der Lobby verlagerte. »Ist die Untersuchung am Empfang beendet?«

»Nicht ganz. Der Leichnam muss noch abtransportiert werden. Aber das ist eingeleitet. Fragen Sie den Leiter der Spusi, wann Sie aufräumen dürfen.«

»Spusi?«

»Spurensicherung.«

Der Geschäftsführer überließ Menden ein normales Hotelzimmer im ersten Stock. »Wenn Sie irgendetwas brauchen.«

»Danke«, sagte Menden. »Nur eins noch: Das Zimmer, in dem Frau Amirouche gewohnt hat, bleibt so lange versiegelt, bis ich persönlich Zeit habe, mich dort umzusehen.«

Zu Polizeihauptmeister Müller, der sie begleitet hatte, sagte Menden: »Müller, Sie bewachen bitte das Zimmer von Frau Amirouche. Lassen Sie niemanden rein, bis ich andere Anweisung gebe.«

Dann drehte er sich zu Georg. »So, und nun zu dir.«

Zwanzig Minuten später hatte Georg einen ziemlich korrekten Bericht über seine Begegnungen mit Amal Amirouche erstattet, soweit es ihre Suche nach den Mördern ihres Großvaters anging.

Die YWC-Verbindung erwähnte er nicht. Er konnte einem deutschen Polizisten gegenüber nicht zugeben, dass Amal und er mit Hilfe von anderen Whistleblowern dabei waren, den gefährlichsten Geheimdienst der Welt anzugreifen. Menden wäre von Amts wegen gezwungen, den Vorgang zu melden. Dann könnte er die Aktion sofort absagen. Wollte er aber nicht.

Menden hatte nachgehakt, besonders die verschiedenen Versionen, wie sie ihre rechte Hand verloren hatte, musste Georg mehrmals wiederholen.

»Der Uralt-Mord von 1959 und der Mord im Hotel passen

irgendwie nicht zusammen. Mal abgesehen davon, dass sie fast an derselben Stelle geschehen sind. Aber wenn deine Freundin eine Terroristin ist …«

»Sie ist nicht meine Freundin.«

»Wenn sie eine Terroristin ist, wie die Franzosen behauptet haben, dann könnte das passen. Dann plant sie vielleicht gerade einen Anschlag. Und der Nachtportier, Mark Weinert, hat sie überrascht. Wurde liquidiert. Hast du ein Foto von ihr?«

»Ja. Aber kein sehr gutes.« Bei ihrem ersten Treffen im Maria Eetcafe hatte er sie mit dem iPhone *von der Seite* angeschossen. »Hier. Etwas verwackelt. Leicht unscharf.«

»So unscharf finde ich das gar nicht.«

Menden hatte einen Laptop dabei, kein Mac, wie Georg registrierte, und schrieb einen kurzen Bericht ans Präsidium. »Ich lasse ihren Namen überprüfen. Dein Foto schicke ich mit.«

Dann rief Menden im Präsidium an. Gab Anweisungen, wo überall nach Amal gefragt werden sollte. Im Maria Eetcafe. Im Il Vino. In der SPD-Zentrale. Plötzlich stockte er, hörte zu, was ihm der Gesprächspartner am anderen Ende der Leitung mitteilte.

»Verstanden«, sagte Menden und beendete das Gespräch. »Deine Amal Amirouche ist tot.«

»Oh nein«, sagte Georg. »Wo hat man sie gefunden?«

»Nein, nicht, was du denkst. Keine frische Spur. Deine Amal Amirouche ist seit Anfang 2013 tot gemeldet. Gestorben bei einem Anschlag in Mali. Genau so, wie sie es dir erzählt hat. Nur ihre angebliche Auferstehung ist nicht in den Akten. Es gibt seitdem keinerlei neue Spuren. Nicht mal ein Knöllchen wegen zu schnellen Fahrens.«

»Ich mag deinen Humor nicht«, sagte Georg. »Ich mag den nicht, weil der überhaupt nicht lustig ist. Mit dem Tod spaßt man nicht.«

»Entschuldigung«, sagte Menden. »War nicht so gemeint. Du machst manchmal auch dumme Sprüche.«

»Ich glaube nicht, dass sie mit dem Mord an dem Nachtportier etwas zu tun hat. Ich habe sie gesehen. Ich habe mit ihr gesprochen. Ich habe mit ihr geschlafen.«

»Das hattest du noch nicht erzählt«, sagte Menden.

»Hier in ihrem Hotelzimmer.«

»Das ist ja toll. Dann finden meine Leute da gerade mengenweise deine Fingerabdrücke.«

»Nehme ich an.«

»Und wenn sie keine Mittäterin ist? Was ist sie dann?«

»Vielleicht ein Opfer? Vielleicht kam sie zufällig ins Hotel, als der Nachtportier überfallen wurde. Vielleicht hat der Täter sie belästigt. Sie hat den Portier um Hilfe gebeten. Den Mann kannte ich übrigens auch. Er hatte vorgestern Abend Dienst an der Bar.«

»Ist ja interessant. Du kennst also den Toten *und* die Komplizin beziehungsweise das zweite Opfer, vielleicht kennst du auch den Täter? Wo warst du heute Nacht gegen vier Uhr?«

»Im Bett. Müde vom Tango.«

»Zeugen?«

»Wie?«

»Ob du Zeugen dafür hast?«

»Meinst du nicht, dass es Zeit wäre, dass du endlich auf richtige Mördersuche gehst? Wohl aus der Übung gekommen.«

Menden stand auf. »Da müssen wir noch einmal drüber reden. Jetzt scheint es mir das Beste zu sein, dass ich mir Amals Zimmer ansehe.«

»Und ich?«

»Du bleibst vor der Tür. Nicht, dass du mir noch Spuren verwischst, die du vorgestern hinterlassen hast. Das könnte mich meinen Job kosten.«

Polizeihauptmeister Müller hielt pflichtgemäß Wache.

»Passen Sie auf Rubin auf. Der soll hier warten, bis ich ihn rufe. Vielleicht.«

»Nichts lieber als das«, sagte der Polizist. »Der Herr von der Presse ist mir schon den ganzen Morgen unsympathisch.«

»Aber telefonieren darf ich, oder?«, fragte Georg.

»Selbstverständlich«, sagte Menden und verschwand in dem Zimmer.

Evelyn Klein von der Spurensicherung hatte mit ihrem Team die Arbeit fast beendet. »Wir haben eine Menge Fingerabdrücke gefunden. Nicht wirklich überraschend in einem Hotel. Obwohl man ja eigentlich erwartet, dass immer sehr gründlich sauber gemacht wird.«

»Draußen vor der Tür steht jemand, dessen Fingerabdrücke dabei sein könnten. Würde es dir helfen, wenn du seine Fingerabdrücke hättest?«

»Klar. Das würde vieles erleichtern. Ist das denn ein Beschuldigter?«

»Nein. Nur ein Zeuge. Aber vielleicht lässt er sich ja trotzdem Fingerabdrücke nehmen.«

Menden ging zur Tür und bat Müller, ihm Rubin reinzuschicken.

»Das ist Frau Klein von der Spurensicherung. Ich habe sie gebeten, von dir Fingerabdrücke zu nehmen. Damit wir deine Abdrücke schon mal aussortieren können.«

Wenn das nicht sein Freund Menden gewesen wäre, hätte er abgelehnt oder wenigstens einen Rechtsanwalt hinzugezogen. »Na gut, weil du es bist.«

Frau Klein erledigte den Job schnell und routiniert. »Wenn Sie mir bitte jetzt noch Ihren Personalausweis geben würden zum Abgleich der persönlichen Daten.«

Rubin ließ auch das über sich ergehen.

»Wir wären dann hier fertig«, sagte sie zu Menden.

»Gut. Melde dich, wenn du Ergebnisse hast.«

»Halt. Bleib erst noch an der Tür stehen«, sagte Menden, als die Spurensicherung abgezogen war und sie allein in Amals Hotelzimmer waren. »Schau dir alles in Ruhe an. Genau hinsehen. Einwirken lassen. Mindestens eine Minute.«

Das Bett war zerwühlt, jedoch nur auf einer Seite, nicht weiter ungewöhnlich, wenn nur eine Person darin geschlafen hatte. Amals Koffer war da, aufgeklappt auf einem Brett neben dem Kleiderschrank. Entweder war sie beim Packen gewesen, oder sie hatte den Koffer nie richtig ausgepackt.

Im Badezimmer, dessen Tür offen stand, brannte Licht.

»Und, was siehst du?«, fragte Menden.

»Ich sehe ein zerwühltes Bett, in dem meiner Ansicht nach nur eine Person gelegen hat. Ich sehe den geöffneten Koffer. Es könnte sein, dass sie ihre Abreise vorbereitet hat. Soviel ich weiß, wollte sie bis Samstag, also morgen, bleiben. Aber das kann man im Hotel erfragen. Ich sehe Licht im Badezimmer und dass die

Tür offen steht. Wenn die Spurensicherung das nicht verändert hat, könnte es darauf schließen lassen, dass das Bad zuletzt betreten worden ist, als es noch dunkel war.«

»Nicht schlecht für den Anfang«, sagte Menden. »Mir ist noch aufgefallen, dass die Vorhänge geöffnet sind. Wenn man sich schlafen legt, zieht man die normalerweise zu. Oder man ist aufgestanden, fertig angezogen und öffnet sie dann.«

Menden begann damit, das Bett zu kontrollieren. Hob die Kissen an, die Matratze. Dann inspizierte er den Koffer. Nur leichte Sommerkleidung.

Im Kleiderschrank hing ein weißes Kleid.

»Das hat sie bei unserem ersten Treffen getragen«, sagte Georg.

Der Tresor im Kleiderschrank war verschlossen. Menden rief Müller herein: »Bitte lassen Sie den Direktor holen. Er möchte bitte den Tresorschlüssel für dieses Zimmer mitbringen.«

Im Badezimmer fand Georg Amals Kosmetikkoffer. Geöffnet. Gut gefüllt mit Tuben und Fläschchen aller Art.

»Keine Frau würde auf eine Reise gehen ohne ihre Kosmetiksachen.«

»Was willst du damit sagen?«

»Dass ihr Verschwinden nicht geplant war«, antwortete Georg. »Hier sieht überhaupt nichts nach Abreise aus.«

Menden hatte sich auf einen Stuhl gestellt und wischte über den Schrank. Nichts. Nicht mal Staub.

Georg setzte sich auf die kleine Couch neben der Stehlampe.

»Was war das?«, fragte Menden. »Da war ein Geräusch.«

Georg stand auf, drehte sich einmal um sich selbst. »Ich sehe nichts.« Setzte sich wieder.

»Da. Da war es schon wieder. Als du dich gesetzt hast.«

»Die Couch quietscht.«

»Ja. Aber nicht so. Steh auf. Sei vorsichtig.«

Menden hob die schweren Lederpolster an. Darunter, sorgfältig im Futter des Kissens versteckt, lag ein Stapel Papier, den Georg nur zu gut kannte. »Das sind die Kopien aus dem Zeitungsarchiv über den Tod ihres Vaters. Und über Hans-Jürgen Wischnewski, der sich damals in Köln um die Algerier gekümmert hat.«

Menden blätterte durch die Papiere. »Schön und gut. Wenn

es nur das wäre, warum hat sie die Papiere dann versteckt? Schau dir alles noch einmal ganz genau an.«

Georg blätterte Stück für Stück um. Außer den Kopien aus dem Zeitungsarchiv gab es auch Kopien des Materials, das Amal mitgebracht hatte. Das Foto ihres Großvaters. Seinen letzten Brief. Irgendetwas war anders als an der Version, die er zu Hause hatte. Es fehlten Amals handschriftliche Anmerkungen. *Hans* und *Hans-Böckler-Platz 3*. Und plötzlich sah er sie vor sich, wie sie ihm sagte: »Ich habe es für dich aufgeschrieben.« *Hans* und *Hans-Böckler-Platz 3* mussten die Schlüssel zu ihrer Geheimdatei sein.

Der Hoteldirektor erschien und öffnete den Tresor.

Menden kontrollierte. Leer.

»Ich denke, das wär's dann erst einmal«, sagte Menden. »Wir konfiszieren die Sachen von Frau Amirouche, dann können Sie das Zimmer wieder nutzen.

Der Hoteldirektor wirkte erleichtert. Mord im Hotel war keine gute Reklame.

Die Sonne fiel in das Zimmer, beleuchtete den Stapel Papier, den Menden auf dem Schreibtisch vor dem Fenster platziert hatte. Plötzlich stieg eine Stichflamme auf, die Blätter fingen Feuer. Georg reagierte schnell, nahm ein Kissen vom Bett und erstickte das Feuer.

»Da hat deine Freundin ein präpariertes Blatt versteckt. Etwas, das auf Licht reagiert. Vielleicht auch auf Wärme. Aber das werden wir rausbekommen.«

Georg sah, welches Blatt präpariert gewesen war: die Kopie des Briefes von Amals Großvater. War darin doch noch etwas versteckt?

30

Vor dem Pressehaus demonstrierte eine Gruppe unter Gewerkschaftsfahnen, als Georg mit dem Mini vorfuhr. Er erkannte Gewerkschaftssekretär Friedhelm Sturm, der eine megafonverstärkte Rede hielt.

Neben Sturm stand der Betriebsratsvorsitzende. Georg sah einige Kollegen vom Kurier.

Er erinnerte sich an manchen Streik, an dem sein Vater beteiligt gewesen war und von denen er erzählt hatte. Da war es oft hart zur Sache gegangen. Aber er erinnerte sich auch an die große Solidarität, die Setzer und Drucker und auch die Redakteure dem ganzen Unternehmen gegenüber gezeigt hatten. Das war »ihr« Unternehmen.

Als der Senior-Verleger sich Ostern 1968, nach den Schüssen auf Rudi Dutschke, mit dem mächtigen Springer-Verlag angelegt und auf einen großen Druckauftrag verzichtet hatte, da war es diese Solidarität, die das Unternehmen nach vorne gebracht hatte. Nicht zuletzt der noch junge BLITZ profitierte davon.

Als Georg an der Demonstrantengruppe vorbeiging, wurde er von Sturm über Megafon direkt angesprochen. »Da kommt auch so eine traurige Gestalt. Georg Rubin. Eigentlich ein engagierter, netter Kollege. Aber warum demonstriert er hier nicht mit uns? Sind wir ihm egal? Reicht es ihm, selbst Karriere zu machen? Vom Chefreporter zum Chefredakteur?«

In Georg stieg die Wut hoch. Wie hatte Sturm ihn am Montag genannt? Kapitalistenbrut. Und das ihm, dem Sohn eines Druckereifacharbeiters, der sich für die Zeitung noch selbst die Hände schmutzig gemacht hatte.

Georg entriss Sturm das Megafon. »Was ist das für eine miese Anmache?«, sagte er in dessen Richtung. »Meinst du, wenn du mich oder andere persönlich angreifst, wäre das der Sache dienlich? Was wir brauchen, ist mehr Miteinander, weniger Gegeneinander. Warum demonstrieren hier so wenige? Weil sie Angst haben. Vor den Veränderungen, aber auch vor dir. Ich gehöre zu denen, die der Meinung sind, dass für gute Arbeit gute Gehälter gezahlt werden sollen. Aber das Geld muss auch verdient werden.«

Er legte das Megafon auf den Boden und bahnte sich einen Weg zum Eingang des Glashauses. Sandra folgte ihm.

»Ganz schön mutig«, sagte sie. »Aber jetzt hast du's dir mit allen verdorben.«

»Musste sein«, sagte Georg.

»Es wird keine drei Minuten dauern, dann weiß auch Berger Bescheid.«

»Wenn ich hier keine eigene Meinung haben darf, bin ich sowieso falsch.«

»Wie geht es deiner französischen Freundin?«, wechselte Sandra das Thema.

»Sie ist heute Nacht entführt worden. Oder sie hat einen Mord begangen. Jedenfalls ist sie verschwunden.«

»Das ist ja schrecklich. Tut mir echt leid für dich.«

Sandras Worte holten ihn aus seiner hektischen Gedankenwelt. Seit der Polizei-SMS hatte er nur sein professionelles Programm abgespult. Mitleid für sich brauchte er nicht, aber wo war sein Mitgefühl mit Amal? Wer konnte sie verschleppt haben? Er musste sie finden.

»Kennst du jemanden, der Arabisch kann?«, fragte er.

»Nicht direkt. Aber ich kann es ganz bestimmt herausfinden.«

»Bitte. Und wenn du jemanden gefunden hast, schicke ihn sofort in mein Büro. Es ist lebenswichtig.«

In der Redaktion herrschte eine besondere Unruhe. Schuld war nicht die kleine Demonstration vor dem Verlagsportal, sondern die schlechte Laune des Chefredakteurs. Laut schimpfend war Stein dabei, sein Büro zu räumen.

Georg ging zu Carola. »Weißt du, was los ist?

»Berger hat Stein fristlos entlassen«, sagte die Kulturchefin nicht ohne Schadenfreude.

»Wieso das denn? Der hatte doch nur noch bis Monatsende.«

»Irgendetwas muss Berger verärgert haben. Wahrscheinlich die Kündigungsliste, die angeblich von dir stammt, aber wohl von Stein in Umlauf gebracht wurde. Mir hat er sie ja auch gezeigt. Aber den Ausschlag hat gegeben, dass auf der Liste auch Gehälter standen. Nichts hassen Chefs so sehr, als wenn Mitarbeiter sich gegenseitig erzählen, was sie verdienen. Was verdienst du eigentlich?«

»Weniger als du«, sagte Georg, »falls die Zahl auf der Liste stimmte.«

»Oh, das hätte ich nicht gedacht. Mein Gehalt war korrekt angegeben. Aber wir werden gleich Genaueres erfahren. Berger hat sich für die Mittagskonferenz angekündigt.«

Zurück in seinem Büro, erwartete ihn ein Anruf von Menden. »Es gibt Neuigkeiten von deiner kleinen Französin. Die Pariser Behörden haben uns deine Version bestätigt, dass Amal Amirouche nicht tot, sondern weiterhin höchst lebendig ist. Falls ihr heute Nacht nichts Schlimmes geschehen ist. Sie stand unter besonderer Beobachtung der französischen Polizei. Sie soll Verbindungen zu linksradikalen Organisationen haben.«

»Für die Geheimdienste ist wahrscheinlich jeder linksradikal, der sich kritisch mit der Regierung auseinandersetzt«, sagte Georg verärgert.

»Vielleicht bist du ja auch linksradikal?«

»Radikal sein heißt das Übel an der Wurzel packen.«

»Und wer entscheidet, was das Übel ist? Du etwa?«

»Du hast mit radikal angefangen. Was willst du?«

»Die Franzosen haben noch etwas mitgeteilt. Etwas, was du nicht gewusst oder mir nicht erzählt hast. Frau Amirouche hat sich wohl in der letzten Zeit vor allem als Aktivistin gegen die NSA profiliert. Wie's aussieht, haben die USA ein Einreiseverbot gegen sie ausgesprochen. Gleichzeitig sind die Franzosen laut Paris gebeten worden, Amal zu observieren und die Ergebnisse mit der NSA zu teilen. Die Franzosen meinten, es wäre gut, wenn die deutschen Behörden von den amerikanischen Wünschen wüssten. Um das transatlantische Verhältnis nicht zu belasten in dieser schweren Zeit.«

»Tja, dann sieh mal zu, dass du sie schnell findest, damit du brav Bericht erstatten kannst.«

»Das ist das Problem. Ab sofort gilt der Fall Amal Amirouche als Geheimsache. Ab sofort ist sie offiziell nur eine französische Touristin, die aus dem Hotel verschwunden ist. Kein echter Name. Kein Foto. Keine Details. Du kannst dir also deinen Artikel sparen. Alles, was die Öffentlichkeit wissen soll, steht in unserem Polizeibericht.«

»So habe ich mir die Pressefreiheit immer vorgestellt. Die Polizei schreibt meine Artikel. Überhaupt, warum braucht man noch Reporter? Das kann man doch ganz anders lösen. Kostengünstiger. Ja, das wird auch dem Verleger gefallen.«

»Georg, hör auf mit dem Gejammer«, sagte sein Freund. »Du schreibst nichts über Amal, bevor die Ermittlungen abgeschlossen sind und du von mir die Freigabe bekommst.«

Nach dem Gespräch mit Menden öffnete Georg seinen privaten Laptop, der ihm beim Starten anzeigte, dass er sich um zwei neue Dateien kümmern sollte.

Die erste war wieder ein Mitschnitt eines Telefongesprächs der Kanzlerin, die zweite kam von der YWC-Zentrale.

Das Gespräch der Kanzlerin war anders als die früheren. Am anderen Ende war wieder der russische Präsident. Aber diesmal wurde, so hörte es sich jedenfalls an, gar nicht über Politik gesprochen. Es gab Geburtstagsglückswünsche.

Ob sie seine Sendung mit Krimsekt erhalten habe. Sie bejahte. Sie habe aber den Champagner getrunken, der aus Paris gekommen war. Der russische Präsident lachte. Auch er schätze das französische Getränk.

Wenn das ein frisches Gespräch war, dann war es jedenfalls sehr außergewöhnlich. So privat hatten sich die beiden Politiker noch nie unterhalten.

Vielleicht war es ein ganz normales Geburtstagsgespräch. Oder die beiden hatten begonnen, sich am Telefon nur noch verschlüsselt zu verständigen, weil sie wussten, dass andere mithörten.

Georg recherchierte. Die Kanzlerin war tatsächlich gerade sechzig Jahre alt geworden.

Die Nachricht der YWC-Zentrale war hochbrisant:

»Wir haben ein Signal von Amal Amirouche bekommen. Sie hat ihr Notruf-GPS aktiviert. Das Signal bewegte sich um vier Uhr einundzwanzig von der Johannisstraße in Köln bis zur Ecke Brühler und Swisttalstraße in Köln. Dort haben wir das Signal um vier Uhr neununddreißig verloren. Wir sind sehr beunruhigt darüber, denn dieser Ort liegt ganz in der Nähe eines Hauses, über das wir dir Informationen mit Amals erster Mail gegeben haben. Sei vorsichtig. Melde dich.«

Georg holte den kleinen USB-Stick aus seinem Portemonnaie, auf dem er fast alles Wichtige über sein Leben versammelt hatte. Auch Amals Mail mit allen Dateien war darauf gespeichert. »Hans« und »Hans-Böckler-Platz 3«, das mussten die Passwörter sein, um das verschlüsselte Datenpaket zu öffnen. Georg ärgerte sich, dass er das nicht schon viel früher begriffen hatte.

Jetzt, als es so weit sein sollte, wurde er wieder gestört. Uschi, die Chefsekretärin, erschien und forderte ihn auf, in den Konferenzraum zu kommen. »Der Verleger will etwas mitteilen.«

Die komplette Redaktion war angetreten. Rubin kam als einer der Letzten. Man hatte ihm seinen üblichen Chefreporterstuhl frei gehalten.

Stein war nicht da. Berger saß auf seinem Platz in der Mitte und nickte Georg zu.

»Meine Damen und Herren«, begann der Verleger, »Sie werden festgestellt haben, dass Herr Stein heute Morgen das Büro des Chefredakteurs geräumt hat. Das ist auf meinen Wunsch hin geschehen. Wir hatten vereinbart, dass er seine Aufgabe Ende des Monats beenden sollte, wir haben das jetzt vorgezogen, um den Betriebsfrieden nicht zu gefährden. Es hat Vorwürfe gegeben, Herr Stein sei beteiligt gewesen an der Verbreitung von angeblichen Kündigungs- und Gehaltslisten. Er hat das mir gegenüber bestritten und von einer Intrige gesprochen. Mir war es wichtig, die Unruhe schnell zu beenden. Ich habe Herrn Stein den Dank für seine langjährige Arbeit ausgesprochen, was ich hier in dieser Runde ausdrücklich wiederholen möchte. Herr Stein wird mir und dem Hause als Berater weiterhin zur Verfügung stehen.«

Berger hielt inne, bis sich das allgemeine Gemurmel gelegt hatte. »Im Vorgriff auf die Verabschiedung von Herrn Stein haben wir uns Gedanken über die Nachfolge gemacht. Sie alle kennen die schwierige Lage, in der sich die gesamte Zeitungsbranche und auch unser Unternehmen befindet. Deshalb wäre uns eine interne Lösung am liebsten, weil wir dann weiter mit Kolleginnen und Kollegen arbeiten können, die unser Haus und den BLITZ gut kennen. Ich habe über die Besetzung des Postens in den letzten Tagen konkrete Gespräche geführt. Die Entscheidung, wer die Nachfolge von Herrn Stein antritt, wird kurzfristig fallen. Ich sehe zwei geeignete Kandidaten aus Ihrer Mitte. Sie werden verstehen, dass ich die Namen vertraulich behandeln möchte. Die Betroffenen wissen ja, dass ich mit ihnen gesprochen habe. Bis zur verbindlichen Entscheidung bitte ich die stellvertretenden Chefredakteure, Steins Aufgaben mit wahrzunehmen.«

Georg war geschockt über das, was er gehört hatte. Mit keinem

Wort hatte Berger ihm gegenüber erwähnt, dass er nicht der einzige interne Kandidat war.

Er schaute in die Runde. Wer konnte sein Konkurrent sein? Die bisherigen Stellvertreter? Der Sportchef? Alle zeigten mehr oder weniger eine angespannte Miene. Aber wahrscheinlich war sein Konkurrent genauso überrascht worden wie er selbst. So hatte er sich das nicht vorgestellt.

Carola kam an Georgs Tisch. »Wenn du fünf Minuten Zeit hast, würde ich dir gerne etwas sagen.«

»Klar«, sagte Georg. »In meinem Büro?«

»Einverstanden.«

Überall in den Redaktionsräumen hatten sich kleine Grüppchen gebildet, in denen diskutiert wurde. Am Kaffeeautomaten war es am lautesten. Irgendjemand flachste, dass Stein sich nur um den Ausstand drücken wollte. Allgemeines Gelächter.

Georg holte Kaffee für sich und Carola und wurde ebenso angeflachst: »Gibst du denn wenigstens einen Einstand?«

»Du bist einer der Kandidaten, nicht wahr?«, fragte Carola, als sie in Georgs Büro saßen.

»Ja. Berger hat mir am Montag den Job angeboten. Ich habe mir Bedenkzeit bis Ende nächster Woche ausgebeten. Ich hatte keine Ahnung, dass ich nicht der einzige Kandidat bin. Hast du eine Idee, wer der andere Kandidat sein könnte?«

»Ja«, sagte sie. »Deshalb wollte ich dich sprechen.«

»Dann sag schon.«

»Ich.«

»Ja? Sag schon.«

»Das war die Antwort. Ich bin die andere Kandidatin. Berger hat mit mir gesprochen. Am Mittwoch. Ob ich mir vorstellen könnte, Chefredakteurin zu werden. Der BLITZ wäre viel zu sehr Männerzeitung. Ich könnte da neuen Schwung reinbringen. Hat er gesagt.«

»Und? Was hast du geantwortet?«

»Ich hab ihn gefragt, mit wem er denn noch so gesprochen hätte. Laut Flurfunk war ja klar, dass du im Rennen warst.«

»Und?«

»Er hat zugegeben, dass er mit dir gesprochen hat. Ihr hättet euch auf kommende Woche vertagt. Er hätte aber das Gefühl, dass du ablehnen würdest.«

»Wie kommt er denn da drauf?«

»Das musst du ihn schon selbst fragen. Berger hat mir gesagt, ihr beiden hättet über mich gesprochen.«

»Er hat sich über dein Gehalt beklagt.«

»Wie auch immer. Angeblich hat er erst nach eurem Gespräch nachgedacht, wer denn noch in Frage kommen könnte. Tja, und dann hat er mich zu sich gerufen. Wir haben erst einmal über dich gesprochen. Und deine angebliche Kündigungsliste. Berger war sofort klar, dass diese Liste nicht von dir ist. Deshalb war ich dann auch nicht mehr sauer auf dich. Ansonsten habe ich Berger gesagt, dass ich den Job übernehmen würde.«

»Herzlichen Glückwunsch«, sagte Georg, und die Worte klangen so sarkastisch, wie sie gemeint waren.

»Nicht so schnell. Du bist immer noch Bergers Plan A. Ich mach das nur, wenn du absagst.«

Georg stellte sich vor, wie es sich anfühlen würde, Carola als Chefin zu haben. Die Idee gefiel ihm nicht.

»Also«, sagte er, »verstehe mich nicht falsch. Ich glaube nicht, dass ich unter dir als Chefredakteurin arbeiten könnte.«

»Was ist das denn für ein Spruch? Beim Tango klappt es zwischen uns doch auch sehr harmonisch.«

»Beim Tango bin ich derjenige, der führt.«

»Ach, daher weht der Wind. Georg, der Frauenversteher. Aber nur so lange, wie er selbst das Sagen hat.«

»Nein. Das ist es nicht. Du bist eine tolle Kollegin. Das meine ich ehrlich. Ich glaube nur nicht, dass du mit deinen Kulturgeschichten die richtige Chefin für den BLITZ wärst.«

»Ich mache Kultur, weil das mein aktueller Job ist. Aber das heißt noch lange nicht, dass ich nichts anderes könnte. Ich weiß auch, dass dauerhafter Erfolg nur mit einem guten Team möglich sein wird. Und für mich gehörst du unbedingt dazu. Solltest du dich also entscheiden, nicht selbst Chefredakteur zu werden, dann bitte ich dich jedenfalls, bei der Zeitung zu bleiben. Der BLITZ braucht dich.«

Vielleicht war Carola tatsächlich die bessere Chefredakteurin.

Immerhin hatte sie sofort Ja gesagt und nicht rumgeeiert wie er. Und wie selbstbewusst sie auftrat. Und dann so Sätze wie »für mich gehörst du unbedingt dazu« und »der BLITZ braucht dich«. Entweder war sie ein Naturtalent, oder sie hatte einen Führungskräftekurs in Mitarbeitermotivation absolviert.

»Ich will meine Bedenkzeit ausnutzen«, sagte er schließlich. »Danke für deine Offenheit. Sollte ich Chefredakteur werden, würde ich mich freuen, wenn du an Bord bleibst.«

»Aber sicher«, sagte Carola und strahlte ihn an.

31

Amal fühlte sich wie damals, als sie tot gewesen war. Ihr war, als läge sie zwischen Leichen, die an ihr zerrten und fragten, wann denn auch sie endlich ihr Leben aushauchen würde. Aber sie sagte sich, dass sie auch dieses Mal wiederauferstehen würde.

Ihr Kopf schmerzte. Es war nicht der Schmerz einer Wunde, es war der Schmerz, der entsteht, wenn die Empfindung in den Körper zurückkehrt.

Sie versuchte, sich zu erinnern. Sie war im Hotel gewesen. Hatte die ganze Nacht am Computer gesessen. Mit YWC Details des Angriffs auf die NSA geplant. Hinweise bekommen, die sie an Georg Rubin weitergeben sollte.

Dann hatte jemand die Tür zu ihrem Zimmer aufgeschlossen. Ein großer Mann war hereingestürmt, sie hatte sofort die Gefahr erkannt, den SOS-Alarm abgesetzt und damit ihr GPS aktiviert. Der Minisender steckte in ihrer rechten Achselhöhle und war nicht größer als ein Leberfleck. Sie reichte gerade mit ihrer linken Hand dahin, eine Bewegung, die völlig natürlich wirkte.

Der Mann hatte ein weißes Tuch in der Hand gehabt und ihr ins Gesicht gedrückt. Im nächsten Moment hatte sie das Bewusstsein verloren.

Der Raum, in dem sie aufwachte, war von absoluter Dunkelheit. Das lag nicht nur an der schwarzen Kapuze, die man ihr über den Kopf gezogen hatte.

Ihr Arme und Beine waren an Metall gefesselt.

Sie lag auf einem harten Untergrund. Eher Holz als Stein.

Ein kalter Hauch strich über ihren Körper, als wäre sie nackt.

Eine Tür wurde geöffnet. Amal glaubte, die Schritte von zwei Personen zu hören. Eine grobe Hand legte sich auf ihre rechte Brust. Eine Stimme sagte: »Ihr Körper ist warm. Sie hat es überlebt.«

Die Stimme hallte wie in einem gefliesten Badezimmer.

Eine andere Stimme sagte: »Mademoiselle, hören Sie mich?«

Sie versuchte zu antworten, doch aus ihrem Mund kam nur ein schwaches Röcheln. Sie hatte die erste Stimme sofort erkannt. Sie gehörte Georgs neuem Nachbarn. Dem Mann, der sie auf dem Hauptbahnhof beobachtet hatte.

»Was meinen Sie, Zechdorfer«, sagte die zweite Stimme, »war das jetzt eine Antwort?«

»Herr Parfitt, ich bin sicher, dass das eine Antwort war.«

»Wenn nicht, könnten wir die junge Frau ja ein wenig foltern. Wenn ich mir ihren rechten Arm ansehe, dann weiß sie, was das bedeutet. Sie könnten ihr die linke Hand abtrennen. Oder zur Abwechslung einen Fuß.«

»Zu Befehl.« Noch einmal ließ Zechdorfer seine Hände über Amals Körper wandern. Sie wand sich, aber sie war gefesselt, keine Chance, sich den Berührungen zu entziehen.

»Ich denke, wir lassen sie zu Kräften kommen«, sagte Parfitt. »Die junge Frau war ja so nett und hat uns ihr Handy überlassen. Angeschaltet. Mit sehr interessanten Informationen. Das war leichtsinnig, Mademoiselle. Da hätte ich mehr Vorsicht erwartet.«

Amal bewegte ihren Kopf. »Bitte, nehmen Sie mir die Kapuze ab«, sagte sie.

»Das geht leider nicht, Mademoiselle. Solange Sie uns nicht gesehen haben, besteht die Möglichkeit, Sie lebend zu entlassen. Und außerdem, da kann ich Sie beruhigen, die Kapuze steht Ihnen ausgezeichnet.«

Amal empfand Hass. Wenn sie jemals freikäme, würde sie sich rächen. Sie musste diese Männer nicht sehen. Selbst wenn die Namen, mit denen sie sich angesprochen hatten, falsch waren – sie würde beide jederzeit wiedererkennen. Schon an ihren ekligen Stimmen.

»Für mich sind Frauen ja eher so etwas wie Kunstwerke«, sagte Parfitt. »Sexuell kann ich mit ihnen nichts anfangen. Da sind mir starke Kerle wie Sie lieber. Wie steht es bei Ihnen, Zechdorfer?«

»Ich will Ihnen nicht zu nahe treten«, sagte Zechdorfer, »aber mir sind Frauen lieber.«

»Na ja, wir leben in einem toleranten Land. Tun Sie sich keinen Zwang an.«

32

Georg saß in seinem Büro und grübelte. Warum sollte Carola nicht Chefredakteurin werden? Und warum sollte Berger nicht das Recht haben, sich auf einen Plan B vorzubereiten für den Fall, dass er ablehnte? Und hatte er sich unbewusst nicht längst entschieden, den Job abzulehnen?

Er hatte immer noch eine Woche Zeit, sich zu entscheiden. Eine Woche, in der es darum ging, Amal wiederzufinden und die NSA-Aktion zum Abschluss zu bringen.

Zum zweiten Mal an diesem Tag startete er seinen privaten Laptop. Zum zweiten Mal holte er den USB-Stick aus seinem Portemonnaie und speicherte Amals Maildateien auf dem MacBook.

Georg klickte auf die gesperrte Zip-Datei. Als Namen gab er »Hans« ein, als Passwort »Hans-Böckler-Platz 3«. Als Antwort kam eine Fehlermeldung. Falsches Passwort.

Georg überlegte, wo der Fehler liegen könnte, sah das »ö« und versuchte es mit »Hans-Boeckler-Platz 3«. Wieder Fehlermeldung.

Vielleicht war die Leerstelle vor der Hausnummer das Problem. Also dritter Versuch: »Hans-Boeckler-Platz_3«, die Hausnummer mit einem Unterstrich angebunden. Und Enter-Taste.

Der Bildschirm des Laptops explodierte geradezu. Eine Word-Datei entfaltete sich, die Seitenzahl wurde immer größer und landete schließlich bei einhundertvierundachtzig.

Die Datei war für Georg maßgeschneidert. Sie enthielt eine Reihe von Namen, die mit YWC zu tun hatten. Amals Name stand weit oben auf Platz sieben. Seinen eigenen Namen fand er auf der zweiten Seite mit dem Vermerk »Noch nicht aktiviert«.

Es folgten sehr detaillierte Hinweise auf die Abhöraktivitäten der NSA in Europa und darüber, wo der US-Geheimdienst Spuren hinterlassen hatte, die man für Gegenangriffe nutzen könnte.

Tatsächlich sah es so aus, als wäre die NSA weltweit von Hackern und Whistleblowern umzingelt.

Georg entdeckte den Marseille-Algier-Strang, von dem Amal berichtet hatte. Über ihn lief ein Großteil des Datenverkehrs zwischen Europa und Asien.

Mit drei Ausrufezeichen war seine eigene Verbindung in den NSA-Rechner markiert, über die er die Gespräche der Kanzlerin mithören konnte. Wieder war bei seinem Namen vermerkt: »Noch nicht aktiviert«.

Die letzten zehn Seiten des Dokumentes hatten nichts mehr mit der gemeinsamen YWC-Aktion zu tun, sondern enthielten spezielle Hinweise auf NSA-Aktivitäten im Rheinland.

Wenn stimmte, was dort stand, dann residierte in Köln kein Geringerer als der Europa-Statthalter der NSA. Die europäische Nummer eins. Der Mann hätte sich als Unternehmer getarnt.

Beigefügt war ein Psychogramm, das die NSA-Zentrale über Nummer eins erstellt hatte. Der Mann schien immer öfter auf eigene Faust zu handeln. Von »Allmachtsphantasien« und »Gewaltbereitschaft« war die Rede.

Beendet wurde das Dokument mit vier konkreten Hinweisen auf NSA-Standorte:

– ein Appartement in Köln-Chorweiler in direkter Nachbarschaft zum Bundesamt für Verfassungsschutz,

– eine Villa in Köln-Raderthal unweit des Militärischen Abschirmdienstes,

– eine Altbauwohnung in Düsseldorf-Oberkassel mit Blick auf das NRW-Regierungsviertel,

– der Kölner Fernsehturm.

Bei »Raderthal« hatte Georg aufgemerkt. Das lag ganz in der Nähe von dort, wo Amals GPS-Signal zum letzten Mal lokalisiert worden war. Und das Stichwort »Fernsehturm« erinnerte ihn an Goldmachers nie abgeschickten Brief an Hans-Jürgen Wischnewski.

Er rief Menden an. »Ich glaube, ich habe eine Spur.«

Samstag

33

Am Samstagmorgen saßen Paul und Georg beim Frühstück im Vorgarten. Es hätte ein schöner Vormittag sein können, wenn nicht der neue Nachbar immer wieder dazwischengeredet hätte.

»Sie haben es wirklich schön hier«, rief Lothar Zechdorfer über den Zaun.

Während Paul freundlich antwortete und gegen ein bisschen Small Talk nichts einzuwenden hatte, verzog sich Georg in die Wohnung. Dabei hätte er gerne mit seinem Vater über die aktuellen Geschehnisse gesprochen.

Gerald Menden kam vorbei. »Ich habe deine Angaben überprüft. Die Wohnungen in Chorweiler und in Oberkassel sind von derselben Firma angemietet, einer gewissen Wi&Pa GmbH. Firmeninhaber ist ein gewisser Wilhelm Parfitt, und der wohnt privat in Raderthal. Das sind gleich drei Treffer.«

»Das ist ja großartig. Hast du schon etwas unternommen?«

»Das ist nicht so einfach. Gegen Herrn Parfitt liegt absolut nichts vor. Der Mann ist ein untadeliger Kaufmann.«

»Aber was ist mit Amal und ihrem GPS-Signal? Endet das nicht in Raderthal, wo Parfitt wohnt?«

»Das kannst du vergessen. Amal ist Geheimsache. Und dieses GPS-Signal, wie soll ich das miteinbeziehen? Du weißt ja nicht einmal selbst genau, woher diese Information stammt.«

»Von denselben Menschen, die Amal nach Köln geschickt haben.«

»Das reicht nicht«, sagte Menden und lachte dabei.

»Und warum bist du dann so gut gelaunt?«

»Weil ich ihn trotzdem drankriege. Hast du von dem Selbstmord am Düsseldorfer Fernsehturm gehört?«

»Klar. Stand ja groß im BLITZ.«

»Als das Unglück geschah, war ein Wilhelm Parfitt oben im Restaurant und hat gut gespeist. Unser Wilhelm Parfitt aus Raderthal. In Begleitung des vermissten Norbert Fink.«

»Und was hat das mit unserem Fall zu tun?«

»Was weiß ich. Aber mir gibt das die Möglichkeit, Parfitt zu Hause zu besuchen, ihn als Zeugen zu befragen und mich dabei umzusehen. Ganz unverdächtig.«

Von draußen kam störender Lärm. Paul und Nachbar Zechdorfer begutachteten begeistert einen Rasenmähroboter, der sich seinen Weg über Georgs Wiese suchte.

»Ist das nicht toll?«, rief Paul, um die Maschine zu übertönen. »Hat Lothar angeschafft. Wenn wir wollen, können wir das Teil ausleihen.«

»Was soll denn der Quatsch?«, ärgerte sich Georg. »Für die zehn Quadratmeter Rasen reicht doch unser Handmäher locker aus.«

Paul war über die Abfuhr sichtlich enttäuscht. »Du probierst doch sonst jeden neuen Schnickschnack aus.«

»Schluss damit. Ich will meine Ruhe haben.«

Verärgert stapfte Georg zurück in die Wohnung und zog die Terrassentür zu.

»Was war denn los?«, fragte Menden.

»Dieser Zechdorfer nervt. Mein neuer Nachbar. Wohnt erst seit drei Tagen hier, aber ist schon der allerbeste Freund meines Vaters. Und was besonders komisch ist: Amal fühlte sich von Zechdorfer verfolgt. Nicht erst hier, sondern schon bei ihrer Ankunft in Köln. Er war auf dem Hauptbahnhof und beobachtete sie, als hätte er sie erwartet.«

»Zechdorfer«, wiederholte Menden. Er stand auf, ging in den Garten zu Paul und Zechdorfer. »Darf ich mal?«, sagte er und ließ sich den Mähroboter zeigen. »Habe ich in der Fernsehwerbung gesehen.«

Zechdorfer reichte das Teil rüber.

»Und der mäht den Rasen völlig selbstständig? Ohne sich im Gestrüpp zu verheddern?«

»Kommt auf das Modell an. Dieses hier braucht zur Orientierung einen Begrenzungsdraht, der ihm anzeigt, wo er wieder umdrehen soll. Ist ein Kinderspiel, das hier einzurichten.«

»Interessant. Danke«, sagte Menden. »Ich komme vielleicht darauf zurück.«

Georg war nicht begeistert, als Menden in die Wohnung kam.

»Jetzt freundest du dich auch schon mit dem Typen an. Sind hier eigentlich alle verrückt geworden?«

»Ricarda möchte, dass wir uns ein Haus mit Garten suchen. Mir graut vorm Rasenmähen.«

»Kann ich nachvollziehen.«

»Nein. Im Ernst. Ich wollte mir selbst ein Bild von deinem Nachbarn machen. Und am Montag werde ich mich mal unauffällig bei Herrn Parfitt sehen lassen.«

»Hört sich gut an«, sagte Georg. »Mir fällt auch etwas auf. Fernsehturm. Einmal in Düsseldorf. Einmal in Köln. Aber immer dieser Parfitt.«

Gegen Mittag, Georg und Menden waren zum privaten Teil übergegangen, Paul und Zechdorfer waren auf Veedelstour, klingelte es Sturm. »Das wird Rosa sein, die den Schlüssel vergessen hat«, sagte Georg und öffnete.

Es war tatsächlich Rosa, aber sie war nicht allein. Eine Frau undefinierbaren Alters, eher jung als alt, in verschmierten Monteurklamotten, stapfte auf Georg zu. »Sind Sie Herr Rubin?«

»Ja.«

»Ist das Ihre Tochter?«

»Ja. Sicher.« Georg streckte die Arme aus. Rosa versteckte sich hinter dem schlanken Rücken der Frau.

»Dann wissen Sie bestimmt auch, dass Ihre Tochter eine Diebin ist. Eine ganz gemeine Diebin.« Die Frau rief das so laut, dass das ganze Haus es hören musste.

»Was fällt Ihnen ein, hier so rumzuschreien? Wer sind Sie überhaupt?« Georg war noch lauter. Wer bis jetzt noch nichts mitbekommen hatte, der wäre jetzt aufmerksam geworden. Georg glaubte zu spüren, wie in der Etage über ihnen eine Wohnungstür geöffnet wurde.

»Ich bin Mercedes Schumann. Ich bin Rennfahrerin. Auf eigene Rechnung. Fahre nicht Benz, sondern Porsche.«

»Interessant. Aber Sie wollen doch nicht ernsthaft behaupten, dass meine Tochter … Kommen Sie erst einmal herein.« Georg hielt die Tür auf, die Frau zog ihre Stiefel aus und ließ sie im Flur stehen. Sie trug dicke schwarze Arbeitssocken. Der große Zeh des rechten Fußes lugte aus der Baumwolle.

Rosa wollte sich in ihr Zimmer in Frau Odenthals Wohnung verdrücken. »Nichts da, du kommst mit und beichtest.«

Die Frau zögerte, als sie Menden an Georgs Tisch sitzen sah. »Wer ist das?«

»Gerald Menden. Ein Freund«, sagte Georg.

»Der ist von der Polizei«, sagte Rosa.

»Das ist ja interessant. Wie die Tochter, so der Vater. Hat auch mit der Polizei zu tun«, ereiferte sich Mercedes Schumann.

»Kaffee?«, fragte Georg.

»Meinetwegen.«

»Setzen Sie sich und beruhigen Sie sich.«

»Ich bin ganz ruhig. Sie sollten beunruhigt sein.«

»Warum ich?«

»Weil Sie ein Rabenvater sind. Passen nicht auf Ihre Tochter auf. Lassen sie verwahrlosen. Geben ihr kein Taschengeld. Muss die Kleine sich das Nötigste zum Leben zusammenstehlen.«

»Was hat sie denn gestohlen?«

»Einen BH.« Mercedes wartete, ob ihre Aussage den erwarteten Gesichtsausdruck bei den Männern hinterließ. »Noch einen BH. Und einen Lippenstift.«

Georg ließ sich auf seine Couch fallen. Dass seine Tochter stehlen könnte, hatte er sich vorstellen können. Gummibärchen oder so. Aber BHs und Lippenstift? Sie war zwölf.

»Stimmt das, was sie sagt?«, fragte er mit strengem Ton und schaute Rosa in die Augen. Als sie ihre Augen wegdrehte, wusste er die Antwort.

Rosa sagte nichts, sondern nickte nur leicht.

»Zwei BHs und ein Lippenstift?«

Wieder Nicken.

»Wo sind die Sachen? Die hast du hoffentlich sofort zurückgegeben.«

Kopfschütteln.

»Ich habe die Sachen sichergestellt«, sagte Mercedes und kramte in ihrer Puma-Handtasche. »Hier. Die BHs sind viel zu groß. Der Lippenstift ist viel zu rot.«

»Sind das Ihre Sachen? Oder wo sind die her?«

»Nein. Die hat sie auf der Venloer Straße mitgehen lassen. So ein Ein-Euro-Shop voller Ramsch. Ich hab sie beobachtet. Ganz schön clever, die Kleine. Aber ich hab's gesehen und sie vor dem Laden abgefangen.«

»Warum sind Sie nicht mit ihr in den Laden rein und haben alles aufgeklärt?«

»Was hätte das gebracht? Meinen Sie, Ihre Tochter hätte danach aufgehört zu stehlen? Ich bin da anderer Meinung. Wenn Kinder so etwas tun, dann sind die Eltern verantwortlich. Sie kümmern sich zu wenig. Sie bringen Ihrer Tochter nicht bei, zwischen Gut und Böse zu unterscheiden. Woher soll sie das dann wissen? Und Sie geben ihr zu wenig Taschengeld.«

»Meinen Sie? Sieht sie so aus?«

»Nein. Eigentlich nicht. Aber was heißt das schon? Vielleicht geben Sie ihr genug Geld, aber ganz bestimmt nicht genug Liebe.«

»Jetzt soll ich also schuld sein. Rosa. Könntest du auch mal etwas sagen?«

»Was sie sagt, stimmt. Ich hab die Sachen gestohlen. Na und? Ich hatte Lust dazu. Alle aus unserer Klasse klauen. Das hat nichts mit Geld zu tun. Das ist so 'ne Art Mutprobe. Ein Sport.«

»Fühlst du dich gut dabei?«, fragte Georg.

»Was ist das denn für eine Frage?«, mischte sich Menden ein. »Ist dann alles in Ordnung, wenn sie sich gut fühlt?«

»Gerald, halt dich da raus. Wir sind hier nicht bei der Polizei. Ich habe Rosa gefragt, und ich will eine Antwort.«

»Nein. Ich fühle mich nicht gut. Weil ich erwischt worden bin.«

»Und wenn du nicht erwischt worden wärst?«

»Hätte ich wahrscheinlich auch ein schlechtes Gewissen.«

»Wenigstens etwas«, sagte Mercedes Schumann.

»Für heute und morgen hast du Hausarrest. Ich möchte, dass du einen Aufsatz schreibst. Zwei Seiten. Über die Dieberei und was du tun willst, um das wiedergutzumachen. Morgen früh zeigst du mir den Aufsatz, und dann reden wir darüber. Nur wir zwei. Vater und Tochter. Einverstanden?«

Rosa nickte. »Ich gehe dann auf mein Zimmer«, sagte sie und verabschiedete sich bei der Frau: »Danke, dass Sie mich nicht an den Laden verraten haben. Ich werde es nie wieder tun.«

»Tja, ich gehe dann auch«, sagte die Rennfahrerin. »Ihre Tochter ist ganz nett. Sie müssen besser auf sie aufpassen. Sie und Ihre Frau. Oder ist dieser Polizist etwa die Mutter?«

»Ich und Mutter?«, rief Menden. »Niemals.«

»Rosas Mutter lebt in Berlin«, sagte Georg. »Ich bin geschieden. Gerald ist wie gesagt ein guter Freund. Auch Männer können gute Freunde haben.«

»Einen Freund bei der Polizei? Für mich wär das nichts. Hab mich beim letzten Mal wieder so geärgert. Angeblich fehlt meiner Werkstatt die Genehmigung. Als ob es verboten wäre, in seiner Garage an Autos herumzuschrauben. Und wenn man mal einem Bekannten hilft …«

»Klingt das schnell nach Schwarzarbeit.«

»Sehen Sie, Herr Rubin, da bleckt er gleich die Zähne, der Menschenjäger. Können mich ruhig kontrollieren. Bei mir ist alles in Ordnung. Und 'ne Genehmigung habe ich auch. Lass mich doch nicht von solchen Typen vorführen.«

Georg trennte die beiden Kampfhähne. »Glauben Sie mir, der Gerald ist zwar Polizist, aber sonst ganz in Ordnung. Außerdem kümmert der sich nicht um Kleinigkeiten wie Schwarzarbeit oder Gewerbeordnung, sondern nur um ganz schwere Fälle. Ich sage nur: Mordkommission. Falls Sie also mal ermordet werden sollten oder selbst einen Mord planen, dann wäre er für Sie zuständig.«

»Wenn ich tot bin, kann er sich gerne um mich kümmern. Bis dahin habe ich vor, noch sehr lange sehr lebendig zu bleiben. Bis die Tage, die Herren.«

Mercedes Schumann stand auf, Georg begleitete sie bis zur Haustür. »Vielen Dank für alles. Ich werde morgen mit Rosa reden.«

»Denken Sie an meine Worte. Liebe. Viel Liebe. Und noch eins: Haben Sie das Mädchen eigentlich schon aufgeklärt?«

»Sie meinen, so richtig, sexuell? Sie ist ein Kind.«

»Hören Sie auf zu träumen. Schauen Sie sich an, was die Kleine eingepackt hat. BHs und Lippenstift. Schon mal was von gehört? Klingelt da vielleicht irgendwas?«

»Ja. Wann sind Sie denn von Ihren Eltern aufgeklärt worden. Und von wem?«

»Ich war zwölf. Er hieß Patrick und war fünfzehn. Hat mir gleich praktischen Unterricht gegeben. Wenn mich meine Mutter oder mein Vater vorbereitet hätten, wäre es mir lieber gewesen. Ich gehe mal davon aus, dass es bei Ihrer Tochter nicht zu spät ist. Man sieht sich.«

Georg sah, wie die Frau in einen roten Porsche stieg. Altes Modell. Cabrio. Interessanter Wagen. Ungewöhnliche Frau.

Menden hatte sich ein Glas Rotwein eingeschenkt und schaute Georg erwartungsvoll an.

»Was ist?«

»Ich dachte, du fragst mich was.«

»Was denn?«

»Wie sie heißt. Wo sie wohnt. Was sie macht.«

»Wie sie heißt, weiß ich doch.«

»Sahst so aus, als wolltest du mehr wissen. Ich hab mich schlaugemacht. Mercedes Schumann. Hat 'ne Kfz-Werkstatt in Braunsfeld. Betriebsgenehmigung vorhanden. Keine Vorstrafen. Nur ein paar Punkte wegen zu schnellen Fahrens. Das würde zu dir passen.«

»Gerald, was soll der Quatsch. Sie ist nicht mein Typ. Kurze dunkle Haare. Klein. Außerdem müssen wir uns um Amal kümmern.«

»Und um Rosa.«

»Meinst du, ich muss sie aufklären?«

»Ja.«

»Und wie soll ich das machen?«

»Frag jemanden, der Ahnung hat. Ich hab keine Kinder. Ich muss das nicht wissen.«

»Denk an das, was Mercedes Schumann gesagt hat. Du könntest Rosas Mutter sein.«

Es klingelte. Es war noch einmal die Rennfahrerin. »Entschuldigen Sie. Könnten Sie vielleicht? Mein Porsche. Ist schon was älter. Könnten Sie anschieben?«

Georg schmunzelte. »Klar. Ich rufe Gerald zur Verstärkung.«

Mercedes Schumann stand sichtlich verärgert neben ihrem Porsche Cabrio. »Das Teil ist älter als ich. Ich müsste die Batterie austauschen.«

»Wir kriegen Sie schon in Fahrt«, sagte Georg.

Tatsächlich sprang der Motor nach kurzem Anschieben im ersten Versuch an. »Danke«, rief sie.

»Immer gerne. Falls Sie mal wieder jemanden brauchen, der Ahnung von Autos hat«, frotzelte Georg.

Georg fuhr den Laptop hoch, froh, endlich alleine zu sein. Es gab ein neues Telefongespräch der Kanzlerin. Am anderen Ende war diesmal der amerikanische Präsident.

»Putin hat dir gesagt, dass du immer noch abgehört wirst.«

»Ja. Hat er. Wir haben beide herzlich gelacht. Aber das weißt du ja.«

»Ja, das weiß ich. Du verstehst das doch. Ich kann nicht anders.«

»Klar. Ist halt nur ein bisschen komisch, wenn so gar nichts privat bleibt.«

»Ja, geht mir auch so. Meinst du, dass Putin uns auch abhört?«

»Bestimmt.«

»Und unsere Mails?«

»Werden gelesen.«

»Dann können wir also gar nichts mehr vertraulich besprechen?«

»Nein. Nicht wirklich. Es sei denn …«

»Wir sorgen dafür, dass Putin wieder einer von uns wird.«

»Wozu soll das gut sein?«

»Ist doch klar. Wenn er einer von uns ist, dann muss er uns nicht mehr heimlich abhören. Dann muss er auch keine abgehörten Gespräche mehr veröffentlichen. Dann ist das endlich vorbei mit den Peinlichkeiten. Fuck the US.«

»Was hast du gesagt? *Fuck the US?*«

»Ich hab das doch nicht ernst gemeint. Ich habe nur an ›Fuck the EU‹ erinnert.«

»Du meinst, wenn wir Putin wieder zum Club der Mächtigen zulassen, dann …«

»Bleiben wir Mächtigen unter uns.«

»Wenn das so einfach wäre.«

»Wieso nicht?«

»Es gibt noch andere, die mithören. Irgendwelche Hacker haben meine NSA-Computer angezapft.«

»Du meinst Snowden?«

»Der ist wahrscheinlich schuld daran. Und natürlich Putin, der ihn bei sich versteckt. Danke, dass ihr Snowden nicht nach Deutschland reinlasst.«

»Kann sein, dass wir ihn doch noch reinlassen müssen. Das Bundesverfassungsgericht könnte …«

»Ist egal. Wir müssen sofort etwas tun. Ich habe Erkenntnisse, dass die gefährlichsten NSA-Hacker in Deutschland sitzen.«

»Wie kommst du darauf?«

»Na, wie schon?«

»Verstehe.«

»Kannst du was unternehmen?«

»Gegen die Hacker?«

»Natürlich.«

»Ich frage meine Leute. Und was machen wir mit Putin?«

»Den lassen wir wieder rein. Ich telefoniere mit ihm. Aber muss ich ja gar nicht. Er weiß es schon.«

»Trotzdem. Ruf ihn an. Du weißt, dass ihm so was wichtig ist.«

»Und was sag ich meiner Fracking-Industrie?«

»Dass sie Russland demnächst aufkaufen dürfen. Und dein Staat und die EU sichern das Risiko ab.«

Plötzlich erklang eine ganz andere Stimme. »Na, was sagen Sie dazu, Mister Rubin? Glauben Sie immer noch, dass Sie uns wirklich abhören? Den Präsidenten und die Kanzlerin? Wir haben Ihnen ein kleines Hörspiel zusammengestellt. Klingt echt, oder? Und dann passen Sie jetzt mal gut auf.«

Der Cursor seines Rechners bewegte sich ohne sein Zutun, packte die gerade abgehörte Datei und ließ sie mit einem schönen Effekt auf dem Bildschirm zerplatzen. Dann wurde der Bildschirm schwarz, und eine rote Schrift flackerte auf: GAME OVER GAME OVER GAME OVER.

Georg hämmerte auf die Tastatur, betätigte die Escape-Taste, nichts half. Das sah sehr danach aus, als hätte der Feind seinen Rechner übernommen. Er drückte die Aus-Taste, hielt sie gedrückt, fünf, zehn Sekunden lang. Nichts geschah. Doch, nach vielleicht zwanzig Sekunden schaltete sich der Laptop ab. So war wenigstens die Online-Verbindung unterbrochen.

Georg atmete durch. Er gehörte nicht zu den Männern, die schnell Angst bekamen. Aber jetzt war es so weit. Das Verschwinden von Amal hatte er verdrängt, es mehr als einen Fall für eine Story betrachtet, Hoffnung auf ein glückliches Ende inbegriffen. Aber das war ein Fehler gewesen. Es hatte einen Toten gegeben.

Jetzt war der Feind in seine Wohnung vorgedrungen. Hatte ihn mit Namen angesprochen. Sie wussten, wer er war. Wo er wohnte. Wenn sie seinen Rechner durchsucht hatten, kannten sie alle seine Geheimnisse und die seiner Freunde beim YWC. Er wäre schuld, wenn ihnen etwas geschähe.

Er hörte nicht, wie Rosa die Tür öffnete. »Papi, was ist denn? Du weinst. Das wollte ich nicht. Bitte.«

Sie schlang die Arme um ihn, setzte sich auf seinen Schoß. »Nicht weinen, Papi. Ich werde es bestimmt nie wieder tun. Nie, nie, nie.«

Georg drückte sie an sich. »Ich hab dich lieb.«

»Ich dich auch. Soll ich uns etwas kochen?«

»Gute Idee.«

»Spaghetti mit Tomatensoße?«, fragte Rosa.

»Mein Lieblingsessen. Keiner macht die so gut wie du.«

Nach der Spaghetti-Schlacht saßen Georg und Rosa vor dem Fernseher. Bundesliga. Endlich wieder mit dem 1. FC Köln. Georg schaute nicht hin, und das lag nicht an den Kickern.

»Rosa. Eine Frage. Vielleicht kannst du mir helfen. Wenn du ein Problem hast, ein schwieriges Problem, das du nicht alleine in den Griff kriegst. Was machst du dann?«

»Ist einfach. Dann frage ich dich. Dafür bist du doch mein Vater.«

»Und wenn ich dir auch nicht helfen könnte?«

»Du kannst das. Du schaffst das schon.«

Sie schmatzte ihm einen dicken Kuss auf die Stirn. »Ich geh jetzt wieder rüber zu mir und schreibe den Aufsatz fertig. Warum ich nie wieder stehlen werde. Sei nicht mehr traurig, bitte. Versprichst du mir das?«

»Versprochen.«

34

»Dieser Zechdorfer ist ein komischer Typ«, sagte Paul, als er wieder nach Hause kam.

»Ich dachte, ihr hättet Freundschaft geschlossen«, erwiderte Georg.

»Ja, haben wir auch. Ich bin ja neu hier, und da habe ich nichts gegen Kontakte. Trotzdem ist das ein komischer Typ.«

»Ich finde ihn aufdringlich und unsympathisch. Was meinst du mit komisch?«

»Der kennt sich bei sich überhaupt nicht aus. Gut, die Wohnung ist neu für ihn. Er ist ja erst eingezogen. Aber die Möbel und die Einrichtungsgegenstände, die hat er mitgebracht. Trotzdem weiß er nicht, wie die Fernbedienung seines Fernsehers funktioniert. Sogar die Kaffeemaschine hat er nicht im Griff. Als ob er in einer völlig fremden Umgebung ist. Ich musste ihm zeigen, wie der Klappmechanismus seiner Couch arbeitet.«

Paul ging ins Schlafzimmer, das Georg ihm für die Zeit seines Besuchs frei geräumt hatte, und kam in Joggingklamotten zurück. »Ich muss mir den Stress mit Zechdorfer ablaufen. Wusstest du, dass das ein Militarist ist? Der quatscht die ganze Zeit vom tollen Einsatz in Afghanistan. Und der hat eine Waffe zu Hause.«

»Eine Waffe? Was für eine Waffe?«

»Was weiß ich. Ich war Kriegsdienstverweigerer. Ich habe noch nie eine Waffe in die Hand genommen. Nicht mal auf der Kirmes. Irgendeine Pistole. Ziemlich groß. Ziemlich schwer. Zechdorfer sagt, er hätte einen Waffenschein. Willst du nicht 'ne Runde mitlaufen?«

Georg zögerte nicht lange. »Ist 'ne gute Idee. Ich könnte mir auch mal wieder frische Luft durchs Gehirn blasen.«

Er hatte sein Sportzeug in einem Schrank im Flur deponiert, der ansonsten Besen, Staubsauger und Putzzeug enthielt. Georg wählte weiße Shorts, das neue FC-Trikot und die Nike-Schuhe, die er nicht einmal richtig eingelaufen hatte.

Paul kam ins Schnaufen, als sie den Grüngürtel an der Inneren Kanalstraße erreichten. »Oh, ich bin doch nicht so gut in Form«, sagte er. »Lass uns abwechselnd fünf Minuten joggen und fünf Minuten gehen«, bat er.

»Kein Problem«, antwortete Georg.

Sie bogen nach links ab Richtung Moschee und Fernsehturm. Auf der Wiese zwischen Innerer Kanalstraße, Mont Klamott und der Eisenbahn grillten und campierten Hunderte Pärchen, Grüppchen und Familien.

»Schade, dass man nicht mehr auf den Fernsehturm darf«, meinte Paul, als sie am Fuß des imposanten Colonius vorbeikamen. Im Eingangsbereich des Turms waren Architektenbüros untergebracht.

»Ich war da mal oben, vor gut dreißig Jahren«, sagte Paul. »Ich verstehe gar nicht, warum das Restaurant nicht mehr in Betrieb ist. Die Aussicht war phantastisch, am Fuß gibt es genügend Parkplätze, das müsste doch eine Touristenattraktion sein.«

»Ja«, meinte auch Georg, »schon merkwürdig. Angeblich gibt es Sicherheitsprobleme. Irgendetwas mit den Aufzügen. Fragt man sich nur, warum der Düsseldorfer Fernsehturm öffentlich zugänglich ist, der fast zur selben Zeit gebaut wurde. Da haben dieselben Vorschriften gegolten.«

Paul bog rechts in die Erftstraße ein, die zum Mediapark führte, und lief dann durch den Venloer Wall Richtung Westbahnhof. Die Terrasse vor dem Maria Eetcafe war voller Menschen, die den Sommerabend genossen.

»Komm, ich gebe einen aus«, sagte Georg und setzte sich auf denselben Platz an der Bar, wo er Amal getroffen hatte. Kaum zu glauben, dass das erst fünf Tage her war.

Paul bestellte ein Bier, Georg ein Wasser.

»Ich habe da ein Problem«, begann Georg.

»Nur eins?«, sagte Paul. »Das würde mich wundern.«

Und dann erzählte Georg seinem Vater alles, was in der letzten Woche geschehen war. Und diesmal ließ er nichts aus, beschönigte nichts, bauschte nichts auf. Vom Angebot, Chefredakteur zu werden, bis hin zur Übernahme seines Laptops durch einen unbekannten Feind.

»Ich weiß nicht, was ich tun soll«, endete er. »Mir wächst das über den Kopf. Hast du einen Rat?«

Paul bestellte ein zweites Bier. »Junge, da hast du dir eine Menge aufgehalst. Mir wäre das zu viel. Danke, dass du mich nicht auch noch als Problem aufgezählt hast.«

»Du bist keine Last.«

»Vielleicht doch, wenn man so eine kleine Wohnung hat.«

»Wenn du nicht hier wärst, hätte ich niemanden, mit dem ich reden könnte.«

»Siehst du, Junge, da liegt ein Teil des Problems. Du bürdest dir nicht nur zu viel auf, du holst dir auch zu wenig Rat und Hilfe. Was ist mit Menden? Der ist bei der Polizei. Warum erzählst du ihm nicht die ganze Wahrheit? Wie soll er Amal finden, wenn du ihm nicht alles sagst? Ein Mensch ist ermordet worden, Amal ist verschwunden, du bekommst Drohungen auf deinen Rechner. Junge, du bist in Gefahr. Du brauchst Schutz. Außerdem geht es nicht nur um dich, sondern auch um Rosa.«

»Und um dich.«

»Mach dir um mich keine Sorgen«, wehrte Paul ab. »Du bist es, der Hilfe braucht.«

»Ich glaube, du hast recht. Ich könnte meine Freunde zusammentrommeln. Menden, klar, der muss dabei sein. Vielleicht Franck von Franckenhorst, er hat viel Geld und beste Beziehungen. Eigentlich mein bester Freund, auch wenn ich ihn länger nicht mehr gesehen habe. Ich könnte die für morgen zum Essen einladen.«

»Gute Idee«, sagte Paul. »Aber mach das nicht bei dir zu Hause. Erstens ist da nicht wirklich Platz, zweitens musst du davon ausgehen, dass deine Wohnung nicht sicher ist. Wenn die deinen Computer geknackt haben, haben die vielleicht auch schon anderes versucht.«

»Wir könnten grillen. Was meinst du? Im Grüngürtel.«

»Keine schlechte Idee. Am Aachener Weiher. Da könnten wir uns im Biergarten Getränkenachschub holen, wenn deine Freunde dich trocken getrunken haben.«

Sonntag

35

Am Sonntagmorgen kroch Rosa vorsichtig zu Georg unter die Decke. »Ich habe Frühstück gemacht und dir einen Espresso ans Bett gestellt.«

Wenn er jemals verärgert über sie gewesen war, jetzt war alles verflogen. Er sah, wie schön sie war. Seine Tochter. Die beste Tochter der Welt. Und diese blonden Haare. Zugegeben, die hatte sie von der Mutter.

Der Espresso war genau so, wie er ihn mochte. Stark und ohne Zucker.

»Hier, mein Aufsatz«, sagte Rosa.

Sie hatte fünf Seiten geschrieben. Leserlich. Was nicht immer der Fall war.

»Warum ich nie wieder stehlen werde«, hieß die Überschrift. Er hatte mit einer kindlichen Erklärung gerechnet, stattdessen las er einen äußerst kritischen Text. Schon der erste Satz verblüffte ihn:

»Das älteste Gewerbe ist die käufliche Liebe, aber das älteste Verbrechen der Menschheit ist der Diebstahl, wenn man der Bibel glauben kann.

Eva wurde von der Schlange überredet und hat Adam ermuntert, die Frucht vom Baum der Erkenntnis zu pflücken

Adam hat das getan und in einen Apfel gebissen, der ihm nicht gehörte. Er wusste, dass das nicht richtig war. Aber erst danach war ihm klar, dass es eine Sünde war.

Man könnte also sagen: Ohne Diebstahl keine Erkenntnis.«

Georg leerte das Espresso-Tässchen. »Darauf willst du also hinaus: ›Ohne Diebstahl keine Erkenntnis.‹«

»Erst zu Ende lesen«, sagte Rosa. »Ich bring dir noch einen Espresso.«

Er las weiter:

»Im Augenblick des Diebstahls hatte Adam gelernt, was Gut und Böse ist. Und tatsächlich ist es beim Menschen bis heute so geblieben: Es gibt eine menschliche Urerfahrung zu wissen, was Recht und Unrecht ist.

Aber das heißt nicht, dass es deswegen nur noch gute Menschen gibt. Der Mensch weiß zwar, was er tut, aber manchmal tut er auch das Böse, wenn er sich einen Vorteil verspricht. Und dann interpretiert er diesen Vorteil um und kommt zu der Überzeugung, dass das Böse auch sein Gutes hat. Man muss nur derjenige sein, der vom Bösen profitiert.«

Es folgten philosophische Gedanken nach dem Motto »Eigentum ist Diebstahl« und Ausflüge in die brutale Geschichte des Kolonialismus von Kolumbus bis hin zu den Morden und Eroberungsfeldzügen der Nazis.

Auf der letzten Seite des Aufsatzes erinnerte Rosa, und da spürte man ihre katholische Kölner Erziehung, an den Nachkriegskardinal Josef Frings und an dessen Silvesterpredigt vom 31. Dezember 1946. Frings hatte damals gesagt: »Wir leben in Zeiten, da in der Not auch der Einzelne das wird nehmen dürfen, was er zur Erhaltung seines Lebens und seiner Gesundheit notwendig hat, wenn er es auf andere Weise, durch seine Arbeit oder durch Bitten, nicht erlangen kann.«

Natürlich könne man sich fragen, warum das Gebot »Du sollst nicht stehlen« erst auf Platz sieben der Zehn Gebote stehe, aber vielleicht habe Kardinal Frings ja dafür die Erklärung gegeben: In Zeiten der Not und zur Erhaltung des Lebens und der Gesundheit könne Diebstahl erlaubt sein.

Rosa schloss mit dem klaren Satz: *»Ich bin nicht in Not. Es ging nicht um mein Leben. Ich hätte die gestohlenen Dinge auch anders erlangen können. Ich habe einen Fehler gemacht. Aber ich habe dadurch auch die Erkenntnis gewonnen, dass es ein Fehler war.«*

Georg nahm Rosa in den Arm. »Sehr schöner Aufsatz. Sehr gelehrt.«

»Ich habe mir von Wikipedia helfen lassen.«

»Trotzdem gut. Aber eins möchte ich doch noch wissen: Warum hast du gestohlen? Du wusstest, dass das nicht in Ordnung ist.«

»Klar, wusste ich. Hab nicht wirklich drüber nachgedacht. Alle in der Klasse klauen ab und zu. Auch und gerade die, die es nicht nötig hätten, weil sie genug Taschengeld bekommen. Der Sohn des Staatsanwalts hat schon mal geklaut. Sogar die Tochter der Direktorin. Hast du schon mal geklaut?«

»Ja«, sagte Georg. »Es war so ähnlich wie bei dir. Wir waren mit mehreren aus der Klasse unterwegs. Ich habe eine Tüte Gummibärchen mitgehen lassen. Eigentlich ging es nicht um die Süßigkeiten, die hätte ich mir auch kaufen können. Es war, wie du ja auch gesagt hast, eine Mutprobe. Ich dachte, ich muss das tun, um in der Gruppe aufgenommen zu werden. Sogar Franck hat geklaut, und seine Eltern waren Millionäre.«

»Wer Millionär sein will, muss besonders viel stehlen.«

»Und was wolltest du mit BH und Lippenstift?«

»Ausprobieren.«

»Bist du nicht zu jung?«

»Nein. Bin ich nicht.«

»Ja, wahrscheinlich bist du alt genug. Und, ich weiß nicht, wie ich es sagen soll, hast du schon was mit Jungen gehabt?«

»Nur ein bisschen Knutschen. Und Fummeln.«

»Fummeln, aha. Weißt du denn, was da alles passieren kann?«

»Papi, du willst mich doch nicht aufklären? Das hat Mami längst gemacht. Bevor ich zu dir gezogen bin. Sie hat gesagt, bei dir wäre Sodom und Gomorrha, deshalb müsste sie mich vorbereiten. Die hält dich für einen ganz Schlimmen.«

»Und du?«

»Was Sex angeht, bist du eher der langweilige Typ.«

Georg hatte für elf Uhr zum Brunch & Grill am Aachener Weiher geladen. Würste, Steaks, Soßen, nicht alkoholische Getränke, Plastikteller, Besteck und Becher, sogar die Grills und die Holzkohle hatten sie am Vorabend zu später Stunde noch einkaufen können. War doch ein Segen, dass viele Supermärkte in der Stadt bis zweiundzwanzig Uhr geöffnet hatten.

Gerald Menden und Ricarda Pereyra brachten Brot, Aufschnitt und Käse mit, Franck von Franckenhorst und seine Freundin Christina Brandt versorgten die Runde mit Bier, Wein, Sekt und anderen alkoholischen Getränken.

Paul und Rosa, deren Hausarrest aufgehoben worden war, hatten den Grillplatz ausgesucht, etwas abseits vom Biergarten zwischen dem Weiher und dem benachbarten Hügel Richtung Universität, auf dessen Höhe Georg vor Jahren eine brennende Frauenleiche gefunden hatte.

Die Grills waren auf der gesperrten Straße zum Ostasiatischen Museum aufgebaut, sodass man nicht befürchten musste, das trockene Gras in Brand zu setzen.

Paul übernahm den Dienst an den Bratrosten, Rosa verabschiedete sich in Richtung des Weihers, wo sie zwei Freundinnen entdeckt hatte.

Georg atmete tief durch. Endlich hatte er Gelegenheit, die ganze Sache mit kompetenten Menschen zu besprechen, die ihm auch noch am Herzen lagen. Also wartete er nicht lange, sondern berichtete, als alle mit Essen und Trinken versorgt waren, was ihm seit letzten Montag geschehen war. Menden machte Notizen auf einem iPad, was zwischen den wechselnden Grillgängen nicht einfach war. Christina Brandt, die Rechtsanwältin, murmelte ab und zu irgendwelche Paragrafen und Straftatbestände.

Franck war der Erste, der sich zu Wort meldete, nachdem Georg seinen Bericht beendet hatte. »Ich hatte ja gedacht, du lädst alte Freunde, die du lange nicht gesehen hat, mal ganz uneigennützig zum Sonntagsbrunch ein. Christina wusste es besser. Sie meinte sofort: Der steckt bestimmt in der Tinte. Ich finde, sie hat untertrieben. Du steckst nicht in der Tinte, du steckst in der Jauchegrube, um das andere Wort nicht zu benutzen.«

Menden begutachtete seine Notizen. »Du hättest mir sofort die ganze Wahrheit sagen müssen. Mensch, Georg, deine Feinde haben einen Mord auf dem Gewissen. Und sie haben Amal in der Hand, vielleicht das nächste Opfer. Über deinen Computer sind sie bei dir zu Hause eingedrungen. Die haben es auf dich abgesehen. Am liebsten würde ich dich unter Polizeischutz stellen.«

»Wir haben Sonntag«, sagte Georg.

»Ach, du meinst, am Tag des Herrn sind alle brav in der Kirche und lassen dich in Ruhe?«

»So habe ich das nicht gemeint.«

»Ich denke, die Polizei sollte sich auf jeden Fall kümmern«, sagte Franck. »Mir kam in Georgs Erzählung manches komisch vor. Auch dieser aufdringliche Nachbar. Der war nach dem Wasserschaden in Georgs Wohnung. Was hat der da gemacht? Konnte er die Computer manipulieren?«

»Das habe ich mich auch schon gefragt«, sagte Georg und rief seinen Vater. »Als die Spülmaschine defekt war und Zechdorfer zu Hilfe kam, hat er da an meinen Computern rumgemacht?«

Paul runzelte die Stirn, als ob ihm das helfen würde, sich zu erinnern. »Die Steckerleiste hatte, glaube ich, Wasser abbekommen. Du hast ja alle deine Computer an dieser einen Steckdose. Lothar Zechdorfer hat kurz deinen iMac gestartet, da war zum Glück alles in Ordnung. Ob er auch an deinem Laptop war, weiß ich nicht.«

»Und sonst«, fragte Gerald Menden Georgs Vater, »ist dir irgendetwas an Zechdorfer aufgefallen?«

»Nicht an diesem Tag. Da habe ich ihn als freundlichen Nachbarn wahrgenommen, der zum Glück auch ein besserer Handwerker ist als ich. Er hat ganz ruhig agiert und schnell den geplatzten Abflussschlauch gefunden.«

»Du sagst ›nicht an diesem Tag‹. Ist dir an anderen Tagen was aufgefallen?«

»Ja. Eins habe ich schon Georg erzählt. Der Mann ist ein Waffennarr. Hat eine Pistole zu Hause, angeblich mit Waffenschein. Und er erzählt begeistert von seiner Zeit mit der Bundeswehr in Afghanistan. Ein Militarist. Nicht mein Fall.« Er drehte sich um und stand auf. »Ich muss zum Grill, sonst ist da alles verbrannt«, erklärte er.

»Lothar Zechdorfer«, sagte Menden. »Kann ich überprüfen lassen. Leider erlauben wir immer noch viel zu vielen Deppen, mit einer Waffe rumzuspielen.«

Paul kam mit einer Ladung gegrillter Steaks an. »Müsst ihr probieren. Echt argentinisches Fleisch.«

Die Männer griffen zu, nur Christina blieb bei Salat.

»Mir ist noch etwas eingefallen«, sagte Paul. »Wegen Lothar Zechdorfer. Ich schlafe ja nicht mehr so gut in meinem Alter. Ich brauche auch nicht mehr so viel Schlaf. Mein Zimmer, also Georgs Schlafzimmer, liegt Wand an Wand zu Zechdorfers Wohnung. Nicht, dass der besonders laut wäre, aber man hört schon, wenn sich auf der anderen Seite der Wand was rührt. Es war in der Nacht von Donnerstag auf Freitag. Vielleicht drei Uhr nachts. Da ist Zechdorfer aufgestanden und mit seinem dicken Wagen weggefahren. Die Ein- und Ausfahrt zur Tiefgarage ist gleich neben Georgs Wohnung, da kriegt man das mit. Es war nach sechs, als er zurückkam. Das weiß ich genau. Ich habe ihn später am Tag gefragt, wo er denn so mitten in der Nacht hingefahren wär. Er wurde richtig böse. Ich würde Gespenster sehen und mir Sachen einbilden. Er wäre die ganze Zeit zu Hause gewesen.«

Paul nahm einen großen Schluck von seinem Kölsch, bevor er weiterredete. »Erst dachte ich, vielleicht hätte ich mich vertan. Aber inzwischen bin ich mir ganz sicher. Der war mit seinem Auto unterwegs. Und das genau in der Nacht, in der Georgs Bekannte entführt und der Hotelportier ermordet worden ist. Vielleicht ist die Pistole, die ich bei ihm gesehen habe, die Mordwaffe. Das muss man doch feststellen können.«

»Interessant«, sagte Menden. »Ich notiere. Waffenschein und Waffen von diesem Lothar Zechdorfer überprüfen. Sollte sich da eine Überschneidung mit der Tatwaffe aus dem Hotel ergeben, könnten wir direkt etwas unternehmen. Allerdings bin ich da skeptisch. Kein Mörder ist so dumm, dass er eine Tatwaffe mehr oder weniger öffentlich vorzeigt.«

Menden vervollständigte seine Notizen und wandte sich dann an Georg: »Du musst dir etwas einfallen lassen, wie du wieder Kontakt zu YWC bekommst. Die Jungs und Mädels müssen uns helfen«, sagte Menden.

Christina Brandt hatte sich bisher zurückgehalten. Jetzt sagte sie: »Mich interessiert vor allem diese Amal Amirouche und ihre Geschichte. Ich finde, es gibt eine direkte Verbindung zwischen der Suche nach den Mördern ihres Großvaters und ihrem geplanten Angriff auf die NSA.«

»Entschuldige, Christina«, sagte Georg, »aber der Mord aus dem Jahr 1959 hat mit der Situation heute nichts zu tun.«

»Ich finde, doch. Du hast von eurem Besuch bei diesem alten Trotzkisten in Bad Godesberg erzählt.«

»Simon Goldmacher.«

»Genau. Beeindruckende Persönlichkeit. Ich fand auch toll, was Hans-Jürgen Wischnewski damals für die Algerier getan hat. Goldmacher hat dir einen Brief an Wischnewski gegeben, den er nie abgeschickt hat. Du hast zwei Dinge erwähnt, die dir an diesem Brief aufgefallen sind: Goldmacher wollte mit

Wischnewski auf den Kölner Fernsehturm und dort mit ihm über die Vorbehaltsrechte der Alliierten sprechen.«

»So stand es in dem Brief«, sagte Georg.

»Über die Vorbehaltsrechte weiß ich als Juristin etwas Bescheid«, sagte Christina, »aber ihr müsstet da eigentlich auch etwas wissen.«

»Darüber habe ich mal was gelesen«, sagte Menden.

»Ja«, bestätigte Christina. »Im Zusammenhang mit der NSA-Affäre und den Enthüllungen von Edward Snowden. Bei der Gründung der Bundesrepublik wurden den westlichen Siegermächten, also den USA, Frankreich und England, besondere Vorbehalte eingeräumt: erstens der Überwachungsvorbehalt, das Recht, den in- und ausländischen Post- und Fernmeldeverkehr in der Bundesrepublik auch weiterhin zu überwachen; zweitens der Geheimdienstvorbehalt, das Recht, die alliierten Geheimdienste mit Unterstützung des Bundesamtes für Verfassungsschutz außerhalb des deutschen Rechts zu stellen, wenn es geheimdienstliche Interessen erfordern.«

Christina hielt kurz inne, um was zu trinken, und erklärte dann weiter: »In veränderter Form gelten diese Vorbehalte bis heute. Die westlichen Alliierten haben, so sagen es Zeitzeugen, 1990 der deutschen Wiedervereinigung nur zugestimmt, weil sich Deutschland verpflichtet hat, bestimmte Rechte seiner Souveränität nicht wahrzunehmen. Daher konnten die Geheimdienste der USA und Großbritanniens in Deutschland ungehindert weiterspionieren. Ohne dieses Zugeständnis hätte die damalige britische Premierministerin Thatcher die deutsche Einheit vermutlich verhindert.«

Nach einer rhetorischen Kunstpause schloss Christina mit dem Satz: »Auf diese geheimen Vereinbarungen berufen sich letztlich die Amerikaner, wenn sie die NSA-Aktivitäten in Deutschland für legal erklären.«

»Und was die Amerikaner in Deutschland immer noch dürfen«, ergänzte Ricarda Pereyra, »hat man gesehen, als bekannt wurde, dass die Drohneneinsätze zur gezielten Tötung von Menschen in den arabischen Krisenregionen vom deutschen Ramstein aus gesteuert werden.«

»Das war ja alles sehr lehrreich«, sagte Georg, »aber wo siehst du den Zusammenhang zu heute?«

»Eben darin«, sagte Christina. »Goldmacher wollte von Wischnewski etwas über die Alliierten Vorbehaltsrechte wissen. Wischnewski als ehemaliges Kabinettsmitglied musste sowohl die offiziellen als auch die geheimen Verträge kennen. Und warum auf dem Kölner Fernsehturm? Das kann ich nur vermuten. Vielleicht wollte Goldmacher herausfinden, was sich wirklich da oben befindet. Ist das harmlos, nur Funk und Fernsehen? Oder gibt es da die eine oder andere geheime Antenne? Oder wisst ihr einen besseren Grund, warum niemand auf den Kölner Fernsehturm darf?«

Wie auf Kommando drehten alle ihre Köpfe Richtung Norden, wo der Fernsehturm alias Colonius in den Himmel ragte.

»Wie kommt man da rauf?«, fragte Georg.

»Das krieg ich hin«, sagte Menden. »Der Turm gehört der deutschen Funkturmgesellschaft. Einer Tochter der Telekom. Die betreibt mehr oder weniger alle deutschen Fernsehtürme.«

»Dann sollten wir uns da oben mal umsehen«, sagte Georg.

36

Amal wusste nicht, seit wie vielen Tagen sie gefangen war. Sie war nicht mehr nackt, sondern trug immerhin ein weißes knielanges T-Shirt. Auch war sie nicht mehr gefesselt, sondern durfte sich frei bewegen. Aber was hieß hier schon frei?

Ihr Gefängnis war ein fensterloser, weiß gekachelter Kellerraum. Es gab ein Waschbecken mit kaltem Wasser, darunter stand ein Eimer, der einmal täglich geleert wurde.

An der Decke hingen grelle Leuchtröhren, Überwachungskameras und Lautsprecher.

Ihr Gefängniswärter, er selbst nannte sich »Gastgeber«, hatte offenbar eine besondere Freude daran, unvermittelt das Licht zu löschen und für absolute Dunkelheit zu sorgen. Über die Lautsprecher spielte er dann Töne ein, die ihr Angst machen sollten. Das Fauchen wilder Tiere. Anhaltendes, regelmäßiges, nervenzehrendes Tropfen. Schüsse, deren Lautstärke einem fast das Trommelfell platzen ließ.

Zweimal war sie aus ihrem Verlies abgeholt und in ein Verhörzimmer gebracht worden. Ihren *Gastgeber* bekam sie dabei nicht zu Gesicht, er saß wahrscheinlich hinter der verspiegelten Wand, während er seine Fragen stellte. Er nannte sich Nummer eins.

Amal war seit Jahren auf Situationen wie diese vorbereitet. Sie hatte nichts zu sagen. Sie würde nichts sagen. Egal, was ihr zuzustoßen drohte.

Das erste Verhör hatte zwei Stunden gedauert. Sie war nackt gewesen, abgesehen von dem schwarzen Sack, dem man ihr vorher über den Kopf gestülpt hatte. Zwei Männer waren mit ihr im Raum.

Die Fragen kamen von Nummer eins. »Wer sind deine Auftraggeber? Wer sind deine Komplizen, außer Georg Rubin? Was hat Rubin vor? Was hast du vor? Wir haben Rubins Computer infiziert. Wir wissen alles.«

Amal war ruhig geblieben. Sie hatte nur eine Taktik: Nichts sagen. Gar nichts.

Gefoltert wurde sie erst beim zweiten Verhör. Zu dem Zeitpunkt trug sie bereits dieses lange T-Shirt, den Sack hatte man ihr abgenommen. Sie sah die beiden Männer, die sie bewachten. Kein gutes Zeichen, denn die Männer würden sicher dafür sorgen, dass Amal sie nicht verraten könnte.

Nummer eins meldete sich wieder aus dem Nirgendwo hinter dem Spiegel. »Wir brauchen dich nicht mehr. Schön für uns, schlecht für dich.«

Die Stimme klang eiskalt.

»In unserem Beruf muss man manchmal sehr hart sein. Gegen sich und gegen andere. Für das Vaterland. Du verstehst das bestimmt. Du führst ja einen ähnlichen Kampf. Wie schon dein Großvater. Freiheit für Algerien. Wir haben uns entschieden, dich in seiner Nähe zu beerdigen. Oder, besser gesagt, in der Nähe des Ortes, an dem er fürs Vaterland gestorben ist. Wir werden dich am Rhein begraben. Jedenfalls Teile von dir. Wir fangen damit an, dir die linke Hand abzutrennen. Dann den rechten Fuß. Den linken Fuß. Die Oberarme. Die Beine. Mich interessiert, wie lange du das überlebst. Und, ganz zum Schluss, trennen wir dir den Kopf ab. Und dann werden wir uns um deinen Freund Georg Rubin kümmern.«

Amal wusste, dass dieses Ungeheuer von Mensch es ernst

meinte. Sie wusste, was Menschen anderen Menschen antun konnten. Das war zu Zeiten Jesu Christi nicht anders als heute. Oder bei den Nazis. Oder in Syrien. Oder im Südsudan. Oder im Irak. Aber mitten in Köln?

Nummer eins machte eine Pause, um die Wirkung seiner Worte auf Amal auszukosten. Sie zeigte keine Regung. Äußerlich.

»Fesselt sie«, befahl Nummer eins.

Die beiden Männer banden sie auf eine Art Krankenhausbett aus Stahl. Einer der Männer wollte ihr die Kapuze überziehen.

»Nein. Ist nicht nötig. Sie soll alle sehen«, sagte Nummer eins.

Amal wehrte sich nicht. Sie versuchte, sich an den Schmerz zu erinnern, als sie die rechte Hand verloren hatte. Sie hatte den Schmerz ausgehalten. Sie würde jeden Schmerz aushalten.

»Zechdorfer, du fängst an. Erst die linke Hand. Und dann abwarten. Ich will sie schreien hören.«

37

»Es braut sich was zusammen«, sagte Paul und zeigte auf die dunklen Wolken im Westen, die sich einen Wettlauf mit Blitz und Donner lieferten.

Die ersten Tropfen fielen, als sie noch die Reste ihres Picknicks zusammensuchten und in die mitgebrachten blauen Abfalltüten füllten.

Georg hasste die Müllferkel. Er hatte mal den Oberbürgermeister auf einer »Picknickstreife« begleitet und darüber im BLITZ geschrieben. Alleine ihr kleiner Trupp hatte an einem Sonntag bis fünfzehn Uhr zehntausend Kilo wilden Picknickmüll eingesammelt.

Am Montagmorgen schickten die Abfallwirtschaftsbetriebe nochmals einhundert Mitarbeiter in die Grünanlagen. Das Ergebnis: fünfzig Tonnen sogenannter Streumüll – Verpackungen von Grillfleisch und Würstchen, Holzkohlentüten, bergeweise Flaschen. Der Müll, der vorschriftsmäßig entsorgt wurde, war darin gar nicht enthalten. »Die Leute lassen ganze Grills stehen«, hatte der Oberbürgermeister beklagt. Ganz Köln hatte dem Stadtoberhaupt zugestimmt. Der positive Widerhall war so einstimmig, dass man sich fragen musste, wie der Müll da überhaupt hingekommen sein konnte.

Georg und seine Freunde waren nass bis auf die Haut, als sie ihre Sachen ordentlich an die Schranke des Ostasiatischen Museums getragen hatten, wo Georgs Mini geparkt war und wo Franck und Menden mit ihren Wagen vorfahren wollten, um ihren Anteil abzutransportieren.

Ein Regenbogen war hinter dem Aachener Weiher zu sehen, der Regen hatte aufgehört. Zehn Minuten zu spät.

Rosa, die bei Beginn des Regens wieder zu ihnen gestoßen war, lief auf den Holzsteg hinter dem Museum, um das Naturschauspiel besser sehen zu können.

Das schlichte Bauwerk, dreißig Meter lang, drei Meter achtundvierzig breit, war ein Schmuckstück, dabei war es im ersten Anlauf ein Fall kölschen Klüngels geworden. Ein Beamter hatte teures Bongossi-Holz aus Kamerun abgerechnet, aber nur billiges Holz verbauen lassen. Das gesparte Geld wurde zwischen dem Beamten und der beauftragten Firma geteilt. Die Brücke verrottete nach kurzer Zeit und musste geschlossen werden. Sieben Jahre hatte es gedauert, bis der Neubau abgeschlossen war, diesmal mit echtem Bongossi-Holz, so wurde versichert, aber auch für den stolzen Preis von vierhundertfünfundachtzigtausend Euro.

Georg sah, wie Rosa vom Museumssteg aus aufgeregt in seine Richtung winkte. Was wollte sie bloß? Warum kam sie nicht zu ihm zurück? Doch, jetzt kam sie endlich angelaufen und schrie: »Dein Mini. Guck doch. Dein Mini brennt.«

Georg drehte sich um.

Das teure Mini Cabrio stand in Flammen. Das Stoffverdeck bot dem Feuer besondere Nahrung, obwohl es nach dem starken Regen völlig durchnässt sein musste. Die schwarzen Lederpolster mit den feinen weißen Streifen hatte es auch schon erwischt.

Georg wollte zu dem Wagen laufen, Gerald Menden hielt ihn zurück. »Viel zu gefährlich.«

Flammen schlugen aus dem Motorraum. Die Frontscheibe zerplatzte.

»Hast du keinen Feuerlöscher?«, schrie Georg.

»Doch«, sagte Menden und holte die rote Flasche aus dem Kofferraum seines Passats.

»Gib her, ich mach das schon«, schrie Georg und stürmte in Richtung seines Minis.

Er richtete den Schaumstrahl auf die Motorhaube, weil dort die Flammen am höchsten schlugen. Franck von Franckenhorst hatte einen zweiten Feuerlöscher aus seinem BMW geholt und näherte sich als Verstärkung.

In der Ferne ertönten Feuerwehrsirenen. Irgendein schlauer Mensch hatte Alarm geschlagen.

Georgs Feuerlöscher war leer. Franck zielte mit seinem Feuerlöscher auf das Verdeck, das sich unter dem Schaumstrahl aufzulösen schien und zusammenfiel. Übrig blieb das Gestänge für den Faltmechanismus.

Im nächsten Moment plötzlich die Explosion. Es knallte, als würde direkt vor seinen Augen eine schwere Bombe gezündet. Der Stahlkörper des Mini bäumte sich auf, ächzte, stürzte in der Mitte ein, ehe er in drei große und viele kleine Teile auseinanderflog.

»Stimmt das, dass du das Auto von Podolski gekauft hast?«, fragte Franck.

»Ja«, sagte Georg. »Den Fahrzeugbrief hab ich noch.«

Dann kam die Feuerwehr.

38

Zechdorfer war froh, Parfitt entkommen zu sein. Der Mann hatte den Verstand verloren. Wie Nero das brennende Rom beklatscht haben mag, hatte Parfitt jede Phase des grausamen Mordes an Amal Amirouche bejubelt.

Die junge Frau war tapfer gewesen. Stumm hatte sie alles ertragen. Zuerst. Aber dann hatte sie geschrien. Erst geweint. Dann geschrien. Dann geflucht. Dann nur noch geseufzt.

Linke Hand. Rechter Fuß. Linker Fuß. Linker Arm. Rechtes Bein. Linkes Bein. Rechter Arm.

Gestorben war sie erst, als er ihr den Kopf abgetrennt hatte.

Zechdorfer wusste, dass er dafür in die Hölle kommen würde. Oder war Parfitt der Teufel und seine Villa die Hölle?

Vielleicht war schon der Mord auf dem Düsseldorfer Fernsehturm Grund genug für seine Verdammnis gewesen. Aber Finks

Abflug hatte er selbst vor sich irgendwie als Berufsrisiko gewertet. Angeblich war Fink ein Verräter gewesen. Oder schlicht unzuverlässig und eine Gefahr.

Aber was er Amal angetan hatte, dafür empfand er Verachtung sich selbst gegenüber. Würde er mit dieser Verachtung jemals leben können? Andererseits: Hatten nicht auch die SS-Männer weitergelebt, die ihre wehrlosen Opfer am Rande des von ihnen selbst ausgehobenen Grabens erschossen hatten?

»Wo steckt Rubin?«, hatte Parfitt gefragt.

»Sein Wagen steht am Ostasiatischen Museum«, hatte Zechdorfer geantwortet.

»Das ist gut«, sagte Parfitt. »Spreng den Mini in die Luft.«

Zechdorfer hatte eine Sekunde gezögert. *Könnte es sein, dass Rubin oder seine Tochter gerade in dem Wagen sitzen?* Die Mikrofone hatten nur ein amorphes Rauschen gemeldet. Das musste der Regen sein, hatte Zechdorfer sich beruhigt und die Sprengsätze gezündet, die Norbert Fink bei der fingierten Polizeikontrolle angebracht hatte.

Parfitt konnte die Alarmmeldungen von Polizei und Feuerwehr verfolgen. »Sieht so aus, als ob von dem Wagen nicht viel übrig geblieben ist. Gut so. Jetzt musst du dafür sorgen, dass die Wanzen aus Rubins Wohnung verschwinden. Und dann …«

»Was ist dann?«, hatte Zechdorfer gefragt.

»Dann must du selbst verschwinden«, hatte Parfitt gesagt. Und das hatte nicht wirklich freundlich geklungen.

Opa, Vater, Tochter – Rubins komplette Familie war ausgeflogen. Zechdorfer benötigte keine Viertelstunde, um alles abzubauen, was er bei der Aktion Spülmaschine installiert hatte.

Anschließend kümmerte er sich um das Überwachungsprogramm, das er auf Rubins iMac installiert hatte. Das ließ sich nicht spurlos entfernen, nicht in kurzer Zeit. Aber das Programm konnte auch von außen auf den Rechner gelangt sein, es würde ihn nicht verraten.

»Auftrag erledigt«, meldete er Parfitt.

»Gut. Bleibt noch die Frau.«

»Ich dachte, sie wäre längst beerdigt.«

»Nein, wo denkst du hin? Das Vergnügen wollte ich dir nicht

nehmen. Du hast dir die Beerdigung mehr als jeder andere verdient. Wir haben nur ein paar Vorbereitungen getroffen. Alle Teile einzeln sorgfältig verpackt. Damit du dir dein Auto nicht schmutzig machst. Ich erwarte dich. Die Ladung muss heute Nacht ausgeliefert werden.«

Montag

39

Es war nicht der Tag, um einen Ausflug auf den Kölner Fernsehturm zu unternehmen. Es regnete aus Kübeln, die Wolken hingen tief. Keine Aussicht auf eine gute Aussicht.

Georg genoss gerade die kurze stille Stunde zwischen Rosas Fahrt zur Schule – er hatte ihr ein Taxi bestellt – und der kommenden Tageshektik, als Gerald Menden anrief. »Alles klar. Ich bin um neun Uhr mit einem Techniker am Fernsehturm verabredet. Wenn du willst, kannst du mit nach oben fahren.«

Von seiner Wohnung bis zum Fernsehturm war es nur ein Katzensprung. In Ermangelung eines Autos, er müsste sich um Ersatz kümmern, ging er zu Fuß.

Der Regenschirm, den er irgendwann während eines Spanienurlaubs gekauft hatte, war dem Wind nicht gewachsen. Bei jeder zweiten Bö klappte das Gestänge nach oben, nach dem dritten Versuch, ihn zu bändigen, gab Georg auf und entsorgte das Teil in einem Papierkorb.

Als er am Fernsehturm ankam, tropften seine Haare, als wäre er aus dem Schwimmbad geklettert. Er schüttelte sich wie ein Hund. Immerhin war das Regenwasser warm gewesen.

Der Funkturm-Techniker, Karl Lambertz, war sichtlich erfreut, dass endlich mal jemand kam, der sich für seine Arbeit interessierte. Gerald hatte einen Kollegen mitgebracht, »Matthias, der viel von Antennen und ähnlichen Anlagen versteht«. Da Menden den Mann nur mit Vornamen vorstellte, vermutete Georg, dass es sich um einen Geheimdienstmitarbeiter handelte.

»Was wollen Sie wissen?«, fragte Lambertz. »Wir haben außer uns leider keine Mieter mehr. Bauzeit des Turms war von 1978 bis 1981. Höhe zweihundertsechsundsechzig Meter. Die dreistöckige Turmkanzel beginnt auf einhundertsechsundsechzig Meter Höhe. Da gab's mal eine Cafeteria, ein Restaurant und eine Aussichtsplattform. Wir haben zwei Publikumsaufzüge, die eine Geschwindigkeit von sechs Stundenkilometer erreichen. Es gibt noch einen internen Aufzug, der bis zur Technikebene auf einhundertvierundsiebzig Meter fährt. Wir können aber auch zu Fuß gehen. Neunhundertfünfundzwanzig Stufen.«

»Das klingt so, als könnte man den Fernsehturm jederzeit wieder öffnen?«, fragte Georg.

»Das kann schon sein«, sagte Lambertz. »Aber wir finden keine Pächter, die die öffentlichen Bereiche betreiben wollen.«

»Warum klappt das in Düsseldorf?«

»Kann ich Ihnen nicht sagen. Köln ist nicht der einzige Fernsehturm, der für Publikum geschlossen ist. In Hamburg ist das nicht anders. Bevor man Köln wieder öffentlich in Betrieb nehmen könnte, müsste man den Bau an veränderte Sicherheitsstandards anpassen. Die Aufzüge müssten erneuert werden. Der Brandschutz ist ein Problem. Die Sanierung würde sicher einen zweistelligen Millionenbetrag verschlingen. Ich persönlich fände es aber gut, wenn hier Leben reinkäme.«

Sie machten einen Stopp, wo früher die Cafeteria gewesen war. Betonwände. Verschmutzte Fenster. Trotzdem bekam Georg eine Ahnung davon, wie beeindruckend der Blick sein könnte. Köln lag zu seinen Füßen. Eine kleine Stadt. Von oben gesehen.

»Die Technikräume sind höher. Und dann folgen die Außenplattformen für die Antennen«, erklärte Lambertz.

»Was wird von hier ausgestrahlt?«, fragte Georg.

»Nicht viel«, sagte Lambertz betrübt. »Als analoges Radio liefern wir gerade Mal Radio Erft. Wenn Sie sich wundern, warum Sie diesen Sender oft besser empfangen als andere, dann ist das die Erklärung. Ansonsten gibt es hier nur noch digitalen Rundfunk und digitales Fernsehen, also DAB/DAB plus und DVB-T.«

»Was ist mit Funk?«, fragte Matthias.

»Früher war das mal ein echter Funkturm. Es gab hier einen Leitplatz Funk der Telekom, über den verschiedene Sender und Funkstrecken überwacht und gesteuert wurden. Das ist seit gut zwanzig Jahren vorbei.«

»Das wundert mich«, sagte Matthias. »Ich sehe hier noch jede Menge Installationen aus den letzten Jahren.«

»Ich habe nur gesagt, dass die Telekom hier keinen Leitplatz Funk mehr betreibt«, widersprach Lambertz. »Es hat hier oben von Anfang an auch Amateurfunker gegeben. Da kontrolliere ich nur, ob der Aufbau den Sicherheitsvorschriften entspricht.

Sonst habe ich mit denen nichts zu tun. Die sind ein Fall für die Bundesnetzagentur.«

Es hatte aufgehört zu regnen. Matthias kletterte das Stahlskelett nach oben und schoss mit seinem Handy Fotos von allen Antennen, Boxen und Schaltern, die er finden konnte. Er erstellte sogar ein Selfie von sich, auf dem man im Hintergrund den Dom sehen konnte.

»Der Mann ist verrückt. Der muss sich doch absichern«, schimpfte Lambertz. »Wenn was passiert, bin ich dran.«

»Ja, der Mann ist verrückt«, stimmte Menden zu. »Das war Einstellungsbedingung.«

Matthias winkte ihnen zu, hob dazu den Daumen der rechten Hand, als wollte er sagen: Ich hab was gefunden.

»Komm endlich runter, du Affenkaninchen«, rief Menden.

»Was hast du gesagt?«

»Du sollst runterkommen.«

Eine halbe Stunde später saßen die drei Männer im Café des Stadtgartens. Matthias zeigte die Fotos, die er auf dem Fernsehturm gemacht hatte. »Da oben steht jede Menge Zeugs, das anderen Zwecken dient als der Übertragung von Radio- oder Fernsehsignalen. Diese Antenne hier zum Beispiel kann direkten Kontakt mit einem Satelliten aufnehmen. Die beiden kleinen hier sind zielgerichtet aufs Stadtgebiet. Die hier zielt nach Düsseldorf. Das ist allerfeinste Technik. Militär- oder Geheimdienststandard, würde ich sagen. Falls Gerald mich fragen würde, ob das von der NSA stammen könnte, würde ich sagen: Ja. Könnte aber natürlich auch vom deutschen Geheimdienst sein.«

»Das ist mal eine Überschrift«, sagte Georg. »Ist der Colonius eine technische Außenstelle der NSA?«

»Ausschließen kann ich das nicht. Aber wahrscheinlich war seine Rolle in früheren Jahren wichtiger. Als die Bundesregierung noch in Bonn saß.«

»Du meinst, man konnte vom Colonius aus bis ins Bonner Regierungsviertel lauschen?«

»Aber sicher. Wenn ich Lambertz richtig verstanden habe, lief der offizielle Funkbetrieb bis 1994. Was sagt uns das?«

»Keine Ahnung«, sagte Menden.

»Internet. Spätestens seit Beginn der neunziger Jahre war Eingeweihten klar, dass das Internet die weltweite Kommunikation revolutionieren würde. Was sollte ich mit ein paar lauschenden Antennen, wenn ich bald in der Lage wäre, jedes elektronische Gerät direkt an der Quelle anzuzapfen? Gegen das, was heute praktiziert wird, waren die alten Lauschmethoden so was wie Babyphone.«

Mendens Handy klingelte. Er brummte nur einzelne Worte ins Telefon. »Interessant.« Pause. »Danke. Ja, habe ich notiert.« Schließlich: »Um zwei. Gut.«

Matthias verabschiedete sich. »Ich werde die Fotos vom Colonius genauer auswerten. Außerdem habe ich mit meinem Handy auch ein paar Messungen durchgeführt. Falls da etwas Besonderes bei sein sollte, melde ich mich bei dir, Gerald.«

»Einverstanden. Und noch einmal danke, dass du mir geholfen hast. Wie lange kannst du die Sache in der Firma unter der Decke halten?«

»Muss ich gar nicht. Die Firma, wie du sie nennst, weiß das schon lange. Höchstens das Foto ist neu. Und dass jetzt ein Polizist und ein Reporter Bescheid wissen, wäre auch neu. Aber das beunruhigt mich nicht. Seit Snowden ist doch sowieso alles bekannt. Fast alles.«

»So, und nun zu dir«, sagte Menden zu Georg. »Willst du immer noch dein Knöllchen loswerden?«

»Du hast doch gesagt, du könntest nichts für mich tun. Und jetzt, wo mein Mini in die Luft geflogen ist …«

»Darauf komme ich noch zurück. Erst mal das Knöllchen. Vielleicht geht da was. Der Polizist, der dich kontrolliert hat, hat einen Sohn, der Fußball spielt. E-Jugend bei Grün-Weiß Nippes. Du interessierst dich doch für Fußball.«

»Ja, schon. Aber nicht direkt für Grün-Weiß Nippes.«

»Die E-Jugend ist sehr erfolgreich. Sie hat nur ein Problem. Sie braucht neue Trikots. Und da hat mein Polizist gemeint, wenn ihm jemand ein paar Euro spenden würde …«

»Was sollen die denn kosten?«

»Na. Zweiundzwanzig Trikots à vierzig Euro. Das wären achthundertachtzig Euro, oder?«

»So teuer?«

»Es ist deine Entscheidung.«

»Also gut. Achthundertachtzig Euro. Für Trikots. Wohin soll ich überweisen?«

»Nichts überweisen. Das muss bar laufen. Du gibst mir das Geld, ich leite das weiter.«

»Einverstanden.«

Menden stand auf und rief in Richtung der Bedienung: »Bitte bringen Sie uns noch ein Wasser. Ohne Kohlensäure.«

Die Kellnerin kam, stellte ein Glas vor Menden hin, füllte es mit dem Wasser.

»Danke«, sagte Menden. Dann nahm er das Glas und kippte es über Georgs Kopf aus und polterte: »Du miese Figur.«

»He, spinnst du«, schrie Georg.

Menden legte nach. »Du glaubst also tatsächlich, dass man die Kölner Polizei kaufen könnte. Und sogar mir traust du so was zu. Ich bin enttäuscht, Georg. Sehr enttäuscht.«

»Aber du hast doch …«

»Was habe ich?«

»Damit angefangen. Grün-Weiß Nippes und so.«

»Das war ein Test. Du bist durchgefallen.«

»Dann zahle ich eben das Knöllchen.«

»Wie viel ist es denn?«

»Weiß ich noch gar nicht. Ich habe noch keine Zahlungsaufforderung bekommen.«

»Eben.«

»Was heißt eben?«

Menden füllte den Rest aus der Flasche ins Glas und machte Anstalten, Georg noch einmal zu duschen. Stattdessen trank er selbst einen Schluck und sagte ruhig: »Es gibt überhaupt kein Knöllchen.«

»Du hast schon …«

»Nein, natürlich nicht.«

»Aber?«

»Ich habe nachgefragt, wer dich letzten Dienstag angehalten hat. Es gibt keinen Vorgang.«

»Du meinst also, ich sehe Gespenster?«

»Nein. Ich meine, dass dich kein Polizist angehalten hat.«

»Sondern?«

»Jemand, der sich als Polizist ausgegeben hat.«

»Und warum?«

»Das ist die Frage. Denk nach. Vielleicht kommst du selbst auf eine Antwort.«

»Die hatten es auf mich abgesehen?«

»Wahrscheinlich.«

»Aber die konnten doch nicht wissen, dass ich da an diesem Morgen vorbeifahre.«

»Vielleicht doch. Vielleicht wird deine Wohnung schon lange überwacht.«

»Ja, das wäre möglich. Also kein Zufall. Aber was wollten die dann? Mir Angst einjagen?«

»Hast du Angst gehabt?«

»Nein. Eigentlich nicht. Ich war verärgert. Mehr nicht.«

»Also, was war's stattdessen?«

»Die wollten an mein Auto ran«, sagte Georg aufgeregt. »Das war es. Der Anführer hat mich zum Streifenwagen gelockt, in der Zeit haben die anderen meinen Wagen durchsucht. Und haben eine Bombe angebracht …«

»Die sie gestern gezündet haben.«

»Ich bin mit dem Wagen tagelang rumgefahren. Ich könnte tot sein.«

»Unsere Experten haben die Trümmer deines Autos untersucht. Es wurden eindeutig Spuren von Sprengstoff gefunden. Und Elektronikreste. Alles feinste Technik. Deine Freunde lassen sich nicht lumpen.«

»Ich fürchte, es sind nicht meine Freunde.«

»Sieht so aus. Ich hätte früher darauf kommen müssen, dass da was nicht stimmt. Du hattest mich angerufen und mir von der Kontrolle erzählt. Ich hatte mir eine Notiz gemacht: ›Dreißig km/h und drei Punkte‹. Fällt dir was auf?«

»Nein. So war es.«

»Wir haben seit Mai ein neues Punktesystem in Deutschland. Der angebliche Polizist hat dir die falschen Punkte angedroht. Jeder echte Polizist weiß, dass es für Geschwindigkeitsübertretungen dieser Art maximal noch zwei Punkte gibt.«

»Stimmt. Hätte ich wissen können«, sagte Georg.

»Es sieht so aus, als hätten die dich schon länger überwacht. Ich würde dir gerne ein Technik-Team in die Wohnung schicken, das nach Wanzen sucht. Irgendetwas muss da sein. Und deine Rechner müssen wir überprüfen.«

»Einverstanden. Ich kann von hier aus nach Hause gehen, dann könnten deine Leute in einer halben Stunde anfangen.«

»Gut. Machen wir so. Ich habe auch Neuigkeiten von deinem Nachbarn. Lothar Zechdorfer. Es gibt in Deutschland niemanden dieses Namens, der das Recht hätte, eine Waffe zu tragen. Wenn der Mann also tatsächlich eine echte Waffe besitzt, wie dein Vater behauptet, dann wäre das illegal.«

»Dann könntest du ihn also gleich hoppnehmen?«

»Könnte ich. Aber ich habe Wichtigeres vor. Um zwei Uhr habe ich eine Verabredung mit Herrn Parfitt. Zeugenaussage wegen des Selbstmordes auf dem Düsseldorfer Fernsehturm. Und Nachfrage nach dem vermissten Norbert Fink. Wir hatten es ihm freigestellt, aufs Präsidium zu kommen oder zu Hause auszusagen. Er erwartet mich in seinem Haus in Raderthal.«

»Glaubst du, dass du da wirklich etwas erfährst?«

»Georg, ich bin Kriminalpolizist. Es ist mein Job, etwas zu erfahren, was andere verbergen wollen.«

40

In Georgs Wohnung war mal wieder Hochbetrieb. Paul hatte gekocht, am Mittagstisch saßen Franck von Franckenhorst und dessen einbeiniger Freund Jean Leclerc, Chefredakteur der von Franck finanzierten Obdachlosenzeitung »Von janz unge«. Es gab Frikadellen mit Bratkartoffeln.

»Ich hab dir was mitgebracht«, sagte Franck und legte Georg einen Autoschlüssel und Autopapiere hin. »Ist kein Mini, fährt aber auch nicht schlecht. Ich brauche den Wagen vorerst nicht.«

»Der Herr meint, er käme auch ohne Drittauto klar«, ergänzte Jean, der mit seiner abgerissenen Kleidung so gar nicht zu dem feinen Franck im Maßanzug passte.

»Du leihst mir deinen Jaguar? Was fährst du denn?«

»Meistens Fahrrad. Oder Smart«, sagte Franck. »Außerdem gehe ich Christina zuliebe viel zu Fuß.«

»Und für Notfälle hat er noch einen Porsche Cayenne«, ergänzte Jean.

»Aber nur, damit ich deine Zeitungen ausliefern kann«, sagte Franck.

»Kein Wunder, dass unsere Auflage zurückgeht, wenn die Leute sehen, dass der Auslieferungsfahrer Porsche fährt. Du solltest dir für diesen Zweck einen Handkarren anschaffen.«

»Und du solltest darauf achten, dass deine Straßenverkäufer fleißiger sind.«

»Die sind genauso fleißig, wie sie sein können.«

Georg blätterte durch die Bedienungsanleitung. »Wie steht es mit der Versicherung?«, fragte er.

»Kein Problem. Ist vorhanden.«

»Teilkasko?«

»Vollkasko. Ich weiß, wie du fährst.«

»Trotzdem danke.«

Georg hatte bei dem Leihgeschäft kein schlechtes Gewissen. Franck hatte vor Jahren das Parfüm-Reich seiner Familie teuer verkauft. Er hatte Zeitungsberichte nie dementiert, wonach der Kaufpreis bei einer Milliarde Euro gelegen hätte.

Seitdem betätigte er sich als Financier der Obdachlosenzeitung, sammelte Kunst und ließ sein Geld arbeiten. Im letzten Jahr hätten seine Aktien ein Plus von fünfundzwanzig Prozent gemacht, eine »geradezu unanständige Rendite«, wie Franck selbst sie genannt hatte.

Unterstellt, er hätte nur die Hälfte seines Vermögens in Aktien angelegt, also fünfhundert Millionen Euro, hätte er in einem Jahr einhundertfünfundzwanzig Millionen Euro verdient.

Trotzdem war Franck sein Freund, wahrscheinlich sein bester Freund, und er würde es immer bleiben.

Jean hatte sich zwischenzeitlich mit Georgs iMac beschäftigt. »Der ist voll verseucht. Ich habe beim ersten Check drei verdächtige Programme gefunden. Oder ist das dein Hobby, Viren zu sammeln?«

»Nein, natürlich nicht.«

»Dann bist du sehr leichtsinnig. Über die ersten beiden Schädlinge ist groß und breit berichtet worden. Das erste Programm erlaubt es, deine Festplatte komplett auszulesen. Das zweite

Programm schaltet Kamera und Mikro an deinem Rechner ein, selbst dann, wenn du glaubst, dass der Rechner ausgeschaltet ist.«

»Du meinst, jeder kann hier mithören?«

»Und mitsehen. Alles das, was im Blickfeld deiner Kamera ist.

»Auch jetzt?«

»Nicht mehr. Ich habe die beiden Programme natürlich sofort unschädlich gemacht. Ich lass mich doch nicht aufnehmen von jemandem, den ich nicht kenne.«

»Danke. Und was hat es mit dem dritten Programm auf sich?«

»Schwierig. Mein Antivirusprogramm meldet das zwar als verdächtig, weiß aber nicht, was sich wirklich dahinter versteckt. Irgendetwas ganz Neues. Oder Unbekanntes.«

»Was kann man da machen?«

»Ich denke, wir werden versuchen, das Programm trotzdem irgendwie zu deinstallieren. Es sei denn, du hast eine andere Idee.«

»Kannst du feststellen, seit wann dieses Programm auf dem Rechner ist?«

»Eine Sekunde.«

Jean klickte ein paar Tasten. Und noch ein paar. »Seit knapp einer Woche. Aktiviert worden in der Nacht zum Dienstag. Kurz nach Mitternacht.«

»Warte«, sagte Georg. »Noch nicht runterschmeißen. Die Zeit passt zu einer Mail, die ich bekommen habe. Aus einer Quelle, der ich vertraue. Kannst du erkennen, was dieses Programm macht?«

»Nein. Kann ich nicht. Ich sehe nur, dass es ein ziemlich kleines Programm ist. Vielleicht ist es noch gar nicht das komplette Programm, sondern nur ein Vorbote, der das Programm erst holen muss. Oder nur ein Script, das eine Verbindung herstellen soll. Ich könnte versuchen, das Programm zu starten.«

»Was meinst du, Franck?«

»Ich denke, wir sollten warten, bis die Polizei deine Wohnung durchsucht hat. Selbst wenn dein Rechner nicht mehr senden sollte, können ja immer noch Wanzen hier versteckt sein. Wir sollten da sicher sein.«

»Ich denke, Franck hat recht. Wir warten.«

Jean hatte keine Einwände. »Ich könnte mich so lange um deinen Laptop kümmern. Falls von dem noch etwas übrig ist.

Nach dem, was Franck mir erzählt hat, besteht da nicht viel Hoffnung. Immerhin ist es ein Mac.«

»Was meinst du damit?«

»Wenn du an dem Rechner nicht allzu viel herumgepfuscht hast, dann müsste er regelmäßige Sicherheitskopien angelegt haben. Time Machine heißt das bei Apple. Wann war der Laptop deiner Meinung nach noch in Ordnung?«

Georg überlegte. Wann ist das gewesen? Samstag. Diese Mercedes Schumann hatte Rosa nach ihrer Dieberei zu Hause abgeliefert. Anschließend hatte er den Laptop eingeschaltet, das merkwürdige letzte Gespräch zwischen der Kanzlerin und dem US-Präsidenten gehört, und dann hatte sich sein Rechner selbstständig gemacht.

»Ich bin sicher, dass der Laptop am Freitagabend noch in Ordnung war.«

»Gut«, sagte Jean. »Kannst du mal deinen Internetrouter abstellen? Ich möchte bei den nächsten Schritten keine Verbindung nach außen. Ich will deine Rechner direkt verbinden. Vielleicht geht da was.«

Georg zog das Stromkabel des Routers, um ganz sicherzugehen. Jean holte aus seinem Rucksack ein Kabel. »Das gute alte Ethernet ist immer noch das beste.«

Er schaltete den iMac aus, versicherte sich, dass auch der Laptop ausgeschaltet war, steckte das Kabel ein, aktivierte den iMac und wartete, bis der vollständig hochgefahren war. »Ziemlich langsam, das Teil«, sagte er.

»Ich weiß«, sagte Georg.

»So, mal sehen, was der Kleine sagt.«

Jean betätigte die kleine schwarze Ein/Aus-Taste oben rechts auf der Laptop-Tastatur und hielt eine weitere Taste gedrückt. »Ich starte ohne Systemerweiterungen. Sieht gut aus.«

Noch während er das sagte, verfinsterte sich Jeans Gesicht. »Du hast keine Back-ups gemacht. Die halbe Festplatte ist infiziert. Die Maschine kannst du nur plattmachen und völlig neu aufbauen.«

Mendens Spürhunde brauchten nur eine halbe Stunde, um Georgs Wohnung nach elektronischen Abhörmitteln zu durchsuchen. Sie hatten Spezialgeräte dabei, die auch kleinste Strahlung registrieren konnten. »Hier ist nichts. Die Wohnung ist sauber.«

Paul hatte die Zeit genutzt, um die Frikadellen mit Bratkartoffeln um einen Salat zu ergänzen. Franck, Jean und Georg fachsimpelten darüber, ob sie das unbekannte Computerprogramm starten sollten.

»Was willst du eigentlich?«, fragte Franck.

Gute Frage. »Ich will wieder Kontakt zu YWC bekommen. Darum geht es. Um nichts anderes.«

»Und du glaubst, das Programm könnte die Verbindung herstellen?«

»Vielleicht. Ich bin nicht sicher.«

»Gibt es denn keine einfachere Möglichkeit?«, fragte Franck.

»Ich könnte versuchen, eine E-Mail zu schicken. Die Adresse kenne ich.«

»Dann mach das doch.«

»Dann müsste ich ins Internet. Und da werde ich bestimmt ausspioniert.«

»Und warum nimmst du nicht dein Handy? Oder dein iPad?«

»Das iPad«, rief Georg, »das ist es. Das habe ich so gut wie nie genutzt. Die Chancen stehen gut, dass unsere Feinde das Gerät noch nicht auf dem Schirm haben.«

Er startete das Mailprogramm, gab die YWC-Adresse ein, schrieb als Betreff »Amal« und als Text nur »SOS. Könnt ihr euch melden?«.

Bei YWC war man offenbar mit anderen Dingen beschäftigt, als sich um Mails aus Köln zu kümmern. Georg wartete. Eine Minute. Zwei Minuten. Keine Reaktion.

41

Kriminalhauptkommissar Gerald Menden steuerte seinen Passat durch die Brühler Straße stadtauswärts. Ria Bornheim saß auf dem Beifahrersitz. Menden hatte sie nicht wirklich eingeweiht, warum er Parfitt den Hausbesuch abstattete.

Offiziell ging es um diesen Norbert Fink, den die Verkäuferin aus der Südstadt-Bäckerei vermisst gemeldet hatte. Und mit dem sich Parfitt am letzten Dienstag auf dem Düsseldorfer Fernsehturm getroffen hatte, als Viktor Urbanski in den Tod gesprungen war.

Inoffiziell gäbe es einen Verdacht gegen Parfitt, in ein Kapitalverbrechen verwickelt zu sein. Menden erwähnte den Mord im Hotel. »Leider haben wir da nichts Handfestes, um direkt gegen ihn zu ermitteln.«

Rechter Hand lag die Konrad-Adenauer-Kaserne, in der der Militärische Abschirmdienst untergebracht war, der Geheimdienst der Bundeswehr. Es konnte Zufall sein, dass Parfitt gerade hier wohnte, es konnte aber auch Absicht sein, um näher an einem Spionageobjekt zu sein.

Die Parfitt'sche Villa lag links von der Straße. Menden verpasste die richtige Einfahrt und musste über den Militärring hinausfahren, wenden, zurückfahren, um dann rechts in die kleine Straße einzubiegen.

»Ich fände es gut, wenn vor allem du die Fragen stellst«, sagte Menden zu Ria Bornheim. »Du verstehst mehr von Vermisstensachen.«

»Einverstanden«, sagte Ria.

Parfitts Haus war das letzte in der Straße. Kern war ein herrschaftlicher Bau aus den zwanziger Jahren, der im Laufe der Jahrzehnte um mancherlei Anbauten vergrößert worden war.

Ein Metallschild verkündete, dass hier die Wi&Pa Handelsgesellschaft mbH ansässig war. Die Klingelleiste zeigte außer Wi&Pa drei Namen an, einer davon war der von Wilhelm Parfitt, der also auch seine Privatwohnung hier hatte.

Eine schulterhohe Mauer versperrte den direkten Durchgang zum Haus. Links vom Eingang lag eine großzügige Doppelgarage, vor der zwei Pkws geparkt waren. Ein Mercedes, E-Klasse. Ein Ford Mondeo.

Menden klingelte, eine Männerstimme aus dem Lautsprecher an der Pforte fragte: »Ja, bitte?«

»Kommissarin Bornheim und Hauptkommissar Menden. Wir haben einen Termin bei Herrn Parfitt.«

Das kleine Metalltor in der Mauer schwang auf, in der Haustür erwartete sie ein junger Mann im Bodybuilder-Format. »Herr Parfitt nimmt sich gleich Zeit für Sie.«

Die beiden Beamten folgten dem jungen Mann in ein sehr großes Wohnzimmer, das an der Seite zum Garten hin komplett verglast war. Die Fensterfront war acht Meter lang.

Im Garten war vor Kurzem gearbeitet worden. Menden entdeckte frischen Erdaushub. Dabei war nicht die richtige Jahreszeit für Neupflanzungen.

Das Grundstück grenzte an den Militärring. Zwischen der viel befahrenen Straße und dem gepflegten Rasen war ein breiter Streifen mit immergrünen Pflanzen als Lärm- und Sichtschutz angelegt.

Links im Wohnzimmer sah Georg eine Fernsehecke mit silbernem Flachbildfernseher, als Programm lief CNN, davor eine ausladende weiße Ledergarnitur.

Auf der anderen Seite des Raumes stand ein großer Eichenesstisch mit weißer Decke, der Platz für acht Personen bot und sich bestimmt auch noch vergrößern ließ.

Der junge Mann kam noch einmal ins Zimmer. »Herr Parfitt lässt sich entschuldigen. Er hat noch ein wichtiges Telefongespräch. Darf ich Ihnen etwas zu trinken anbieten?«

»Gerne. Ein Wasser, bitte«, sagte Ria.

»Für mich einen Espresso, wenn möglich«, sagte Menden.

Einige der Fenster zum Garten waren Schiebetüren. Menden öffnete sie und trat auf die Terrasse. Im ersten Stock schaute ein anderer junger Mann aus einem Fenster. Vielleicht lagen die Büros oben. Der junge Mann drehte sich um und sprach in den Raum hinein.

Menden ging Richtung Rasenkante, um zu untersuchen, welche Erdarbeiten durchgeführt worden waren. Es sah aus, als sollte ein Naturteich angelegt werden. Wenn er mit Ricarda ein Haus kaufen würde, dann wollte er auch einen Teich haben.

»Gefällt Ihnen der Garten?«, fragte Parfitt, der mit einem Mal neben Menden stand und ihm die Hand zur Begrüßung hinhielt. Menden schlug ein. »Ja. Sehr. Ich habe gerade darüber nachgedacht, ob ich mir einen Teich anlegen soll.«

»Das war mein normaler Swimmingpool. Aber ehrlich, den haben wir nie benutzt. Wir sind gerade dabei, das umzugestalten und einen Schwimmteich zu bauen. Mit Pflanzen. Fischen. Ganz Natur.«

»Teuer?«

»Ganz billig wird das nicht. Wir sollten reingehen, Ihre Kollegin wartet sicher.«

Parfitt war ganz in Weiß gekleidet. Schuhe. Leinenanzug. Hemd. Nur die Krawatte und das Einstecktuch zeigten Farbe, ein helles Grün.

Parfitt ging zum Esstisch, wo Getränke für drei Personen standen. »Was kann ich für Sie tun?«, fragte er.

Ria Bornheim ergriff das Wort. »Es geht um Norbert Fink.«

»Der Glückspilz«, sagte Parfitt.

»Wieso das?«

»Der ist auf Weltreise. Hat ein Jahr unbezahlten Urlaub genommen. Wahrscheinlich vergnügt er sich irgendwo in der Südsee, während wir hier schwitzen und schuften.«

»Hat Herr Fink für Sie gearbeitet?«

»Ja. Er war mein Angestellter. Ich habe auch nichts dagegen, ihn wieder zu beschäftigen, falls er wieder auftaucht. So ein Sabbatjahr ist ja nicht schlecht. Manche kommen voller neuer Energie zurück. Ich kenne allerdings auch Menschen, die so ein Jahr Urlaub völlig aus der Bahn geworfen hat. Bei Fink bin ich eher optimistisch.«

»Herr Fink ist vermisst gemeldet worden.«

»Von wem denn?«

»Von einer Bekannten aus der Südstadt. Sie wusste nichts von einer Weltreise, sondern nur davon, dass er sich mit Ihnen auf dem Düsseldorfer Fernsehturm treffen wollte. Und seitdem ist er verschwunden.«

»Das Abendessen auf dem Fernsehturm war mein Abschiedsgeschenk für ihn. Ich liebe Fernsehtürme. Der Ausblick ist phantastisch. Und Fink zog es ja selbst in die Weite. Ich fand das passend. Es war ein schöner Abend. Bis das schreckliche Unglück passierte. Obwohl, wir haben davon nichts mitbekommen, aber plötzlich war Polizei da und fragte jeden, ob er etwas gesehen hätte. Wir haben uns den Abend nicht vermiesen lassen.«

»Was hat Fink für Sie getan?«, fragte Menden.

»Er war einer meiner Einkäufer. Wir sind ein Handelsunternehmen. Import, Export. Spezialisiert auf Elektronik. Da ist man immer auf der Suche nach den richtigen Partnern. Viel auf

Reisen. USA. Fernost. Südafrika. Das hat Fink gefallen. Und dann muss man natürlich auch kontrollieren, ob die Aufträge korrekt abgewickelt werden.«

»Fink war bei der Bundeswehr gewesen«, sagte Menden.

»Ja. Ich mag Jungs, die beim Bund gedient haben. Die haben keine Probleme, klare Anweisungen zu befolgen. Das kommt meinem Führungsstil entgegen.«

»Wissen Sie, ob Fink seine Wohnung gekündigt hat?«, fragte Ria.

»Nein, das weiß ich nicht. Hat er nichts von erzählt. Aber das können Sie doch übers Einwohnermeldeamt feststellen.«

»Hatte Fink enge Freunde?«

»Er war ein beliebter Kollege. Unsere Firma ist nicht so groß, da muss man klarkommen. Die Jungs sind manchmal zum Bowling gegangen. Ich war nie dabei, die Leute sollen auch mal ohne den Chef feiern.«

»Wussten die Kollegen hier in der Firma von Finks Weltreise?«, fragte Ria.

»Ja. Das war das Gesprächsthema der letzten Wochen. Ich hatte Angst, Fink würde die anderen mit seiner Idee anstecken. Zum Glück gab es keine weiteren Kündigungen.«

»Kannten Sie Finks Familie? Oder seine privaten Freunde und Bekannten?«

»Nein. Überhaupt nicht. Meinen Sie, ich müsste mich mehr um so was kümmern?«

»Ich will Ihnen da keinen Rat geben«, sagte Ria. »Aber vielleicht hat er etwas erzählt.«

»Mir nicht. Wenn man von seinen Reiseplänen absieht.«

Menden beobachtete seine Kollegin. Sie machte das gut. Auch Parfitt spielte seine Rolle nicht schlecht.

Oder sagte er einfach die Wahrheit? Vielleicht stimmte seine Version. Konnte Fink nicht einfach ein Jahr auf Weltreise gehen? Musste er das jedem erzählen? War es nicht ein besonderer Reiz, irgendwohin abzutauchen, wo man völlig unbekannt war und auch nicht gefunden werden konnte?

Blieb der Verdacht, dass Parfitt ein führender NSA-Spion in Deutschland war. Dass er oder seine Leute den Hotelportier erschossen und Amal Amirouche gekidnappt hatten. Dass sie

Georgs Mini in die Luft gejagt hatten. Im- und Export von Elektronik. Das würde passen. Er würde einen letzten Versuch starten, Parfitt aus der Fassung zu bringen.

»Die Frau, die Herrn Fink vermisst gemeldet hat, sprach davon, dass Fink auch mit Waffen und Sprengstoff zu tun hatte«, sagte Menden.

»Kann schon sein, dass er einen Waffenschein hatte. Haben Sie das nicht überprüft?«, konterte Parfitt.

»Das meinte ich nicht. Ich möchte wissen, hatte Fink auch geschäftlich, also in Ihrem Auftrag, mit Waffen, Sprengstoff oder anderem militärischen Material zu tun?«

»Ich finde, das geht zu weit, was Sie da unterstellen. Ich weiß gar nicht, warum ich Ihnen überhaupt Rede und Antwort stehe. Ist es in Deutschland verboten, dass ein erwachsener Mann auf Weltreise geht?«

»Natürlich nicht«, sagte Ria.

»Aber wenn er tatsächlich mit Waffen zu tun hatte, dann könnte das möglicherweise ein Motiv gewesen sein, ihn verschwinden zu lassen«, sagte Menden.

»Mein lieber Herr Menden. Ich werde unser Gespräch jetzt beenden. Mein Unternehmen ist über jeden Verdacht erhaben. Ich bin im selben Golfclub wie der IHK-Präsident. Ihren Polizeipräsidenten kenne ich auch sehr gut. Meinen Sie etwa, die würden mit mir ihre Freizeit verbringen, wenn ich in undurchsichtige Geschäfte verwickelt wäre?«

»Nein. Das meine ich nicht.«

»Dann erwecken Sie bitte auch nicht den Eindruck. Ich weiß die Arbeit der Polizei zu schätzen. Ich verstehe, dass Sie nach dem Verbleib von Herrn Fink fragen müssen. Aber mich und meine Firma lassen Sie bitte in Ruhe. Schönen Tag noch.«

Parfitt winkte den jungen Mann heran, der sie in Empfang genommen hatte. »Frau Bornheim und Herr Menden möchten gehen.«

»Auf Wiedersehen«, sagte Menden.

»Muss nicht sein«, sagte Parfitt.

»Bist du immer so direkt?«, fragte Ria, als sie in Mendens Wagen zum Präsidium fuhren.

»Ich habe mich lange zurückgehalten. Du hast das sehr gut gemacht.«

»Danke.«

»Ich hatte mir mehr erhofft. Parfitt hat sich kaum aus der Reserve locken lassen. Und sonst habe ich auch nichts Verdächtiges gesehen.«

»Ich fand schon, dass Parfitt auf deine letzten Fragen nervös reagiert hat. Das war nicht nur verärgert, da habe ich auch Angst gespürt. Der Mann hat meiner Meinung nach etwas zu verbergen.«

»Meinst du?«

»Du meinst es doch auch.«

»Ja. Aber ich hatte gehofft, durch den Besuch neue und konkrete Hinweise zu bekommen.«

»Wenn du mich fragst, für mich ist diese ganze Import-Export-Firma reine Tarnung. Guck dir das Personal an. Ein alter Sack und sonst nur junge Männer.«

»Der Mann schätzt Personal, das gedient hat.«

»Nicht mal 'ne Sekretärin war zu sehen.«

»Es gibt auch Sekretäre.«

»Ich sag ja nur, was mir aufgefallen ist. Vielleicht siehst du das nicht, weil dir der weibliche Blick fehlt.«

»Der fehlt mir, wohl wahr. Danke, dass du mitgefahren bist.«

»Musste ich ja wohl, nachdem ich dir den Vermisstenfall aufgehalst hatte. Was hast du jetzt vor?«, fragte Ria.

»Was meinst du?«

»Wie wirst du weiter in dem Fall vorgehen?«

»Fink oder Parfitt?«

»Um Fink muss ich mich ja wohl kümmern«, antwortete Ria. »Was machst du mit Parfitt?«

»Ich fürchte, da geht nichts mehr«, sagte Menden fast resigniert.

»Ich würde ihn observieren lassen.«

»Klar. Und mit welcher Begründung soll ich die Maßnahme rechtfertigen?«

»Man sagt, dass du besonders dann erfolgreich bist, wenn du dich nicht an die Vorschriften hältst.«

»Sagt man das?«

»Ja«, sagte Ria.

Zum ersten Mal sah Menden seine Kollegin lächeln. Er lächelte zurück.

42

»Ich habe nichts«, sagte Menden, als er in Georgs Wohnung ankam. Er hatte Ria im Präsidium in Kalk abgesetzt und war gleich nach Ehrenfeld gefahren.

»Wir haben auch nichts«, sagte Georg. »Meine Rechner sind hin. Wanzen gab es keine. Und auf meine Mail kommt keine Antwort.«

Jean werkelte an Georgs iMac. »So ganz ohne Internet hat das Leben keinen Sinn«, murmelte er, aktivierte den Router und ging online. Die Kamera an der Frontseite des Rechners hatte er mit einem Stück Pappe abgeklebt. »Damit uns keiner über die Schulter schaut«, erklärte er. »Und die Mikros habe ich auch deaktiviert. Sicher ist sicher.«

Menden berichtete detailliert über seinen Besuch bei Parfitt in Raderthal. »Ich hatte geglaubt, die frischen Erdarbeiten im Garten könnten zu einem Grab führen, dabei lässt Parfitt nur einen Schwimmteich anlegen. Wahrscheinlich lese ich zu viele Krimis.«

»Also, wenn der Parfitt dich zu sich nach Hause kommen lässt, dann kannst du davon ausgehen, dass er dir keine Spuren direkt vor die Nase legt«, meinte Franck.

»Ja. Habe ich mir dann auch gedacht. Aber manchmal wünscht man sich, dass das Leben leichter sein könnte. Als Kripomann musst du darauf hoffen, dass der Verbrecher einen Fehler macht. Nur einen kleinen Fehler. Aber den musst du finden. Sonst hast du nie eine Chance.«

»Wenn Parfitt ein Mensch ist, wird er Fehler machen«, sagte Jean. »Oder hat sie schon gemacht.«

»Wir müssten ihn beobachten. Überwachen, was er so tut. Wen er trifft. Das ganze Programm«, sagte Menden. »Die Idee stammt von meiner Kollegin. Aber sie hat recht.«

»Und warum tust du es dann nicht?«, hakte Jean nach.

»Ich habe keine Handhabe gegen Parfitt. Dass ein Mitarbeiter gekündigt hat, um auf Weltreise zu gehen, ist nicht strafbar. Amtlich geht da nichts.«

»Und nicht amtlich?«, fragte Jean.

»Darf ich nichts tun«, sagte Menden.

»Und wir?«

»Du kannst machen, was du willst. Solange sich niemand beschwert.«

»Ich könnte ein paar meiner Mitarbeiter zusammentrommeln«, sagte Jean.

»Du meinst, die Verkäufer der Obdachlosenzeitung?«, fragte Franck.

»Ja. Genau die. Raderthal ist jetzt nicht wirklich der beste Platz, um unsere Zeitungen abzusetzen. Aber manchmal muss man sein Verbreitungsgebiet auch ausweiten. Neue Märkte erschließen. Oder so.«

»Gut«, meinte Franck. »Dein Mann kann irgendwo auf der Brühler Straße stehen und beobachten, wer zu Parfitt fährt oder wann er selbst das Haus verlässt. Wir brauchen außerdem noch jemanden, der ihn notfalls mit einem Wagen verfolgen kann.«

»Das ist doch alles viel zu gefährlich«, sagte Georg. »Ich will das nicht. Wir dürfen nichts riskieren.«

»Wir dürfen nichts riskieren«, stimmte Franck zu. »Müssen wir aber auch nicht. Georg, du hast doch Beziehungen zum Taxiruf. Wie wär's, wenn du die um einen Gefallen bittest? Du könntest sagen, dass es um eine Geschichte für den BLITZ geht. Das soll keine Verfolgungsjagd werden. Die sollen uns nur sagen, wohin Parfitt fährt.«

»Und wenn es doch eine Verfolgungsjagd werden muss?«, hakte Georg nach.

»Dann übernehme ich das. Mit meinem Cayenne. Und notfalls musst du dann auch ran. Mit dem Jaguar.«

»Wie lange braucht ihr, um das zu organisieren?«, fragte Gerald Menden.

»Was meinen Teil angeht, ist alles vorbereitet. In zehn Minuten steht einer meiner Männer an der Zufahrt zu Parfitts Haus. Was soll der durchgeben? Wagentyp? Nummernschild?«

»Ja, das wäre hilfreich. Wen rufen deine Leute an?«, fragte Menden.

»Mich natürlich. Wen denn sonst? Wem soll ich dann die Informationen geben?«

»Mir«, sagte Georg. »Letztlich ist es mein Fall.«

»Gut«, sagte Jean. »Ich wollte nur sagen, dein Rechner ist wieder im Internet. Und wenn ich es richtig sehe, hast du eine Mail bekommen.«

Georg schaute auf das iPad. Auch dort zeigte das Mailprogramm an, dass eine neue Nachricht da war. Er öffnete die Mail auf dem iPad. Der Text war kurz: »YES WE CAN«.

YWC. Die Whistleblower hatten sich ausgerechnet den alten Wahlkampfspruch des US-Präsidenten als Kampfnamen ausgesucht. Unter dem kurzen Text stand noch ein Link. Georg sollte mit einem Mausklick den Eingang bestätigen.

»Soll ich?«, fragte er in die Runde.

»Mach schon«, sagte Jean.

Georg schickte die Mail ab.

Die Antwort kam nach wenigen Sekunden. »Hi, Georg. Gut, von dir zu hören. Deine Rechner sind verseucht. Du musst vorsichtig sein. Wir haben zweimal neue Signale von Amal aufgefangen. Der Standort war unverändert in Köln-Raderthal. Seit zwei Tagen nichts Neues. Du solltest versuchen, dich regelmäßig zu melden. Brauchst du Hilfe?«

»Nein. Alles gut«, mailte Georg zurück.

»Wir sollten YWC mitteilen, was wir wissen«, sagte Menden.

»Zum Beispiel?«

»Den Namen Parfitt. Wir haben von ihnen die NSA-Standorte in Köln bekommen, aber dass dadurch eine doppelte Spur zu Parfitt führte, haben wir nicht zurückgemeldet.«

Georg tippte eine neue Mail an YWC. »Der NSA-Mann in Köln könnte Wilhelm Parfitt heißen, Inhaber einer Handelsfirma Wi&Pa. Hat Wohnung in Köln-Chorweiler angemietet und wohnt selbst in Köln-Raderthal.«

»Wilhelm Parfitt. Verstanden. Over«, kam als Bestätigungsmail.

Die Nachtschicht vor Parfitts Villa in Raderthal hatte »Janz von unge«-Verkäufer Boris. Der Wahlkölner mit russischem Migrationshintergrund, wie er sich selbst bezeichnete, war immer nur dann einigermaßen normal, wenn er seine spezielle Ration Wodka intus hatte. Nüchtern war der Mann nicht zu gebrauchen.

»Ich leg mich nachts nicht auf die Straße, ohne einen Schluck zu trinken. Schäng, das kannst du nicht von mir verlangen. Entweder du kommst mit einer Flasche vorbei, oder ich streike.«

Jean, der in Köln »Schäng« gerufen wurde, wusste, dass er seinen Kollegen nicht vom Alkohol abbringen würde. Er hatte gedacht, dass er die Penner mit seiner eigenen Geschichte überzeugen könnte. Jeder, der als Verkäufer der Obdachlosenzeitung »eingestellt« werden wollte, musste Jeans Lebensbeichte über sich ergehen lassen.

»Ihr wollt wissen, wo mein Bein geblieben ist? Ich habe es versoffen. Es war 1999. Ich war wer. Ich war berühmt, Vierhundert-Meter-Läufer. Ich hatte gerade die Olympianorm für Sydney geschafft. Ich hatte einen Platz in der Staffel sicher. Ich hatte gute Chancen, auch im Einzel antreten zu können. Ich war Zweiter in der deutschen Rangliste. Vierundvierzig Komma neun, wie einst Carl Kaufmann in Rom. Mit fünfundvierzig Komma siebzehn wurde man in dem Jahr deutscher Meister. Die Meisterschaft war in Erfurt. Im Zwischenlauf hatte ich mich verletzt, schied aus. Als dann im Finale keiner unter fünfundvierzig lief, hatte ich trotzdem gewonnen.«

An dieser Stelle legte Jean alias Schäng immer eine Kunstpause ein. »Der Bundestrainer kam zu mir und sagte, für die Staffel wäre ich gesetzt. Wenn ich gut über den Winter käme, wäre ich in Sydney dabei. Erst der Frust über die Verletzung, dann der Zuspruch vom Trainer. Ich war high. Ich trank mir einen an, mit Jutta, einer Weitspringerin. Als mir nach dem Unfall die Blutprobe genommen wurde, hatte ich drei Komma vier Promille. Mir wurde noch in derselben Nacht mein Bein amputiert. Jutta war tot.«

Wie oft hatte er diese Rede schon gehalten! »Jetzt kommt wieder sein Glaubensbekenntnis«, kommentierten die Penner und ließen ihn reden. Jeder hier hatte sein Problem. Und wenn der Schäng keinen Alkohol mehr trank, war er deswegen ja noch kein schlechter Mensch.

Auch Boris hatte Jeans Predigt über sich ergehen lassen. Und was hatte er geantwortet? »Das Einzige, was ich daraus lerne, ist, dass man nicht besoffen Auto fahren soll. Was mich betrifft, ich habe nicht mal vor, nüchtern Auto zu fahren.«

Und heute Abend sagte er: »Wenn ich in zwanzig Minuten

nicht versorgt bin, dann gehe ich rein zu dem Herrn Parfitt und bitte ihn persönlich um eine Alkoholspende.«

»Ich komme sofort«, sagte Schäng.

»Lass mich das machen«, sagte Franck. »Hast du Wodka da?«, fragte er Georg.

»Nein. Wodka gehört nicht zu meinen Getränken.«

»Es geht aber nur mit Wodka, da ist Boris knallhart«, sagte Jean.

»Gut, dann mach ich noch einen Umweg an der Tankstelle vorbei.«

Zwanzig Minuten später kam ein Anruf von Franck. »Alles bestens. Boris hat sich entschuldigt. Ich hatte ihm Erpressung vorgeworfen. Er sagt, das wäre doch nicht so ernst gemeint gewesen. Ich hab ihn eine Weile ernst angeguckt und dann gesagt: ›Das mit der Erpressung auch nicht.‹ Und dann hab ich ihm zwei Flaschen Wodka in die Hand gedrückt. Aus Angst, dass er sonst schon wieder trocken wär.«

Franck lachte ausgiebig, bevor er weiterredete. »Boris liegt unter ein paar Pappkartons zehn Meter von der Straßeneinfahrt. Vor Parfitts Haus steht ein Wagen, vom dem Gerald Menden nichts erzählt hat und der auch von Jeans Freunden nicht gemeldet wurde. Ist also wahrscheinlich nach Mendens Abfahrt und vor unserer Überwachung angekommen. Es handelt sich um einen Mitsubishi Outlander. Silbermetallic. Ich fahr mal ran, um das Kennzeichen zu entziffern.«

Als Georg die Nummer notierte, rief er: »Böse Überraschung. Den Wagen fährt mein aufdringlicher Nachbar, Herr Zechdorfer. Ich fürchte, dass das kein Zufall ist.«

»Derselbe Herr Zechdorfer, der keinen Waffenschein hat, aber gerne mit Waffen spielt«, sagte Menden.

Dienstag

43

Als Georg aufstand, hatte Paul Rosa für die Schule versorgt und die üblichen Brötchen vom Bäcker geholt. Trotzdem wirkte er angespannt, als er Georg den ersten Morgenespresso ans Bett brachte.

»Was ist los, Paul?«

»Gertrud hat angerufen.«

»Unsere Kreuzfahrerin. Wo steckt sie denn?«

»In Schwierigkeiten.«

»Hä?«

»Dieser Rolf Nettekoven, dieser Hallodri, ist in Mallorca von Bord gegangen.«

»Ja und?«

»Das war leider nicht nur ein normaler Landgang. Der Mann ist untergetaucht. Dummerweise hatte ihm Rud die gesamte Urlaubskasse anvertraut«, erzählte Paul. »Das wäre doch Männersache.«

»Dieser Scheißkerl. Heiratsschwindler.«

»Von Heirat war nie die Rede. Aber eben doch ein ganz gemeiner Betrüger. Rud sagt, sie hätte fünftausend Euro in bar mitgenommen. Das wäre alles weg.«

»Viel Geld für vierzehn Tage. Hat sie wenigstens Anzeige erstattet?«, fragte Georg.

»Nicht mal das. Sie sagt, sie schämt sich so. Sie ist jetzt auf dem Weg nach Ibiza. Von dort will sie zurückfliegen. Ich soll sie am Donnerstag am Düsseldorfer Flughafen abholen.«

»Klar, musst du machen.«

»Leihst du mir den Jaguar?«

»Sicher. Franck wird schon nichts dagegen haben. Außerdem ist der ja gut versichert. Vollkasko.«

»Ich fahre seit dem achtzehnten Lebensjahr unfallfrei.«

»Vollkasko war auch nicht wegen dir, sondern mir«, sagte Georg. »Aber du hast seit Jahren kein Auto mehr.«

»Auto fahren verlernt man nicht. Das klappt schon.«

»Dann hat Rud nicht nur die zehntausend Euro verloren, sondern verpasst auch noch die halbe Schiffsreise.«

»Ja. Schade.« Paul seufzte. »Sie sagt, alleine hätte sie keine Lust. Ohne männliche Begleitung und ohne Geld wäre es nicht so toll. Außerdem hätte sie das Gefühl, dass alle an Bord wüssten, dass sie versetzt worden ist. Kann ich verstehen. Ich denke, dass ich mich um sie kümmern sollte.«

»Ja, unbedingt«, sagte Georg, und Paul strahlte dazu, als sei Ruds Unglück sein persönlicher Hauptgewinn.

Georg checkte seine Mails mit dem iPad.

Jean teilte mit, dass der Mitsubishi von Zechdorfer morgens um vier Uhr Parfitts Grundstück verlassen habe und am Militärring nach links abgebogen sei, also Richtung Autobahnverteiler oder Richtung Rhein. Parfitt selbst habe sich nicht sehen lassen.

Menden schrieb, dass er die Düsseldorfer Kollegen gebeten habe, die Obduktionsergebnisse des Toten vom Fernsehturm noch einmal zu überprüfen.

Carola teilte mit, dass der Verleger nach ihm gefragt habe. Ob denn der Herr Rubin auch manchmal zur Arbeit käme. Sie habe ihn verteidigt. Trotzdem wäre es nicht schlecht, wenn er mal wieder im Büro erscheinen würde.

Zechdorfers Mitsubishi stand an seinem Platz in der Tiefgarage. An den Kotflügeln entdeckte Georg helle Sandspuren. Er legte seine Hand auf den Kühler. Kalt. Der Wagen musste schon länger zurück sein.

Wohin war Zechdorfer gefahren, als er Parfitt verlassen hatte? Der schnellste Weg Richtung Ehrenfeld hätte direkt in die Stadt hineingeführt, zum Südstadion, dort links in die Innere Kanalstraße bis zur Vogelsanger.

Georg ging näher an den Wagen heran. Mit der Hand kratzte er Sand vom Radkasten ab und packte ihn in ein Papiertaschentuch. Mendens Leute könnten herausfinden, woher der feine Sand stammte.

An der Heckklappe waren Wischspuren zu sehen, als wäre ein Sack ein- oder ausgeladen worden.

»Gefällt Ihnen das Auto?«, rief eine kräftige Männerstimme.

Georg erschrak. Das war Zechdorfer. »Ich weiß nicht so recht«, sagte Georg. »Ich brauche ein neues Auto. Mein Mini …«

»Ja, habe ich gehört. So ein Pech aber auch. War ein schöner Wagen.«

»Ja. Sehr schönes Auto. So was wie mein privates Traumauto. Aber auch klein. Jetzt, wo nicht nur meine Tochter hier ist, sondern auch mein Vater. Ihr Wagen bietet viel mehr Platz.«

»Auf jeden Fall«, sagte Zechdorfer. »Ist ein Firmenwagen. Da ist ein großer Kofferraum wichtig. Manchmal, wenn ich auf Tour bin, ist der voll mit Verkaufsmustern.«

»Darf ich mal sehen?«, fragte Georg.

»Jetzt bitte nicht«, erwiderte Zechdorfer ruhig. »Ist gerade ein ziemliches Durcheinander. Außerdem muss der Wagen dringend in die Waschanlage. Wenn mein Chef den so sieht, erleidet er einen Tobsuchtsanfall.«

»Sie sind im Außendienst?«

»Nicht wirklich. Aber manchmal eben doch. Ich arbeite für eine Handelsfirma. Import, Export von Elektronikartikeln.«

»Klingt interessant. Was verkaufen Sie? So was wie Apple?«

»Ich habe gesehen, dass Sie Apple-Fan sind. Nein, unsere Sachen sind für Industrieanlagen. Steuerung und so was.«

»Nun denn, ich muss los«, sagte Georg und stieg in den Jaguar.

»Da haben Sie aber ein schickes Ersatzauto«, sagte Zechdorfer.

»Hat mir ein Freund geliehen.«

»Schön, wenn man solche Freunde hat.«

Georg schickte Carola eine SMS, dass er es heute nicht in die Redaktion schaffe. Er sei einer mysteriösen Mordsache auf der Spur. Sie und der Verleger wüssten ja, wie sie ihn erreichen könnten.

Er fuhr Richtung Südstadt. Das Viertel kam nach jahrelangem Bau-Chaos endlich wieder zum Atmen. Die U-Bahn rollte noch immer nicht, weil das eingestürzte Stadtarchiv weiterhin die Strecke Richtung Innenstadt versperrte. Es würde weitere Jahre dauern, ehe die Nord-Süd-Stadtbahn die erhoffte Entlastung bringen würde.

Oberirdisch kehrte aber Normalität ein. Baugruben verschwanden, Absperrungen wurden aufgehoben, das gläserne Gebäude eines Aufzugs in den U-Bahnhof Chlodwigplatz wurde genau in die Sichtachse von der Bonner Straße auf die Severinstorburg gebaut. Der normale kölsche Wahnsinn war in die Südstadt zurückgekehrt.

Georg mochte dieses Viertel, das die bunte Besonderheit der Stadt widerspiegelte. Der Strukturwandel hatte hier schon vor Jahrzehnten begonnen, jetzt verteidigten die damaligen Eindringlinge selbstbewusst ihre Lebenskultur mit einem hohen Außengastronomieanteil. Sehen und gesehen werden war eines der Prinzipien, das dieses Veedel aus Kölsch und Latte macchiato zusammenhielt.

Georg suchte die Bäckerei, in der Chantal Kemper arbeitete, die Frau, die Norbert Fink vermisst gemeldet hatte. Auch hier gab es nicht nur eine Ladentheke, sondern eine Reihe von Tischen und Stehtischen, an denen sich die Kundschaft zu Verzehr und Verzäll versammeln konnte.

Chantals Haare waren golden und nicht einfach blond. Georg bestellte einen Cappuccino und sagte, dass Kommissar Menden ihm vom Verschwinden Norbert Finks erzählt habe.

»Ich dachte schon, das würde überhaupt niemanden interessieren«, sagte sie. »Dabei gibt es bis heute keine Lebenszeichen.«

Georg erzählte ihr, wie Menden sich mit Finks Chef getroffen hatte. »Könnte es sein, dass Herr Fink auf Weltreise ist?«

Chantal überlegte einige Sekunden. »Er hat schon davon gesprochen, dass er mal eine Weltreise machen wollte. Aber nicht jetzt. Irgendwann.«

»Ich würde mir gerne einmal seine Wohnung ansehen. Haben Sie vielleicht einen Schlüssel?«

»Nein«, sagte Chantal. »Aber die Vermieterin wohnt im selben Haus. Sie kennt mich. Die lässt uns bestimmt rein.«

Finks Vermieterin, Frau Schüller, war eine alte Dame Anfang neunzig, dafür noch sehr flink auf den Beinen. »Die alten Häuser hier haben ja keinen Aufzug, das hält jung.«

Herr Fink sei seit einer Woche nicht mehr zu Hause gewesen. Das sei schon komisch. Ob ihm etwas passiert wäre?

»Sein Arbeitgeber sagt, er hätte ordentlich gekündigt und ein Jahr unbezahlten Urlaub genommen, um rund um die Welt zu reisen«, sagte Georg.

»Der Herr Fink«, sagte die alte Dame, »das passt nicht zu ihm. Der war dienstlich schon viel unterwegs und nach jeder Drei-Tage-Reise froh, wieder zu Hause zu sein. Wenn der Reisepläne gehabt hätte, hätte er mir davon erzählt.«

Finks Wohnung lag im dritten Stock. »Ich gehöre nicht zu den Vermieterinnen, die unangemeldet die Wohnung ihrer Mieter betritt. Können Sie alle im Haus fragen. Aber jetzt, wenn er sich eine Woche nicht gemeldet hat, muss man mal nachsehen. Vielleicht liegt er ohnmächtig auf dem Boden.«

Frau Schüller ging voran und schloss die Wohnungstür auf. Ein dumpfer Geruch schlug ihnen entgegen. Chantal öffnete ein Fenster.

Vor Georgs Augen lag eine typische Junggesellenwohnung. Wenige Möbel, einige Regale mit CDs und wenigen Büchern, Reiseführer und Kriminalromane.

Auf dem Nachttisch im Schlafzimmer lag das dicke Taschenbuch »1000 Places To See Before You Die«. Einige Seiten waren mit gelben Klebezetteln markiert: China, Brasilien, Neuseeland.

Der Kleiderschrank war eingeräumt. Auf dem Schrank lagen zwei leere Koffer.

Im Badezimmer eine elektrische Zahnbürste, im Spiegelschrank eine kleine Medikamentensammlung, nichts Auffälliges.

An der Bürste hingen Haarreste. Georg pflückte ein paar Härchen ab und wickelte sie in ein Papiertaschentuch. Noch mehr Arbeit für Mendens Spurensucher.

»Also«, sagte Frau Schüller, »der Fall ist ja wohl klar. Der Herr Fink ist nicht auf Weltreise. Der hat ja überhaupt nichts eingepackt.«

»Sag ich ja«, pflichtete Chantal bei. »Norbert ist etwas zugestoßen. Ich spüre das.«

Georg machte Fotos von der Wohnung. »Frau Kemper, ich wundere mich, dass Herr Fink keinen Computer hat. Er arbeitet in einem IT-Unternehmen.«

»Doch, er hat einen Computer«, sagte Chantal. »Aber den hat er versteckt.«

»Und Ihnen hat er das Versteck so einfach gezeigt?«

»Bei meinem Besuch hat er dort etwas anderes gesucht.« Sie ging an den Kleiderschrank, ein altes Eichenmodell, öffnete die rechte der drei Türen, hinter der Finks Oberhemden säuberlich aufgereiht hingen. »Schauen Sie, dahinter ist eine Schiebetür, dahinter ist sein Geheimversteck.«

»Ich sehe nichts«, sagte Georg.

»Ganz rechts, da, wo die Rückwand an die Seitenwand stößt, ist eine kleine Lücke. Vielleicht brauchen Sie ein Messer oder einen Schraubenzieher, um das aufzudrücken.«

»Ich probier's mal hiermit«, sagte Georg und nahm den Flaschenöffner von seinem Schlüsselbund. Die Geheimtür glitt leicht zur Seite. In dem Fach, das sich öffnete, fand er eine Miniapotheke mit Tabletten und Kondomen, hinter den Packungen steckte einer dieser Minicomputer, wie sie vor Erfindung des iPads in Mode gewesen waren.

Georg startete den Rechner. Der kleine Prozessor ächzte, als er das Windows-Betriebssystem hochfuhr, XP, offiziell nicht mehr unterstützt, aber weltweit immer noch auf Millionen Rechnern im Einsatz.

Auf dem Desktop lag eine Videodatei, die Georgs Neugier weckte. Sie hieß »rubin«.

Die Aufnahme war fast zehn Minuten lang, Hauptdarsteller waren er selbst und sein Mini. Das Video zeigte die Polizeikontrolle am Melatenfriedhof, als er Rosa zur Schule hatte bringen wollen und in die Radarfalle gerast war.

»Da, der Polizist, der mit Ihnen spricht«, rief Frau Schüller aufgeregt.

»Das ist Norbert. Herr Fink«, sagte Chantal Kemper. »Aber wieso ist der bei der Polizei? Da stimmt was nicht.«

Das Video blieb auf Georgs Mini eingestellt, während er mit Fink, dem falschen Polizisten, im Hintergrund verschwand.

Rosa wurde aus dem Wagen verjagt. Die anderen Beamten durchsuchten den Mini. Die Kamera zoomte näher ran. Einer öffnete die Motorhaube. Georg sah, wie er etwas in der Tiefe versteckte. Einen kleinen schwarzen Kasten. Und noch einen. Der Mann hob den rechten Daumen und ließ die Kühlerhaube nach unten fallen und einrasten.

Dann holte er einen weiteren schwarzen Kasten aus seiner Tasche und klemmte ihn unter die Kofferraumabdeckung, wo Georg das Bordwerkzeug deponiert hatte. Noch einmal hob der Mann den Daumen und ging dann zum Polizeiwagen und informierte Fink, der im Gespräch mit Georg war. Georg durfte gehen. Die Aufnahme brach ab, als er mit Rosa weiterfuhr.

Georg wiederholte in Gedanken den Polizeieinsatz. Die hatten den Mini nicht kontrolliert, sondern präpariert. Und dann sah er den Mini, wie er nach dem Picknick am Sonntag in Flammen aufging. Die Explosion hatte im Motorraum begonnen und sich im Heck fortgesetzt. Genau an den Stellen, wo Finks Komplizen die schwarzen Kästen angebracht hatten.

Fink war auf ihn angesetzt gewesen.

Es kam nicht oft vor, dass Georg seinen Gefühlen nachgab. Sein Leben lang hatte er versucht, sich zu kontrollieren, mehr, als gut für ihn war. Jetzt verlor er die Fassung, wurde überflutet von einem Gefühl, das er immer verdrängt hatte: Angst. Nackte Angst.

Wo steckte dieser Norbert Fink?

Warum hatte er es auf ihn abgesehen?

Wo war er am Sonntag, als er den Wagen in die Luft gejagt hatte? Hatte er gewusst, dass Georg nicht im Auto saß?

Sollte es nur eine Warnung sein?

Was war mit Zechdorfer, der gemeinsam mit Fink für diesen Herrn Parfitt arbeitete? War Fink für die Fernüberwachung und Zechdorfer für die Nahüberwachung zuständig?

Und wo war Amal Amirouche?

War sie von Fink oder Zechdorfer entführt worden?

War sie in dessen Villa in Raderthal gefangen?

Georg rief Menden an: »Ich muss dir was zeigen. Es geht um deinen Vermissten Norbert Fink.«

44

Menden rief zum zweiten Mal innerhalb weniger Tage seinen Düsseldorfer Kollegen Erich Schmitt an. »Na, seid ihr immer noch von der ganz schnellen Truppe?«

»Was ist los in Köln?«, konterte Schmitt. »Kriegt ihr wieder nichts geregelt?«

»Ich habe den begründeten Verdacht, dass ihr den Falschen beerdigt habt.«

»Was meinst du?«

»Dieser Viktor Urbanski. Der vom Fernsehturm gesprungen ist. Woher wisst ihr, dass das wirklich Urbanski war? Und nicht vielleicht der in Köln vermisste Norbert Fink?«

»Menden, du bist ja irre. Dein vermisster Herr Fink hat gemütlich auf dem Fernsehturm zu Abend gegessen. Der lebte noch, als Urbanski längst gesprungen war.«

»Woher weißt du das?«

»Hat er uns selbst gesagt«, sagte Schmitt.

»Ja. Diese Antwort überzeugt mich. Lass uns aufhören mit den Frotzeleien. Ich habe hier ein paar Haare, die von dem vermissten Norbert Fink stammen. Ihr habt hoffentlich ein paar DNA-Spuren von eurer Leiche übrig behalten, bevor ihr sie vorschriftswidrig schnell verbuddelt habt.«

»Wir haben niemanden verbuddelt«, sagte Schmitt. »Aber natürlich haben wir DNA-Material von dem Toten.«

»Wunderbar. Sollen wir die Haaranalyse hier in Köln machen oder wollt ihr in Düsseldorf?«, fragte Menden. »Dann müsste es aber sehr schnell gehen.«

»Schick die Haare rüber.«

»Sind schon unterwegs. Direkt in dein Büro?«

Menden winkte einen Kollegen heran und gab ihm einen Plastikbeutel mit dem Papiertaschentuch und Finks Haaren, die Georg mitgebracht hatte.

»Ja. Direkt zu mir«, sagte Schmitt. »Ich warne unsere Leute schon mal und leite das Material weiter.«

»Ist dir eigentlich nie ein Zweifel gekommen, dass der Mann nicht freiwillig runtergesprungen sein könnte?«

»Nein. Es gab den Abschiedsbrief. Die kompletten Beerdigungsvorbereitungen. Außerdem hat ihn sein Kamerad identifiziert.«

»Schön und gut. Ich jedenfalls finde es sehr komisch, dass jemand so ohne Weiteres eine Scheibe im Fernsehturm einschlagen kann«, sagte Menden.

»Er hatte einen schweren Vorschlaghammer.«

»Ja. Ich kenne die offizielle Version. Aber in einem Fernsehturm gibt es strengste Sicherheitsvorschriften. Ich hab mich schlaugemacht. Die nutzen Spezialglas. Unkaputtbar.«

»Ist in diesem Fall aber nachweislich kaputtgegangen«, sagte Schmitt trocken.

»Stimmt. Ich habe eine eigene Theorie: Der Sturz, der auch ein Mord gewesen sein kann, ist vorbereitet worden. Und zwar genauso gründlich wie die Beerdigung. Da müssen in den Tagen oder Stunden zuvor Leute am Werk gewesen sein, die das Fenster präpariert haben.«

»Davon hat uns niemand etwas erzählt.«

»Mensch, Schmitt. Natürlich hat das niemand erzählt. Aber es kann gar nicht anders gewesen sein. Habt ihr mit der Firma gesprochen, die das zertrümmerte Glas ausgetauscht hat? Ist denen nichts aufgefallen?«

»Nein. Wir haben nicht weiter ermittelt.«

»Dann denk mal drüber nach.«

»Und wenn der Tote doch Urbanski ist?«, fragte Schmitt.

»Dann schenk ich dir meine Dauerkarte.«

»Dauerkarte?«

»Vom FC«, sagte Menden.

»Du bist und bleibst ein Sadist.«

»Ruf an, sobald du ein Ergebnis hast.«

Menden beugte sich weit nach vorn und tippte mit seinem Bleistift im Takt einer stummen Melodie auf den Schreibtisch. »Wir kriegen sie, Georg. Wir kriegen sie.«

Er rief Ria Bornheim von der Vermisstenstelle an: »Ich wollte dich immer schon einmal zu einem Videoabend einladen …«

»Ich hasse Videos. Und Videoabende. Hast du keine Briefmarkensammlung?«

»Nein. Habe ich nicht«, sagte Menden. »Aber ein interessantes Video. Musst du dir ansehen. Komm doch mal rüber.«

»Sofort?«

»Ja, bitte.«

Menden führte ihr das Video auf Finks Minirechner vor. Georg in der falschen Polizeikontrolle. »Bitte, schau dir die Männer genau an. Fällt dir was auf?«

»Halt«, rief sie an der Stelle, als Georg mit Anführer Norbert Fink den Mini verließ und zurück zum Polizeiauto ging. »Der Mann, der den Motorraum öffnet und die schwarzen Kästen versteckt, den habe ich schon mal gesehen.«

»Genau. Ging mir auch so«, sagte Menden.

»Bei diesem Herrn Parfitt. Das war der junge Mann, der uns in Empfang genommen hat.«

»Und hinauskomplimentiert.«

»Genau der. Was ist das da auf dem Video?«, fragte Ria. »Das sind doch keine Polizisten, oder?«

»Nein. Sicher nicht. Und der Große, der Anführer, das ist dein Vermisstenfall. Norbert Fink. Jetzt ist es mein Fall. Es geht um Mord.«

»Na siehst du«, sagte die Kollegin. »Hab ich den Fall intuitiv gleich richtig zugeordnet.«

»War das jetzt eine Kollegenbesprechung oder eine Anmache?«, fragte Georg, als Mendens Kollegin wieder gegangen war.

»Natürlich eine Kollegenbesprechung. Ich würde nie etwas im Dienst anfangen. Außerdem bin ich ja sehr glücklich in einer Beziehung, wie du weißt.«

»Mit Ricarda.«

»Genau.«

Mendens Telefon klingelte. Er hörte nur zu, notierte etwas auf seinem Zettelblock.

»Das Labor«, erklärte er anschließend. »Der Sand von Zechdorfers Auto stammt mit hoher Wahrscheinlichkeit vom Rheinufer in Köln-Rodenkirchen. Ich denke, wir sollten Herrn Zechdorfer dringend fragen, was er nachts am Rheinufer zu tun hatte. Und in der Zwischenzeit besorge ich mir einen Durchsuchungsbeschluss für Parfitts Haus.«

Georg war auf dem Weg in die Redaktion, als sein Handy klingelte. Es war Jean. »Boris hat sich gemeldet. Vor Parfitts Haus stehen zwei neue Fahrzeuge. Boris hat keine Ahnung von Automarken, er nennt sie Straßenkreuzer. Die Wagen haben Diplomatenkennzeichen. Beide starten mit ›0 17‹. Es werden Kartons aus dem Haus in die Autos umgeladen.«

»Hast du nachgesehen, wofür die 17 steht?«

»Selbstverständlich«, sagte Jean. »Die 17 haben Wagen der Vereinigten Staaten von Amerika. Die 16 hat Algerien, die 18 steht für Argentinien.«

Georg rief Menden an und berichtete von den amerikanischen Diplomatenwagen. »Vielleicht solltest du dich mit der Hausdurchsuchung beeilen. Sieht so aus, als würde gerade Material *exportiert*, das uns interessieren könnte.«

In der Redaktion schien der Betrieb auch ohne Chefredakteur zu laufen. Auf Georgs Schreibtisch stapelten sich ungeöffnete Briefumschläge.

In der großen Bürokaffeetasse mit dem Geißbock schwammen Schimmelpilze auf brauner Brühe. Das kam davon, wenn man bei Redaktionsschluss nicht aufräumte.

Auf dem Telefon klebte ein Zettel von Sandra: »Ich habe eine Arabisch-Expertin für dich.«

Georg lief runter ins Zeitungsarchiv. »Hi, Sandra.«

»Hallo, Georg.«

»Danke für deine Nachricht. Wo ist dein Arabisch-Experte? Kann er herkommen?«

»Eine Sie. Lektorin am orientalischen Institut der Universität. Hat sich intensiv mit der Rolle der Frauen in der arabischen Revolution beschäftigt.«

Das Orientalistische Seminar lag in Lindenthal an der Ecke Kerpener Straße, Weyertal. Georg verabredete sich mit der Lektorin im Café Krümel eine Straßenecke weiter, wo er sich vor Jahren einmal mit dem Mann der Kanzlerin getroffen hatte.

Die Lektorin, eine Frau Dr. Berrenrath, war eine freundliche Mittvierzigerin mit krausen Haaren und großer Brille. Sie erkannte Georgs Erstaunen bei ihrem Anblick und sagte: »Ich hasse Doppelnamen. Ich bin in Syrien geboren, lebe aber schon seit über zwanzig Jahren in Deutschland.«

Georg erzählte ihr von Amal Amirouche und dem Attentat auf ihren Großvater. Er hatte eine Kopie seines letzten Briefes ausgedruckt, großformatig und in Farbe.

»Ich erkenne in dem Brief nichts Ungewöhnliches. Der Verfasser schreibt, offensichtlich an seine junge Frau, dass ihm Deutschland gut gefällt und dass es hier ganz anders ist, als er erwartet hat. Obwohl es seit Wochen nicht geregnet habe, herrsche kein Wassermangel. Dass der Himmel nicht immer blau ist, sondern manchmal weiß vor Wolken, aus denen aber kein Regen kommt. Das Wetter findet er perfekt, die Menschen findet er sehr freundlich. Besonders einen Mann mit dem Namen Hans, den er über die Gewerkschaft kennengelernt habe. Der sei ein echter Freund.«

»Danke«, sagte Georg. »Das entspricht dem, was Amal mir erzählt hat. Sie hat auf dem Brief mit roter Tinte geschrieben, was ›Hans‹ und ›Hans-Böckler-Platz 3‹ bedeuten, ist klar. Sie hat aber auch drei arabische Wörter rot unterstrichen. Sind das besonders wichtige Wörter?«

Frau Dr. Berrenrath betrachtete das Papier. »Nicht wichtiger als andere Wörter. Das erste Wort heißt übersetzt *nicht* oder *kein* und steht vor dem Wort *Wassermangel*. Das zweite unterstrichene Wort heißt *perfekt* und bezieht sich aufs Wetter. Und hier am Schluss ist das Wort für *Freund* unterstrichen. Ich denke, da sind drei Botschaften markiert, die dem Schreiber besonders wichtig waren und die er so nicht kannte oder erwartet hatte.«

Georg hatte sich die Schlüsselwörter notiert:

– nicht/kein

– perfekt

– Freund.

Moment mal! Sein Gehirn setzte die drei Wörter im Bruchteil einer Sekunde zu einer neuen Botschaft zusammen: *Perfekt alias Parfitt ist kein Freund.*

»Sie haben mir sehr geholfen«, sagte Georg zu der verdutzten Orientalistin.

45

Wilhelm Parfitt trug Schwarz, ganz gegen seine Gewohnheit. Aber die Zeiten hatten sich geändert, und er legte Wert auf angemessene Kleidung. Schwarz war die Farbe der Trauer. Das Richtige für Beerdigungen.

Er hatte gehofft, seinen beruflichen Abschied in Köln mit allen Ehren feiern zu können, jetzt war es anders gekommen.

Seine Chefs in den USA hatten auf ihre nachdrückliche Art und ohne Voranmeldung zwei Diplomatenwagen vorbeigeschickt, und deren Besatzung hatte eine Liste mitgebracht, auf der notiert war, welche Computer, Software und Akten er auszuliefern hatte.

Er hatte protestiert: »So geht das aber nicht. Ich bin der Oberbefehlshaber in Europa und …«

Der Wortführer hatte ihn unterbrochen und ihm ein Schreiben vor die Nase gehalten. Darin stand, dass Mr. Wilhelm Parfitt wegen seiner besonderen Verdienste um die Sicherheit der Vereinigten Staaten bei vollen Bezügen vorzeitig in den Ruhestand versetzt worden sei.

In einem zweiten Schreiben wurde er aufgefordert, umgehend in die Vereinigten Staaten von Amerika zu reisen. Seine Chefs hatten sogar schon den Flug gebucht. Er würde am Donnerstag um dreizehn Uhr fünfzig mit Air France ab Düsseldorf nach Washington, D.C. fliegen. Mit einem Zwischenstopp in Paris. Wenigstens Air France, das versprach gutes Essen und einen hervorragenden Tropfen.

»Warum die Eile?«, hatte er gefragt.

»Weil man Ihnen auf die Spur gekommen ist. Sie und Ihre Männer haben zu viele Fehler gemacht. Und Sie persönlich haben sich Eigenmächtigkeiten erlaubt, die in Washington nicht gern gesehen wurden. Dort wäre man nicht erfreut, wenn durch Ihr Handeln das Ansehen der Vereinigten Staaten in Deutschland in Misskredit geraten könnte. Sie sollten dafür sorgen, alle möglicherweise kompromittierenden Hinweise zu vernichten.«

So verklausuliert die Rede war, so deutlich war sie. Parfitt war in Ungnade gefallen. Aber man wollte ihm die Chance geben, seine Haut zu retten.

Zum Glück hatte er bereits vor Tagen begonnen, Schwachstellen auszumerzen.

Diese kleine Algerierin war weggeschafft. Das Kellergefängnis war desinfiziert. Wer auch immer dieses Haus übernehmen würde, würde sich vielleicht über den fensterlosen gekachelten Raum wundern, aber seine Geheimnisse niemals entschlüsseln.

Parfitt hatte diesen Raum geliebt. Über Jahre hinweg hatte er ihm gute Dienste geleistet. Seine private Folterkammer. So etwas wie Guantánamo hatten sie ihm nicht erlaubt. Das nächste geheime Gefängnis lag in Polen, unterstand der CIA, lag also außerhalb seines direkten Einflusses.

Er hatte sein Privatgeheimnis gemocht. Selbst hatte er sich nie die Finger beschmutzt. Er hatte immer nur kommandiert.

Einmal hatte er einen seiner eigenen Leute eingesperrt, der bei einem Attentat den falschen Mann erschossen hatte, und ihn dazu gebracht, eine gefesselte Frau mit einem Hammer zu erschlagen.

Diese Amal war die letzte Gefangene gewesen. Er hatte sie Viktor Urbanski alias Lothar Zechdorfer überlassen. Er hatte gesagt, er wäre mit ihr an den Strand gefahren.

Es war immer wieder verblüffend zu sehen, zu welcher Grausamkeit Menschen fähig waren, wenn man ihnen Befehle erteilte. Und wenn sie schon einmal getötet hatten.

Viele behaupteten ja, so etwas wie der Holocaust oder der stalinistische Terror würden sich niemals mehr wiederholen. Parfitt war überzeugt, dass es jederzeit wieder zu Völkermord und Massakern kommen konnte.

Seine Leute hatten getötet, obwohl er das nur ganz selten direkt von ihnen gefordert hatte. Trotzdem konnte man sich nicht hundertprozentig auf sie verlassen.

Norbert Fink war viel zu lasch gegen diesen Schnüffelreporter Georg Rubin vorgegangen. Und Urbanski/Zechdorfer, der Amal hatte ausschalten sollen, hatte völlig unnötigerweise einen Hotelangestellten über den Haufen geschossen. Und als er Rubins Mini in die Luft jagte, war der gar nicht an Bord, sondern konnte weiter rumschnüffeln.

Zum Glück hatte Parfitt den Fall selbst in die Hand genommen und Georg Rubins Computer lahmgelegt. Von dem drohte keine Gefahr mehr.

Dafür kannte Parfitt jetzt das weltweite Netzwerk der Whistleblower. Sogar Namen und IP-Adressen von Computern. Die Kopie von Rubins Festplatte war besser als jede Lebensversicherung.

Blieb noch das Problem Urbanski/Zechdorfer. Immerhin war der offiziell schon einmal gestorben. Und so dramatisch. Todessprung vom Düsseldorfer Fernsehturm. Der zweite Tod tat bestimmt nur halb so weh.

Parfitt wählte Urbanskis Nummer. »Ich bin's. Wir müssen uns treffen. Es ist wichtig.«

»Wann und wo?«

»Neunzehn Uhr am Bratort.«

»Bratort, was soll das denn sein?«

»Die Wurstbude aus dem Kölner Tatort.«

»Gibt's die in echt?«

»Ja. Aber die steht, wenn nicht gedreht wird, im Rheinauhafen. Zwischen Südbrücke und Kap am Südkai.«

»Werde ich finden. Neunzehn Uhr.«

Zechdorfer drückte den roten Knopf an seinem Handy, um das Gespräch zu beenden. Irgendwas an diesem Gespräch war falsch gewesen. Aber was?

Normalerweise gab Parfitt Befehle. Kurz. Eindeutig. Kein Widerspruch möglich. Heute sagte er fast vorsichtig: »Wir müssen uns treffen. Es ist wichtig.« Als ob jemals ein Wort von Parfitt unwichtig gewesen wäre.

Aber seit ein paar Tagen war Parfitt auf dem Rückzug. Dieser Journalist hatte ihn nervös gemacht. Ausgerechnet Rubin, der nicht einmal mitbekam, wenn man seinen Wagen verminte, wenn man in seiner Wohnung Wanzen platzierte und wenn man sie wieder abbaute.

Nervöse Menschen machen Fehler. Es war ein Fehler, Fink so spektakulär aus dem Fernsehturm zu schmeißen. Früher oder später würde jemandem auffallen, dass das kein Selbstmord gewesen sein konnte.

Und die Sache mit Amal hätte auch ganz anders laufen müssen. Er hatte sie beziehungsweise das, was von ihr noch übrig war, nachts am Rheinufer in Rodenkirchen vergraben. Stück für Stück verpackt in blaue Plastiksäcke. In feinem Sandstrand am Rande eines Gebüschs. Der Rhein führte Niedrigwasser. Irgendwann würde Hochwasser Amals Grab überfluten und ihre Überreste mit rheinabwärts nehmen.

Zechdorfer wusste, dass es kein sicheres Versteck war. Es konnte täglich entdeckt werden. Aber Parfitt hatte darauf bestanden, sie zu töten und wegzuschaffen. Zechdorfer hatte seinen eigenen Wagen nehmen müssen. Eine ganze Stunde lang hatte er den Mitsubishi in der Waschanlage reinigen lassen. Und dann noch einmal selbst Hand angelegt, damit keine Spuren gefunden werden konnten.

Rubin hatte den Wagen noch in ungeputztem Zustand begutachtet. Ob der etwas gemerkt hatte? Oder ob er nach dem Verlust seines Minis tatsächlich auf der Suche nach einem Familienauto war?

Zechdorfer suchte seinen Kölner Stadtplan. Er arbeitete zwar in der Domstadt, kannte sich aber nicht wirklich gut aus. War ja noch nicht so lange her, dass er unfreiwilligerweise von Meerbusch nach Köln-Ehrenfeld gezogen war. Gegenüber der Südbrücke lag eine Grünanlage mit dem Namen »Friedenspark«. Wie sinnig.

46

Köln-Stammheim ist ein Stadtteil auf der rechten Rheinseite, der sogenannten *Schäl Sick*. Was früher vielleicht mal abwertend gemeint war, eben als schäle, falsche Seite, hatte längst einen anderen Klang.

Von Deutz aus, wo die größte Freitreppe der Welt entstand, hatte man den berühmten Postkartenblick auf Dom und Altstadtpanorama.

RTL hatte sich angesiedelt, Harald Schmidt hatte seine Shows im benachbarten Mülheim produziert, gleich gegenüber dem E-Werk, der bekannten Konzerthalle, die einst aus dem BAP-Umfeld gegründet worden und später zur neuen Heimat der »Stunksitzung« geworden war.

Stammheim war nicht ganz so schick. Hier wohnten mehr Arbeiter, mehr Ausländer, mehr einfache Leute.

Statt auf den Dom blickte man auf den Niehler Hafen und die Müllverbrennungsanlage, ein Mahn- und Wahrzeichen vergangenen Kölner Klüngels.

Ein Stückchen rheinabwärts lag das Gelände der Kölner Ford-Werke. Alte Stammheimer erzählten, dass es früher eine Fähre zwischen ihrem Ort und Niehl gegeben hatte. Heute konnten sich die Ford-Arbeiter einen Fiesta leisten und die Mülheimer oder Leverkusener Brücke zur Arbeit nehmen.

Murat Diril war ein alter Stammheimer. Nicht alt genug, um die Fähre erlebt zu haben, aber von seinen siebenundvierzig Jahren hatte er vierunddreißig in Stammheim verbracht. Sein Vater war als »Gastarbeiter« aus Anatolien gekommen, ein paar Jahre später waren seine Mutter und er nachgereist. Seine drei Geschwister wurden in Köln geboren.

Murat liebte das Stammheimer Rheinufer. Bürger hatten an

die Bäume weiße Plakate gehängt, auf denen »Ali-Kurt-Ufer« stand. Ali war genauso alt wie er. Arbeitete als Gabelstaplerfahrer im Niehler Hafen. War Vater von drei Kindern im Alter von sieben, elf und siebenundzwanzig Jahren.

Im März hatte Ali gesehen, wie zwei afrikanische Mädchen hilflos im Rhein trieben. Eine Zehnjährige hatte versucht, ihre sechsjährige Schwester zu retten, aber die Kleine war schnell abgetrieben.

Ali zog die Schuhe aus und sprang in die reißenden Fluten. Das Mädchen wurde dreihundert Meter abgetrieben. Ali schwamm hinterher. Mit letzten Kräften gelang es ihm, das Mädchen näher ans Ufer zu ziehen, bevor ihn die Kräfte verließen. Zwei andere Helfer holten die Kleine an Land.

Augenzeuge Wolfgang L.: »Ich habe den Mann im Wasser gesehen. Er ist noch zweimal aufgetaucht, hat mit den Händen gerudert. Dann verschwand er unter der Wasseroberfläche.«

Das sechsjährige Mädchen, Claudette, starb trotz des Rettungseinsatzes. Ali wurde dreizehn Tage später in der Nähe von Xanten tot aus dem Rhein geborgen.

Zu Alis Beerdigung in Stammheim kamen eintausendvierhundert Trauergäste, sogar der Oberbürgermeister erwies ihm die letzte Ehre: »Wir sind hier, um dir zu sagen: ›Du bist ein Held. Du bleibst in unseren Herzen als jemand, der sich selbstlos eingesetzt hat für Mitmenschen. Deshalb sind wir stolz auf dich!‹«

Das Grab der kleinen Claudette liegt nur zwölf Meter von Alis Grab entfernt.

Drei Monate später schien der »Held« schon wieder vergessen. Ausgerechnet der Integrationsrat der Stadt Köln lehnte es ab, eine Straße nach Ali Kurt zu benennen. Der Ratsvorsitzende, ein Sozialdemokrat mit türkischen Wurzeln, hatte die Ehrung angeregt und mit großer Zustimmung gerechnet.

Stattdessen entwickelte sich eine gespenstische Debatte. Eine Abgeordnete erklärte, wenn man einen Retter ehren wollte, müsste man alle ehren. Eine andere Politikerin verstieg sich sogar zu der Aussage, der Innenminister dürfe Kurt posthum die Rettungsmedaille des Landes nicht verleihen. Kurt habe unvernünftig gehandelt. Ohne einen Rettungsschwimmerschein dürfe man gar nicht in den Rhein springen, um Kinder aus den Fluten zu ziehen.

Zum Glück kassierte der Oberbürgermeister am nächsten Tag den ablehnenden Beschluss. Die Bezirksvertretung Mülheim kündigte an, sie werde darüber entscheiden.

Anwohner hatten die provisorische Umbenennung des Stammheimer Ufers daraufhin selbst in die Hand genommen.

Murat hatte sich seit Alis Tod oft gefragt, wie er selbst an seiner Stelle gehandelt hätte. Wahrscheinlich wäre er auch in die Fluten gesprungen. Obwohl er wusste, wie gefährlich die Strömung war.

Selbst bei Niedrigwasser wie jetzt war der große Fluss unberechenbar. Nach der Mülheimer Brücke machte der Rhein eine Linkskurve, das Wasser auf der Stammheimer Seite floss deshalb deutlich schneller als das auf der Niehler Seite mit dem Hafen.

Müll wurde bevorzugt am Stammheimer Ufer angeschwemmt. Murat wunderte und ärgerte sich darüber, was die angeblich so auf Ordnung und Sauberkeit bedachten Deutschen alles ins Wasser warfen. Komplette Waschmaschinen hatte er talwärts schwimmen sehen.

Da! Da war wieder etwas.

Ein blauer Müllsack.

Ein Paket von knapp einem Meter.

Gut verschnürt.

Murat brach einen Zweig ab und versuchte, den Müllsack an Land zu ziehen. Die Strömung war zu stark, immerhin änderte das Paket den Kurs leicht in Richtung Ufer.

Zehn Meter weiter wurde es an einem Stein aufgehalten. Murat machte ein paar Schritte in die Fluten, bis er das Paket an seine hölzerne Angel bekam.

Das blaue Paket hatte eine längliche Form. Der Inhalt war mehrmals umwickelt und mit breitem Klebeband verschlossen. Murat nahm sein Taschenmesser und schnitt in den blauen Kunststoff hinein, sodass er die Verpackung an einem Ende auseinanderziehen konnte.

Er packte das Paket, schüttelte es, bis es seinen Inhalt auf dem Uferrasen freigab: die linke Hand eines Menschen nebst Unterarmstumpf, die Fingernägel waren grün lackiert.

47

Die Lage an seinem Redaktionsschreibtisch hatte sich nicht wesentlich verändert. Der Schimmel in der Kaffeetasse hatte sich ausgebreitet. Georg ging in die Küche und spülte die Tasse sehr heiß und sehr gründlich aus und stellte sie in die Spülmaschine.

Für den Tageskaffee lieh er sich einen anderen Becher in der Hoffnung, dass der rechtmäßige Besitzer frei hatte oder auf Außerhausrecherche war. Vielleicht sollte er sich eine DFB-Tasse zulegen, am besten mit dem Küsschen-Foto von Podolski und Schweinsteiger nach dem Gewinn der Weltmeisterschaft in Brasilien.

Carola kam in die Kaffeeküche. »Schön, dass es dir gut geht. Ich habe Bilder von deinem explodierten Mini gesehen. Sogar der Verleger hat sich Sorgen gemacht.«

Georg testete den Kaffee in der fremden Tasse. Schmeckte so durchschnittlich wie immer. »Nach allem, was ich weiß«, sagte er, »hat ein falscher Polizist bei einer falschen Verkehrskontrolle an meinem Mini schon vor einer Woche ein paar echte Bomben angebracht. Warum sie erst am Sonntag gezündet wurden, keine Ahnung. Zum Glück war der Wagen leer. Stell dir vor, ich wäre mit Rosa unterwegs gewesen.«

»Oder mit mir.«

»Oder mit dir.«

»Wie geht es weiter?«, fragte Carola.

»Die Polizei kennt seit heute Morgen den Täter. Der ist allerdings verschwunden. Sein Chef sagt, er wollte ein Jahr lang auf Weltreise gehen. Zum Abschied hat er ihm ein Abendessen auf dem Düsseldorfer Fernsehturm spendiert. Ausgerechnet an dem Tag, an dem dort ein Mensch in den Tod gesprungen sein soll, ein ehemaliger Soldat. Mein falscher Bombenpolizist war früher auch Soldat. Die Kölner und die Düsseldorfer Polizei vergleichen gerade DNA-Proben der beiden Männer.«

Carola ergriff Georgs rechte Hand und drückte sie. »Ich wünsche dir Kraft. Dass du das alles durchstehst. Hast du dich schon entschieden, was du Berger antworten wirst?«

»Nein. Ich hatte kaum Zeit zum Durchatmen.«

»Kann ich verstehen«, sagte Carola.

Zurück im Büro, hörte Georg ein leises, aber drängendes Geräusch, das ihn beunruhigte. Sein Bürorechner summte leise vor sich hin, der war es also schon mal nicht.

Es fiepte aus seinem Rucksack, den er etwas achtlos am Eingang seines Büros abgelegt hatte. Noch eine Bombe? Sollte er den Rucksack aus dem Fenster werfen und die Polizei rufen?

Das Fiepen beschleunigte sich, als wollte es sagen, nun pack schon endlich zu und stell mich ab.

Georg hob den Rucksack auf, öffnete den Reißverschluss und suchte den Störenfried. Das Gefiepe kam von seinem iPad, genau genommen von dessen Wecker.

Georg stellte den Alarmton ab. Er konnte sich nicht erinnern, das Programm jemals zuvor auf seinem iPad benutzt zu haben. Wenn er sich elektronisch wecken ließ, dann von seinem iPhone.

Wie ferngesteuert öffnete sich eine Nachricht auf dem Bildschirm. »Hier ist YWC. Dringende Mitteilung. Wir empfangen schwaches GPS-Signal von Amal. Das Signal bewegt sich langsam mit ungefähr sieben km/h auf dem Rhein in Richtung Norden. Erstmals aufgefangen in Rodenkirchen, letztmals auf Höhe Südbrücke.«

Georg war elektrisiert. Die Meldung war vor zehn Minuten abgesetzt worden, als er mit Carola in der Kaffeeküche gestanden hatte.

Die Nachricht hatte eine zweite Seite: »Bitte unbedingt unsere Mail lesen mit weiteren wichtigen Informationen. Empfang bestätigen und zurückmelden.«

Georg fand und öffnete die genannte Mail. Sie enthielt einen kurzen Text und einen umfangreichen Anhang. Er überflog die Seiten. Offenbar handelte es sich um abgefangene Nachrichten zwischen den USA und Deutschland.

Es ging um Wilhelm Parfitt. Der Mann sei enttarnt und würde deshalb nach Washington zurückbeordert.

Fazit der YWC-Freunde: Die Abreise von Parfitt sei in den nächsten achtundvierzig Stunden zu erwarten. Georg müsse sich beeilen, wenn er die Flucht verhindern wolle.

Georg war aufgeregt und wütend. Klar wollte er Parfitt stellen. Aber es wäre auch nett vom YWC gewesen, ihm zu sagen, wie er das anstellen sollte. Von wegen *Yes We Can*! Außerdem musste er sich zuerst um Amal kümmern.

Er schickte die Empfangsbestätigung raus, die von YWC mit »ENDLICH!!!« beantwortet wurde.

Dann rief er Menden an. »Es gibt ein neues Signal von Amal, das vom Rhein kommt und sich mit rund sieben km/h nach Norden bewegt. Vor einer Viertelstunde kam das Signal von der Südbrücke.«

»Sieben km/h, das ist nahe an der normalen Fließgeschwindigkeit. Wenn die Angaben stimmen, dann wäre sie jetzt rund 1,75 Kilometer weiter. Sagen wir, knapp zwei. Das heißt, das Signal müsste gerade zwischen Severinsbrücke und Hohenzollernbrücke sein. Gut. Ich informiere die Wasserschutzpolizei. Die sollen sofort los.«

»Danke«, sagte Georg. »Ich habe noch eine Neuigkeit: Parfitt ist auf dem Abflug Richtung USA. Irgendwann in den nächsten achtundvierzig Stunden. Fällt dir etwas ein, wie wir ihn aufhalten können?«

Georg hörte Menden lachen. »Ja. Die Hausdurchsuchung ist inzwischen genehmigt. Und einen Haftbefehl krieg ich jetzt auch. Nicht nur wegen Fluchtgefahr. Ich habe ein Ergebnis aus Düsseldorf. Der Mann, der vom Fernsehturm gesprungen ist, war nicht Viktor Urbanski aus Meerbusch, sondern …«

»… Norbert Fink aus Köln«, setzte Georg den Satz fort.

»Genau. Die Düsseldorfer Kollegen sind in heller Aufregung. Die Haare, die du mitgebracht hast, waren die entscheidende Spur. Parfitt hat mich vollständig belogen. Der Norbert Fink, mit dem er auf dem Fernsehturm gegessen hat, war jedenfalls nicht der wirkliche Norbert Fink. Wahrscheinlich war es dieser Volker Urbanski. Nicht tot, sondern ein Untoter, der frei herumläuft. Irgendwo im Umfeld von Parfitt.«

»Vielleicht heißt dieser Urbanski inzwischen Zechdorfer.«

»Gut möglich«, sagte Menden. »Dein Nachbar ist leider nicht zu Hause. Sein Wagen steht in der Tiefgarage, aber er ist weg. Hat auch dein Vater bestätigt. Meine Leute warten in deiner Wohnung, um Zechdorfer vorläufig festzunehmen. Ich hoffe, du hast nichts dagegen.«

»Was sollte ich dagegen haben?«, fragte Georg.

»Na ja, deine Wohnung ist ja nicht so groß. Vielleicht brauchst du mal Ruhe.«

»Die habe ich erst wieder, wenn wir Zechdorfer und Parfitt eingesammelt haben.«

Georg hatte kaum aufgelegt, als Menden wieder anrief: »Ich fürchte, es gibt schlechte Nachrichten. Gerade kommen zwei Meldungen rein. In Rodenkirchen haben spielende Kinder am Rheinufer im Sand einen rechten Oberarm ausgegraben. In Stammheim hat ein Anwohner die abgetrennte linke Hand einer Frau aus dem Rhein geborgen. Die Fingernägel waren grün lackiert.«

»Grün lackiert!« Georg stöhnte auf, hörte ein Dröhnen im Ohr, ihm wurde schwindlig. Kraftlos sackte seine Hand, in der er das Handy hielt, nach unten.

»Bist du noch da?«, rief Mendens Stimme aus dem Handy.

Georg betrachtete seine Hände, sah sie wie aus weiter Ferne. Seine Hände, die sie angefasst hatten, ihre Hand, ihren Körper, ihre weiche Haut. Er spürte, wie ihm die Tränen kamen.

»Jetzt nicht, Gerald. Sag jetzt nichts.«

»Georg, wir kriegen sie, ich verspreche dir, wir kriegen sie.«

48

Immer wenn die Kölner »Tatort«-Kommissare Ballauf und Schenk einen Fall gelöst hatten, trafen sie sich an der »Wurstbraterei« mit Blick auf Rhein und Dom und besprachen, was sie in den letzten Tagen erlebt hatten.

Die fiktive Currywurstbude hatte es in die Wirklichkeit geschafft. Wenn sie nicht für Dreharbeiten benötigt wurde – wegen des Baus der Deutzer Rheintreppe würde sie in den nächsten Folgen nicht zu sehen sein –, stand sie als normale Bratwurstbude zwischen Kap am Südkai und Südbrücke.

Wilhelm Parfitt verpasste keine Folge des Kölner »Tatorts«. Manchmal hatte er davon geträumt, die Geschichten umzuschreiben. Wie wäre es, wenn die Wurstbude nicht am Ende eines Verbrechens stehen würde, sondern am Anfang? Könnte man die Würste vergiften? Oder das Currypulver?

Mit mehr zeitlichem Vorlauf wäre ihm sicher eine außergewöhnliche Tötungsmethode eingefallen. Jetzt musste er sich mit Bewährtem begnügen: Sprengstoff, den er aus sicherer Entfernung zünden konnte.

Der Sprengsatz war von außen an der Bratwurstheke angebracht. Parfitt musste dafür sorgen, dass Zechdorfer als Erster in der Reihe stand, während er selbst mindestens fünf Meter entfernt sein sollte. So konnte er die Bombe zünden, ohne sich selbst zu gefährden.

Parfitt erschien vor der verabredeten Zeit, um das Terrain zu sondieren. Er holte zwei Kölsch und setzte sich an einen Tisch direkt am Rhein, von dem aus er den »Bratort« gut beobachten konnte.

Zechdorfer war pünktlich. Parfitt winkte ihn zu sich: »Ich habe uns schon mal was zu trinken geholt.«

Zechdorfer setzte sich an seinen Tisch. Parfitt hatte den Eindruck, als musterte er seine Schuhe. Parfitt war sicher, dass sie wie immer tadellos geputzt waren.

»Ich werde in die USA gehen, mein Geschäft hier aufgeben«, sagte Parfitt, »ich habe mir Gedanken gemacht, wer mein Nachfolger werden könnte.«

»Und da haben Sie an mich gedacht?«, fragte Zechdorfer.

»Ja. Habe ich. Niemand kennt den Laden so gut wie Sie.«

»Danke für das Lob.«

»Ist doch so, Zechdorfer. Würden Sie an meiner Stelle anders entscheiden?«

»Nein. Natürlich nicht. Es kommt nur etwas plötzlich. Wie lange wäre meine Einarbeitungszeit?«

»Ich fliege übermorgen in die USA«, sagte Parfitt.

»Oh, so schnell?«

»Ja. Aber ich bin ja nicht aus der Welt. Wann immer es Fragen gibt, können Sie sich an mich wenden.«

»Klar. Werde ich machen.«

Zechdorfer hatte sein Kölschglas geleert.

»Darf ich zur Feier des Tages einen ausgeben?«, fragte Parfitt. »Die Wurst hier soll sehr gut sein.«

Parfitt legte einen Fünfzig-Euro-Schein auf den Tisch und stellte Zechdorfers leeres Kölschglas darauf. »Für mich bitte eine

Currywurst mit einer großen Portion Fritten. Mit Ketchup und Mayo. Und noch ein Kölsch. Ich halte solange die Stellung.«

»Gut. Currywurst. Große Fritten. Ketchup. Mayo. Kölsch.«

Die Schlange an der Bratwurstbude war lang, Zechdorfer hatte an die zehn Personen vor sich. Ab und zu blickte er zu Parfitt, als wollte er sich für die Wartezeit entschuldigen.

Hinter Zechdorfer stand ein junges Ehepaar. Der Vater hatte seinen vielleicht vierjährigen Sohn auf der Schulter. Parfitt hoffte, dass sie Abstand halten würden.

Vor Zechdorfer stand eine Joggerin, die ihren abendlichen Lauf unterbrochen hatte, um sich mit einer Frikadelle und einer Cola zu stärken.

Parfitt überprüfte den Sender in seiner Hand, der aussah wie ein Handy älterer Bauart.

Kurz darauf kam Zechdorfer an die Reihe. Parfitt sah, wie er seine Bestellung aufgab. Als der Mann hinter der Theke sich abwandte, um die Fritten zu holen, drückte Parfitt auf den roten Knopf.

Die Bombe an der Currywurstbude zündete sofort und mit ohrenbetäubendem Krach. Zechdorfer kippte zur Seite, als ginge er in Deckung. Über seinen sterbenden Körper ergossen sich Senf und Ketchup aus Plastikflaschen.

Unter den Gästen brach Panik aus. Der Vater mit dem Sohn auf der Schulter war nur leicht verletzt. Der Junge schrie, mehr aus Angst als vor Schmerz.

Parfitt stand auf und ging. Niemand achtete auf ihn.

Mittwoch

49

Georg starrte auf sein iPad und wartete. Worauf? Dass neue Nachrichten von YWC kamen? Dass Menden sich meldete und mitteilte, sie hätten Amal gefunden?

Er bezweifelte, dass die Polizei überhaupt Zeit hatte, nach ihr zu suchen, weil der spektakuläre Mord an der Tatort-Wurstbude alles überlagerte.

Für Georg und Menden war klar, wer der Mörder war. Aber genauso klar war, dass das nicht öffentlich gesagt werden konnte. Also schossen Spekulationen in die Mikrofone.

Jede Theorie, und war sie noch so obskur, wurde für möglich erklärt. Als Täter kamen wahlweise Islamisten, militante Veganer oder frustrierte »Tatort«-Hasser in Frage.

Der BLITZ hatte vergleichsweise zurückhaltend berichtet und sich um die überlebenden Zeugen gekümmert.

Den Namen des Opfers hatte die Polizei mit Lothar Z. angegeben, der erst vor wenigen Tagen aus beruflichen Gründen nach Köln gezogen sei. Dass sich der Verfassungsschutz und der Militärische Abschirmdienst für seinen Tod interessierten, wurde nicht mitgeteilt.

Über die am Rhein gefundenen Körperteile hatte die Polizei eine kurze Pressemeldung herausgegeben.

»Ich werde wahnsinnig, wenn ich nicht bald etwas unternehmen kann«, sagte Georg zu seinem Vater, der ihm nach Mitternacht noch Gesellschaft leistete.

Vater und Sohn gönnten sich einen Rotwein und schwiegen sich die meiste Zeit an. Das Grauen hatte ihnen die Sprache verschlagen.

»Was mich genauso nervt, ist«, sagte Georg, »dass ich seit Stunden keine Verbindung zu YWC mehr bekomme. Sieht so aus, als hätten die NSA und ihre Freunde auch mein iPad lahmgelegt.«

Georg zeigte Paul ein Foto von Parfitt. »Das ist der Mann, der hinter allem steckt.«

Paul schaute sich das Foto an: »Unsympathischer Typ. Eiskalte Augen. Wie heißt der?«

»Wilhelm Parfitt.«

»Komischer Name. Parfitt. Wie der Gitarrist von Status Quo. Nur der Vorname stimmt nicht.«

Paul dachte nach, während er sich ein neues Glas einschenkte. »Ich denke, wir sollten etwas tun.«

»Was denn?«

»Lust auf eine Schiffstour? Ein Freund von mir hat ein Boot im Rheinauhafen. Das könnte ich mir ausleihen. Und dann gehen wir auf Suche nach Amals Leichnam. Wenn das stimmt, was YWC dir geschrieben haben, dann ist sie oder ihr GPS-Sender auf irgendetwas unterwegs, das mit der Strömung des Rheins schwimmt und vielleicht ab und zu aufgehalten wird. Das kann ein Kahn sein. Oder ein Paket, das im Wasser schwimmt.«

»Du meinst, wir hätten wirklich eine Chance?«

»Nicht jetzt in der Nacht. Aber in ein paar Stunden, wenn es hell wird.«

»Meine Vermutung ist, dass Amals Leiche am Rodenkirchener Strand vergraben wurde, da, wo die Kinder den Arm gefunden haben. Das Rheinwasser hat den Sand ausgespült und Teile mit sich gerissen.«

»Ja, das klingt plausibel. Der Sand, den du an Zechdorfers Wagen gefunden hast, kann Rheinufersand gewesen sein. Er wird Amal weggeschafft haben«, sagte Paul.

»Es war Rheinufersand, hat Menden bestätigt. Wir machen das. Ist auf jeden Fall besser, als nur rumzusitzen. Wann sollen wir los?«

»Um fünf.«

Kölns Wasserschutzpolizei war zuständig für beide Ufer des Rheins von Stromkilometer 676,000 Weiss bis Kilometer 715,999 Monheim-Baumberg.

Die Einsatzschiffe waren nummeriert bis neun, tatsächlich gab es aber nur drei Schiffe, nämlich WSP 3, WSP 6 und WSP 9, die sich im Schichtdienst abwechselten.

»Die sind so knapp besetzt, die können sich gar nicht auf die Suche nach Amal konzentrieren«, sagte Paul.

Georg hatte angenommen, dass das Boot, von dem er gesprochen hatte, so ein gemächliches Gefährt sein würde wie die

Stahlyacht in Holland. Stattdessen lotste ihn sein Vater auf ein wackliges offenes Gefährt mit einem riesigen Außenbordmotor am Heck.

»Das Bötchen schafft locker dreißig Knoten, das sind mehr als fünfzig Kilometer in der Stunde. Das geht richtig ab«, sagte Paul und startete die Maschine, die leiser lief, als Georg befürchtet hatte.

Die Kranhäuser im Rheinauhafen ragten verschlafen in den grauen Morgenhimmel. In einem der spektakulären Bauwerke hatte Lukas Podolski eine Wohnung gekauft. Es sah nach Regen aus.

Paul steuerte langsam Richtung Hafenausfahrt. Das flache Boot passte problemlos unter der Drehbrücke am Schokoladenmuseum hindurch, sodass sie nicht abwarten mussten, bis um sieben Uhr der Betrieb aufgenommen wurde.

Als sie den offenen Rhein erreichten, gab Paul Gas, als wollte er ein Rennen fahren. Georg riss es fast von seinem Sitz. Statt rheinabwärts hielt Paul rheinaufwärts.

»Ich muss aufdrehen, damit ich trotz der Strömung schnell auf die andere Rheinseite komme. Ich fahre erst mal zurück bis zur Südbrücke, wo das GPS-Signal letztmals aufgefangen wurde«, sagte Paul und genoss es, wie ihm der Wind ins Gesicht wehte.

Vom Deutzer Ufer näherte sich Boot WSP 6 der Wasserschutzpolizei. Paul winkte lässig rüber. Die Beamten verzichteten auf eine Kontrolle.

»Ich habe mir den Rheinlauf auf der Karte angesehen«, sagte Paul. »So wie der Rhein ab Rodenkirchen fließt, halte ich es für wahrscheinlicher, dass ein ungesteuertes Fahrzeug erst einmal ans rechte Ufer gerät. Durch den Schiffsverkehr wird es später fast unmöglich, dass es zurück ans linke Rheinufer gespült wird. Außerdem: Das linke Rheinufer ist überall befestigt und zugänglich. Da hätten Spaziergänger längst etwas gefunden.«

Paul fuhr Richtung Südbrücke. Auf der Kaimauer sahen sie die verkohlten Reste der »Tatort«-Wurstbraterei, die von Polizeikräften bewacht wurden.

Paul drehte nach links ab, querte den Rhein und steuerte auf die Severinsbrücke zu. »Jetzt wird's ernst. Ab hier müssen wir aufpassen.«

Immer dann, wenn sie von Berufsschiffen überholt wurden,

geriet ihr Boot gefährlich ins Schaukeln. Mit so hohem Wellengang hatte Georg nicht gerechnet. Erst jetzt verstand er, warum Paul darauf bestanden hatte, dass sie orangefarbene Rettungswesten anlegten.

»Keine Angst, mein Sohn«, sagte Paul, »das ist alles harmlos. Keine Untergangsgefahr. Nur gut festhalten.«

»Kannst du nicht etwas ruhiger fahren? Das ist ja hier wie auf der Schiffschaukel.«

»Könnte ich. Aber dann müsste ich so schnell fahren wie die Berufsschiffe.«

In dem schmutzigen, brodelnden Wasser konnte Georg fast nichts erkennen. Paul war da viel erfolgreicher. Äste, einen Stiefel, Plastiktüten, viel Kleinmüll. Nichts, was man mit Amal hätte in Verbindung bringen können.

Auf dem linken Ufer zog die Altstadt mit Groß St. Martin und dem Dom vorbei. Am rechten Ufer lockte die Baustelle der Deutzer Freitreppe mit ihren hellen Stufen.

»Wahrschau«, rief Paul und riss das Boot mit einem Ruck nach links. Eine große weiße Yacht raste auf sie zu und hätte sie gerammt, wenn Paul nicht das waghalsige Manöver gefahren wäre.

»So ein Rüpel«, schrie Paul.

»Meinst du, das war Absicht?«, fragte Georg.

»Was weiß ich. Manche glauben, sie hätten die eingebaute Vorfahrt. Auch auf dem Wasser.«

Im Ärger über die weiße Yacht hatte Paul die Übersicht verloren. Von hinten ertönte das warnende Horn eines Frachtschiffes, von vorne kamen zwei weitere Großschiffe auf sie zu.

»Festhalten«, schrie Paul, beschleunigte, steuerte ihr kleines Motorboot gerade noch zwischen den dicken Schiffen hindurch in die Mitte des Stromes und hielt kurz vor der Zoobrücke wieder auf das rechte Ufer zu.

»Mir ist schlecht, ich muss an Land«, sagte Georg.

Paul setzte das Boot unter der Zoobrücke auf Sand, Georg sprang ins Wasser und machte ein paar Schritte in den Rheinpark, ehe er das Frühstück ausspuckte.

Aus den Augenwinkeln sah er, wie WSP 6 näher kam und ein Beamter der Wasserschutzpolizei Paul etwas zurief. Paul drehte sich in Richtung Zoobrücke. Fuchtelte mit den Händen. Rief Georg etwas zu, aber die Worte wurden vom Winde verweht.

Georg ging näher ans Ufer. »Was ist los?«

»Da vorne. Rechts im Gestrüpp vor den Brückenpfeilern«, schrie Paul.

»Ich sehe nichts.«

»Da liegen zwei blaue Mülltüten. Würden zu der Hand von Stammheim passen. Sagt die Wasserschutzpolizei. Sind durch den Wellengang dieses weißen Idioten gelockert und freigespült worden.«

Georg wankte in die Richtung, die Paul angezeigt hatte. Jetzt sah er es auch. Zwei blaue Mülltüten. Eine der Mülltüten war rund und so groß wie ein Fußball. Das zweite Paket hatte eine diffuse Form, vielleicht ein Koffer.

WSP 6 hatte ein Schlauchboot mit einem Beamten ausgesetzt. »Lassen Sie mich das machen«, rief der Beamte, als er das Ufer erreichte.

Georg war froh, nicht selbst Hand anlegen zu müssen.

Der Polizist schnitt das große Paket auf. Erschreckt schlug der Mann eine Hand vor den Mund.

»Nein«, rief der Polizist, als Georg näher herantrat. Georg ließ sich nicht aufhalten. Er wollte sehen, was dort versteckt war. Er wollte Gewissheit. Unter der blauen Plastikfolie war ein menschlicher Torso versteckt. Ein weiblicher Oberkörper. Ohne Beine. Ohne Arme. Ohne Kopf.

»Nichts anfassen«, schrie der Polizist.

Georg wich einen Schritt zurück. Er hatte genug gesehen.

Der Polizist näherte sich dem zweiten Paket. Georg zwang sich, den Blick nicht abzuwenden.

Als der Beamte den ersten Schnitt in die Plastikfolie machte, quoll langes dunkles Haar heraus.

Der Polizist sprach in sein Funkgerät: »Weibliche Leichenteile gefunden. Einen Torso. Einen Kopf. Sofort die Mordkommission anrufen.«

»Ich kenne diese Frau«, sagte Georg.

Dann verdrängte er Schock und Panik, nahm sein iPhone und schoss Fotos.

50

»Hier hast du ein paar Aufnahmen«, sagte Georg zu Jo, eigentlich Johannes, »freiberuflicher Polizeireporter des BLITZ«, wie er sich gerne selbst nannte. »Die Story dazu bekommst du von der Pressestelle der Polizei.«

Der ganz junge Kollege, der täglich in der Redaktion herumlungerte und auf einen Redakteurs- oder einen anderen Vertrag wartete, hatte Georg schon lange im Verdacht, krumme Dinger mit der Polizei zu drehen, um an die besten Infos zu kommen. »Wen hast du dafür wieder geschmiert?«

»Ich habe noch nie jemanden geschmiert, Jo. So läuft das Geschäft nicht. Nicht mal in Köln. Ich habe höchstens schon einmal einem eine geschmiert. Willst du eine Kostprobe?«

»Nein. So war das nicht gemeint. Aber du hast mal wieder Material von einem Tatort …«

»Nicht so voreilig, Jo. Fundort. Nicht Tatort. Ruf die Polizei an und lass dich aufklären. Und dann mach keine üble Räuberpistole draus«, warnte Georg.

Der junge Kollege nickte brav. »In Ordnung. Aber warum schreibst du die Story nicht selbst?«

»Ich glaube an dich, Jo. Du schaffst das. Ich habe zu tun.«

Von seinem Büro aus rief er Menden an. »Was gibt's Neues?«

»Du weißt doch schon alles.«

»Weiß ich nicht«, sagte Georg

»Du hast Amals Leiche gefunden, berichten mir die Kollegen von der Wasserschutzpolizei.«

»Nein. Sie waren es. Ich stand nur zufällig in der Nähe, weil mir schlecht geworden war.«

»Soso. Stand zufällig in der Nähe. Darüber reden wir noch. Wir hatten nach dem Anschlag auf deinen Mini ausgemacht, dass du keine Alleingänge unternimmst. Ich hab schon genug Leichen hier, da will ich nicht auch noch meine Freunde beerdigen.«

»Mein Vater hatte die Idee zu der Schiffstour.«

»Und seit wann hörst du auf deinen Vater?«, fragte Menden. »Und seit wann kannst du nicht mehr telefonieren?«

»Bitte, Gerald. Wir müssen uns nicht jetzt streiten. Das hat Zeit. Bis wir Parfitt erledigt haben.«

»Na gut. Dann also von mir ein paar Dinge, die du noch nicht weißt. Wir haben den GPS-Sender bei Amal gefunden. Ein winziges Teil, versteckt in der rechten Achselhöhle.«

»Der Sender war wieder zu orten, als ihr Leichnam in Rodenkirchen vergraben wurde«, sagte Georg. »Davor hatte man das Signal zuletzt in der Nähe von Parfitts Haus empfangen. Also muss sie zwischenzeitlich an einem Ort festgehalten worden sein, aus dem das Signal nicht herausdringen konnte.«

»Gut kombiniert«, sagte Menden. »Ich habe aber noch etwas. Der Tote von der Tatort-Wurstbude war dein Nachbar Lothar Zechbauer. Das war ein falscher Name. In Wirklichkeit hieß der Kerl Viktor Urbanski.«

»Der letzte Woche angeblich vom Düsseldorfer Fernsehturm gesprungen ist.«

»Der, anstatt selbst zu springen, seinen Kollegen Norbert Fink in die Tiefe befördert hat.«

»Und der Amal ermordet und die Leichenteile am Rodenkirchener Rheinufer abgelegt hat«, sagte Georg.

»Und zuvor den Hotelportier umgelegt und Amal entführt. Alles auf Befehl von Parfitt, würde ich behaupten.«

»Und Parfitt wird es gewesen sein, der Zechbauer alias Urbanski zum Dank für seine Dienste in die Luft gejagt hat. Wo ist Parfitt? Du wolltest ihn verhaften lassen.«

»Den Haftbefehl habe ich«, sagte Menden. »Fehlt nur noch der Mann selbst. Die Wohnung in Chorweiler ist leer geräumt. Sieht so aus, als wurde von da aus der Verfassungsschutz ausspioniert. Der deutsche Geheimdienst hat im Gegenzug die NSA-Antennen auf dem Kölner Fernsehturm in Besitz genommen. Das Haus in Raderthal, in Blickweite zum Militärischen Abschirmdienst, ist nicht geräumt, aber sehr aufgeräumt. Auf den ersten Blick keinerlei verdächtige Spuren. Parfitt scheint verreist zu sein. Hast du mir nicht gesagt, er wollte in die USA?«

»Ja. Abreise spätestens morgen. So die Nachricht von YWC. Gestern Nacht war er ja wohl noch hier, sonst hätte er die Bombe an der Bratwurstbude nicht zünden können.«

»Wir kriegen ihn, Georg. Er steht auf der internationalen

Fahndungsliste. Mit Foto und Beschreibung und allem Drum und Dran. So einfach kommt er nicht raus aus Deutschland.«

»Was ist, wenn er ein Taxi nach Belgien nimmt?«

»Wieso ein Taxi nach Belgien?«

»Ist mir so eingefallen.«

»Du und deine komischen Einfälle.«

Uschi, die Chefsekretärin, kam in Georgs Büro. Sie hatte ein kleines Paket in der Hand: »Ist für dich abgegeben worden.«

»Danke«, sagte Georg.

Das Paket war sehr leicht. Auf der Vorderseite stand sein Name und der Hinweis »persönlich«. Als Adresse war c/o BLITZ-Redaktion angegeben. Auf der Rückseite klebte die Kopie eines Schwarz-Weiß-Fotos: Amal Amirouches Vater. Das letzte Foto des algerischen Freiheitskämpfers. Aufgenommen 1959, wenige Wochen bevor er zwischen Hauptbahnhof und Rhein ermordet wurde.

Das Bild versetzte Georg einen Stich. Die Erinnerung an Amal kehrte zurück. Ihre erste Begegnung im Maria Eetcafe. Ihre letzte Begegnung heute Morgen unter der Zoobrücke. Eine schreckliche Erinnerung.

Er öffnete das Päckchen. Es enthielt einen Zettel mit dem Aufdruck »DB An den Dominikanern 11« und einer vierstelligen Safenummer, dazu eine EC-Karte mit Geheimzahl. Georg kannte die Filiale der Deutschen Bank. Er selbst hatte dort ein Schließfach gemietet. Wer immer ihm das Paket geschickt hatte, hatte ihn gut ausspioniert.

Die Kölner Zentrale der Deutschen Bank lag unweit des Domes neben St. Andreas, einer der zwölf romanischen Kirchen. Georg hatte den Bau zuletzt betreten, als die letzten der modernen Kirchenfenster von »Malerpapst« Markus Lüpertz eingeweiht worden waren.

Auch ein echter Papst, der eilig heiliggesprochene Johannes Paul II., hatte die Kirche besucht, nicht der Kunst wegen, sondern um am Grab des Kirchenlehrers Albertus Magnus zu beten.

Als Kunde und Safebesitzer kannte Georg den Weg aus der Tiefgarage, die sich mit seiner EC-Karte öffnen ließ, zum Untergeschoss mit den Safes. Noch einmal EC-Karte plus Geheimzahl, dann stand er vor den kleinen Schließfächern.

Er war allein in dem kühlen Raum, ohne sich einsam zu fühlen. Er war sicher, dass es eine Videoüberwachung gab. Und dann entdeckte er auch eine Kamera und einen entsprechenden Hinweis.

Im Safe lag nur ein Paket, eingehüllt in eine Crumpler-Tasche. Georg zog den Reißverschluss auf. Im Inneren fand er ein MacBook desselben Typs, den er in seiner Kommunikation mit YWC benutzt hatte, bis die Festplatte von der NSA zerstört worden war.

Das Apple-Logo auf dem Deckel war überklebt. Es zeigte den Kopf eines jungen Mannes mit Brille und Oberlippenbärtchen, der etwas verlegen lächelte. Ein Foto, das zur Ikone der weltweiten Whistleblower geworden war: Edward Snowden. Der Exspion, der die NSA verraten und den Russlands Präsident Putin aufgenommen hatte. Unter dem Snowden-Foto stand in Versalien das Wort *ASYL* geschrieben.

51

Wilhelm Parfitt legte seinen Namen ab wie die weißen Kleider. Als Robert Young trug er schwarze Jeans, schwarzes T-Shirt und schwarze Lederjacke. Young war laut seinen Papieren amerikanischer Staatsbürger, hatte in Harvard studiert und war von Beruf IT-Berater.

Er mochte den Namen.

Wenn ihn jemand fragen würde, warum er in Deutschland gewesen sei, könnte er Papiere eines großen deutschen IT-Unternehmens und ein paar Handyfotos vorweisen, die ihn mit seinen deutschen Kollegen in Düsseldorf zeigten, in einer Kneipe mit dem für seine Zunge unaussprechlichen Namen »Uerige«. Young sprach sehr gut Deutsch mit deutlich hörbarem Akzent. Er würde noch erzählen können, dass das Bier, das er getrunken hatte, ein »Alt« war und dass es solches Bier sogar in Washington gab. Und dass er eine Haxe mit Sauerkraut und Kartoffelpüree gegessen hatte.

Schrecklich, diese *Krauts*!

Parfitt alias Young lag mit seinem Schiff im Hafen des Düsseldorfer Yachtclubs hinter der Theodor-Heuss-Brücke in Nähe der Messe. Er fand, dass diese Örtlichkeit besser zu seiner Geschäftsreisen-Legende passte als die Marina im Medienhafen mit den schrägen Gehry-Bauten und dem Rheinturm, der ihn an Fink und Urbanski respektive Zechdorfer erinnerte. Aber er wollte nicht erinnert werden. Man sollte den Toten ihre Ruhe lassen. Außerdem war er nicht mehr Wilhelm Parfitt, sondern Robert Young.

Die Fahrt von Köln nach Düsseldorf war ein Spektakel gewesen. In Köln, er hatte sich durch das Stadtpanorama ablenken lassen, hätte er beinahe ein kleines Motorboot gerammt mit einem älteren Mann am Steuer. Letztlich war nichts passiert.

Er hatte noch mehr Gas gegeben, ordentlich Sog und Wellenschlag erzeugt, um möglichst schnell vom Ort des Beinahe-Unfalls wegzukommen. Für kurze Zeit hatte er ein Polizeischiff hinter sich gesehen, das dann aber unter der Zoobrücke abgedreht hatte.

Weder Wilhelm Parfitt noch Robert Young hätten Lust auf eine Begegnung mit der deutschen Polizei gehabt, nicht an Land, nicht zu Wasser.

Er konnte sich nicht vorstellen, dass irgendjemand ihn im Hafen suchen würde. Sollten sie ruhig alle Meldezettel in den Hotels kontrollieren, ihn würden sie nicht finden.

Heute würde er an Bord bleiben, morgen ein Taxi zum Flughafen nehmen, nur mit leichtem Gepäck. Dass der Flug nicht direkt nach Washington ging, sondern zunächst nach Paris, war vermutlich auch nur ein Ablenkungsmanöver. Die Alternative wäre ein Direktflug ab Frankfurt gewesen, von Köln nur eine ICE-Stunde entfernt.

Er hatte befürchtet, seine plötzliche Abberufung könnte eine Strafversetzung sein. Geheimdienste mochten es nicht, wenn ihre Tätigkeiten oder ihre Mitarbeiter enttarnt wurden. Aber seine Chefs hatten für ihn einen Sitz in der ersten Reihe der ersten Klasse gebucht. Das hatte ihn beruhigt. So viel würde man nicht in ihn investieren, wenn man nicht noch besondere Pläne mit ihm hätte.

Beförderung. Ein Besuch beim Präsidenten. Vielleicht könnte er sogar eine politische Karriere beginnen?

52

Georg fuhr in die Redaktion, schloss die Tür seines Büros und öffnete den Laptop aus dem Banksafe.

Vom Snowden-Aufkleber abgesehen, entsprach der Rechner dem Modell, das er selbst besessen hatte.

Die Verblüffung wuchs, als er feststellte, dass die Festplatte eine exakte Kopie seiner alten Festplatte war, mit allen Programmen und Dateien, allerdings ohne die Schadsoftware, die die NSA eingeschmuggelt hatte.

Auf dem virtuellen Schreibtisch lag eine Textdatei mit dem Namen *»URGENT«*, also DRINGEND. Er öffnete sie per Doppelklick und las:

»Lieber Georg, es wird immer schwieriger, dir zu helfen. Sie sind uns auf den Fersen. Wir ihnen aber auch. Parfitt ist dabei, in die USA zu fliehen. Per Flugzeug. Wahrscheinlich ab Frankfurt. Zeit haben wir nicht, aber das Datum ist morgen, Donnerstag.

Du kannst wie früher mit uns Kontakt aufnehmen. Wir haben die Verschlüsselung geändert. Sie werden ein paar Tage brauchen, bis sie sich wieder einmischen können. Wir haben also gute Chancen, ihre Pläne zu stören.

Wir empfangen keine Signale von Amals GPS-Sender mehr. Hast du eine Spur? Du musst stündlich checken, ob wir dir eine neue Nachricht schicken. Melde dich. YWC.«

Georg schrieb eine Mail. »Danke für die Hilfe. Amal ist tot. Ermordet. Parfitt ist untergetaucht. Die Polizei fahndet nach ihm. Es gibt einen internationalen Haftbefehl. Ich werde mich stündlich einloggen. GR«.

Georg machte sich auf den Weg ins Zeitungsarchiv. Er wollte mit jemandem reden.

Sandra war nicht alleine im Archiv. Elke, eine der BLITZ-Layouterinnen, war zu einem Plausch da. Georg spürte, dass zwischen den beiden Frauen etwas vorging.

»Ich geh dann mal«, sagte Elke, als sie Georg wahrnahm.

»Es bleibt bei achtzehn Uhr?«, rief Sandra ihr nach.

»Gerne«, sagte Elke und klang fröhlicher, als Georg an diesem Tag ertragen wollte.

Er setzte sich an den runden Bistrotisch, den Sandra auf eigene Kosten angeschafft hatte. Der Kopf fiel ihm auf die Schulter. Er schloss die Augen, aber da sah er das Grauen nur umso deutlicher.

Amal Amirouche. Diese strahlende junge Frau. Trotz ihres Schicksals. Ihr Lächeln. Die Nacht im Hotel. Die Suche nach den Mördern ihres Großvaters. Ihre Entführung. Der brutale Mord. Georg versuchte sich vorzustellen, wie sehr sie leiden musste. Das schreckliche Wiedersehen heute Morgen. Verzweiflung und Hass. Was war das, was ihn weinen ließ? Es fühlte sich an, als drücke ihm eine Würgeschlange das Leben aus der Brust.

Sandra stellte einen Espresso auf den Tisch und fuhr ihm über die Haare.

Georg vergrub das Gesicht in den Händen. Dann sagte er: »Amal ist tot. Die Bestien haben sie ermordet. Zerstückelt und ermordet.«

Er stockte. »Ich weiß nicht einmal, in welcher Reihenfolge. Sandra, es ist so furchtbar.«

Die Archivarin legte ihre Arme um ihn. »Es ist gut, dass du traurig bist.«

Georg fuhr auf und stieß sie zurück: »Nichts ist gut. Was sagst du da? Nichts ist gut. Amal ist tot. Ich sitze hier rum und kann nichts tun. Der Mörder lacht uns aus. Fliegt in die USA. Lässt sich feiern. Nichts ist gut.«

»Es ist auch gut, dass du wütend bist«, sagte Sandra. »Sonst bist du immer so cool. Als könnte dich gar nichts erschüttern. Hauptsache, du hast deine Story und deine Fotos. Manchmal hab ich schon gedacht, dass dein Kopf keine Gefühle produziert, sondern Schlagzeilen. Das ist krank, was du treibst. Getrieben hast. Bis jetzt. Jetzt erlebe ich zum ersten Mal, dass du nicht so kalt bist. Du bist ein Mensch. Willkommen bei den Sterblichen.«

»Ich habe niemanden, mit dem ich wirklich reden kann«, sagte Georg.

»Ach was«, sagte Sandra. »Du hast niemanden, mit dem du reden willst. Du hast deinen Vater. Deine Tochter. Deine Ex. Carola Maar. Du hast gute Freunde. Franck von Franckenhorst. Jean Leclerc. Was ist mit deiner Nachbarin?«

»Gertrud Odenthal? Die wird gerade von einem Heiratsschwindler ausgenommen.«

»Und?«

»Was und?«

»Das klang wieder so, so cool. Wird ausgenommen. Ausgenommen wie eine Weihnachtsgans. Ohne Anteilnahme.«

»Paul, mein Vater, wird sie abholen.«

»Und du?«, fragte Sandra. »Ist sie nicht deine Nachbarin?«

»Doch, ist sie. Aber ich muss doch …«

»Für Amal kannst du nichts mehr tun.«

»Doch. Kann ich.«

»Was meinst du?«

»Ich kann dafür sorgen, dass die Ehre ihrer Familie wiederhergestellt wird«, sagte Georg. »Ich muss die Mörder ihres Großvaters finden. Und beweisen, dass Ali Amirouche kein Verräter war.«

»Musst du nicht.«

»Muss ich doch.«

»Nein«, sagte Sandra mit Nachdruck. »Ich habe die Mörder schon gefunden. Ich habe nicht aufgehört mit den Nachforschungen.«

Sandra verschwand hinter ihrem Schreibtisch und kam mit einem Stapel Papiere zurück. »Hier steht alles. Namen. Anschriften. Hintergründe. Hintermänner. Und sogar Zahlungsbelege, die beweisen, dass der französische Geheimdienst Main Rouge den Mord in Auftrag gegeben hat.«

Georg blätterte durch die Unterlagen. »Das ist ja unglaublich. Danke.«

Eine Weile war er ins Lesen vertieft, dann blickte er auf und sagte: »Ich werde einen Artikel schreiben. Für Amal. Ich kann noch einiges ergänzen. Von Hans-Jürgen Wischnewski. Von Goldmacher und den Trotzkisten. Von Falschgeld und echter Kriegskasse. Und ich werde dafür sorgen, dass man diese Geschichte sowohl in Frankreich als auch in Algerien erfährt.«

Der Espresso war kalt geworden. Georg schluckte ihn runter. »Danke, Sandra. Du hast mir sehr, sehr geholfen.«

»Ich habe dir immer gesagt, dass ich auf deiner Seite stehe. Vielleicht hast du nicht immer verstanden, was das bedeutet.«

Zu Hause wurde Georg von Paul und Rosa empfangen. Sein Vater hatte den Tisch gedeckt und die Getränke ausgesucht, wahlweise Georgs besten Rotwein oder ein Kölsch, seine Tochter hatte Spaghetti mit Tomatensoße vorbereitet.

Georg registrierte, dass beide rührend um ihn bemüht waren. Hatte Paul seiner Enkelin von dem schrecklichen Leichenfund erzählt?

Rosa wirkte älter als ein Kind von zwölf Jahren. Sie hatte die Augen geschminkt und Lippenstift aufgetragen. Nicht aufdringlich, aber doch auffallend.

»Ich war mit Mercedes unterwegs«, sagte sie, als hätte sie seine Gedanken ohne Worte verstanden. »Wir waren einkaufen.«

»Einkaufen oder klauen?«, fragte Georg reflexhaft.

»Papa!«, rief ihn Rosa zur Ordnung. »Natürlich einkaufen. Mercedes hat bezahlt. Dir haben wir auch was gekauft. Ein paar Äpfel. Mercedes sagt, du müsstest dich gesünder ernähren. Du hättest sie sehen sollen. Die kann richtig elegant. Sie hat mit mir einen BH ausgesucht. Größe 70 A. Kleiner gab es nicht.«

Rosa hob ihr T-Shirt hoch.

Fast hätte Georg gesagt, der BH wäre zu groß.

»Es kommt nicht auf die Größe an«, sagte Paul.

»Opa, kommt es doch. Mercedes sagt, ich bekäme bestimmt bald noch größere Brüste.«

»Bestimmt«, sagte Georg.

»Ich war auch einkaufen«, sagte Paul.

»Kölsch und Rotwein, nehme ich an«, sagte Georg.

»Anzug, Hemden, Krawatte und Schuhe«, sagte Paul.

»Krawatte auch? Ich dachte, so was tragen nur ausbeuterische Banker und Bonzen.«

»Krawatte auch«, sagte Paul schuldbewusst.

»Dann rück mal raus mit der Sprache.«

»Ich will Rud überraschen«, sagte Paul.

»Das wird dir gelingen.«

»Sie soll nicht glauben, alle Männer wären so wie dieser Rolf Nettekoven. Es gibt auch anständige Männer. Ich dachte, es würde ihr gefallen, wenn ich mich für sie ein bisschen schick mache. Damit sie den Ärger vergisst.«

»Sie wird vor Schreck umfallen«, sagte Georg. »Ich glaube, das letzte Mal, dass ich dich im Anzug gesehen habe, war zu meiner Hochzeit«, sagte Georg.

»Kann schon sein.«

»Aber Krawatte? Du hattest keine Krawatte an. Du hast Krawattenmänner immer gehasst. Lass die Krawatte weg.«

»Wahrscheinlich hast du recht. Obwohl, diese Krawatte hat mir wirklich gefallen.«

Paul holte den Binder aus einem Karton. Die Krawatte war schwarz und breit und trug als Motiv die berühmte Mick-Jagger-Zunge der Rolling Stones.

»Die hat was«, sagte Georg lachend. »Lass sie trotzdem weg. Du willst Rud doch nicht die Zunge rausstrecken, oder?«

»Überredet«, sagte Paul. »Und den Jaguar leihst du mir, bleibt doch dabei?«

»Versprochen ist versprochen. Es sei denn, du möchtest, dass ich dich begleite. Ich könnte den Fahrer für dich und Rud machen. Ihr beide verträumt auf dem Rücksitz.«

»Ich denke, es wird mehr Eindruck machen, wenn ich selber fahre.«

»Wenn du Zeit hast, kannst du mit mir kommen«, sagte Rosa. »Ich habe morgen nur drei Stunden Schule. Mercedes will mich abholen und mir das Autofahren beibringen.«

»Du bist zwölf«, wandte Georg ein. »Das ist verboten.«

»Sie sagt, sie wüsste einen Platz, wo uns die Polizei nicht findet.«

»Das wird ja immer schöner. Wir reden hier von Mercedes, der Rennfahrerin, richtig? Der Frau, die dich beim Stehlen erwischt und hier abgeliefert hat, richtig? Und jetzt auf einmal spielt die erwachsene Frau deine beste Freundin? Du bleibst zu Hause und lässt diesen Unsinn.«

»Mercedes hat gesagt, das wäre nicht verboten, sondern ein Riesenspaß. Du bist ein Spielverderber.«

Georg dachte einen Moment nach. »Bin ich nicht«, sagte er dann. »Ich werde morgen früh hier auf euch warten und Mercedes fragen, was sie vorhat. Dann werde ich entscheiden. Notfalls fahre ich tatsächlich mit.«

»Einverstanden«, sagte Rosa, »du wirst schon sehen.«

Donnerstag

53

Georg schrieb seinen Artikel über Amal und die algerischen Freiheitskämpfer in Köln. Er war nicht konzentriert bei der Sache. Alle drei Minuten schaute er auf den Laptop, ob eine neue Nachricht von YWC käme.

Ich kann das nicht, einfach rumsitzen und warten.

Er nahm den Laptop auf den Schoß und spielte herum. YWC hatten den Rechner komplett restauriert. Dann müssten sich doch die alten Verbindungen wiederherstellen lassen.

Schon einmal hatte er versucht, in die geheimste Zentrale der weltweiten Überwacher einzudringen. Er hatte das Hänsel-und-Gretel-Prinzip angewandt, war den »Krümeln« gefolgt, die die NSA bei ihren Ausspionierungen hinterlassen hatte. Jede Aktion im Internet hinterließ Spuren, egal, von wem sie ausgeführt wurde. Die NSA war nur etwas besser darin, Spuren zu verwischen. Aber auch beim Verwischen der Spuren gab es ein Muster, das Georg und die anderen Whistleblower entschlüsselt hatten.

Beim letzten Mal hatte Georg an die sechs Monate benötigt, um zum Ziel zu gelangen. Es war ein mühevoller Trial-and-Error-Prozess gewesen. Jetzt kannte er den Weg und hatte vielleicht die Chance, schneller ans Ziel zu kommen.

Er startete sein Hacker-Programm und ließ es drei unterschiedliche Wege ausprobieren:

Als Erstes die Route, die am Sonntag vor einer Woche erfolgreich gewesen war und ihm erlaubte, die abgehörten Gespräche der Kanzlerin mit hohen Politikern aus aller Welt mitzuhören.

Route zwei setzte er am Colonius an, dem Kölner Fernsehturm. Geheimdienstmann Matthias hatte ihm ein paar Hinweise gegeben. Und Amal hatte ihm gegenüber angedeutet, dass Georg eigentlich diese Leitung zwischen der NSA und der Kölner Außenstelle angezapft hatte.

Route drei ließ Georg direkt auf die NSA-Zentrale los. Welche Server als Einbruchstellen in Frage kamen, hatten ihm die YWC-Unterlagen gezeigt, die Amal ihm per Mail gesandt hatte.

Er konnte die Routen der drei Programme auf seinem Bildschirm verfolgen. Er wunderte sich schon lange nicht mehr darüber, welche Wege Signale und Datenpakete im Internet nahmen.

Das Programm, das er am Colonius gestartet hatte, kämpfte sich gerade durch Australien. Signal drei, das direkt zur NSA-Zentrale nach Fort Meade vierzig Kilometer nördlich von Washington durchstarten sollte, hing in Darmstadt fest, dem »Dagger complex«, einer US-Kaserne im Stadtteil Griesheim. Von dort gingen sternförmig Abfragen nach Stuttgart-Vaihingen, Bad Aibling in Bayern, in die US-Botschaft nach Berlin, ins Pentagon und ins Weiße Haus. Da waren wohl alle Abwehrrechner gleichzeitig angesprungen und hatten gemeldet, dass irgendein deutscher Computer im Spiel sein musste.

Georg hatte trotzdem keine Sorge, dass man ihm auf die Spur kommen würde. Als Ausgangspunkt für Route drei hatte er nämlich einen chinesischen Server in Hongkong gehackt, der seinerseits auf Industriespionage in Deutschland spezialisiert war.

Interessanterweise hatte genau dieses Programm den Colonius im Visier. Georg hatte diese Route über Montreal in Kanada aktiviert und schien einen Treffer gelandet zu haben. Auf diesem Strang lief offensichtlich ein Austausch zwischen der NSA-Zentrale und einem Mitarbeiter in Köln.

Dieser Mitarbeiter war leider nicht Parfitt, sondern ein Robert Young, von dem Georg noch nicht gehört hatte. Young wurde aufgefordert, kurzfristig zur Berichterstattung in die USA zu kommen. Man wolle aus erster Hand über die Ereignisse in Köln erfahren.

War Young einer von Parfitts Mitarbeitern? Oder ein Geheimagent, der von den eigenen Leuten auf Parfitt angesetzt worden war?

Und dann las Georg einen Satz, der ihn erbleichen ließ: Washington teilte Young mit, dass die Operation Rubin abgebrochen werden sollte. Die Gefahr wäre zu groß, dass der Tod eines Journalisten die Öffentlichkeit zu sehr beunruhigen würde. Das Verhältnis der Bundesrepublik Deutschland zu den Vereinigten Staaten sollte nicht belastet werden, jetzt, wo die Geheimdienste so gut zusammenarbeiteten. Außerdem ginge von Rubin keine Gefahr aus. Er besitze kein relevantes Material, sondern nur besonders präparierte Informationen.

Young bestätigte, dass er verstanden habe. Operation Rubin abgebrochen. Es sollte keine weiteren Toten geben.

Trotz der nächtlichen Stunde rief Georg Menden an.

»Was willst du? Mitten in der Nacht.«

»Habt ihr Parfitt gefunden?«, fragte Georg.

»Nein. Noch nicht. Wir überwachen alle Flughäfen.«

»Es gibt noch jemanden. Einen Robert Young. Ihr müsst auch nach einem Robert Young suchen.«

»Wer soll das sein?«

»Ist wahrscheinlich ein amerikanischer Spion. Sollte Parfitt überwachen. Ist ebenfalls in die USA beordert worden.«

»Und, was meinst du, was wir da machen können? Der Mann hat sicher einen Diplomatenpass.«

»Mensch, Gerald. Ihr könnt doch wenigstens versuchen, ihn zu finden und euch anzusehen. Vielleicht ist es einer von Parfitts Männern. Du warst in seinem Haus. Du würdest ihn wiedererkennen. Da hätte man vielleicht einen Zeugen, der uns sagen kann, wo Parfitt abgeblieben ist.«

»Okay«, sagte Menden. »Robert Young. Notiert. Sonst noch was?«

»Die NSA hat ihre Operation Rubin gestoppt.«

»Operation Rubin?«

»Rubin. Wie Georg Rubin.«

»Und was war das für eine Operation?«

»Ich sollte liquidiert werden. Inzwischen hat man mich begnadigt. Weil ich kein gefährliches Material mehr besäße, sondern nur Fälschungen.«

»Und das haben die dir so einfach erzählt?«, fragte Menden.

»Ich habe gezielt gesucht und etwas abgefangen.«

»Ich dachte, du hättest nur noch falsches Material.«

»Haben die geschrieben.«

»Und du glaubst ihnen?«

»Warum nicht?«

»Weil das zu einfach ist, Georg. Woher weißt du, dass das keine Falle ist? Woher weißt du, dass die dich nicht nur locken?«

»Ich weiß es nicht. Aber ich spüre, dass ich auf der richtigen Fährte bin.«

»Georg. Du bist übermüdet. Genau wie ich. Leg dich endlich was schlafen. Wenn du willst, können wir uns am Wochenende sehen und über alles reden.«

»Weißt du, Gerald«, sagte Georg. »Ich werde den Verdacht nicht los, dass unsere Behörden überhaupt nichts gegen die USA unternehmen wollen. Und du? Du hast im Zweifelsfall auch lieber deine Ruhe. Gute Nacht.«

Georg wartete keine Antwort ab und beendete das Gespräch. Dann googelte er den Namen Robert Young. Er fand einen Schauspieler, der unter anderem einen Dr. med. Marcus Welby gespielt hatte, einen britischen Tenor und einen Bühnenarbeiter, der Mundharmonika spielte und zum inoffiziellen fünften Mitglied der Band Status Quo wurde.

Auf YouTube suchte er nach Status Quo. Eines der ersten angezeigten Videos war »In The Army Now«. Es zeigte die alternden Rockstars inmitten gut gelaunter Soldaten, die sich auf ihren ersten Auslandseinsatz freuten, als wäre es ein Abenteuerurlaub.

Status Quo sangen:

A vacation in a foreign land
Uncle Sam does the best he can
You're in the army now
Oh, oh you're in the army – now

Der Song klang zunächst ganz lustig. Aber dann geriet er ins Stolpern. Das letzte *»now«* kam erst nach einer Schrecksekunde.

Now you remember what the draft man said
Nothing to do all day but stay in bed
You're in the army now
Oh, oh you're in the army – now

You'll be the hero of the neighbourhood
Nobody knows that you left for good
You're in the army now
Oh, oh you're in the army – now

Ferien im Ausland.
Vater Staat tut, was er kann.
Jetzt bist du in der Armee.

Dir fällt ein, was der Einberufungsbeamte gesagt hat.
Den ganzen Tag nichts zu tun, als im Bett zu liegen.
Jetzt bist du in der Armee.

Du wirst der Held der ganzen Nachbarschaft sein.
Keiner ahnt, dass du nicht wiederkommen wirst.
Jetzt bist du in der Armee.

Status Quo? Wo hatte er dieser Tage schon mal von Status Quo gehört? Paul hatte ihm etwas gesagt. Es hatte mit Parfitt zu tun gehabt. »Parfitt. Komischer Name. Wie der Gitarrist von Status Quo.«

Und jetzt Robert Young. Wie der unbekannte Mundharmonikaspieler von Status Quo. Georg war sicher, dass dies kein Zufall war. Hatte sich Parfitt in Young verwandelt? Hatte er den Namen gewechselt, um ausreisen zu können?

Menden hörte nicht auf zu fluchen, als ihn Georg noch einmal aus dem Bett holte. »Du nutzt es schamlos aus, dass ich als Polizist immer in Bereitschaft sein muss und das Telefon nicht abschalten kann. Du bist ein Terrorist. Rücksichtslos. Sagt Ricarda auch.«

Georg wartete, bis Menden Luft holen musste, dann sagte er schnell: »Ich glaube, dass Parfitt unter neuem Namen reist. Von Robert Young habe ich dir schon erzählt. Nimm aber sicherheitshalber auch Francis Rossi, John Edwards, Andy Bown und Leon Cave auf die Fahndungsliste. Die Nachnamen sind wichtiger als die Vornamen.«

»Und wer soll das alles bitte sein?«

»Die Namen der Mitglieder von Status Quo.«

»Der Band aus England?«

»Genau.«

»Und die soll ich verhaften lassen? Ich dachte, die gibt's gar nicht mehr.«

»Nein. Du sollst Parfitt verhaften. Aber ich vermute, dass er die Namen der Bandmitglieder benutzt.«

»Wie kommst du denn darauf?«

»Erklär ich dir später.«

»Gute Nacht«, sagte Menden.

»Nix, gute Nacht«, sagte Georg. »Du musst die Fahndungsliste ändern.«

»Status Quo. Die hab ich nie richtig gemocht. Jetzt weiß ich endlich, warum. Nächtliche Ruhestörung.«

Es war die Stimme der Kanzlerin, die Georg aufweckte, nachdem er vor seinem Laptop eingeschlafen war. Erst glaubte er, der Rechner würde eine alte Sprachdatei abspielen, aber das konnte nicht sein. Er hörte ein Gespräch, das er noch nicht kannte.

Die Kanzlerin sprach davon, dass ihr Geheimdienst gemeldet hätte, ein amerikanischer Spion soll in Köln Morde begangen haben, und verlangte Auskunft.

Eine Stimme, die sich wie der amerikanische Präsident anhörte, beruhigte sie. »Wir haben den Mann zurück nach Hause beordert. Wir werden dafür sorgen, dass er keine Schwierigkeiten macht.«

»Sie hatten zugesichert, dass es keine weiteren belastenden Vorfälle geben würde.«

»Ich hatte zugesichert, dass keine belastenden Vorwürfe bekannt werden. Wir werden dafür sorgen, dass nichts bekannt wird. Darum geht es doch«, sagte die Präsidentenstimme.

»Es hat Tote gegeben. Die Polizei sucht nach den Mördern.«

»Sie haben Urbanski. Da haben Sie Ihren Mörder.«

»Urbanski ist tot.«

»Hat sich offenbar selbst in die Luft gesprengt.«

»Sagen Sie.«

»Sagen meine Geheimdienste. Sie haben vorgeschlagen, dass das auch die offizielle Version wird. Ein Exsoldat, der seine Afghanistan-Erfahrungen nicht verarbeitet hat. Tragisch.«

»Meine Geheimdienste sagen mir außerdem, Ihr NSA-Mann hätte Urbanski in die Luft gejagt. Und das auch noch spektakulär an einer TV-bekannten Bratwurstbude. Das ist so, als hätte bei Ihnen jemand CNN in die Luft gesprengt.«

»CNN in die Luft sprengen? Interessante Idee.«

»Mr. President.«

»Frau Bundeskanzlerin. Sie sollten das nicht so eng sehen.«

»Was sage ich denen, die mir vorhalten, dass der amerikanische Präsident einen Mann bezahlt, der in meinem Land Bürger meines Landes ermordet hat?«

»Ich bitte Sie. Der Mann ist staatlicher Angestellter. So wie Sie und ich auch. Sie können mich doch nicht haftbar machen für jemanden, der irre geworden ist, der Amok läuft, der durchgedreht ist. Der Mann hatte Allmachtsphantasien. Ich zeige ihm jetzt, dass er nicht allmächtig ist.«

»Das soll ich also sagen?«

»Man sagt, Sie wären die mächtigste Frau der Welt. Also bitte.«

»Was, also bitte?«

»Dann verhalten Sie sich auch so. Es gibt so viel Unrecht auf der Welt, um das wir uns kümmern könnten.«

»Es geht auch um Gerechtigkeit.«

»So ist es. Wir müssen unsere Werte verteidigen. Wir werden unseren Mann der Gerechtigkeit zuführen. Seien Sie unbesorgt. Sie werden davon erfahren. Ganz sicher.«

Georg spielte sich die Aufzeichnung noch einmal vor. Und noch einmal. Er war fassungslos. War das Gespräch echt? Oder war es wieder nur eine Fälschung, die ihn ablenken sollte?

Ein roter Kreis mit einer weißen Eins im Mittelpunkt signalisierte ihm, dass er eine neue Nachricht bekommen hatte. Sie war von YWC: »Wir wissen nicht, was du getan hast und wie du es getan hast. Aber dein Rechner hört jetzt nicht mehr die Kanzlerin ab, sondern den Präsidenten. Bleib so lange wie möglich dran. Wir hören mit.«

54

Paul Rubin probierte den neuen Anzug an, posierte und drehte sich vor dem großen Spiegel im Flur, zog den Bauch ein, beäugte sich kritisch, ging ins Wohnzimmer und rüttelte Georg wach. »Was meinst du?«, fragte er.

»Hä?«, raunzte Georg, was so viel bedeuten sollte wie: Warum in Herrgottsnamen weckst du mich mitten in der Nacht und fragst mich Sachen, von denen ich nichts verstehe?

»Was meinst du?«, wiederholte Paul. »Soll ich den Anzug anziehen, um Rud am Flughafen abzuholen?«

Georg setzte sich auf. »Mann. Du holst sie vom Flughafen ab.«

»Ja. Weiß ich. Und was willst du mir damit sagen?«

»Dazu braucht man keinen Anzug. Und du schon gar nicht.«

»Meinst du?«

»Ja, meine ich«, sagte Georg. »Ganz locker. Die Frau wird dir auch so um den Hals fallen, dass du sie da nicht alleine rumstehen lässt.«

»Bestimmt?«

»Paul. Wie alt bist du? Sechsundsechzig, oder? Du benimmst dich wie ein spätpubertierender Jüngling.«

»Bitte etwas mehr Respekt. Ich bin immer noch dein Vater.«

»Ich habe gelesen, dass bei pubertierenden Jungen die Durchblutung im Gehirn geringer ist als bei pubertierenden Mädchen.«

»Stand wahrscheinlich in deiner Superzeitung BLITZ. Da wimmelt es ja von Beziehungsexperten.«

»Paul, du bist erwachsen. Du musst das tun, bei dem du dich gut fühlst.«

»Danke. Ich glaube, ich lasse den Anzug.«

Paul verschwand im Schlafzimmer, während Georg sich in die Lektüre des Kuriers vertiefte. Die Kollegen berichteten groß über das Attentat an der Tatort-Wurstbude und über den grausigen Fund der Leichenteile im Rhein. Eine Verbindung zwischen den beiden Taten wurde nicht hergestellt.

Die Zeugenaussagen vom Mord an der Bratwurstbude widersprachen sich. Ein Vater, der mit seinem Sohn direkt hinter dem späteren Todesopfer in der Reihe gestanden hatte und leicht verletzt worden war, hatte berichtet, dass der Mann zu einem anderen Mann hinübergeblickt hätte, der an einem Tisch direkt am Rheinufer gesessen hätte.

Der Kioskbesitzer hatte diesen anderen Mann auch gesehen, sagte aber aus, der Mann sei alleine gewesen und hätte mindestens eine Viertelstunde vor dem Anschlag zwei Kölsch bestellt und sich alleine an den Tisch gesetzt. Er könne sich sehr genau erinnern, da der Mann ganz in Weiß gekleidet gewesen wäre.

Georg wusste, dass diese Beschreibung auf Parfitt passte. Die Geheimdienste und Menden wussten es auch. Aber was half das schon?

Der Mann würde inzwischen auf dem Weg in die USA sein und dort der speziellen amerikanischen »Gerechtigkeit« zugeführt werden. Er konnte sich vorstellen, was das bedeutete. Neue Identität, großzügige Pension, ein Haus am Meer, lebenslang Frei-Burger bei McDonald's und Freiflüge bei American Airlines.

Georg schwor sich, diesen Mann zu finden. Und wenn der jetzt auch entkommen konnte, er würde nicht aufhören, nach ihm zu suchen. Und mit Hilfe von YWC würde er ihn finden.

Paul hatte sich umgezogen und trug das, was er immer trug. »Ich bin dann mal weg. Danke für den Jaguar.«

»Nichts zu danken«, sagte Georg. »Ist Francks Auto. Also sei ein bisschen vorsichtig.«

»Bin ich. Und du solltest vielleicht mal aus den Klamotten raus und unter die Dusche«, sagte Paul. »Du hast gleich auch noch ein Date.«

»Ich ein Date?«

»Du bist mit Rosa und Mercedes verabredet.«

»Echt?«

»Mercedes will ihr das Autofahren beibringen.«

»Ich erinnere mich dunkel.«

Georg setzte sich in den Vorgarten und beobachtete, wie Paul mit dem Jaguar Richtung Düsseldorf fuhr. Der Mann hatte tatsächlich etwas übrig für Rud Odenthal. Für ihn als Sohn war es schon ungewöhnlich, den Vater auf Freiersfüßen zu sehen. Stand nur zu befürchten, dass Rud nach ihrer schlechten Erfahrung mit diesem Rolf Nettekoven erst einmal wieder genug von Männern hatte.

Wer war eigentlich der Vater von Ruds Tochter? Georg konnte sich nicht erinnern, dass sie ihm das jemals erzählt hätte.

Es hatte sich abgekühlt. Dunkle Wolken zogen auf. Er setzte sich an den Schreibtisch, schrieb die Story über Amal und Ben Wisch zu Ende und schickte den Text an Carola Maar in die Redaktion. Das wäre vielleicht etwas für die Sonntagausgabe. Illustrationsmaterial gäbe es bei Sandra Herfurth im Archiv.

Morgen müsste er Verleger Berger mitteilen, ob er Chefredakteur des BLITZ werden wollte. Was würde er ihm sagen? Was würde er verlangen?

Er öffnete eine neue Word-Datei und schrieb:

Zehn Thesen zur Zukunft des BLITZ als gedruckte Zeitung:

1. Da wir in gedruckter Form nicht schneller als elektronische Medien sein können, müssen wir anders und besser sein.
2. Anders sein: In der gedruckten Zeitung ist jede Nachricht zwangsläufig von gestern. Wir müssen also immer hinter die Nachricht schauen.
3. Besser sein: Wir müssen unsere Leser täglich neu begeistern. Das geht nur mit außergewöhnlichen Texten, die anderswo nicht zu finden sind. Wir finden diese Geschichten bevorzugt in der eigenen Stadt und Region.
4. Wir müssen Fakten als Geschichten erzählen.
5. Wir müssen unsere Geschichten mit mehr Stil erzählen.
6. Wir müssen uns für die einzelne Geschichte mehr Zeit nehmen, um die unentdeckte Geschichte hinter der Geschichte zu erzählen.
7. Wir müssen näher ans wirkliche Leben ran und auf jede Art von Hofberichterstattung verzichten. Also: weniger Presseerklärungen und Agenturmeldungen, mehr eigene Recherche vor Ort.
8. Wir dürfen aus dem Web und den sozialen Medien niemals einfach abschreiben, sondern sollten sie nutzen, um uns mit dem Publikum auszutauschen.
9. Wir müssen uns trauen, ganz individuell zu schreiben. Nur eine eigene Stimme ist eine überzeugende Stimme.
10. Wir müssen uns trauen, jeden Tag einen neuen Blick auf die Wirklichkeit zu werfen. Der Kulturredakteur schreibt über den Sport, der Sportredakteur über Politik.

Es klingelte. Mercedes hatte Rosa von der Schule abgeholt. »Ihre Tochter hat gesagt, Sie wollten uns begleiten«, sagte sie jetzt.

»Vor allem hat sie gesagt, Sie wollten ihr das Autofahren beibringen. Dagegen habe ich was.«

Mercedes lachte. »Waren Sie noch nie mit ihr auf der Kirmes?«

»Doch.«
»Autoscooter?«
»Auch.«
»Gokartbahn?«
»Nein. Noch nicht.«

»Dann wird das heute eine Premiere«, sagte Mercedes. »Ich habe uns auf einer Kartbahn angemeldet. Die ist direkt am Autobahnkreuz Kaarst. Die sind auf Kinder ab zwölf eingestellt. Ich bin gespannt, wie Rosa abgeht.«

»Gut. Ich komme mit. Wenn es Sie nicht stört, dass ich meinen Rechner mitnehme und ab und zu etwas nachsehe.«

»Wenn Sie mit Ihrer Tochter unterwegs sind, sollten Sie sich um sie kümmern. Nur um sie.«

»Frau Schumann, vergessen Sie nicht: Sie sind mit ihr unterwegs. Ich bin nur Ihre Begleitung. Der Aufpasser, wenn Sie so wollen.«

»Ich kann auf mich selbst aufpassen. Und wir können uns ruhig duzen.«

Vor der Tür stand das rote Porsche Cabrio, das Georg vom Anschieben kannte. »Und mit dem Wagen willst du auf große Fahrt?«, fragte er.

»Mit dem Wagen fahre ich notfalls einmal um die Welt. Der ist in seinem Autoleben erst einmal liegen geblieben.«

»Ich weiß«, sagte Georg.

»Grins nicht so dumm. Das lag nicht an dem Wagen, das lag an mir. Hätte die Batterie auswechseln müssen.«

»Soll ich draußen warten, ob ich wieder anschieben muss?«

»Nein. Steig ein. Rosa, du kletterst nach hinten.«

Der Wagen war ein typischer Zwei-plus-zwei-Sitzer, was hieß, dass hinten nur Zwerge Platz hatten.

Der Motor klang sehr gesund, wie Georg fand, und als Mercedes aufs Gas trat, sprang das alte Blech nach vorne wie ein hungriger Tiger.

»Vorsicht, hier ist Tempo dreißig«, sagte Georg.

»Ich mag es nicht, wenn Beifahrer dauernd quatschen«, sagte Mercedes.

Sie fuhr auf die Innere Kanalstraße, am Fernsehturm vorbei bis zum Autobahnkreuz Nord, dort auf die A 57 Richtung Krefeld.

Georg war heilfroh, dass fast auf der gesamten Strecke Höchstgeschwindigkeiten vorgeschrieben waren. Sonst hätte diese Frau bestimmt in den Tiefflugmodus geschaltet.

Paul kämpfte sich mit dem für ihn ungewohnten Jaguar durch die Wirren der Zufahrt zum Flughafen Düsseldorf. Er hatte sich jedes Mal verfahren, wenn er in Düsseldorf war. Irgendwie mochte er die Stadt nicht, obwohl sie seit Neuestem einen roten Oberbürgermeister hatte.

Die Anfahrt klappte ganz gut. Über die A 57 bis zum Kreuz Meerbusch, dort rechts ab, über den Rhein, das Düsseldorfer Stadion rechts liegen lassen, und dann war man eigentlich auch schon da.

Aber dann? Ankunft. Abflug. Parkhäuser. Jede Menge. Und so oft war er in seinem Leben noch nicht geflogen. Von Düsseldorf aus noch nie.

Er folgte einer Reihe von Taxis. Zum Flughafen musste er rechts raus. Gut so. Erst mal weiter den Taxis folgen. Er kam wunderbar vorwärts, aber er war auch falsch. Hier war Abflug. Air France. Und nicht Ankunft Air Berlin aus Ibiza.

Paul hielt an, um zu sehen, ob er irgendwo parken könnte. Hier musste er jedenfalls weg. Er war in der Taxispur und wurde von hinten schon unhöflich angehupt.

Aus dem Taxi vor ihm stieg ein Mann aus, den Paul schon mal gesehen hatte. Der Mann hatte einen dieser kleinen Rollkoffer, die man mit an Bord nehmen durfte. Der Mann schaute nicht in seine Richtung. Wie sollte er es anstellen, sein Gesicht noch einmal zu sehen?

Der Taxifahrer hinter ihm hupte ein zweites Mal, und die anderen Taxis stimmten in das Hupkonzert ein. Der Mann blickte nach hinten, um zu sehen, was da los war.

Paul genügte der kurze Moment, um ihn zu erkennen: Es war dieser Parfitt, hinter dem Georg her war. Georg hatte ihm das Foto gezeigt, und er war Paul schon von dem kurzen Anblick unsympathisch gewesen.

Er schüttelte den Kopf. Solche Zufälle gab's doch gar nicht. »Ich verzettele mich vor lauter Aufregung und lande genau hier bei diesem Mann?«, sagte er zum Lenkrad. Vielleicht bilde ich mir die Ähnlichkeit ja nur ein, dachte er.

In dem Moment drehte der Mann sich ein zweites Mal um, und ohne sagen zu können, wieso, verlor Paul sämtliche Zweifel. Zufall hin oder her. Er fuhr den Wagen rechts an den Bürgersteig und schaltete die Warnblinkleuchten ein.

»Hier ist nur für Taxis«, sagte der Taxifahrer hinter ihm mit breitem rheinischem Akzent.

»Seh ich auch. Aber mein Wagen streikt. Ich hole Hilfe.« Sagte er und verschwand in der Abfertigungshalle.

Parfitt war auf dem Weg zum Air-France-Schalter. Business Class und erste Klasse. Als Flugziel war Paris angegeben, als Abflugzeit dreizehn Uhr fünfzig.

Paul zog sich etwas zurück, obwohl Parfitt ihn ja kaum kennen durfte, und rief Georg an. »Du glaubst nicht, was mir gerade passiert ist«, sagte er.

»Paul? Ist was mit dem Auto? Ich verstehe dich nicht. Hier ist so ein Lärm.«

»Wo bist du?«, fragte Paul.

»Im Kart-Center in Kaarst.«

»Ich weiß, wo Parfitt ist«, sagte Paul.

»Parfitt?«, schrie Georg.

»Nicht so laut«, sagte Paul, als hätte er Angst, dass der ihn durchs Telefon hören könnte. »Er ist im Flughafen Düsseldorf. Abflug Air France. Flug nach Paris um dreizehn Uhr fünfzig.«

»Du musst ihn aufhalten«, sagte Georg.

»Wie soll ich das tun? Ich muss Rud abholen. Die landet in sieben Minuten.«

»Ruf sie an. Sag, dass du auf Verbrecherjagd bist. Ich kann sie auch anrufen, wenn dir das lieber ist. Aber Parfitt darf den Düsseldorfer Flughafen nicht verlassen.«

»Keine Ahnung, was du da ausgerechnet von mir willst. Aber Rud rufe ich lieber selbst an.«

Georg alarmierte Menden. »Ich weiß, wo Parfitt ist. Flughafen Düsseldorf. Abflug mit Air France um dreizehn Uhr fünfzig nach Paris. Du musst ihn festnehmen lassen.«

»Dreizehn Uhr fünfzig. Dann bleiben uns noch eine Stunde und zwanzig Minuten. Ich sage den Düsseldorfer Kollegen Bescheid und mache mich sofort auf den Weg.«

Mercedes und Rosa hatten ihr Fahrerbriefing hinter sich und

waren fünf Qualifying-Runden gefahren. »Du hast überhaupt nicht zugeguckt«, beschwerte sich Rosa.

»Tut mir leid. Aber ihr müsst sofort aufhören. Mercedes, ich muss ganz dringend zum Düsseldorfer Flughafen. Du musst mich fahren. Bitte. Es geht um Leben und Tod.«

»Immer machst du alles kaputt«, schimpfte Rosa.

»Wir holen das nach«, sagte Georg. »Versprochen! Hoch und heilig.«

Mercedes hatte begonnen, ihre Montur auszuziehen und mit den Veranstaltern zu verhandeln. »Wir bekommen einen Gutschein und können das Rennen später nachholen.«

Während Rosa sich umzog, checkte Georg seinen Laptop. Er hatte drei neue Meldungen mit demselben Inhalt.

»Wir haben eine Nachricht aus den USA abgefangen. Das Flugzeug, mit dem Parfitt aus Deutschland fliehen will, soll zum Absturz gebracht werden. Es soll aussehen wie ein Terroranschlag.«

Georgs Kopf raste. Das konnte doch nicht wahr sein. Oder? Er schrieb an YWC: »Ich weiß, dass Parfitt um dreizehn Uhr fünfzig ab Düsseldorf fliegt.«

»Es liegt an dir, Georg, ob du Parfitt retten willst oder nicht.«

»Es geht doch nicht nur um Parfitt. Es geht um die vielen anderen Menschen an Bord. Und vielleicht die Opfer, die es auf der Erde geben wird.«

»Dass Unschuldige ums Leben kommen, ist einkalkuliert. Kollateralschaden heißt das in ihrer Sprache. Wir sehen keine Möglichkeit. Wenn du etwas unternehmen kannst, werden wir das akzeptieren.«

Nein, das konnte echt nicht wahr sein! Georg rief noch einmal Menden an: »Gerald. Du musst den Start des Flugzeuges verhindern. Oder die Bundeswehr alarmieren. Oder beides.«

»Nun mal langsam. Was ist los?«

»Das Flugzeug mit Parfitt an Bord soll abgeschossen werden.«

»Was redest du da? Abgeschossen. Von wem denn? Das geht doch gar nicht.«

»Vielleicht nicht abgeschossen, aber zum Absturz gebracht werden. Die NSA will Parfitt ausschalten.«

»Georg, woher willst du das wissen?«

»Habe ich von meinen Whistleblower-Freunden.«

»Ich will sehen, was ich machen kann.«

Mercedes gab ordentlich Gas. Von Kaarst war es nur ein Katzensprung zum Flughafen. Georg rief Franck von Franckenhorst an, seinen reichen Freund: »Du hast doch Ahnung von Flugzeugen.«

»Nicht wirklich. Ich habe ein Flugzeug.«

»Sag ich ja. Wie würdest du es anstellen, ein Flugzeug zur Landung zu zwingen?«

»Kommt drauf an.«

»Worauf?«

»Auf den Flugzeugtyp.«

»Dann bereite dich mal auf eine große Passagiermaschine vor. Wann kannst du starten?«

»In dreißig Minuten.«

»Wäre nett, wenn du mich in Düsseldorf abholen würdest. Spätestens um dreizehn Uhr fünfzig.«

»Vergiss es. So läuft das nicht.«

»Ich dachte, du bist mein Freund. Es geht um Leben und Tod.«

»Ich muss nachdenken. Ich melde mich.«

Als Mercedes am Flughafen Düsseldorf ankam, wurde gerade ein Jaguar in der Farbe Racing Green abgeschleppt. Paul hatte offensichtlich nicht korrekt geparkt. Kein Grund, ihm einen Vorwurf zu machen, wenn er Parfitt aufgehalten hatte.

Paul stand vor dem Air-France-Schalter. Rud saß neben ihm auf einem Koffer. Paul redete auf die Dame am Schalter der Business Class ein, die von zwei weiteren Air-France-Mitarbeitern in Uniform flankiert war.

»Gut, dass du da bist, mein Junge«, sagte Paul. »Die verstehen mich nicht. Oder die wollen mich nicht verstehen.«

Georg stellte sich als Chefreporter des BLITZ vor. Sein Vater habe einen Mann erkannt, der nach Paris fliegen wollte. Erster Klasse.

»Ja. Das haben wir registriert. Aber wir haben Ihrem Vater auch gesagt, dass niemand mit dem Namen Parfitt auf den Flug gebucht ist.«

»Und was ist mit einem Robert Young? Haben Sie den auf der Passagierliste?«

»Mein Herr«, meldete sich einer der Männer in Air-France-Uniform. »Wir sind nicht befugt, Ihnen darüber Auskunft zu geben. Datenschutz. Sie verstehen.«

»Aber der Mann steht auf der Fahndungsliste.«

»Wenn das so sein sollte, dann wird das bei der Sicherheitskontrolle auffallen. Sie entschuldigen uns bitte jetzt.«

Georg, Paul, Rud, Mercedes und Rosa zogen sich in ein Café zurück.

»Ich habe ihn ganz sicher erkannt«, sagte Paul.

»Die Polizei ist alarmiert«, sagte Georg. »Menden kommt persönlich aus Köln hierher. Franck will helfen, weiß aber nicht, wie. Ich weiß auch nicht weiter.«

»Ihr habt getan, was ihr tun konntet«, sagte Mercedes Schumann.

YWC hatte auch keinen neuen Rat. Der Rechner blieb stumm. Er las die letzten Meldungen laut vor:

»Das Flugzeug, mit dem Parfitt aus Deutschland fliehen will, soll zum Absturz gebracht werden. Es soll aussehen wie ein Terroranschlag.«

»Soll zum Absturz gebracht werden«, wiederholte Paul. »Das wird man doch nicht hier mitten über Deutschland veranstalten. Das wird irgendwo über dem Atlantik passieren, fern von allen Beobachtungsstationen. Vielleicht verschwindet es einfach, so wie Flug MH 370 auf dem Weg von Kuala Lumpur nach Peking.«

»Ich glaube nicht, dass ein Flugzeug spurlos verschwinden kann«, sagte Rosa. »Es gibt keine Zauberer. Und es gibt keine Aliens. Hat Papa immer gesagt.«

Georg nickte. Recht hatte seine Tochter. Aber MH 370 war verschwunden. Und Parfitt alias Young würde auch verschwinden, wenn nicht noch ein Wunder geschah.

Das Boarding der Maschine hatte begonnen. Business Class zuerst. Parfitt alias Young müsste also gleich durch die allerletzte Kontrolle sein.

Menden rief an. »Negativ. Paul muss den Mann verwechselt haben. Es gibt niemanden mit dem Namen Parfitt oder Young oder sonst einem von den Namen, die du mir heute

Nacht genannt hast an Bord. Insgesamt sieben Passagiere haben durchgebucht bis Washington. Dieser Flug geht ja erst einmal nach Paris. Was wäre, wenn das ganze Szenario erst für den Flug Paris–Washington gilt? Könnte ja sein, dass Parfitt erst in Paris den Flieger nimmt.«

»Ich habe mich nicht geirrt«, sagte Paul. »Es war der Mann von dem Foto, das Georg mir gezeigt hat.«

»Was hatte der Mann an?«, fragte Georg.

»Nichts Besonderes. Irgendeinen dunklen Anzug. Er hatte auch nur einen kleinen schwarzen Rollkoffer fürs Handgepäck.«

»Tut mir leid, Paul. Aber du hast dich doch geirrt«, sagte Menden. »Parfitt kleidet sich immer in Weiß.«

»Du willst doch jetzt nicht alles abblasen?«, sagte Georg.

»Nein. Natürlich nicht. Die Kollegen in Paris können noch einmal sehr streng kontrollieren. Das ist bei Reisen in die USA nicht ungewöhnlich. Hier läuft die Fahndung weiter. Und die Bundeswehr habe ich auch alarmiert. Sobald im Luftraum irgendetwas Ungewöhnliches vor sich gehen sollte, können vom Fliegerhorst Nörvenich Maschinen starten.«

Menden hatte diese Worte als Trost gemeint, aber die Stimmung der Gruppe war am Boden.

»Paul, du könntest versuchen, den Jaguar zu finden. Der wurde vorhin abgeschleppt.«

»Ich konnte nicht anders. Ich musste doch hinter Parfitt her.«

»War doch kein Vorwurf. Franck freut sich bestimmt, den Wagen zurückzubekommen.«

»Ich geh mit dir«, sagte Rud.

Die beiden zogen ab wie ein Ehepaar.

»Ich bleibe hier«, sagte Mercedes.

»Ich auch«, sagte Rosa.

»Wir warten den Abflug ab. Dann fahren wir zurück nach Köln«, sagte Georg.

Eine Stewardess in blauer Uniform und mit rotem Halstuch näherte sich der Gruppe: »Guten Tag. Wer von Ihnen ist Herr Rubin?«

Georg meldete sich.

»Ich habe eine Nachricht von Herrn von Franckenhorst. Er hat seine eigene Maschine genommen, für Sie hat er bei uns eine Gulfstream G450 gechartert, die Ihnen zur Verfügung steht. Gegebenenfalls auch bis Paris. Bitte kommen Sie.«

»Ich mach das«, sagte Georg. »Mercedes, bitte kümmer dich um Rosa. Danke.« Er umarmte die junge Frau, die seine Tochter beim Klauen erwischt hatte. »Ich würde mich freuen, dich wiederzusehen.«

»Kein Problem. Wir müssen ja noch einmal auf die Kartbahn. Und dann musst du auch fahren.«

»Papa, du musst los. Die Air-France-Maschine startet in drei Minuten«, sagte Rosa.

»Danke, Kleines«, sagte Georg und gab ihr einen dicken Kuss auf die Stirn.

»Darf ich mit?«, fragte Menden.

»Kein Problem«, sagte die Stewardess. »Die Maschine hat Platz für acht Personen.«

»Dann los.«

Im Laufschritt ging es durch die Kontrolle. Franck hatte beste Vorarbeit geleistet. Die Maschine stand startklar auf dem Rollfeld. Georg musste den Kopf einziehen.

Der Kapitän wies sie kurz ein. »Die Innenhöhe ist nur ein Meter achtundachtzig, aber ansonsten fehlt es hier an nichts. Reisegeschwindigkeit ist achthundertzwanzig km/h, Höchstgeschwindigkeit neunhundertvierunddreißig km/h. Maximale Reichweite wäre achttausendsechzig Kilometer, Herr von Franckenhorst meinte aber, ich sollte mich maximal auf dreitausend Kilometer vorbereiten.«

»Wir sind also genauso schnell wie eine Passagiermaschine?«, fragte Georg.

»Ich denke schon«, sagte der Kapitän. »Es wäre allerdings schön, wenn mir jemand sagen würde, was wir vorhaben. Angemeldet habe ich einen Start und einen Flug Richtung Paris. So wie Herr von Franckenhorst es gewünscht hat. Er hat allerdings auch gesagt, dass Sie möglicherweise den Kurs ändern würden.«

»Paris ist schon in Ordnung. Vorerst. Genau genommen möchte ich, dass Sie der Air-France-Maschine folgen, die um dreizehn Uhr fünfzig starten wird.«

»Oh«, sagte der Kapitän. »Da gibt es ein Problem. Der Start der Maschine wurde verschoben. Irgendeine Panne oder noch eine Sicherheitskontrolle. Vielleicht ein nicht identifiziertes Gepäckstück. Ich müsste in fünf Minuten los. Oder soll ich unseren Start verschieben?«

»Verschieben«, sagte Georg, »wenn das möglich ist.«

»Gut. Machen Sie es sich bequem. Was darf ich Ihnen anbieten?«, fragte die Stewardess.

»Was haben Sie denn?«, fragte Georg.

»Alles.«

»Dann bitte einen Kaffee.«

»Nur Kaffee? Oder lieber einen Espresso. Oder Cappuccino?«

»Cappuccino.«

»Espresso«, sagte Menden.

Menden rief die Flughafenpolizei an. »Was ist mit dem Air-France-Flieger?«

»Nichts Besonderes. Wir gehen nur auf Nummer sicher. Da hat irgendein Rentner die Crew nervös gemacht, als gäbe es eine besondere Gefahr. Wir checken noch einmal alle Passagiere und werfen auch einen Blick aufs Gepäck.«

»Wie lange wird das dauern?«

»Neue Abflugzeit ist vierzehn Uhr fünfunddreißig. Wenn alles gut geht.«

Menden berichtete von seinem Gespräch. »Sie sind von der Polizei«, sagte der Kapitän. »Interessant. Ich melde uns dann neu für vierzehn Uhr fünfundzwanzig an. Dann können wir sehen, was die Air France vorhat. Außerdem werde ich Herrn von Franckenhorst anfunken.«

»Cappuccino, Espresso«, sagte die Stewardess und servierte dazu ein umwerfendes Lächeln.

»Darf ich mal fragen, was das Arrangement hier kostet?«, sagte Georg.

»Machen Sie sich keine Sorgen. Herr von Franckenhorst hat alles erledigt.«

»Nur mal so ganz allgemein. Was würde denn ein Privatflug nach Paris kosten?«

»Mit rund fünfzehntausend bis zwanzigtausend Euro müssen Sie rechnen. Dafür fliegen Sie aber auch Rolls-Royce. Die Maschine hat zwei Rolls-Royce-Triebwerke. Wenn es Sie interessiert, wir stehen Ihnen jederzeit für ein unverbindliches und selbstverständlich kostenloses Beratungsgespräch zur Verfügung.«

»Selbstverständlich kostenlos«, sagte Georg. »Der Cappuccino schmeckt übrigens sehr gut.«

55

Wenn man ein Flugzeug in die Luft jagen will, gibt es nur zwei verlässliche Methoden.

Die erste ist, den Sprengsatz mit einer Zeitschaltuhr auszustatten.

Die zweite ist, den Sprengsatz per Funk zu zünden. Das setzt eine direkte Verbindung voraus, zum Beispiel dadurch, dass jemand an Bord geht und sich als Selbstmordattentäter mit den anderen Passagieren opfert.

Man könnte auch versuchen, nebenherzufliegen oder das Signal per Drohne zu schicken, aber das wäre unsicher und aufwendig.

Im vorliegenden Fall war die bewährte Methode gewählt worden: Unter Sitz 1 in Reihe 1 steckte ein Sprengsatz mit einer Zeitschaltuhr, die auf vierzehn Uhr fünfundvierzig eingestellt war.

Bei einer planmäßigen Startzeit um dreizehn Uhr fünfzig ergäbe sich bis zur Explosion eine Flugzeit von fünfundfünfzig Minuten, was bedeutete, dass die Bombe zwanzig Minuten vor der Landung auf dem Flughafen Charles de Gaulle explodieren würde.

Zu dieser Zeit würde die Maschine ein weitgehend ländliches Terrain überfliegen. Weitere Opfer am Boden waren nicht zu befürchten. Außer der Zielperson waren einhundertsechsundvierzig Menschen an Bord, einschließlich der Besatzung.

Die Bombe unter Sitz 1 war nicht der einzige Sprengsatz an Bord, aber der wichtigste. Denn auf diesem Platz saß die Zielperson, die unter dem Namen Mike Love eingecheckt hatte, der Name war von einem Sänger der *Beach Boys* entliehen. Die Zielperson hatte den Wunsch geäußert, künftig in Kalifornien zu wohnen, da erschien der Namenswechsel passend.

Mit der Zündung von Bombe eins würden zwei weitere

Sprengkörper aktiviert, einer im Passagierraum auf Höhe der Tragflächen, ein weiterer im Gepäckraum.

Die Experten hatten alles berechnet. Die Erfolgswahrscheinlichkeit betrug 99,99 Prozent.

An dieser Zahl hatte sich auch jetzt nichts geändert. Die Absturzwahrscheinlichkeit betrug weiterhin 99,99 Prozent. Nur die Uhrzeit war eine andere geworden.

Weil sich der Abflug um fünfundvierzig Minuten auf vierzehn Uhr fünfunddreißig verzögert hatte, die Zeitschaltuhr aber weiterhin auf vierzehn Uhr fünfundvierzig eingestellt war, würde der Absturz nur zehn Minuten nach dem Start eingeleitet werden.

Die Experten hatten die Folgen berechnet. Die Kollateralschäden würden bedeutend höher ausfallen.

Das Rheinland war eine der am dichtesten besiedelten Regionen Europas. Es konnte nicht ausgeschlossen werden, dass das Flugzeug über einer Großstadt wie Krefeld, Duisburg, Neuss oder Köln abstürzte.

Die drei Bomben waren so ausgelegt, dass auch der beste Pilot keine Chance haben würde, den Sturz irgendwie zu kontrollieren und auf unbesiedelte Gebiete umzulenken.

Die einzige noch bestehende Chance war, das Flugzeug sofort zu evakuieren und auf dem Rollfeld in Düsseldorf hochgehen zu lassen.

Die Zentrale hatte abgelehnt. Weitere Verzögerungen müssten vermieden wären, sonst wäre der Erfolg der gesamten Aktion gefährdet. Es ginge um die Sicherheit des Landes. Da dürfte man keine faulen Kompromisse machen.

Georg schaute auf seine Uhr. Vierzehn Uhr fünfundzwanzig. Der kleine Jet rollte an und stieg fast schwerelos in die Luft.

»Der Wind steht günstig«, sagte der Kapitän. »Der Airbus wird nur eine kleine Schleife fliegen und dann Kurs Richtung Paris aufnehmen. Neuss, Mönchengladbach, Jülich, Aachen, Lüttich und so weiter.«

Per Funk meldete sich Franck von Franckenhorst: »Ich bin mit meiner Citation im Zweifel etwas langsamer als ihr und der Airbus. Ich fliege mal ein Stückchen voraus.«

Um vierzehn Uhr fünfunddreißig meldete der Tower Düsseldorf, dass der A200 der Air France gestartet war. Um vierzehn Uhr sechsunddreißig erhielt Menden einen Telefonanruf. Er hörte nur zu. Zweimal sagte er »Ja«. Und dann noch: »Wir halten Abstand.«

»Was ist los?«, fragte Georg.

»Dein Vater und du hattet recht«, antwortete Menden. »Parfitt ist an Bord. Und drei Bomben sind an Bord. Meldet unser Geheimdienst. Aus amerikanischer Quelle. Zwei Abfangjäger der Bundeswehr werden versuchen, das Flugzeug zur Landung zu zwingen. Der Pilot des Airbus ist per Funk informiert. Zum Glück ein ganz erfahrener Mann. Leider wissen sie nicht, welcher der Passagiere Parfitt ist, wo die Bomben versteckt sind oder ob Attentäter an Bord sind. Wir, also Franck und wir, sollen Abstand halten. Wir wollen die Maschine so schnell wie möglich zum Landen bringen, damit Rettungskräfte eingesetzt werden können. Wir haben auch eine Explosionszeit: vierzehn Uhr fünfundvierzig.«

»Das ist in sechs Minuten«, sagte Georg. Und dann: »Braunkohlengebiet. Wir müssen ins Tagebaugebiet. Da ist es menschenleer. Da gibt es Straßen, auf der kann der Airbus vermutlich landen.«

»Wenn da nicht irgendwelche Straßenbrücken in der Gegend rumstehen«, sagte Menden.

»Herr Rubin hat recht«, schaltete sich der Pilot ein. »Das könnte gehen. Zurück nach Düsseldorf ist zu riskant, für Nörvenich wird's nicht reichen. Soll ich Kontakt mit dem Airbus aufnehmen?«

»Später. Ich denke, das machen erst einmal meine Leute. Und die Bundeswehr.«

Menden sprach wieder in sein Telefon.

Georg sah, wie zwei Militärmaschinen sich dem Airbus näherten, der knapp zweitausend Meter Höhe erreicht hatte. Am Horizont schickten Braunkohlekraftwerke ihren weißen Dampf in den Himmel. »Das sind Wolkenfabriken. Da werden die Wolken gemacht«, hatte Paul ihm vor Jahren erzählt.

»Da unten, die Bundesstraße. Das müsste gehen«, rief Georg.

»Das ist die B 59. Zwischen Sinsteden und Grevenbroich wäre was möglich«, sagte der Kapitän. »Ich werde das meinem Kollegen empfehlen und ihm Platz machen.«

Der Pilot sprach schnell und präzise in sein Funkgerät. Dann wandte er sich an Georg und Menden: »Wir haben eine Chance. Der Airbus hat wegen des Ziels Paris nur wenig Sprit an Bord. Das zulässige Landegewicht ist nicht überschritten. Die Maschine kann in fünf Minuten am Boden sein. Bei einer Landegeschwindigkeit von zweihundertfünfzig bis zweihundertsechzig Stundenkilometern braucht sie bei Vollbremsung eine Landebahn von weniger als einem Kilometer Länge und vierzig Metern Breite.«

Der Airbus ging tatsächlich in den Sinkflug und orientierte sich an dem grauen Band der Bundesstraße. Zum Glück waren links und rechts nur Felder, kaum Bäume und Sträucher.

»Vierzehn Uhr vierzig. Ich gehe runter«, meldete der Airbus. »B 59.«

»Verstanden. Örtliche Rettungskräfte sind alarmiert. Hals- und Beinbruch«, kam es von einer der Bundeswehrmaschinen.

Vierzehn Uhr vierundvierzig. Der Airbus fuhr sein Fahrwerk aus und setzte zur Landung an.

Ein roter Golf kam aus Richtung Grevenbroich und schlüpfte soeben noch vorbei.

Das Flugzeug setzte auf, die Maschine bremste maximal, die Straße hielt der Last aus dem Himmel stand, nur noch wenige Meter bis zum Stillstand, die linke Tragfläche rasierte ein Verkehrszeichen und streifte einen Baum, die Maschine drehte sich – und dann ging sie in Flammen auf.

Erst eine Explosion weit vorne. Eine zweite Explosion in der Mitte des Rumpfes. Dann noch eine Explosion, die die Maschine auseinanderriss.

»Oh mein Gott«, schrie Georg.

Der Kapitän ihrer Gulfstream G450 legte eine Blitzlandung hin. Menden und Georg sprangen aus dem Privatjet.

Der Airbus stand in hellen Flammen. »Vorsicht«, rief der Kapitän, »das kann alles in die Luft fliegen.«

Georg und Menden ließen sich nicht aufhalten. Sie sahen Bewegungen in den Flammen. Und sie hörten Schreie.

Noch hundert Meter.

In der Entfernung heulten Martinshörner. Polizei und Feuerwehr rückten an.

Georg spürte die Hitze nicht, als er das Wrack erreichte. Eine junge Frau war aus der Maschine geschleudert worden. Sie lebte. Georg hob sie auf seine Arme und trug sie aus der direkten Gefahrenzone. »Merci«, hauchte sie. »Mon mari. Mon enfant.«

Georg rannte zurück zur Maschine. Mindestens ein Teil der Crew hatte überlebt.

Eine Flugbegleiterin half Passagieren auf eine Rutsche nach draußen.

Feuerlöscher waren im Einsatz.

Georg schulterte einen älteren Mann und legte ihn neben der Französin ab, die immer noch nach ihrem Kind und ihrem Mann fragte.

Georg kämpfte sich ein drittes Mal direkt an das Wrack heran.

Ein Mann kam die Rutsche herab. Er hielt ein Kind im Arm. Das Kind hielt die Augen geschlossen und klammerte sich an den Mann. Der Mann sprach Französisch. »Ma femme.« Er wies zurück, glaubte, seine Frau wäre noch in der Maschine gefangen. Georg führte den Mann zu der kleinen Gruppe der Geretteten. Inmitten des Grauens eine Szene des Glücks. Eine Familienzusammenführung, an der Georg mitgewirkt hatte.

Ein Offizier versuchte, die Tanks zu kühlen.

Als die ersten Löschzüge ankamen, dirigierte er sie an die kritischen Stellen.

Die Evakuierung der Verletzten lief schnell und reibungslos.

Georg und Menden wurden durch Einsatzkräfte ersetzt. Georg nahm sein Handy und filmte die dramatische Szenerie.

Dann gab es einen ohrenbetäubenden Krach. Ein Tank explodierte. Dort, wo der Offizier gestanden hatte, der die Feuerwehrmänner dirigierte, sah Georg nur noch eine flammende Fackel.

Er schrie. Ein Schrei, der im Getöse des Infernos und neuer Explosionen nicht gehört wurde.

»Ich habe es nicht verhindert«, schluchzte er. »Ich habe es nicht verhindert.«

Das Flugzeugwrack sprühte Funken wie ein Feuerwerk. Ein Metallteil raste genau auf ihn zu, verfehlte ihn knapp. Für eine Millisekunde war es so heiß, dass er dachte, ihm schmilzt das Gehirn.

Georg wollte sich erneut in die Flammen stürzen. Menden

hielt ihn zurück. »Lass Feuerwehr und Notärzte ihre Arbeit tun. Die machen das besser.«

Wieder flogen glühende Teile aus dem keuchenden Flugzeugwrack. Eine Fackel schoss auf die französische Familie zu, die Georg gerettet hatte. Das Kind, ein Mädchen, das zwischen Vater und Mutter stand, ging zu Boden. Und dann stürzte auch die Mutter. Ihre blonden Haare hatten Feuer gefangen.

Helfer standen in der Nähe und erstickten die Flammen. Mutter und Kind wurden auf Tragen abtransportiert, der Mann humpelte neben ihnen her. Georg hoffte, dass alle drei überleben würden. Aber könnte man ein solches Drama jemals wirklich verkraften?

Georg sank zu Boden. Erst jetzt spürte er totale Erschöpfung. »Ich habe es nicht verhindert«, flüsterte er immer wieder. »Ich habe es nicht verhindert.«

Menden setzte sich neben ihn und legte seinen Arm um ihn. Eine Pietà der Verzweifelten.

56

Drei Stunden später war das Feld links und rechts der B 59 vor Grevenbroich zum Mittelpunkt der Welt geworden. Dutzende Übertragungswagen reckten ihre Satellitenschüsseln in den Abendhimmel.

In einem weißen Zelt gaben der Landesinnenminister und die Bundesverteidigungsministerin eine Pressekonferenz. Georg hatte sich so weit beruhigt, dass er als Journalist teilnahm. Einen ersten Bericht, Fotos und Videos hatte er zuvor schon an die Redaktion geschickt.

Der Landesinnenminister lobte die Arbeit der Rettungskräfte. Von den einhundertsiebenundvierzig Menschen an Bord wären einhundertfünf lebend geborgen worden, darunter siebenundachtzig Schwerverletzte. Alle wurden schnellstmöglich in den umliegenden Krankenhäusern versorgt. Dabei wurden auch sieben Hubschrauber eingesetzt. Fünf der Verletzten schwebten noch in Lebensgefahr.

Zweiundvierzig Passagiere und Besatzungsmitglieder, so der Innenminister weiter, hätten nur tot geborgen werden können.

Mindestens zwei Mitglieder der Crew hätten zunächst überlebt und erst beim Rettungseinsatz ihr Leben verloren.

Auch bei den örtlichen Rettungskräften habe es Opfer gegeben. Ein Feuerwehrmann aus Grevenbroich sei durch eine Explosion am Flugzeugwrack tödlich verletzt worden, vier weitere Feuerwehrleute hätten Verbrennungen erlitten.

Der Minister schloss mit den Worten: »Wir trauern mit den Opfern und ihren Familien. Wir verneigen uns mit Respekt vor den Rettern, den Lebenden und den Toten.«

Die Verteidigungsministerin teilte mit, dass zwei Flugzeuge der Bundeswehr aufgestiegen seien, um die Maschine notfalls zur Landung zu zwingen. Es hätte durch befreundete Geheimdienste und die deutsche Polizei Hinweise gegeben, dass ein Anschlag auf diese Maschine verübt werden sollte. Details zu den Hinweisen könne sie nicht mitteilen.

Ein Reporter von CNN wollte wissen, ob es sich bei den Attentätern tatsächlich um algerische Freiheitskämpfer gehandelt habe. Das hätten amerikanische Regierungsstellen gemeldet.

»Nein. Das kann ich nicht bestätigen«, sagte die Ministerin. »Was nicht heißt, dass ich diese Meldung dementieren möchte. Wir sind nur übereingekommen, auch mit den Amerikanern, dass wir uns erst dann zu möglichen Tätern äußern wollen, wenn wir eindeutige Beweise haben.«

Nach einer kurzen Pause fuhr sie fort: »Was ich sagen kann, ist, dass wir und die gesamte zivilisierte Welt diesen Anschlag verurteilen. Unsere Sicherheitskräfte haben bewiesen, dass sie bereit sind, auch größte Bedrohungen abzuwehren. Man stelle sich vor, was geschehen wäre, wenn das Flugzeug über Düsseldorf oder Köln explodiert wäre. Zum Glück konnten wir diese Apokalypse verhindern. Ich versichere Ihnen, dass wir bereit sind, den Kampf gegen jede Form von Terrorismus aufzunehmen und zu verstärken.«

Das weitere Frage- und Antwortspiel brachte keine Erkenntnisse, was die Reporter nicht davon abhielt, im Anschluss die dramatischsten Spekulationen hinaus in die Welt zu senden.

Als Georg das Pressezelt verließ, wurde er von Menden erwartet. »Georg, hier ist jemand, der sich mit dir unterhalten möchte.«

»Ein anderes Mal«, sagte Georg. »Ich will nur noch nach Hause.«

»Du solltest dir anhören, was er zu sagen hat. Er könnte dich auch festnehmen lassen.«

»Ich habe nichts getan.«

»Georg, bitte. Du bringst sonst auch mich in Schwierigkeiten.«

Der Fremde reichte Georg die Hand. Der Mann trug einen sehr gut geschnittenen Anzug und einen leichten Wollmantel. Obwohl er deutlich kleiner als Georg war, trat er sehr dominant auf.

»Guten Abend, Herr Rubin. Ich könnte Ihnen jetzt meinen Namen nennen, aber der wäre sowieso falsch. Ich weiß, dass wir Ihnen einiges zu verdanken haben. Ich weiß aber auch, dass Sie mit einer Veröffentlichung dessen, was Sie wissen oder zu wissen glauben, für erhebliche diplomatische Verwicklungen sorgen könnten. Wir sehen die äußere und die innere Sicherheit in Gefahr. Wir möchten Sie deshalb darauf hinweisen, dass das, was Sie wissen oder zu wissen glauben, der Geheimhaltung unterliegt.«

»Sie wollen mir einen Maulkorb verpassen?«

»Ich verstehe, dass Sie als Journalist das so sehen können.«

»Maulkörbe sind was für Hunde«, sagte Georg.

»Regen Sie sich nicht auf. Sonst müsste ich Sie wirklich auf der Stelle festnehmen. An Gründen würde es nicht mangeln. Wie gefiele Ihnen Bildung und Unterstützung einer kriminellen Vereinigung?«

»Was wollen Sie?«

»Wir erwarten, dass Sie nichts veröffentlichen, was die Sicherheit unseres Landes gefährden könnte. Nichts über Parfitt. Nichts über die NSA. Nichts über mich.«

»Ich verstehe. Damit der Generalbundesanwalt mal wieder melden kann, dass es nichts zu ermitteln gibt, weil weder Zeugen noch belastende Dokumente zur Verfügung stehen. Und dann wird alles unter den Teppich gekehrt, niemand wird angeklagt, und alles bleibt, wie es ist.«

»Ich sehe, Sie haben das Prinzip verstanden«, lächelte der Mann und verabschiedete sich. »Ich zähle auf Sie.«

»Und wenn ich es mir anders überlege?«, fragte Georg.

»Dann sollten Sie uns Gelegenheit geben, dass wir Ihren Text vor Veröffentlichung gegenlesen und auf problematische Stellen hinweisen können. Herr Menden weiß, wo Sie uns erreichen. Ansonsten können Sie sich gerne auch bei Ihren Freunden erkundigen, wie die Asylbedingungen in Russland sind. Ich bin mir nicht sicher, ob es dort wirklich besser ist als in deutschen Gefängnissen.«

»Wer war das denn?«, empörte sich Georg.

Menden zuckte die Schultern. »Niemand von der Polizei. Trotzdem hat er was zu sagen.«

»Und du kuschst natürlich!«

»Ach, Georg. Meinst du, dass eine Fliege weniger stirbt, wenn du die große Welle machst? Schau dir Snowden an. Der hat nun wirklich alles ausgepackt. Und? Ist was passiert?«, fragte Menden. »Ist irgendeiner in den Knast gewandert? Ist irgendeiner zurückgetreten?«

»Gerald. Hier sind heute dreiundvierzig Menschen getötet worden. Andere sind schwer verletzt. Amal ist tot und zerstückelt. Fink und Urbanski sind tot. Du und ich sind daran beteiligt. Wenn unsere Sicherheitsbehörden etwas mehr geholfen hätten, hätten diese Menschen nicht sterben müssen. Das sind meine Toten. Das sind unsere Toten. Jeder Einzelne von ihnen.«

»Du hast getan, was möglich war. Du hast einhundertfünf Menschen gerettet, die ohne deinen Einsatz gestorben wären. Das sind deine Lebenden. Jeder Einzelne von ihnen zählt.«

Menden nahm Georg in den Arm. »Komm. Wir müssen auch zurück ins Leben. Rosa, Mercedes und Franck warten auf dich.«

»Wo sind sie?«

»Ich führ dich hin.«

Menden steuerte ein Zelt des Roten Kreuzes an, in dem Verletzte versorgt wurden. Mercedes legte einem Mann einen Verband an. Franck teilte Suppe aus. Rosa saß in einer Ecke und spielte mit drei Kindern. Als Georg eintrat, rief sie laut: »Papi, Papi. Hier bin ich!«

Er lief zu ihr und drückte sie fest an sich.

Freitag

57

»Rubin«, sagte Verleger Bernhard Berger, »schön, dass Sie sich Zeit für mich nehmen konnten.«

»Für Sie doch immer, Herr Berger«, sagte Georg.

»Na, ich weiß nicht. Nach unserem letzten Gespräch hatte ich eher den Eindruck, als hätten Sie gar keine Lust mehr, Zeit in der Redaktion zu verbringen.«

»Als Chefreporter muss man viel unterwegs sein«, sagte Georg.

»Ja. Sicher. Aber es wäre schön, wenn dabei auch mal eine Geschichte rumkäme für den BLITZ.«

»Ich habe mein Material an die Lokalredaktion geliefert. Die Leichenteile aus dem Rhein. Der Mord an der Tatort-Wurstbude. Gestern vom Flugzeugabsturz habe ich auch mal was durchgegeben. Sogar Videos.«

»Und was war mit Ihrem Mini, der in die Luft geflogen ist?«, fragte Berger.

»Auch das. Ja. Waren aufregende Tage.«

»Rubin. In was stecken Sie da drin? Brauchen Sie Hilfe?«

»Danke, Herr Berger. Es geht schon wieder. Es geht mir überraschend gut. Ich habe heute Nacht sogar etwas geschlafen.«

»Ich habe gestern Abend einen Anruf aus Berlin bekommen. Es ging um Sie. Sie wären dabei, etwas zu veröffentlichen, was die Sicherheit des Landes gefährden könnte.«

»Das ist ja interessant«, sagte Georg. »Mir hat man die Warnung direkt überbracht.«

»Rubin. Ich habe Ihnen das schon beim letzten Mal gesagt. Wenn Sie etwas zu enthüllen haben, ich bin auf Ihrer Seite. Wir haben eine sehr gute Rechtsabteilung. Wir lassen uns nicht so einfach mundtot machen.«

»Danke, Herr Berger. Ich weiß das Angebot zu schätzen. Ich habe tatsächlich eine Story in der Hinterhand. Es geht um algerische Freiheitskämpfer, die 1959 in Köln Asyl gesucht hatten und ermordet wurden. Und um eine junge Frau, Enkelin eines der Toten, die nach Köln kam, um die Mörder ihres Großvaters zu finden. Diese Frau ist ebenfalls ermordet worden, sie ist die zerstückelte Tote aus dem Rhein. In beiden Mordfällen hatten im Hintergrund Geheimdienste ihre Hände im Spiel. Und das Attentat auf das Flugzeug hat auch damit zu tun.«

»Schreiben Sie's auf, Rubin. Das ist Ihr Job.«

»Und dann?«

»Überlegen wir, was und wie wir das veröffentlichen können. Und wenn wir daraus einen Krimi machen müssen.«

»Krimi. Warum nicht.«

»Haben Sie über mein Angebot nachgedacht?«

»Ja. Sicher. Ein paar Gedanken habe ich aufgeschrieben.«

Georg reichte dem Verleger seine »Zehn Thesen zur Zukunft des BLITZ als gedruckte Zeitung«.

Berger las die erste These laut vor: »Da wir in gedruckter Form nicht mehr schneller als elektronische Medien sein können, müssen wir anders und besser sein.« Die weiteren Thesen murmelte er nur vor sich hin, nickte manchmal, schien angetan, und schaute Georg direkt in die Augen, als er zu Ende gelesen hatte.

»Interessanter Text«, sagte er. »Noch etwas allgemein. Müsste präzisiert werden. Was meinen Sie?«

»Sehe ich auch so. Das wäre eine Aufgabe für die neue Chefredakteurin.«

»Wieso Chefredakteurin? Ich dachte, Sie …?«

»Ich möchte den Job nicht. Wenn ich jetzt Chefredakteur würde, müsste ich Tag und Nacht arbeiten. Um den BLITZ nach vorne zu bringen. Um die Kolleginnen und Kollegen auf den neuen Kurs mitzunehmen. Um vieles anders und besser zu machen. Wobei ich nicht sagen möchte, dass der BLITZ eine schlechte Zeitung wäre. Aber die Zeiten ändern sich. Also muss sich auch die Zeitung ändern.«

»Das klingt nicht wie eine Absage«, sagte Berger.

»Ich muss mich auch ändern«, erwiderte Georg. »Ich habe viel zu wenig in meine Familie investiert. Meine Tochter ist zwölf. Ich habe nicht mal mitbekommen, dass sie auf dem Weg in die Pubertät ist. Und das als alleinerziehender Vater, der sich kümmern müsste. Meinen eigenen Vater habe ich monatelang nicht gesehen. Meine Freunde, die, die ich noch habe, beklagen sich, ich würde nur in Schlagzeilen mit ihnen reden.«

»Respekt, Rubin. Das imponiert mir.«

»Herr Berger, Sie haben das doch kommen sehen. Warum hätten Sie sonst Frau Maar dasselbe Angebot gemacht?«

»Rubin, Sie sind deswegen doch nicht beleidigt? Ich habe Frau Maar nicht dasselbe Angebot gemacht. Ich habe ihr klar gesagt, dass Sie meine erste Wahl sind. Aber dann gab es diesen Wirbel um Stein und Sie und die angebliche Kündigungsliste. Ich habe mit ihr gesprochen und dabei gemerkt, dass ich sie vielleicht falsch eingeschätzt hatte. Mag sein, dass ich im Unterbewusstsein bereits gespürt hatte, dass Sie absagen würden. Darf ich wenigstens davon ausgehen, dass Sie dem Hause erhalten bleiben?«

»Wenn die neue Chefredakteurin mit mir arbeiten kann.«

»Rubin. Es gibt keine Kündigungsliste. Gute Leute wollen wir halten. Sie sollten bei uns bleiben.«

»Ich habe nicht gesagt, dass ich kündige.«

»Gut so. Dann werde ich also Frau Maar inthronisieren. Soll ich sofort, oder wollen Sie zuerst mit ihr reden? Man erzählt sich, Sie beide wären eng befreundet.«

»Wir tanzen Tango Argentino zusammen.«

»Oh, also sehr eng.«

»Nur beim Tanzen, Herr Berger.«

»Ich lasse Ihnen trotzdem den Vortritt. Ich werde Frau Maar um fünfzehn Uhr in mein Büro bitten.«

In der Redaktion hatte sich rumgesprochen, dass Rubin beim Verleger gewesen war. »Darf man gratulieren?«, fragte Uschi, die Chefsekretärin, die Stein einst mitgebracht hatte und die Rubin nie leiden konnte.

Georg strahlte sie an. »Ja. Man darf.«

Uschi verzog das Gesicht, trotzdem würde sie innerhalb weniger Minuten allen anwesenden Redakteuren die exklusive Botschaft übermittelt haben.

Ihm sollte es recht sein. Nur Carola wollte er selbst informieren. »Darf ich dich zu einem Kaffee einladen?«, fragte er, als er ihr Büro betrat.

»Aber gerne«, sagte sie und winkte gut gelaunt den zurückbleibenden Kolleginnen und Kollegen zu.

Georg ging zum gläsernen Aufzug: »Lass uns rausgehen. Letzte Woche wollte ich mit dir eigentlich in ein kleines Restaurant in der Johannisstraße. Hast du Lust?«

»Klar«, sagte sie.

Georg fuhr den Jaguar, den Paul am Vortag in Düsseldorf doch noch erfolgreich hatte auslösen können.

»Nun sag schon«, drängte Carola.

»Nein. Noch nicht«, sagte er.

»Du warst gestern beim Flugzeugabsturz quasi live dabei. Wie hast du das bloß angestellt?«

»Das ist noch eine andere Geschichte. Erzähl ich dir später mal.«

Er fand direkt vor dem Brücken einen Parkplatz, was er sich dadurch erklärte, dass die Büros freitags nicht so gut besetzt waren wie an anderen Tagen.

Vor dem Brücken standen Tische. »Lass uns draußen bleiben, es ist ein so schöner Tag.«

Durch die Machabäerstraße sah man hinunter bis zum Rhein.

»Für Pasta ist es wohl noch zu früh«, sagte Georg.

»Ich nehme einen Espresso.«

»Zwei Espressi und zwei Glas Champagner«, bestellte Georg.

»Gibt es was zu feiern?«, fragte Carola.

»Ja. Eine Sekunde noch.«

Er wartete, bis die Wirtin die Getränke brachte. »Wir fangen mit dem Champagner an. Herzlichen Glückwunsch, Frau Chefredakteurin.«

»Du hast also wirklich abgesagt?«

»Ja. Prost!«

Sie stießen an und tranken je einen Schluck.

»Berger wird dich für fünfzehn Uhr in sein Büro bestellen.«

»Und was ist mit dir?«, fragte Carola.

»Ich habe ein paar Thesen zur Zukunft des BLITZ geschrieben.«

»Ich meine, was ist mit dir persönlich. Du bleibst doch?«

»Ich denke schon. Ich habe nicht gekündigt. Falls mich die neue Chefredakteurin will.«

»Ich suche einen freien Mitarbeiter für unsere monatliche neue Tango-Rubrik. Dabei hatte ich an dich gedacht.«

»Tango. Ja. Das wäre was. Berger hatte auch eine Idee für mich. Krimis schreiben.«

Er brachte Carola zurück ins Pressehaus und ging ins Zeitungsarchiv. Sandra hatte wieder Besuch von Elke, der Layouterin.

»Herzlichen Glückwunsch«, sagte Sandra.

»Wozu?«

»Elke erzählt, dass in der Redaktion rumgeht, dass du der neue Chefredakteur wirst.«

»Ach, hat Uschi wieder geplaudert?«

»Ja«, sagte Elke. »Und ich hab's dann Sandra erzählt.«

»Stimmt aber trotzdem nicht.«

»Wie?«, sagten beide Frauen gleichzeitig.

»Ich werde nicht Chefredakteur.«

»Aber Uschi …«

»Ich glaube nicht, dass Uschi Chefredakteurin wird.«

»Das habe ich nicht gemeint.«

»Lasst mal. Ist gut so. Ich fühle mich sehr wohl dabei. Sandra, ich möchte dich um einen großen Gefallen bitten.«

»Ja. Gerne.«

»Der Flugzeugabsturz gestern. Ich möchte kurze Lebensläufe von allen Personen an Bord. Von denen, die gestorben sind, und von denen, die überlebt haben. Und von dem toten Feuerwehrmann auch. Alles, was du kriegen kannst. Beruf. Familie. Hobbys. Fotos.«

»Wozu brauchst du das?«, fragte Sandra. »Und bis wann?«

»Die Zeit ist nicht wichtig. Die Menschen sind wichtig. Sie sind *mir* wichtig.«

58

Zu Hause war im Garten eine große Kaffeetafel gedeckt. Paul hatte Apfelkuchen mit Sahne organisiert, Gertrud Odenthal kümmerte sich um die Getränke.

Rosa und Mercedes bastelten in einer Ecke an einer Blechkiste herum. Georg erkannte, dass es sich um den Rasenmähroboter handelte, der seinem Exnachbarn Zechdorfer alias Urbanski gehört hatte.

Das Gerät knurrte widerwillig, konnte sich letztlich aber nicht dagegen wehren, ab sofort den Mähdienst bei Rubins aufnehmen zu müssen.

Mercedes strahlte, als sie an den Gartentisch trat. »Das Teil ist letztlich auch nur so was wie ein Auto.«

Sie setzte sich auf den freien Stuhl neben Georg. »Ist doch in Ordnung? Rosa hat mich eingeladen.«

»Klar«, sagte Georg.

»Ich habe sie auch eingeladen«, sagte Paul.

Nach dem ersten Stück Apfelkuchen erzählte Georg, dass er abgelehnt habe, Chefredakteur des BLITZ zu werden. Er wolle nicht den ganzen Tag am Schreibtisch sitzen und abends auf irgendwelche offiziellen Termine gehen müssen. Er wolle weiter auf eigene Faust recherchieren dürfen. Und er wolle mehr Zeit für seine Familie und Freunde haben.

»Das trifft sich gut«, sagte Paul.

Der alte Herr stand auf, wie um eine feierliche Rede zu halten. »Ich habe auch etwas mitzuteilen. Gertrud und ich …«, die beiden schauten sich tief in die Augen, »wir werden nicht heiraten.«

Alle lachten. Mercedes verschluckte ein Stück Kuchen und spuckte es in hohem Bogen auf Pauls Hemd.

»Das ist aber kein Grund, aggressiv zu werden, junge Frau«, sagte Paul.

»Entschuldigung«, sagte Mercedes, »das war keine Absicht. Ich musste nur so losprusten.«

Paul setzte sich. Dafür stand Gertrud auf. »Ich habe auch noch etwas mitzuteilen. Paul und ich …«, die beiden schauten sich noch einmal tief in die Augen, »Paul und ich werden zusammenziehen. Genauer gesagt: Paul zieht zu mir.«

Paul und Rud sahen sich um, überall nur stumme Blicke. Die Überraschung war offenbar gelungen.

Rosa war die Erste, die begriffen hatte. »Opa, das ist ja toll. Dann bist du immer bei uns. Und was ist mit meinem Kinderzimmer?«

»Keine Angst, Rosa. Du behältst dein Zimmer. Dein Opa hat sich einverstanden erklärt, neben mir im Doppelbett zu schlafen. Dann kann Georg auch mal wieder in sein Schlafzimmer.«

Paul erzählte, dass er sogar schon Pläne für ihre Nicht-Hochzeitsreise gemacht hatte: »Mit unserem Schiff von Kerkdriel nach Amsterdam und zurück. Damit Rud endlich eine Schiffstour zu Ende bringen kann.«

Es tat Georg gut, so einen unbeschwerten Nachmittag im Kreis der Familie zu verbringen. Und es tat ihm auch gut, diesen Abend ganz ruhig und ganz für sich ausklingen zu lassen.

Paul war noch am Nachmittag aus Georgs Schlafzimmer in Ruds Wohnung umgezogen. Rud hatte ein Zimmer mehr als Georg, die beiden, oder die drei, Rosa mitgezählt, würden sich schon einrichten.

Georg lag auf seiner weißen Couch im Wohnzimmer und las ein Buch. »Vogelfrei«, einen Köln Krimi, der auch auf Sardinien spielte. Endlich wieder ein Buch. Wie lange hatte er dazu keine Zeit gefunden!

Ein Ton aus seinem Laptop riss ihn aus dem Leseabenteuer. YWC hatte eine neue Nachricht geschickt. Nach mehr als einem Tag Ruhe.

»Wir haben mitbekommen, dass du versucht hast, den Flugzeugabsturz zu verhindern. Wir haben auch mitbekommen, dass die Medien nichts über die uns und dir bekannten Hintergründe berichten. Wir fragen uns, ob du bereit bist, die gemeinsame finale Aktion mit uns durchzuführen.«

Als er das las, erschien Amal vor seinem Auge. Sie hatte von dieser finalen Aktion gesprochen. Durch eine weltweit konzertierte Attacke sollte versucht werden, die NSA-Rechner anzugreifen. Er, Georg, sollte von Deutschland aus operieren. Sie werde die algerisch-französische Flanke nutzen. Wer würde ihre Rolle übernehmen?

»Selbstverständlich bin ich bereit«, schrieb er zurück. »Was soll ich tun?«

»Auf deinem Rechner findest du eine verschlüsselte Datei mit der Endung ywc. Wenn es so weit ist, werden wir dir ein Programm schicken, das die ywc-Datei öffnen kann. Du musst die Datei dann innerhalb einer Minute per Doppelklick aktivieren. Damit löst du eine Attacke auf einen Teil der NSA-Leitungen aus, die durch Deutschland führen.

Der Ablauf wird von uns wie ein Flashmob inszeniert. Erst ein kleiner Angriff von irgendwoher. Dann ein zweiter und dritter Angriff aus einer neuen Ecke. Dann zwanzig weitere Angriffe auf einmal. Wir wollen die Abwehrsysteme beschäftigen und in die Irre führen. Und dann folgt der finale Schlag. Wir werden sie lahmlegen.«

»Warum heute?«

»Weil die Nacht von Freitag auf Samstag die Zeit ist, in der auch bei der NSA die wenigsten Menschen arbeiten. Auch Spionen ist das Wochenende heilig.«

»Ich bin bereit.«

Georg warf seine Kaffeemaschine an. Er spürte keine Müdigkeit, aber er wollte auf keinen Fall seinen Einsatz verpassen.

Das Bild vom Flashmob gefiel ihm. Er erinnerte sich an ein YouTube-Video. Ein kleines Mädchen wirft eine Münze in den Hut eines Straßenmusikers, der auf einem Kontrabass spielt. Plötzlich gesellt sich ein Cello dazu, es folgen Geigen, ein ganzes Orchester und sogar ein Chor, und am Ende singt der gesamte Marktplatz Beethovens »Freude schöner Götterfunken«. Georg hatte Tränen in den Augen, als er das zum ersten Mal sah.

»Es geht los«, meldete der Rechner. YWC schickte einen Link zu einer Website, auf der die Weltkarte zu sehen war mit Datenleitungen in unterschiedlichen Farben.

Gelb bedeutete, dass die Leitungen von der NSA genutzt wurden. Grün flackerte da auf, wo YWC Angriffe startete und Leitungen und Router »eroberte«. Rot würden Leitungen markiert werden, die die NSA im Laufe der Aktion sicherte oder sperrte.

Der Anti-NSA-Flashmob begann mit einem kleinen grünen Licht in Kalifornien. Die grüne Leitung weitete sich schnell und offensichtlich ungestört bis nach Washington aus. Eine zweite grüne Leitung entstand in Australien. In Washington blitzte die erste rote Reaktion auf, aber aus Kanada kam ein neuer grüner Angriff.

Nach drei Minuten war halb Russland grün, China und Indien folgten. Westeuropa und Südamerika blinkten noch gelb, waren also in den Kampf vorerst nicht einbezogen.

Afrika war auch in dieser Visualisierung der schwarze Kontinent. Größere Konzentrationen von Datenleitungen gab es nur in Südafrika und in den arabischen Staaten ganz im Norden. Auch hier noch alles gelb.

Die USA waren das Zentrum des Kampfes. Die Zahl der grünen Attacken war auf über drei Dutzend gestiegen, die roten Abwehrbezirke waren vergleichsweise klein.

Georgs Laptop ließ das inzwischen vertraute Empfangsgeräusch hören.

Dein Einsatz, Georg.

Das angekündigte Programm war nur ein paar Kilobyte groß. Georg speicherte es. Dann machte er den Doppelklick auf die ywc-Datei. Für alles hatte er weniger als eine Minute benötigt.

Die Folgen dieses Doppelklicks zeigten sich unmittelbar auf der YWC-Flashmob-Karte. Von Köln aus breiteten sich grüne Leitungen in ein Dutzend Richtungen gleichzeitig aus. Weitere grüne Signale entstanden in Paris und London, Rom und Barcelona, Helsinki, Warschau und Kiew.

Es dauerte keine zwanzig Sekunden, da war der gesamte Kontinent grün, und alle grünen Leitungen stürzten sich gemeinsam in die Nordsee, um England zu erobern, und den Atlantik, um die grünen Kräfte in den USA zu verstärken.

Grüne Leitungen jetzt auch in Algier, Kairo und Tel Aviv.

Im Norden wurde Island grün. Und Irland, wie passend, wurde zur grünen Insel.

Wenn diese Darstellung nicht irgendein Computerspiel war, sondern die Wirklichkeit beschrieb, dann konnte der Sieg nicht mehr weit sein.

Georg schaltete den Fernseher ein. CNN. Wäre ja interessant zu sehen, ob dort etwas gemeldet wurde. Nichts.

Er checkte Facebook und Twitter. Auch dort Ruhe.

Der grüne Angriff stockte. In den USA wurde ein Drittel der Leitungen von den Roten zurückerobert. Die Leitung von den USA nach Kuba wurde rot, wahrscheinlich Guantánamo. Rot in Afghanistan. Rot in Syrien. Rot in der Ukraine. Rot in Bayern, Baden-Württemberg, Hessen und Berlin.

Das sah nicht gut aus.

Aber die YWC-Strategen hatten etwas in der Hinterhand. Es war eine Minute vor Mitternacht, als auf einen Schlag tausende grüne Punkte auf der Weltkarte aufblitzten, und noch einmal tausende, und sie dehnten sich aus, unaufhaltsam, schlossen sich zusammen, wurden größer und größer, bis nur noch Grün zu sehen war, bis alle Leitungen pulsierten und sich in einer Art Explosion auflösten.

Die grüne Erde auf dem Bildschirm wurde schlagartig dunkel. Dann brach die Verbindung ins Netz ab. Es sah so aus, als hätten sie gerade das Internet abgeschaltet.

Samstag

59

Zwei Stunden später wusste Georg, dass sie tatsächlich das Internet abgeschaltet hatten. Doch »sie« waren nicht Georg Rubin und YWC gewesen, sondern das Pentagon.

Irgendjemand aus der US-Administration hatte die glorreiche Idee gehabt, den Stecker zu ziehen.

Wahrscheinlich ein geplagter Computernutzer, der sich auch zu Hause nicht anders helfen konnte, als den Rechner vom Netz zu nehmen und neu zu starten.

Während die NSA-Strategen in ihrem aussichtslosen Abwehrkampf gegen die unzähligen Hacker-Angriffe nach Strategien suchten, rief ein Mitarbeiter des Weißen Hauses den diensthabenden Kollegen im Verteidigungsministerium an. »Hier stellt jemand die Frage, ob wir das Internet abschalten können. Können wir?«

»Ja, können wir«, war die knappe Antwort.

»Was ist mit unserer militärischen Kommunikation?«

»Die ist davon unabhängig.«

»Gut. Und wie lange brauchen wir, um das Netz wieder hochzufahren?«

»Wenn wir auf Nummer sicher gehen und vorher alle Angreifer ausschalten, können wir nach zwei Stunden erste Services wieder zulassen.«

»Gut. Abschalten!«

Mangels Internet verbreitete sich die Nachricht über den totalen Netzzusammenbruch nur analog. Um vier Uhr nachts deutscher Zeit trat ein Sprecher des Weißen Hauses vor die Öffentlichkeit. Die Pressekonferenz wurde über Radio und Fernsehen übertragen. Fragen waren nicht zugelassen. Hier ist der Wortlaut der Mitteilung:

»An diesem Freitag kam es zu erheblichen Störungen des Internets. Betroffen waren Datenleitungen auf allen Kontinenten. Ursache waren Schadprogramme, die sich explosionsartig ausbreiteten.

US-Sicherheitsbehörden ist es gelungen, die Störungen zu beseitigen. Der Normalbetrieb des Internets wird stufenweise wiederhergestellt. Beeinträchtigungen können noch einige Tage anhalten.

Eine Gefahr für die Sicherheit der Nation hat nicht bestanden.«

Um fünf Uhr morgens war Georgs Rechner wieder im Netz. Facebook und Twitter waren noch down. Nur zum Spaß startete er sein NSA-Audioüberwachungsprogramm.

Er hörte eine Frauenstimme, die wie die Kanzlerin klang. Sie sagte, sie habe Informationen, dass die USA das Internet abgeschaltet hätten, weil Hacker die Server des amerikanischen Geheimdienstes übernommen hätten.

Nein, das sei maßlos übertrieben, sagte eine Stimme, die wie der US-Präsident klang. Seine Dienste hätten alles unter Kontrolle.

Die Frauenstimme hakte nach. Sie habe außerdem Informationen darüber, dass diese Hacker in der Lage seien, sogar die geheimsten Gespräche von ihr und allen anderen hohen Politikern abzuhören.

Der Amerikaner lachte. »Und das glauben Sie?«

Georg schmunzelte, als er den Rechner ausschaltete. Aus dem Korb auf der Fensterbank nahm er einen Apfel, biss mutig hinein und genoss den paradiesischen Geschmack. Er öffnete die Terrassentür und machte drei Schritte hinaus in seinen kleinen Garten. Über Köln-Ehrenfeld ging die Sonne auf.

Danksagung

»Mord mit Rheinblick« spielt nicht nur im Heute, sondern führt auch mehr als fünfzig Jahre zurück in eine Zeit, in der Köln die Zuflucht algerischer Freiheitskämpfer war und linke Politiker wie Hans-Jürgen Wischnewski sie mit außergewöhnlichen Mitteln unterstützten.

Bedanken möchte ich mich bei Kurt Holl, rastloser Aktivist und Alternativer Ehrenbürger Kölns, der mich mit Material über die alten Zeiten versorgte. Holl gründete noch als Schüler die »Aktionsgemeinschaft Algerien«, nahm Kontakt mit der FLN in der tunesischen Botschaft auf und verteilte illegale Broschüren während einer Paris-Reise in Kirchen und Museen.

Konrad Gilges, bis 1979 Bundesvorsitzender der Sozialistischen Jugend Deutschlands – Die Falken, von 1980 bis 2002 Bundestagsabgeordneter der SPD, ab 1988 auch Vorsitzender des DGB-Kreises Köln, war ein langjähriger Wegbegleiter von Hans-Jürgen Wischnewski. Ihm verdanke ich interessante persönliche und politische Hinweise auf die Zeit Ende der fünfziger, Anfang der sechziger Jahre.

Hans-Jürgen Wischnewski erzählte seine Version der Geschichte in den Memoiren »Mit Leidenschaft und Augenmaß«, erschienen im C. Bertelsmann Verlag, München 1989.

Das Buch »Kofferträger« von Claus Leggewie, 1984 erschienen im Rotbuch Verlag Berlin, ist die beste mir bekannte Zusammenfassung über »Das Algerien-Projekt der Linken«.

Sehr hilfreich waren Recherchen in Archiven und in alten Ausgaben des »Spiegels« und des Kölner Stadt-Anzeigers.

Jörg Handwerg, Pilot und Pressesprecher der Vereinigung Cockpit e.V., möchte ich danken für seine sachdienlichen Hinweise, wie und wie schnell ein Airbus A320 aus zweitausend Meter Höhe auf einer Landstraße notzulanden ist.

Bedanken möchte ich mich auch bei denen, die ich namentlich nicht nennen kann, die mir aber wichtige Informationen gegeben oder bestätigt haben. Eine Vermutung ist über dem Schreiben von »Mord mit Rheinblick« zur Gewissheit geworden: Auch der phantasiebegabteste Autor kann sich nichts ausdenken, was die Wirklichkeit der Geheimdienste nicht längst ausprobiert oder in Planung hätte.

Die Chefredaktion des EXPRESS hatte die mutige Idee, meinen Roman an fünfzig Tagen großformatig und in voller Länge vorabzudrucken – als Geschenk an die Leser anlässlich des fünfzigjährigen Jubiläums der Boulevardzeitung. Danke für dieses außergewöhnliche Vertrauen.

Der wichtigste Dank gilt wie immer dem Emons Verlag, an der Spitze Hejo Emons, in diesem Jahr von den deutschsprachigen Kriminalschriftstellern mit dem Ehrenpreis des Friedrich-Glauser-Preises ausgezeichnet, Cheflektorin Christel Steinmetz, Lektorin Stefanie Rahnfeld, die das Exposé bewertete, und an Lothar Strüh, der das finale Manuskript lektorierte. Ein großes Dankeschön auch an alle anderen Emons Mitarbeiter, die dafür gesorgt haben, dass aus dem Text ein Buch mit Cover, Satz, Druck und Auslieferung an die Buchhandlungen wurde.

Den schwierigsten Job hatte meine Frau Micky, die mich nicht nur während des zweijährigen Entstehungsprozesses liebend ertragen hat, sondern als Erstleserin auch die erste Kritik anbringen durfte und musste. Danke für alles.

Edgar Franzmann
DER RICHTER-CODE
Broschur, 272 Seiten
ISBN 978-3-89705-830-9
eBook 978-3-86358-201-2

»Mit voller Wucht reißt der Kölner Krimiautor gleich zu Anfang den Leser in seine Handlung hinein. Rasant geht die Geschichte weiter. Mit viel Lokalkolorit und Humor lässt Edgar Franzmann reale Schauplätze und Personen im Roman auftauchen.« WDR 2

»Sehr, sehr spannend zu lesen.« Domradio

www.emons-verlag.de

Edgar Franzmann
ADENAUERS AUGE
Broschur, 272 Seiten
ISBN 978-3-95451-030-6
eBook 978-3-86358-140-4

»Mit viel Lokalkolorit und profunden Kenntnissen beschreibt er den Köln-Berliner-Politiksumpf. Dabei lässt er auch aktuelle Ereignisse in der Stadt nicht aus. Ein spannender und höchst unterhaltsamer Köln-Krimi.« Westdeutsche Zeitung